Nouveau

1re

FOCUS BAC avec SCHOOLMOUV

W0321060

SES

Spécialité

Stéphanie Fraisse-D'Olimpio
Agrégée de Sciences économiques et sociales
Enseignante en classes préparatoires Lettres et sciences sociales (B/L) et ECG au lycée Janson-de-Sailly à Paris (75)

François Le Morvan
Agrégé de Sciences économiques et sociales
Enseignant au lycée de la Côtière à La Boisse (01)

Avec la participation de
Cécile Ghienne (fiches Coaching Bac)
Docteure en sciences du langage et professeure en didactique

Marion Petipré (fiches Grand Oral)
Conceptrice et directrice du programme D.U. ParéO (Passeport pour réussir et s'orienter) à l'Université de Paris.

Belin: ÉDUCATION

SCHOOLMOUV

Sommaire

SCIENCES ÉCONOMIQUES

1 Comment un marché concurrentiel fonctionne-t-il ?

2 Comment les marchés imparfaitement concurrentiels fonctionnent-ils ?

3 Quelles sont les principales défaillances de marché ?

170 bis, boulevard du Montparnasse, 75680 Paris Cedex 14.

ISBN : 979-10-358-2302-3

Sommaire

L'épreuve de SES si tu conserves la spécialité en Terminale

QUAND L'ÉPREUVE SE DÉROULE-T-ELLE ?

L'épreuve écrite de Terminale se déroule généralement au mois de **mars**. Il s'agit d'une épreuve corrigée par des enseignants extérieurs à l'établissement. **Si tu abandonnes la spécialité SES à la fin de la classe de Première, alors tu seras évalué(e) au contrôle continu** : la moyenne de tes notes pendant l'année de Première sera affectée du coefficient **8 (sur 100)** pour la note finale du bac.

COMBIEN DE TEMPS DURE-T-ELLE ?

L'épreuve dure **4 heures**.

QUEL EST LE POIDS DE L'ÉPREUVE DE SPÉCIALITÉ SES ?

Dans le nouveau Baccalauréat, l'ensemble des épreuves terminales compte pour 60 % de la note finale. Le coefficient de l'épreuve de SES spécialité est de **16 (sur 100)**.

SUR QUELLE PARTIE DU PROGRAMME VAIS-JE ÊTRE ÉVALUÉ(E) ?

Selon les années (paires ou impaires), tu seras évalué(e) sur **certaines questions du programme de Terminale** seulement. Toutes les notions du **programme de Première** doivent être acquises. Une précision : les 2 types d'exercices (dissertation et épreuve composée) ne portent jamais sur la même question.

COMMENT LES POINTS SONT-ILS RÉPARTIS ENTRE LES DIFFÉRENTS EXERCICES ?

Pour l'épreuve de **dissertation** reposant sur un dossier documentaire, tu es noté(e) sur 20.
Pour l'**épreuve composée**, la partie 1 est notée sur 4 points, la partie 2 sur 6 points et la partie 3 sur 10 points.

QUELS TYPES D'EXERCICES DOIS-JE MAÎTRISER ?

Tu dois maîtriser **2 types d'exercices** : la **dissertation** (une consigne accompagnée de documents) et l'**épreuve composée** en 3 parties (mobilisation des connaissances/étude d'un document/raisonnement s'appuyant sur un dossier documentaire). Tu devras choisir l'un ou l'autre des exercices le jour de l'épreuve.

CHOIX DU SUJET

Il faut impérativement t'entraîner toute l'année sur les deux épreuves. L'épreuve composée apparaît plus rassurante de prime abord, car elle permet de présenter des connaissances sur trois thèmes distincts, mais cela nécessite une bonne maîtrise des connaissances et des outils méthodologiques. L'épreuve de dissertation apparaît plus exigeante, mais elle offre aussi la liberté de proposer une analyse plus détaillée et personnelle, dès lors que tu maîtrises le chapitre concerné.

QUELLES SONT LES ATTENTES DU JURY ?

Le jury attend de toi que tu répondes au sujet de manière **claire** et **articulée**, en respectant la **forme des épreuves** (voir Méthode BAC, p. 8-15).

Le jury attend des **connaissances maîtrisées**, une **analyse détaillée des documents**, une **rigueur dans la structure des réponses** aux différentes étapes de l'épreuve composée ou dans le **plan de la dissertation**. Il faut enfin veiller à rendre ta copie **lisible** et à **soigner l'orthographe**.

Pour te préparer à l'épreuve tout au long de l'année, consulte les fiches Coaching BAC, p. 270-277.

La dissertation

1 Qu'est-ce que la dissertation ?

→ La **dissertation** est l'une des deux épreuves du baccalauréat en SES. L'exercice est exigeant et nécessite une **bonne maîtrise des connaissances**, puisque le **dossier documentaire** comporte trois ou quatre documents strictement factuels, ne comportant pas de rappels de cours et visant à illustrer les analyses proposées.

2 Méthode de la dissertation

Étape 1 Analyser le sujet et formuler la problématique

ENVIRON 30 MINUTES

Définir les mots clés et délimiter le cadre spatiotemporel

→ **Identifie et définis les mots clés** qui devront figurer dans l'**introduction**. Repère à quelles parties du cours le sujet doit être associé.

CONSEILS
- Écris le sujet (de préférence en largeur) sur un brouillon, pour te l'approprier.
- Entoure les mots clés, définis-les et recherche des notions équivalentes ou associées.

→ **Situe le sujet dans le temps et dans l'espace.** Lorsque le cadre spatial n'est pas fixé, il faut faire un choix dès l'introduction et le respecter tout au long du devoir.

Comprendre la nature du travail attendu et déterminer le type de plan adapté

À partir des termes du libellé, tu obtiens une consigne de travail qui t'indiquera le type de plan qu'il est possible d'utiliser.

Termes introductifs du sujet	Travail demandé	Exemples
Une question qui invite au débat : « Assiste-t-on… ? », « Peut-on dire que… ? », « Dans quelle mesure… ? »… Ou encore une question directe.	**Plan dialectique** Ce type de plan permet de confronter des arguments, de mettre à jour des opposition. Il appelle une réponse **dialectique** du type : **I.** Oui (ou non) /**II.** Mais *ou bien* **I.** Thèse / **II.** Antithèse / **III.** Synthèse	*Dans quelle mesure faut-il limiter la dépense publique ?* *L'électeur est-il rationnel ?*

Termes introductifs du sujet	Travail demandé	Exemples
Une question qui invite à l'analyse « Analysez... », « Expliquez... », « Montrez... », « Comment... », « Caractérisez... », « Quelles sont les conséquences... », « En quoi... », « Quels sont les déterminants... », « Par quels mécanismes... »	**Plan analytique** Implique une **explication**. Soit il explore les causes/conséquences, soit il explore certains aspects d'un phénomène : aspects quantitatifs/qualitatifs ; positifs/négatifs...	*Comment expliquer la déviance ?* *Quels sont les rôles joués par l'école dans la socialisation ?*
Les autres types de questions « Quelles relations... », « Quels liens... », « Comparez... »	**Plans comparatifs ou de mise en relation** Il s'agit par exemple de saisir les ressemblances et différences entre deux phénomènes ou d'analyser l'action d'un phénomène sur un autre.	*Quels liens établir entre État social et cohésion sociale ?* *Quelles politiques publiques pour compenser les défaillances du marché ?*

Rechercher et formuler la problématique

La problématique est un **fil conducteur**, un questionnement autour duquel vont s'organiser la réflexion et la confrontation de points de vue. Une bonne problématique doit **prendre en compte tous les aspects du sujet**.

→ **Soulève un ensemble de questions liées au sujet**, de manière à montrer la complexité de la réalité, des idées qui font débat et donnent de l'intérêt au sujet.

→ **Dégage la question « structurante »** qui va être discutée tout au long du développement, à savoir la « problématique ». Cette question fait en général écho à tes connaissances des principaux débats (entre sociologues ou économistes, d'actualité) sur une question donnée.

→ La formulation peut se faire dans un **style indirect** (« nous pouvons nous demander ») **ou direct** (une question).

→ Elle peut privilégier **une question structurante ou deux à trois sous-questions**.

→ **La problématique doit orienter le plan, puis la conclusion.** Elle permet de préciser les axes des deux ou trois parties du développement.

COUP DE POUCE

Il peut être efficace de chercher l'opinion la plus généralement répandue sur le sujet et de se demander ce qui peut la valider ou au contraire l'invalider.

Étape 2 Analyser les documents et élaborer le plan

ENVIRON 30 MINUTES

Analyser les documents

Deux sortes de documents sont étudiés en SES : des **textes** et des **documents statistiques** (tableaux et graphiques). Avant d'étudier le document, **pense à lire le titre, la source, la date**. Les documents peuvent être étudiés au brouillon dans **une grille** :

N° du doc	Argument principal ayant un lien avec le sujet/arguments secondaires	Données, exemples à utiliser	Place dans le plan	Connaissances personnelles en lien avec les données (cours, auteurs, exemples, lectures...)

- **Dégage les idées principales de chaque document** (arguments des auteurs, tendance générale d'un tableau ou d'un graphique).
- **Extrais ensuite des idées secondaires**.
- **Illustre la ou les idées par une donnée** : fais des constats chiffrés, des calculs. Extrais une citation du texte, des données ou exemples.
- **Interprète les données statistiques** et **les idées des textes.** Ne te contente de les restituer. Il s'agit ici de **mobiliser tes connaissances** pour proposer une analyse.

CONSEIL
Un document ne doit pas être utilisé pour lui-même, mais **en lien avec le sujet.**

COUP DE POUCE
Un même document peut être utilisé plusieurs fois dans différentes parties.

- Pour cela, **mobilise des auteurs et concepts clés** pour expliquer des phénomènes. **Montre par des chiffres, des exemples concrets que tu connais** et mobilise l'histoire économique. **Explique des mécanismes** en définissant tous les concepts utilisés.
- **Fais apparaître les oppositions et complémentarités entre documents** et montre comment certains arguments ou illustrations répondent à d'autres.

Élaborer le plan détaillé

45 MINUTES À 1 HEURE

La structure du plan

- Chaque partie se subdivise en **2 ou 3 sous-parties**. Chaque sous-partie comprend 2 ou 3 paragraphes, c'est-à-dire 2 ou 3 idées différentes.

L'unité du plan

- Les parties et les sous-parties ne sont pas seulement juxtaposées, mais guidées par un **fil directeur** (la problématique) et obéissent à une progression. Il est donc nécessaire de **relier les idées** par des connecteurs logiques (*mais, donc, ensuite...*).
- Il faut aussi articuler les 2 ou 3 parties par **une phrase de transition**.
- Chaque partie s'ouvre par une **introduction partielle**, qui reprend le titre de la partie et annonce les titres des 2 (ou 3) sous-parties, et se termine par une **conclusion partielle**, qui synthétise ce qui a été dit en précisant en quoi cela répond au sujet.

La construction du plan détaillé

- **Ordonne les arguments des documents en les regroupant par thématiques** abordées. Procède à des regroupements d'idées qui reviennent dans plusieurs documents pour construire les sous-parties.
- **Mobilise tes connaissances pour chaque thématique** (références théoriques, mécanismes...).
- **Hiérarchise les arguments** dégagés de l'étude des documents.
- **Donne des titres** aux parties et aux sous-parties, qui vont traduire la progression du raisonnement. Les titres doivent être choisis avec soin.
- **Le plan doit être progressif et dynamique** (il faut suivre une logique énoncée par la problématique et dérouler le raisonnement), **non redondant** (ne pas se répéter), **exhaustif** (rendre compte de l'ensemble de la problématique), **cohérent**.

CONSEIL

Pense à bien définir les termes utilisés dans tes analyses.

COUP DE POUCE

Veille à citer la source des documents utilisés : ne te contente pas de mettre le numéro du document entre parenthèses.

Étape 3 Rédiger le devoir

Rédiger l'introduction

ENVIRON 15 MINUTES

L'introduction comprend 4 étapes :

1. L'accroche du sujet

2. La définition des termes et la présentation du sujet

3. La formulation de la problématique

4. L'annonce du plan

1. L'accroche du sujet

- L'entrée en matière amène le sujet, le situe dans **un cadre plus général** du thème à traiter. On peut utiliser plusieurs moyens : soit **rapprocher le thème de l'actualité** ; soit **situer la place du thème dans son histoire récente**.

2. La définition des termes et la présentation du sujet

- Présente le cadre dans lequel se situe le sujet en décrivant le contexte économique, social et politique du sujet et les problèmes qu'il soulève.
- **Définis les mots clés** du sujet.
- Précise le **cadre spatio-temporel**.

3. La formulation de la problématique

4. L'annonce du plan

Le plan proposé doit permettre d'**explorer la problématique soulevée**.
Elle précise en une ou deux phrases, les titres des deux ou trois grandes parties : « *dans un premier temps..., puis...* » ou « *en premier lieu..., en second lieu...* » ou « *si..., alors...* ».

Rédiger et mettre en forme le développement

1 H 30 À 1 H 45

Le devoir doit obéir à une exigence **de clarté et de rigueur**.

La présentation du devoir

→ **La forme a une importance capitale**, la dissertation est un texte structuré : en effet le **plan** doit être « visible », apparent, avec des parties équilibrées.

→ **Adopte une mise en page aérée.**

> Sépare par un espace de deux à trois lignes l'introduction et la conclusion.

> Mets en évidence les annonces de sous-parties et les transitions.

> Saute une ligne lorsque tu passes d'une partie à une autre et vas à la ligne pour chaque nouveau paragraphe.

> Décale légèrement le début de la phrase de un ou deux carreaux (alinéa).

La rédaction du devoir

→ La dissertation doit être **rédigée directement au propre** à partir du plan détaillé, seules l'introduction et la conclusion sont rédigées entièrement au brouillon.

→ **L'écriture doit être lisible.**

→ **Le style** doit être clair (utilise la **ponctuation** à bon escient, emploie **un vocabulaire précis et des concepts**, évite les fautes d'**orthographe**).

→ **L'enchaînement des idées** doit se faire en utilisant des **connecteurs logiques** : ils permettent d'aider à repérer la logique de l'argumentation (*d'abord/ensuite/enfin* ; *d'une part/d'autre part...*) ; à nuancer un argument afin d'affiner une analyse (*cependant, néanmoins, pourtant, malgré tout...*) ; à prolonger une démonstration (*de plus, en outre, de surcroît...*).

Rédiger la conclusion

La conclusion prolonge le développement, puisqu'elle répond en dernier ressort à la question posée par le sujet et apparaît à la fin du devoir.

La conclusion comprend 2 étapes :

1. Le bilan **2.** L'ouverture

1. Le bilan

→ Il doit comporter les idées essentielles du développement : c'est la **synthèse** qui permet de restituer les étapes de ton raisonnement.

→ Il doit apporter une **réponse** à la question posée par le sujet.

2. L'ouverture

L'ouverture cherche à **élargir la réflexion** sur le sujet en proposant un **autre angle de réflexion**, un **regard plus général** (international, concernant d'autres...)

CONSEILS

N'oublie pas de relire ta copie.
L'expression écrite doit être soignée et la relecture permet de corriger les petites erreurs grammaticales ou orthographiques qui peuvent être pénalisantes.

ENVIRON 15 MINUTES

L'épreuve composée

Partie 1 Mobiliser des connaissances *(4 points)*

Analyser la question

ENVIRON 45 MINUTES

- **Définis les concepts clés** du sujet.
- **Analyse la démarche attendue** : par exemple : « Quels sont les agents économiques… » induit un exposé descriptif ; « Expliquez, montrez » induit une analyse de mécanismes et d'enchaînements ; « En vous appuyant sur un exemple » conduit à utiliser un exemple pour détailler des mécanismes.
- **Réfléchis au sens du verbe utilisé**.
- **Détermine le cadre spatial et temporel** du sujet.

Rassembler ses connaissances

- **Établis des liens** avec d'autres notions afin de repérer les confusions à ne pas faire.
- **Relie à des auteurs**, s'il y a lieu.
- **Rassemble des données** chiffrées ou des exemples pertinents **pour illustrer ton propos.**

Organiser sa réponse

- **Prévois une phrase d'introduction**.
- **Organise ta présentation** en distinguant des paragraphes présentant des idées distinctes.
- **Distingue tes arguments de leur illustration**.
- **Fais une phrase de conclusion**.

CE QU'IL FAUT FAIRE

Répondre de manière précise et structurée à la question posée (sans documents) en mobilisant les notions et les mécanismes de base du programme.
- Il importe de maîtriser son cours.
- Tous les mots de l'intitulé sont importants. Analyse chacun des termes de la question et mets-les en relation, afin d'éviter un hors-sujet.
- Il faut définir les termes du sujet en intégrant la définition dans le corps de la réponse.
- Il faut veiller à utiliser un vocabulaire rigoureux et éviter les approximations ou le vocabulaire trop courant.
- La réponse attendue doit tenir en une trentaine de lignes environ.

CE QU'IL NE FAUT PAS FAIRE

- Réciter tout le cours sur la ou les notion(s) de la question.
- Oublier d'illustrer ses arguments avec un exemple précis.
- Oublier de faire une brève introduction et conclusion.

Partie 2 Étude d'un document *(6 points)*

ENVIRON 1 H

- Commence par **analyser les questions posées sur le document** au regard de la réponse que tu dois apporter.
- Repère dans le document et les questions les **notions au programme et définis-les**.
- **Collecte l'information dans le document** et sers-t'en pour répondre à la question. Les données du document doivent être utilisées dans la réponse : il faut donc lire et utiliser correctement les données chiffrées du document.

Ainsi, il faut :
- identifier le **titre** du document, sa **source** (auteur ou organisme producteur des données, ouvrage, année de publication du document) et le le **cadre** spatio-temporel des informations ;
- repérer le **type** de document statistique proposé (tableau, graphique, type de graphique ou de tableau) ;
- repérer les **unités** ;
- rédiger une **phrase** avec une donnée chiffrée pour s'assurer que l'on comprend bien les données.

- Pour répondre à la question, il faut **partir du « général » pour ensuite t'intéresser « au particulier »** en mettant en évidence une étude plus fine du document.
- Tu peux **proposer des calculs simples** à l'aide des données du document.
- Rédige une **réponse organisée** en mobilisant le document de façon rigoureuse, en distinguant constat, illustration et interprétation.

COUP DE POUCE

Mobilise tes connaissances personnelles pour étoffer ta réponse et lui donner sens.

CE QU'IL NE FAUT PAS FAIRE

- Répondre à une autre question que celle posée.
- Oublier de citer la source du document.
- Oublier d'utiliser les données statistiques pertinentes.
- Utiliser trop (ou toutes les) données sans hiérarchiser.

Partie 3 Raisonnement s'appuyant sur un dossier documentaire *(10 points)*

ENVIRON 2 H 15

Les étapes de l'organisation du travail

Étape 1 : analyser le sujet et définir les termes du sujet.

Étape 2 : analyser les documents en fonction du sujet et extraire des informations pertinentes.

Étape 3 : classer les informations et faire un plan au brouillon.

Étape 4 : rédiger la réponse en plusieurs pages.

Organiser sa réponse

- **Une introduction** rapide permet de **présenter le sujet** et de **définir les mots clés.**
  Elle comprend :
  - une **accroche** soulignant l'intérêt du sujet (actualité, historique, débat théorique…) ;
  - la **définition des termes clés** du sujet ;
  - une **problématique** ou question générale qui reformule le sujet et énonce le questionnement qui va servir de fil conducteur à votre démonstration ;
  - une **annonce de plan** qui énonce les parties que tu vas développer.
- **2 ou 3 parties** composées chacune de **2 ou 3 paragraphes** structurent la démonstration.
  Chaque partie présente dans une phrase introductive la démonstration et se termine par une conclusion partielle. Chaque paragraphe contient : **une idée principale, des explications reposant sur tes connaissances, des exemples chiffrés ou factuels.**
- **Une conclusion :** celle-ci doit être la plus précise possible et indiquer ta réponse à la question posée. Ensuite, tu dois faire une ouverture sur une autre interrogation.

Les règles de mise en forme

- **Saute une ligne** lorsque tu changes de partie ou de sous partie.
- Fais un **alinéa** lorsque tu changes de paragraphes.
- Le **plan** peut être apparent, sous la forme de titres, explicites ou implicites.
- **Relis-toi** régulièrement afin de soigner ton orthographe et la clarté de tes explications.

COUP DE POUCE

Mentionne entre parenthèses le numéro ou le titre du document utilisé.

CE QU'IL NE FAUT PAS FAIRE

- Ne pas utiliser tous les documents.
- Paraphraser les documents.
- Oublier d'utiliser ses connaissances.

1 Comment concurrentiel

La loi de l'offre et de la demande

Notions

- Fonction de demande
- Fonction d'offre
- Marché
- Prix d'équilibre
- Subvention
- Taxe

un marché fonctionne-t-il ?

L'ESSENTIEL EN 5 POINTS

1. La **courbe de demande** est une **fonction décroissante** du prix et celle **d'offre**, une **fonction croissante** du prix. La pente des courbes d'offre et de demande dépend de la réaction des agents à la variation du prix.

2. La confrontation des courbes d'offre et de demande détermine l'**équilibre sur un marché** de type concurrentiel (**concurrence pure et parfaite**), où les agents sont preneurs de prix.

3. Les **déplacements des courbes** d'offre et de demande modifient l'équilibre, de même que l'application d'une taxe forfaitaire.

4. Le **surplus** du producteur et du consommateur est maximal à l'équilibre, ce qui décrit le **gain à l'échange** en concurrence pure et parfaite.

5. L'allure de la courbe d'offre s'explique par la **maximisation du profit** par le producteur : en situation de **coût marginal** croissant, le producteur produit la quantité qui permet d'égaliser le coût marginal et le prix.

→ Définitions des notions p. 18-25

LE COURS en 3 axes

1 Le marché : de l'institution au modèle

a. Le marché repose sur des règles

→ Les économies contemporaines reposent en grande partie sur des **échanges marchands**, c'est-à-dire réalisés sur des **marchés** qui peuvent être **réels** (marché des fruits et des légumes) ou **virtuels** (ventes en ligne).

→ Les marchés n'apparaissent pas de manière spontanée. Un marché est une **institution** qui repose sur un ensemble de **règles** de fonctionnement formelles ou informelles, en général stables dans le temps (usage de la monnaie, normes d'hygiène et de sécurité). Ces règles s'imposent aux acteurs et constituent le **cadre des transactions marchandes** entre offreurs et demandeurs.

→ Parmi les règles et institutions qui permettent l'existence du marché, on trouve :
- des **institutions juridiques**, comme les droits de propriété sur les biens, sur les productions intellectuelles (**brevets**, marques déposées...). Il revient à l'État de les garantir ;
- la **monnaie**, institution qui favorise le développement des échanges en les facilitant ;
- les **conventions**, règles tacites ou informelles qui attestent de la dimension sociale et culturelle des échanges (comme le fait d'attendre patiemment son tour ou de pratiquer le marchandage) ;
- des **instances de régulation et d'encadrement** des marchés, qui codifient le fonctionnement des marchés et sanctionnent les entreprises qui ne respectent pas les règles (Autorité des marchés financiers, Autorité de la concurrence...).

MOTS CLÉS

Marché : lieu réel ou virtuel où se rencontrent une offre et une demande de biens ou services, donnant lieu à la détermination d'un prix et d'une quantité échangée.

Brevet : titre de propriété sur une invention assurant à l'inventeur une protection contre toute imitation et lui réservant l'exclusivité de l'exploitation industrielle.

b. Le modèle du marché concurrentiel

MOT CLÉ

Concurrence pure et parfaite : ensemble d'hypothèses (atomicité, fluidité, homogénéité, transparence et mobilité des facteurs) conditionnant les mécanismes de marché de la loi de l'offre et de la demande.

→ Les **économistes néoclassiques** ont **modélisé** le fonctionnement du **marché concurrentiel**, qui repose sur le respect des hypothèses néoclassiques de **concurrence pure et parfaite** (**Doc 1**). Le modèle de concurrence pure et parfaite propose une **représentation simplifiée** d'une économie où la concurrence s'exerce uniquement par les prix. Aucun agent ne dispose d'un pouvoir de fixation des prix et le prix s'impose à lui. Ce sont des **preneurs de prix (*price takers*)**.

→ La condition d'**atomicité** est une des plus importantes, puisqu'elle induit que les acheteurs et les vendeurs sont nombreux sur le marché et ne peuvent donc influencer le prix. Lorsque l'atomicité n'est pas établie, le **marché** n'est **pas concurrentiel**, puisque les **agents** deviennent **faiseurs de prix** (*price makers*) pour un produit donné.

→ Ces **conditions théoriques** sont très **restrictives** et, sur un plan empirique, les marchés qui s'en approchent sont très rares. Les marchés se distinguent notamment par leur **degré de concurrence**, mesuré essentiellement par le nombre d'offreurs. Parfois, un marché peut ne comprendre qu'un seul offreur : on parle alors de **monopole** ; ou que quelques offreurs : on parle de **marché oligopolistique** (voir chapitre 2, p. 36). Les producteurs y sont le plus souvent **faiseurs de prix**.

→ Ce modèle offre donc une **représentation simplifiée de la réalité**, mais a toutefois un intérêt pour la connaissance des mécanismes économiques. Par exemple, pour observer les variations de prix qui découlent d'une modification du niveau de l'offre ou de la demande.

Condition d'atomicité	Le marché rassemble de nombreux acheteurs et vendeurs de telle sorte qu'aucun acteur ne peut influencer à lui seul le prix d'équilibre (on dit que les agents sont preneurs de prix).
Condition de fluidité	Tout agent peut quitter ou entrer sur le marché à tout instant (pas d'obstacles administratifs, techniques…), il y a libre entrée et sortie du marché.
Condition d'homogénéité des produits	Les produits échangés sur un marché sont strictement identiques.
Condition de transparence	L'information est parfaite et gratuite et tous les acteurs connaissent ainsi parfaitement la qualité des produits échangés, leur prix, etc.
Condition de mobilité parfaite des facteurs de production	À tout instant, des travailleurs ou du capital utilisés pour la production d'un bien donné peuvent être mobilisés pour produire un autre bien destiné à un autre marché.

Doc 1 Les critères de la concurrence pure et parfaite

2 L'équilibre du marché concurrentiel

a. La courbe de demande

→ La **demande individuelle**, est la quantité de biens ou de services que souhaite se procurer un individu pour un prix donné, tous les autres déterminants restant inchangés (son revenu, ses goûts).

→ La **demande de marché** est la somme (ou l'« agrégation ») de toutes les demandes individuelles pour chaque niveau de prix.

→ La **courbe de demande** décrit une **relation décroissante** entre la qualité demandée d'un bien et son prix : si le prix augmente, la quantité demandée baisse. Ainsi, la quantité demandée se représente comme une courbe décroissante.

→ La **loi de la demande** stipule alors que, le plus souvent, lorsque le prix s'accroît, « toutes choses égales par ailleurs », la demande des acheteurs diminue.

→ La **sensibilité de la demande au prix** est mesurée par l'**élasticité-prix de la demande** et est représentée graphiquement par la pente de la courbe de demande (**Doc 2**).

> **MOT CLÉ**
>
> **Élasticité-prix de la demande :** elle mesure la sensibilité de la demande ou la consommation d'un bien ou d'un service par rapport à son prix. Elle se calcule en divisant le pourcentage de variation de la demande par le pourcentage de variation des prix.

→ Une demande est **faiblement élastique au prix** lorsqu'une forte augmentation du prix conduit à une faible réduction de la quantité demandée. Plus l'élasticité est faible, plus la pente est forte et plus la courbe **se rapproche de la verticale**. Une demande est **fortement élastique au prix** lorsqu'une faible réduction du prix conduit à une forte augmentation de la quantité demandée. Plus l'élasticité est forte, plus la pente est faible et plus la courbe **se rapproche de l'horizontale**.

Situation 1
Demande peu élastique au prix

Courbe de demandes d'olives

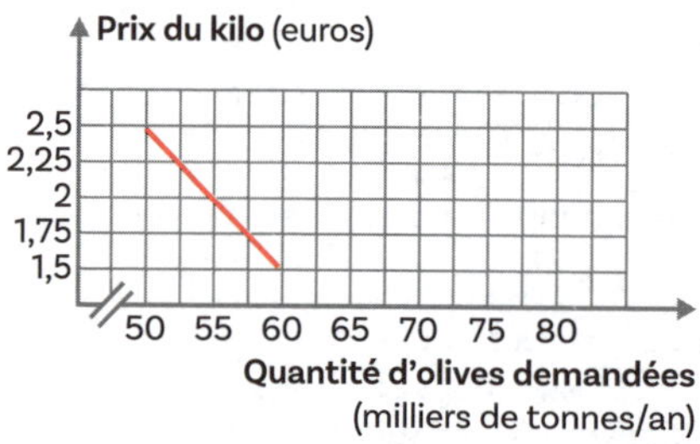

Si le prix du kilo baisse de 2,5 à 2 euros, la quantité demandée passe de 50 000 à 55 000 tonnes. La demande est **peu élastique** à la variation du prix.

Situation 2
Demande très élastique au prix

Courbe de demandes d'olives

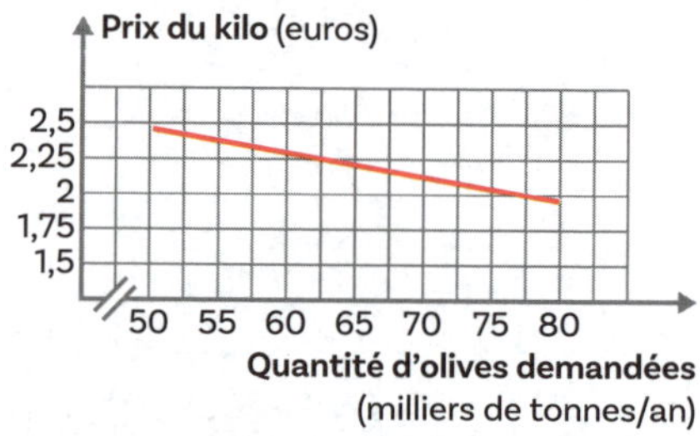

Si le prix du kilo baisse de 2,5 à 2 euros, la quantité demandée passe de 50 000 à 80 000 tonnes. La demande est **très élastique** à la variation du prix.

Doc 2 L'élasticité-prix de la demande

b. La courbe d'offre

→ L'**offre individuelle** est la quantité d'un bien ou d'un service qu'un producteur est disposé à offrir pour chaque niveau de prix, tous les autres déterminants restant inchangés.

→ L'**offre de marché** est la somme de toutes les offres individuelles pour chaque niveau de prix.

→ La **courbe d'offre** décrit une **relation croissante** entre la quantité offerte d'un bien et son prix : si le prix augmente, le producteur est incité à produire davantage. Ainsi, la quantité offerte se représente comme une **courbe croissante** du prix.

MOT CLÉ

Élasticité-prix de l'offre : elle mesure la sensibilité de la production à la variation du prix. Elle se calcule en divisant le pourcentage de variation de l'offre par le pourcentage de variation des prix.

→ La **loi de l'offre** stipule que, le plus souvent, lorsque le prix s'accroît, « toutes choses égales par ailleurs », l'offre des acheteurs augmente.

→ La **sensibilité de l'offre au prix** est mesurée par l'**élasticité-prix de l'offre** et est représentée graphiquement par la pente de la courbe d'offre (**Doc 3**).

→ Un producteur rationnel offre une **quantité de produit** qui lui assure le **profit maximum**. Pour déterminer cette quantité, il tient compte de ses coûts et de sa recette.

→ La **recette totale** correspond au prix de vente multiplié par le nombre d'unités produites (cela correspond au chiffre d'affaires en comptabilité). La **recette marginale** correspond à ce qui est gagné lorsqu'une unité de bien supplémentaire est vendue. Sur un marché concurrentiel, sachant que les producteurs sont preneurs de prix, chaque produit supplémentaire vendu rapporte le **prix de marché**, qui est donc **égal à la recette marginale**.

Situation 1
Offre peu élastique au prix

Courbe de l'offre d'olives

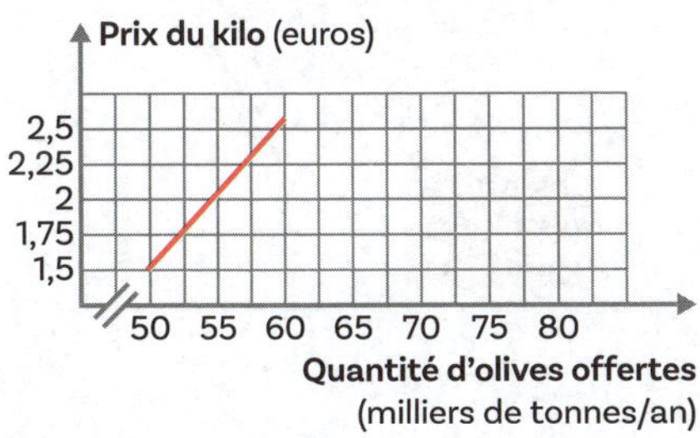

Si le prix passe de 1,5 à 2,5 euros, la quantité offerte augmente de 50 000 à 60 000 tonnes. L'offre est ici **peu élastique**.

Situation 2
Offre très élastique au prix

Courbe de l'offre d'olives

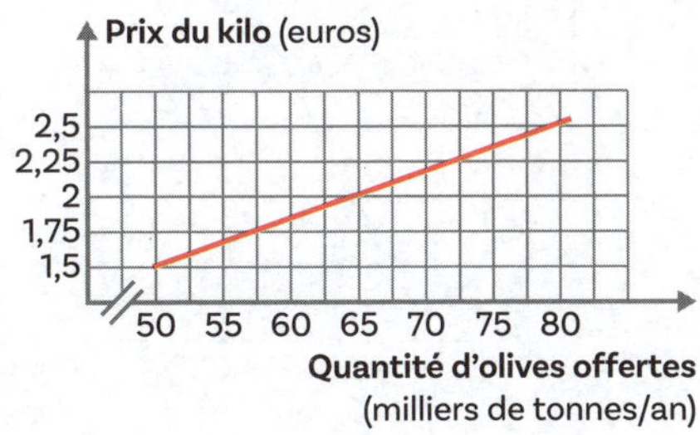

Si le prix passe de 1,5 à 2,5 euros, la quantité offerte passe de 50 000 à 80 000 tonnes. L'offre est ici **très élastique**.

Doc 3 L'élasticité-prix de l'offre

→ Le **coût total** (CT) est constitué des coûts fixes, qui ne varient pas avec les quantités produites (locaux, machines), et des coûts variables, qui augmentent avec la quantité produite (la quantité de travail). Le **coût moyen** (CM) est le coût total de l'entreprise divisé par la quantité produite (q), c'est-à-dire le coût unitaire de production : CM = CT/q.

MOT CLÉ

Loi des rendements décroissants : lorsqu'une entreprise augmente la quantité d'un facteur de production en maintenant l'autre fixe, au-delà d'un certain seuil de production, le coût de production augmente de plus en plus vite.

→ Quand la production s'accroît, le coût total s'accroît de plus en plus rapidement à partir d'un certain seuil. Cela signifie que le **coût marginal** (Cm), à savoir le coût de production de chaque unité de bien supplémentaire, est de plus en plus élevé. C'est la **loi des rendements décroissants**.

→ Le **profit total** est égal à la différence entre recette totale et coût total. Pour **maximiser son profit**, l'entreprise doit produire une quantité telle que sa **recette marginale** soit **égale à son coût marginal**. Elle a en effet intérêt à augmenter sa production tant que le coût marginal est inférieur à la recette marginale.

→ Comme le producteur produit la quantité qui égalise le coût marginal et le prix, **la courbe d'offre correspond à la courbe de coût marginal**. Pour chaque niveau de prix, la courbe de coût marginal permet de déterminer les quantités qui seront offertes. La courbe d'offre est donc croissante comme l'est, à partir d'un certain point, la courbe de coût marginal (**Doc 4**).

→ La courbe d'offre est donc **croissante à cause des rendements décroissants**. En effet, une augmentation du prix permet à l'entreprise de compenser le coût marginal de la dernière unité produite, qui est croissant.

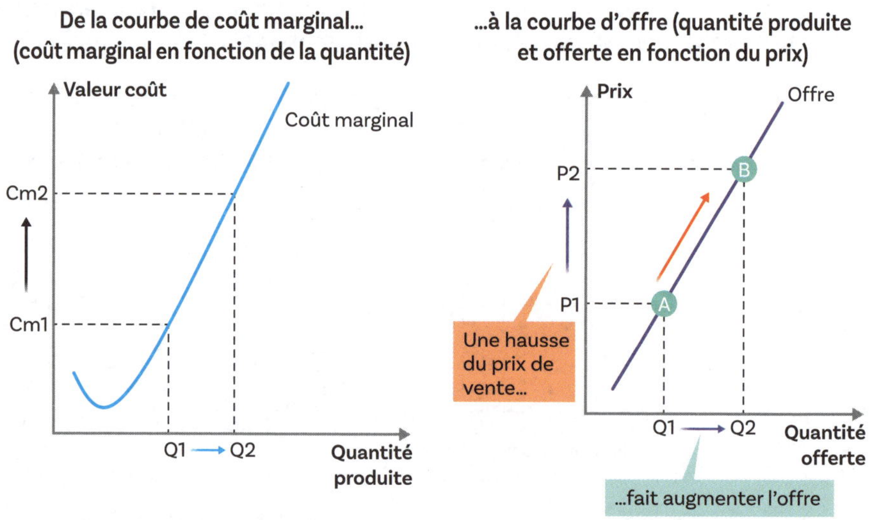

« Comment un marché concurrentiel fonctionne-t-il ? », Eduscol, juin 2019.

Doc 4 De la courbe de coût marginal à la courbe d'offre

c. L'équilibre de marché et le gain à l'échange

→ La confrontation de l'offre et de la demande détermine alors l'**équilibre du marché**, c'est-à-dire la situation dans laquelle le **prix d'équilibre** et la **quantité d'équilibre** sont tels que, pour ce prix, tous les vendeurs qui **souhaitent vendre** leur produit et tous les acheteurs qui souhaitent l'acquérir sont **satisfaits**. Un maximum de consommateurs obtient la quantité qu'ils souhaitent acheter à ce prix et le plus de producteurs vendent la quantité qu'ils sont disposés à vendre. Le marché est à l'équilibre.

→ Les **forces du marché** permettent en permanence le **retour au prix et à la quantité d'équilibre**, même si, temporairement, les prix sont trop bas par rapport au prix d'équilibre. Dans ce cas, en effet, la quantité demandée augmente et la quantité offerte baisse.

→ Si la demande est supérieure à l'offre (**pénurie**), les prix augmentent et reviennent à l'équilibre. Inversement, si le prix est provisoirement trop élevé, la quantité demandée baisse et la quantité offerte augmente (**surproduction**). Les prix augmentent jusqu'au retour à l'équilibre grâce au **mécanisme correctif de la loi de l'offre et de la demande** en concurrence parfaite.

→ Le fonctionnement du marché concurrentiel induit un **gain à l'échange**. Le dernier acheteur et le dernier vendeur paient et reçoivent le prix exact auquel ils souhaitent acheter ou vendre. Les autres acheteurs étaient disposés à payer plus, et la somme des différences entre le prix de marché et le prix que les consommateurs sont prêts à payer correspond au **surplus du consommateur**. Il est représenté par la **surface comprise entre la droite de prix et la courbe de demande** (**Doc 5**). Si un individu est prêt à payer 100 euros pour aller au concert d'un de ses artistes préféré, et que le prix s'établit à 70 euros, il réalise un surplus de 30 euros.

→ De même, on appelle **surplus du producteur** la somme des différences entre le prix de vente et le prix auquel les vendeurs étaient disposés à produire et vendre, et il est représenté par **la surface comprise entre la droite de prix et la courbe d'offre**.

→ À l'équilibre d'un marché concurrentiel, le **surplus global**, qui est la somme du surplus du consommateur et du surplus du producteur, est maximal. C'est ce qui permet de dire qu'il y a **gain à l'échange**.

Le surplus du consommateur et du producteur

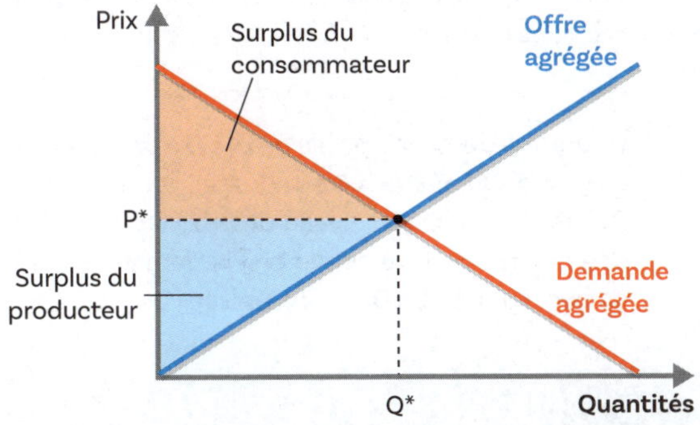

Au-dessus du prix P*, les consommateurs étaient tous prêts à payer un prix supérieur à P* et réalisent donc un surplus, d'autant plus élevé qu'ils étaient disposés à payer cher pour acquérir le bien.
Au-dessous du prix P*, les producteurs étaient disposés à produire et réalisent un surplus d'autant plus élevé qu'ils étaient prêts à produire pour un prix de marché faible.

Doc 5 Le surplus du consommateur et du producteur

3 Les modifications de l'équilibre du marché et du surplus

a. Les déplacements de courbes et leur impact sur l'équilibre de marché

→ La **variation du prix** a des conséquences sur les quantités offertes ou demandées, et se traduit par un **déplacement *sur* ou *le long* des courbes**. Les quantités offertes ou demandées dépendent en effet du niveau de prix. Par exemple, pour un prix élevé, l'offre est élevée, puisque la recette d'une vente est forte. Pour un prix plus faible, l'offre est plus basse. Cette relation correspond à un **déplacement *sur* la courbe**.

→ En revanche, lorsque les déterminants de l'offre et de la demande autres que le prix varient, cela se traduit par un **déplacement *de* la courbe**.

→ Si l'**offre augmente** à la suite d'une baisse de la fiscalité, du coût des consommations intermédiaires, de l'amélioration de la productivité, par exemple, cela se traduit par un **déplacement de la courbe vers la droite**, qui a pour conséquence, toutes choses égales par ailleurs, une baisse du prix. À l'inverse, **une réduction de l'offre** pour tout prix donné, se traduit par un **déplacement de la courbe d'offre vers la gauche**, et donc d'une hausse du prix.

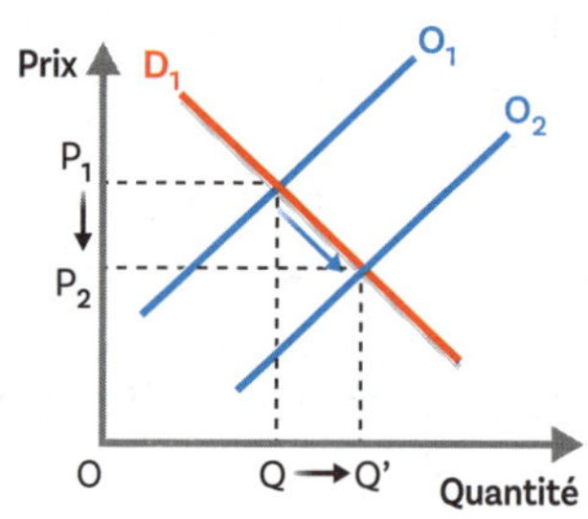

Lorsque l'offre passe **de O_1 à O_2** (déplacement de la courbe d'offre vers la droite), le prix baisse **de P_1 à P_2**. Pour chaque niveau de prix, la quantité offerte augmente. Inversement, si l'offre se rétracte, en passant de **O_2 à O_1**, le **prix augmente**.

→ Un **accroissement de la demande** lié à une augmentation du nombre de consommateurs ou de leurs revenus, à un changement des goûts, à un effet de mode, se traduit aussi par un **déplacement de la courbe vers la droite**, qui a pour conséquence, toutes choses égales par ailleurs, une hausse du prix. Inversement, une **baisse de la demande** pour tout prix donné, se traduit par un **déplacement de la courbe de demande vers la gauche**, et par une baisse des prix.

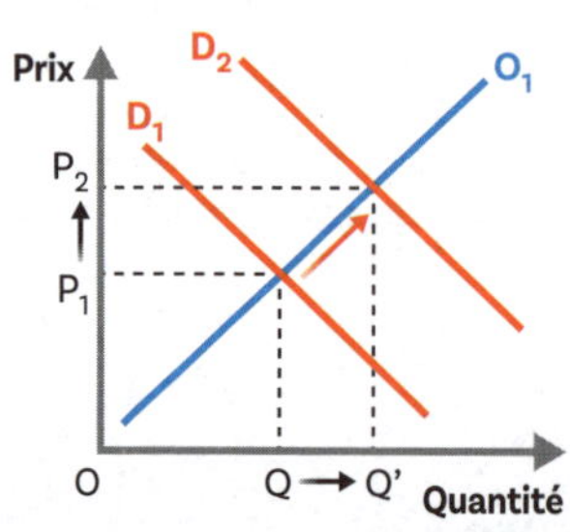

Lorsque la demande passe **de D_1 à D_2** (déplacement de la courbe de demande vers la droite), le prix augmente **de P_1 à P_2**. Pour chaque niveau de prix, la quantité demandée augmente. Inversement, si la demande se rétracte, en passant **de D_2 à D_1**, le **prix baisse**.

b. L'influence des taxes sur l'équilibre du marché

→ Pour influencer les comportements d'offre et de demande, les pouvoirs publics peuvent décider de taxer un produit. Une **taxe forfaitaire** sur les prix vise à **modifier l'offre** sur le marché.

→ **Si la taxe est instaurée sur le producteur**, l'offreur va diminuer la quantité offerte pour chaque prix. La **courbe d'offre se déplace** donc **vers la gauche** (**Doc 6**). La mise en place de la taxe réduit en effet la recette du producteur, qui diminue son offre (déplacement de la courbe). L'équilibre est alors modifié : les quantités échangées diminuent et le prix augmente. Mais le prix payé n'est pas le prix reçu par le producteur. La différence constitue la taxe perçue et reversée.

→ **Si la taxe est instaurée sur l'acheteur**, la **droite de demande se déplace vers la gauche** (l'acheteur va acheter moins pour chaque niveau de prix) **ou vers le bas** (l'acheteur achète la même quantité si le prix exigé par l'offreur baisse pour compenser la taxe). De fait, les quantités échangées diminuent et le prix diminue. Si la taxe est payée par l'acheteur, elle est supportée par l'acheteur et le demandeur lorsqu'on compare par rapport à l'équilibre.

→ L'**élasticité-prix** des courbes d'offre et de demande détermine **sur qui pèse le plus la taxe**. Si l'élasticité-prix des consommateurs est faible, ils subiront plus la taxe, puisqu'ils sont peu sensibles à la variation des prix.

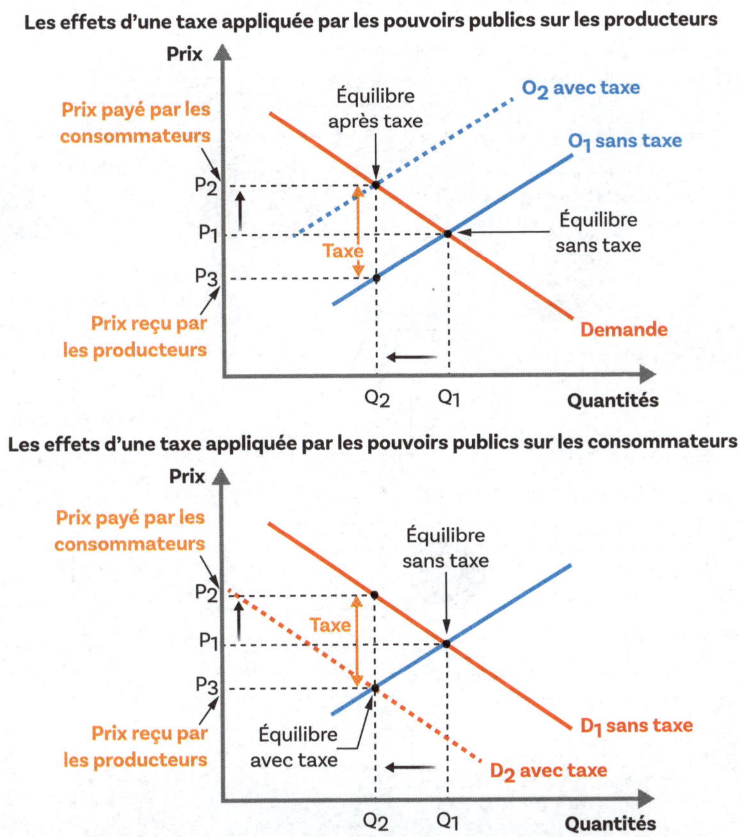

Doc 6 Les effets d'une taxe appliquée par les pouvoirs publics

MÉMO VISUEL

- La synthèse en BD -

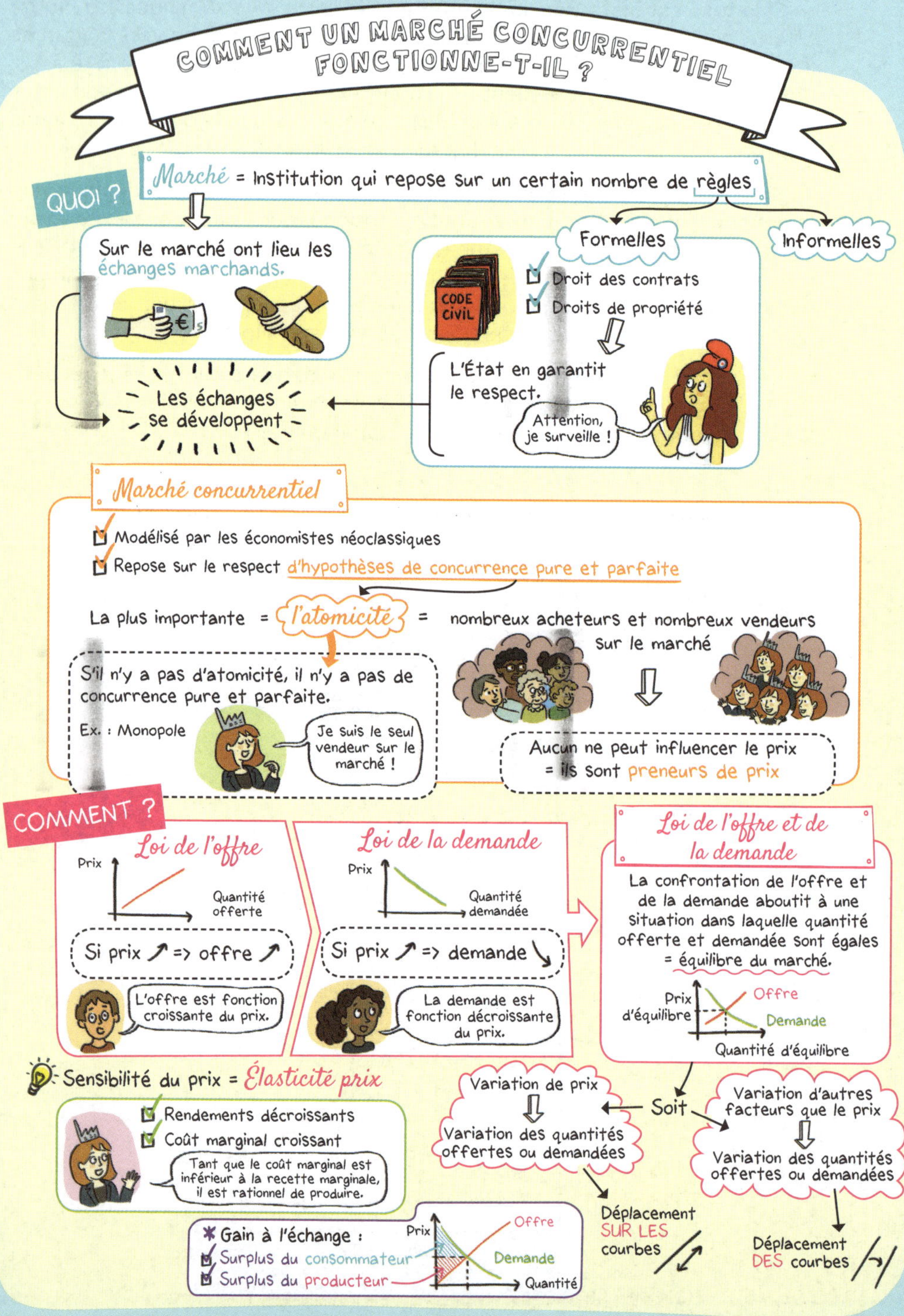

Une citation clé

S'il arrive que la demande soit considérable, le prix du marché s'élèvera pour quelque temps au-dessus de ce niveau ; mais cela aura pour résultat une augmentation de la production et alors le prix du marché baissera ; le phénomène inverse se produira si la demande descend, pour quelque temps, au-dessous du niveau ordinaire.

Alfred Marshall, économiste britannique, *Principes d'économie politique*, 1890.

Ne pas confondre

- Courbe d'offre/de demande
- Demande ou offre individuelle/demande ou offre globale
- *Price maker/price taker*
- Loi de l'offre et de la demande/loi des rendements décroissants
- Élasticité-prix de l'offre/élasticité-prix de la demande
- Pente de la courbe d'offre ou de demande/allure de la courbe (croissante ou décroissante)
- Déplacement sur la courbe/déplacement de la courbe
- Recette totale/recette marginale
- Coût total/coût marginal
- Coût fixe/coût variable
- Taxe sur le producteur/sur le consommateur

Le mécanisme à comprendre

La rencontre de l'offre et de la demande

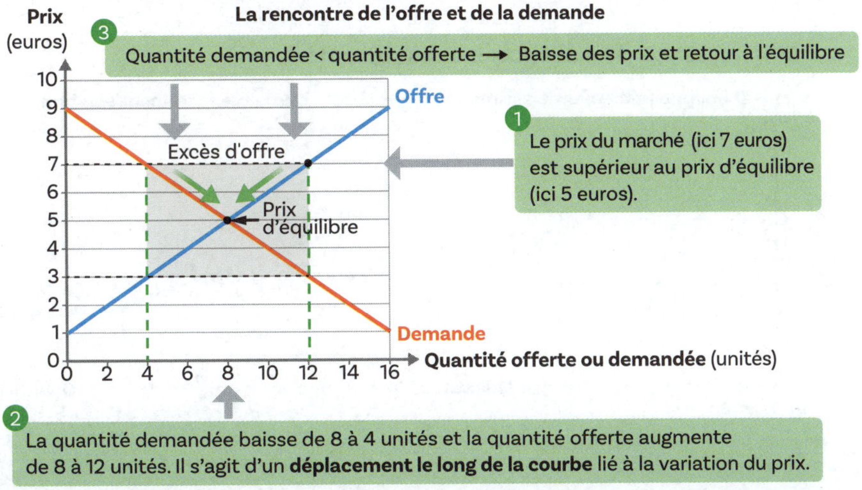

SE TESTER

- Mobiliser ses connaissances -

1. Vrai ou faux ?

	Vrai	Faux
a Le marché est une institution qui fonctionne selon des règles formelles ou informelles.	☐	☐
b La plupart des marchés sont aujourd'hui en concurrence pure et parfaite.	☐	☐
c Lorsque le prix augmente, l'offre diminue.	☐	☐
d Si le prix se fixe au-dessus du prix d'équilibre, la quantité offerte est inférieure à la quantité demandée.	☐	☐
e Si le prix est inférieur au prix d'équilibre, il va augmenter pour assurer l'égalité entre la quantité offerte et la quantité demandée sur le marché.	☐	☐
f La production est maximale lorsque le coût marginal égalise le prix.	☐	☐
g L'entreprise doit produire une quantité telle que sa recette marginale soit égale à son coût marginal.	☐	☐
h La courbe de coût marginal est décroissante.	☐	☐
i La recette marginale est égale au prix sur un marché concurrentiel.	☐	☐
j Le surplus du consommateur correspond à la somme des différences entre le prix que les consommateurs sont prêts à payer et le prix de marché.	☐	☐
k Le surplus total mesure le gain à l'échange.	☐	☐
l Une taxe augmente la quantité offerte sur le marché si elle s'applique sur le producteur.	☐	☐
m Une taxe sur le consommateur augmente la quantité d'équilibre et le niveau du prix par rapport au point d'équilibre sans taxe.	☐	☐

2. Complète le titre des graphiques suivants.

Demande faiblement élastique

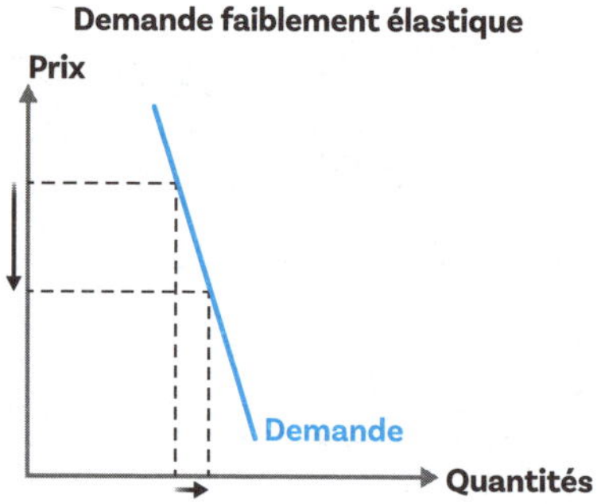

Demande fortement élastique

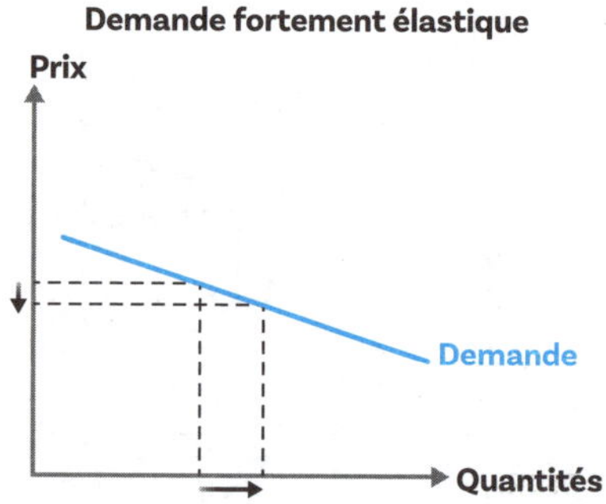

a. ....

b. ....

3. Associe les termes suivants à leur définition.

a. *Déplacement de la courbe* - **b.** *Surplus du consommateur* - **c.** *Déplacement le long de la courbe* - **d.** *Coût marginal* - **e.** *Élasticité-prix de la demande.*

1. Variation de la demande d'un produit suite à la variation de son prix.
2. Sensibilité de la demande à la variation des prix.
3. Différence entre le prix qu'un consommateur est prêt à payer pour un bien et le montant effectivement payé par celui-ci.
4. Coût de production de la dernière unité produite
5. Il résulte d'une variation de la quantité offerte ou demandée à niveau de prix inchangé.

4. Associe chacune des situations suivantes à un des graphiques et explique les conséquences sur l'équilibre du marché décrit :

1. Une campagne de sensibilisation relie la consommation de sodas à la progression du diabète.
2. L'usage de pesticides et la prédation du frelon asiatique conduisent à une surmortalité des abeilles, ce qui affecte la production de miel.
3. La demande de viande labellisée bio augmente fortement à la suite de scandales sanitaires.
4. Le nombre de producteurs de trottinettes électriques augmente à la suite de l'engouement des citadins pour ce mode de transport.

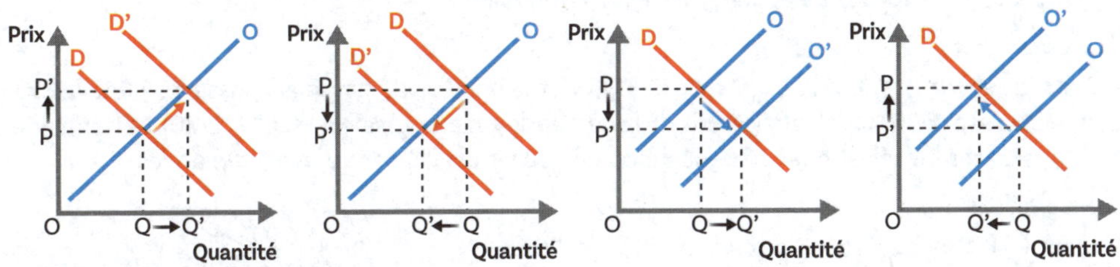

a. **b.** **c.** **d.**

Réponses : 1. a. Vrai - **b.** Faux - **c.** Faux - **d.** Faux - **e.** Vrai - **f.** Vrai - **g.** Vrai - **h.** Faux - **i.** Vrai - **j.** Vrai - **k.** Vrai - **l.** Faux - **m.** Faux • **2. Graphique 1 :** Demande faiblement élastique - **Graphique 2 :** Demande fortement élastique • **3. a.** 5 - **b.** 3 - **c.** 1 - **d.** 4 - **e.** 2 • **4. 1.** b - **2.** d - **3.** a - **4.** c.

COMMENT FAIRE POUR...

Calculer des élasticités

Exemple de la mise en place d'un péage sur un pont et de son impact sur le passage des usagers

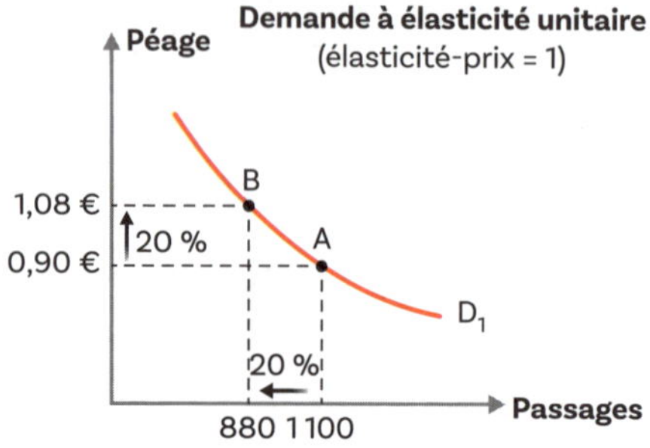

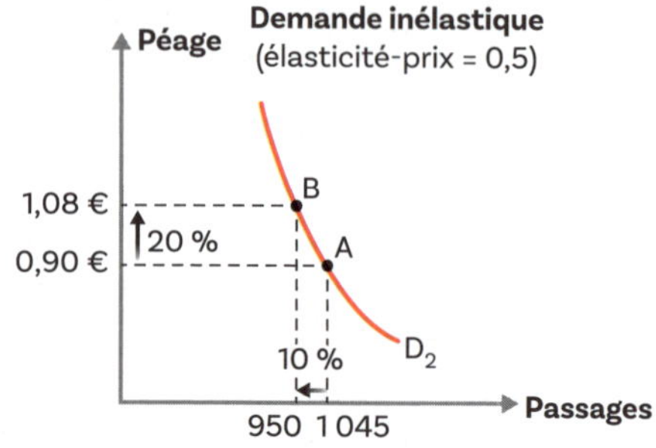

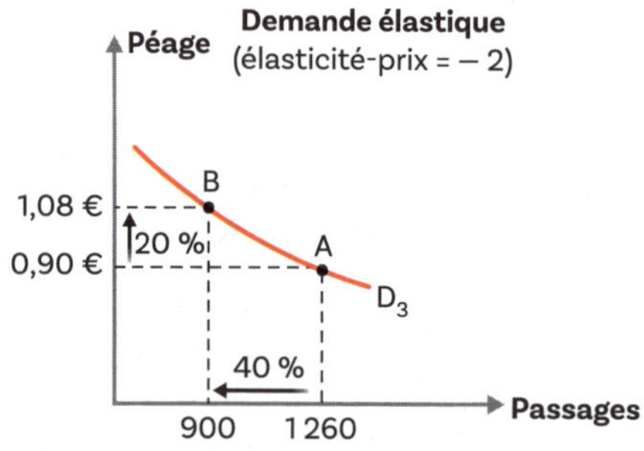

L'élasticité-prix de la demande se mesure par le rapport :

$$e_p = \frac{\text{taux de variation de la demande}}{\text{taux de variation du prix}}$$

Le prix passe de 0,90 euros à 1,08 euros, soit une hausse de 20 %.

Premier cas

- Dans le premier cas, le nombre de passage baisse de 20 %. L'élasticité-prix de la demande est alors égale à - 1 (- 20/20). L'élasticité-prix est ici « unitaire ».

Deuxième cas

- Dans le second cas, le prix augmente de 20 %, et le nombre de passages passe de 1 045 à 950, soit une baisse de 10 %. L'élasticité-prix de la demande est alors égale à - 0,5 (- 10/20). La demande est dans ce cas peu élastique. On peut supposer que les usagers ont peu d'alternatives.

Troisième cas

- Dans le troisième cas, le prix augmente de 20 %, et le nombre de passages passe de 1 260 à 900, soit une baisse de 40 %. L'élasticité-prix de la demande est de - 2 (- 40/20). Il est probable qu'il existe d'autres itinéraires que celui passant par le péage.

On note que :
- l'élasticité-prix d'une demande très élastique est > – 1 ;
- l'élasticité-prix d'une demande peu élastique est comprise entre – 1 et 0.

COMMENT FAIRE POUR...

Analyser des allures et pentes de courbes

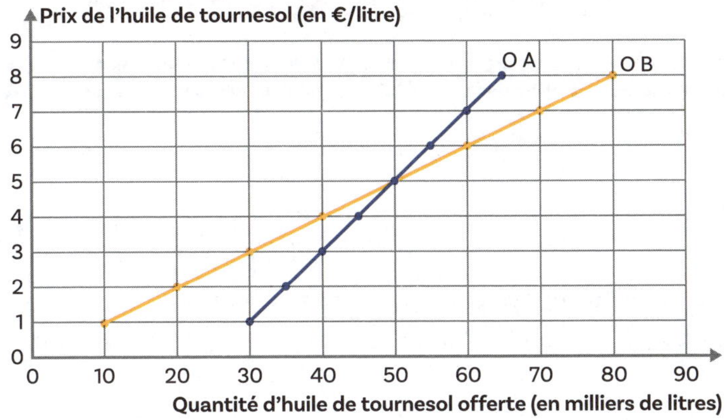

L'offre d'huile de tournesol dans deux pays (A et B) a les caractéristiques suivantes (exemple fictif) :

- prix de l'huile de tournesol (en € par litre) ;
- quantité d'huile d'olive offerte (en milliers de litres) ;
- OA : quantité d'huile offerte dans le pays A ;
- OB : quantité d'huile offerte dans le pays B.

1. Présenter et analyser l'allure de la fonction d'offre

La courbe d'offre est une fonction croissante du prix, car en situation de concurrence pure et parfaite, le coût marginal est croissant du fait de la loi des rendements décroissants. Pour pouvoir couvrir ce coût marginal croissant, il faut que le prix, qui est aussi la recette marginale, progresse. Les producteurs sont en effet preneurs de prix. Donc les producteurs peuvent augmenter leur production seulement si le prix - la recette marginale - égalise le coût marginal. Le producteur détermine en effet le niveau de production au point ou la recette marginale égalise le coût marginal.

2. Mesurer l'impact d'une hausse du prix de 4 euros à 6 euros sur la quantité d'huile de tournesol offerte dans chaque pays

Dans le pays A, lorsque le prix passe de 4 à 6 euros, la production passe de 45 000 litres à 55 000 litres. Dans le pays B, elle progresse de 40 000 à 60 000 litres.

3. Interpréter les pentes des courbes d'offre

On observe que la production est moins sensible à la hausse du prix dans le pays A que dans le pays B, puisque pour une hausse identique du prix, la quantité d'huile de tournesol produite augmente de 10 000 litres dans le pays A, contre 20 000 litres dans le pays B.

On peut ici calculer les élasticités-prix, puisqu'une hausse du prix de 50 % (passage de 4 à 6 euros) se traduit par une augmentation de l'offre de 22 % (55 000/45 000 = 1,22) dans le pays A et de 50 % dans le pays B (60 000/40 000 = 1,5). L'élasticité-prix de l'offre est donc de 0,44 (22/50) dans le pays A et de 1 (50/50) dans le pays B.

SE PRÉPARER POUR L'EXAMEN

Répondre à la partie 1, « Mobilisation des connaissances »

SUJET

PARTIE 1 **Mobilisation des connaissances** *(4 points)*
Expliquez pourquoi la courbe d'offre est une fonction croissante du prix.

Méthode et corrigé

Analyser la question

→ Repère le **chapitre** de référence.

→ Distingue dans le sujet les **termes clés** et définis-les.

> La courbe d'offre décrit la quantité offerte par les producteurs sur un marché en fonction du niveau de prix. Elle est croissante, car lorsque le prix augmente, la quantité offerte augmente aussi.

→ Analyse la **démarche attendue** : *« Quels sont les ... », « Présentez »*, induit un exposé descriptif ; tandis que : *« Expliquez », « Montrez »* induit une analyse de mécanismes et d'enchaînements.

> Il s'agit ici d'« expliquer pourquoi », c'est-à-dire de **présenter les causes** de l'allure de la courbe.

COUP DE POUCE

Tu peux t'appuyer sur la méthode de l'épreuve composée, p. 13.

Rassembler ses connaissances au brouillon

→ Note au brouillon les **idées clés** permettant de répondre à la question.

> Il faut faire émerger ici les notions suivantes : *coût, coût marginal, rendements décroissants, recette marginale, concurrence pure et parfaite,* price taker.

CONSEIL — **Définis** chacun des concepts mobilisés.

→ **Approfondis chaque idée** en rassemblant des connaissances qui permettent de les analyser et de présenter des mécanismes.

> Rappelle qu'une entreprise ne produit un bien supplémentaire que si son coût marginal est inférieur ou

égal à sa recette marginale. Or, sur un marché concurrentiel, le producteur est preneur de prix, donc la recette marginale est égale au prix.

→ Rassemble des **données chiffrées** ou des **exemples** pertinents pour illustrer ton propos.

> Tu ne peux ici mobiliser que des **exemples hypothétiques**.

Par exemple, si le prix du kilo de fraises est de 8 euros sur le marché, il faut que le coût marginal de chaque kg de fraises soit inférieur à 8 euros pour que la production soit rentable.

Organiser sa réponse au brouillon

→ **Structure ta présentation** en distinguant deux ou trois paragraphes présentant des idées distinctes.

→ Prévois une phrase d'**introduction** et de **conclusion**.

CONSEIL

Écris **au brouillon** tes axes avant de noter brièvement ce que tu vas développer.

> **Proposition d'organisation**

- **Introduction** qui rappelle l'allure de la courbe d'offre.
- **Paragraphe 1**. Présentation de l'allure de la courbe de coût marginal en lien avec la loi des rendements décroissants.
- **Paragraphe 2**. Le producteur ne produit une unité supplémentaire que si le prix de la dernière unité vendue (recette marginale) est supérieur au coût marginal. Le producteur ne produit que jusqu'au niveau de production où la recette marginale est égale au coût marginal.
- **Conclusion.** Relie l'ensemble de tes idées en montrant que le prix doit bien être croissant pour couvrir le coût marginal de chaque unité supplémentaire, qui est croissant avec la hausse de la production, d'où l'allure de la courbe.

→ **Distingue tes arguments de leur illustration** (exemple factuel, données chiffrées, graphique...).

> Tu peux ici proposer une **représentation graphique** de la fonction de coût marginal pour illustrer ton premier paragraphe.

Rédiger une réponse

→ Ta réponse devra comporter une vingtaine de lignes.

→ Assure-toi qu'on comprend **dès l'introduction** de quel sujet tu vas parler.

→ Définis les **concepts** utilisés dans ton développement.

→ Soigne tes exemples ou graphiques.

→ Enfin, relis-toi !

Pour aller plus loin

Livres

- Emmanuel Buisson-Fenet, Marion Navarro, *La Microéconomie en pratique*, Armand Colin, 2e édition, 2015.
- Roger Guesnerie, *L'Économie de marché*, Le Pommier, 2013.
- Paul Krugman, Robin Wells, *Microéconomie*, De Boeck, 4e édition, 2019.

À voir

Vidéos de révision

- « Le marché du bio », Xerfi :
  www.xerfi.com/presentationetude/La-distribution-de-produits-alimentaires-bio-a-l-horizon-2020_7IAA41/teaser
- « L'élasticité des prix », Stratège Marketing :
  www.strategemarketing.com/lelasticite-des-prix
- « La sensibilité de la demande », Campus de l'innovation pour les lycées :
  www.youtube.com/watch?v=9Yo4UwVVJso&t=9s
- « Comment se construit la courbe d'offre », Campus de l'innovation pour les lycées :
  www.youtube.com/watch?v=9Yo4UwVVJso&t=9s
- « Le profit du producteur », Campus de l'innovation pour les lycées :
  www.youtube.com/watch?v=k3ORyZjiJMk&t=3s
- « La concurrence », Cité de l'Économie et de la monnaie :
  www.citeco.fr/la-concurrence

À consulter

Jeux de marché

- « Le jeu du marché du mouton », Cité de l'économie :
  www.citeco.fr/le-jeu-de-march%C3%A9-du-mouton.
- Une activité sur le marché du beurre, Académie de Poitiers :
  ww2.ac-poitiers.fr/ses/spip.php?article413

Chapitre 1 Comment un marché concurrentiel fonctionne-t-il ?

Tu viens de voir les notions à connaître sur le marché concurrentiel. Pour t'aider à retenir l'essentiel et t'entraîner pour le Bac, voici ton kit de révisions clé en mains conçu par SchoolMouv !

Vidéo

Pour mieux comprendre et t'en souvenir à coup sûr, regarde la vidéo. C'est parfois bien plus clair en images.

Vidéo **Comment un marché concurrentiel fonctionne-t-il ?**
https://flashbelin.fr/focusbacschoolmouv/ses/1re/1

Contenu additionnel

Voici un bonus autour du même sujet. La curiosité n'est pas toujours un vilain défaut. Il suffit de créer ton compte pour avoir accès à plein de contenus supplémentaires.

Fiche **Comment un marché concurrentiel fonctionne-t-il ?**
https://www.schoolmouv.fr/eleves/cours/comment-un-marche-concurrentiel-fonctionne-t-il/fiche-de-cours

Tchat avec un prof

Pour poser toutes tes questions à un prof particulier, découvre l'abonnement tchat. Tu peux le tester gratuitement pendant 7 jours : fini les questions sans réponses, tu vas devenir incollable.

https://focusbac.schoolmouv.fr/offre

2 Comment imparfaitement fonctionnent-ils ?

L'abus de position dominante

Notions

- Concurrence pure et parfaite
- Entreprise
- Fonction d'offre
- Fonction de demande
- Prix et quantité d'équilibre
- Surplus total

les marchés concurrentiels

L'ESSENTIEL EN 5 POINTS

1. Les situations de **concurrence imparfaite** sont sources de **pouvoir de marché**, car elles favorisent des structures de monopole, oligopole et concurrence monopolistique.

2. L'existence de **monopoles** s'explique par différents **facteurs**, comme l'importance des coûts fixes, de la capacité d'innovation et de règles institutionnelles.

3. L'**équilibre du monopole** n'est pas efficace, puisqu'il conduit à une **perte sèche** qui réduit le **surplus** du consommateur.

4. La théorie des jeux et le « **dilemme du prisonnier** » permettent de comprendre pourquoi les **firmes** ont intérêt à former des **ententes**.

5. La **politique de la concurrence**, en régulant les fusions-acquisitions et en luttant contre les ententes illicites et les abus de position dominante, augmente le surplus du consommateur.

→ Définitions des notions p. 38-47

LE COURS en 3 axes

1 La concurrence imparfaite et les différentes structures de marché

a. Les structures de marché en situation de concurrence imparfaite

MOTS CLÉS

Pouvoir de marché : capacité d'une firme à influer sur les conditions du marché sur lequel elle intervient, en particulier sur les prix de marché et, par voie de conséquence, sur les marges de manœuvre de ses concurrents.

Concurrence imparfaite : situation où, sur un marché, une au moins des cinq conditions de la concurrence pure et parfaite n'est pas respectée.

→ En situation de **concurrence pure et parfaite**, le marché est constitué d'une multitude d'offreurs et de demandeurs. Aucun d'entre eux n'a la capacité de fixer les prix du marché. Ils sont « **price takers** » ou « preneurs de prix ». Mais le **marché concurrentiel** (ou en concurrence pure et parfaite) est un modèle théorique et, dans de nombreuses situations, les acteurs du marché sont en capacité d'influencer les prix du marché : ils deviennent « price makers », ou « faiseurs de prix ». Les entreprises disposent alors d'un certain **pouvoir de marché**. On parle de **concurrence imparfaite**.

→ En effet, dans la réalité les **conditions de la concurrence pure et parfaite** (CPP) ne sont pas toujours respectées : les produits sont souvent **différenciés** et présentent des spécificités (importance des marques, du contenu technologique…) ; il existe des marchés dominés par une ou quelques **grandes entreprises** ; des **barrières** peuvent faire obstacle **à l'entrée** sur le marché ; l'**information** n'est pas parfaite et la **mobilité des facteurs** ne permet pas toujours le retour à l'équilibre sur le marché.

MOT CLÉ

Structure de marché : elle est déterminée par le nombre d'offreurs et de demandeurs sur un marché, ce qui influe sur le mode de fixation du prix de marché.

→ Trois types de **structures de marché** remettent en question le critère d'**atomicité** en présentant un nombre limité d'offreurs sur un marché : le **monopole, l'oligopole, et la concurrence monopolistique** (**Doc 1**, p. 39).

→ Un **monopole** désigne la situation où **une entreprise** fournit seule la totalité de la production sur un marché : il y a donc un offreur qui produit un bien sans substituts proches et peut donc *a priori* **fixer le prix du marché**. Par exemple, La Poste avant 2011 (date de sa mise en concurrence sur la distribution de courrier) ou « SNCF Réseau », qui garde un monopole sur les infrastructures ferroviaires, même après l'ouverture de la SNCF à la concurrence sur le transport des voyageurs en 2021 (sur décision des pouvoirs publics).

→ Un **oligopole** est un marché où intervient un **petit nombre d'offreurs**, qui peuvent ainsi **influer sur les prix du marché**. Plus précisément, les firmes se font concurrence, mais prennent chacune des décisions en réaction aux décisions des autres, et affectent ainsi le prix de marché. Le marché des producteurs d'avions gros-porteurs est ainsi largement dominé par deux entreprises, Airbus et Boeing ; Samsung détient en 2021, 21 % des parts de marché de smartphone, Apple 15 % et Xiami 14 %.

→ La **concurrence monopolistique**, enfin, concerne les marchés où se rencontrent de **nombreux offreurs**, mais dont les **produits** sont **suffisamment différents** aux yeux des consommateurs pour leur permettre de fixer malgré tout leurs prix. Par exemple, les coiffeurs coupent tous les cheveux, mais chacun présente des spécificités (ciblage sur des publics spécifiques : étudiants, coiffure afro, amplitude des horaires).

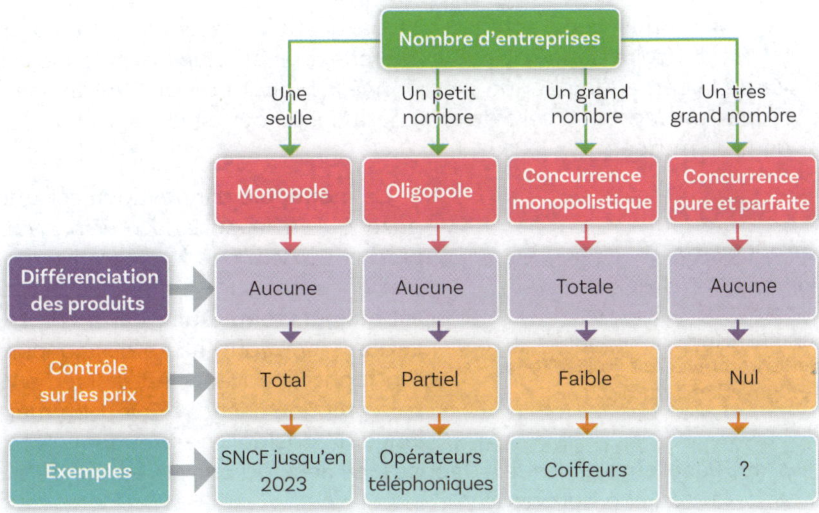

Doc 1 Les différentes structures de marché

b. La diversité des monopoles

Un monopole peut avoir plusieurs origines.

→ Le **monopole naturel** doit son existence au fait que, dans certaines activités, les **coûts d'investissement** (coûts fixes) sont très élevés (réseaux d'électricité, ferroviaires, de communication...), si bien qu'il faut que le niveau de production soit important pour que le coût unitaire baisse. On parle d'**économies d'échelle**. Dès lors, une seule entreprise peut fournir l'ensemble du marché pour pouvoir réduire suffisamment ses coûts de production afin que l'activité devienne rentable. Exemples : Tunnel sous la Manche, SNCF Réseau.

> **MOTS CLÉS**
>
> **Économie d'échelle :** situation où les coûts moyens de production baissent avec l'augmentation des quantités produites.
>
> **Barrière à l'entrée :** ensemble des obstacles (coûts fixes, réglementations...) qui rendent très difficile l'entrée de nouvelles entreprises sur un marché.

→ Le **monopole institutionnel ou légal** résulte de la loi ou de mesures réglementaires. L'État peut ainsi accorder des **droits exclusifs** à une entreprise privée ou publique pour exploiter un service public ou produire des biens et des services (le monopole légal a souvent été un monopole public et naturel). Exemples : France Télecom, EDF, La Poste, mais aussi La Française des jeux, avant leur ouverture à la concurrence. On peut, dans le cas du monopole naturel comme dans celui du monopole institutionnel considérer qu'ils doivent leur existence à des **barrières à l'entrée** (techniques et/ou légales).

→ Le **monopole géographique ou local** décrit la présence d'un **unique offreur sur un territoire** donné ou sur un marché donné. Il s'agit d'un monopole vis-à-vis de la demande pour un bien donné, qui peut être une entreprise de taille réduite par rapport à celle du marché, à l'instar des aires d'autoroute, d'un café dans un musée...

> **MOT CLÉ**
>
> **Brevet :** il confère à son propriétaire un droit exclusif d'exploitation de l'innovation. Celui-ci est temporaire, dans la mesure où la durée d'un brevet est limitée dans le temps (20 ans maximum).

→ Le **monopole d'innovation** est une entreprise qui, à la suite d'une innovation (de produit ou de procédé), se trouve momentanément seule sur un marché. Ce monopole est toujours **temporaire**, car la « **rente d'innovation** » (surprofit) attire des concurrents et l'entreprise innovante est rapidement imitée. La protection par des **brevets** permet de prolonger la position de monopole (voir **Débat**, p. 49). Par exemple, Nestlé a déposé près de 1 700 brevets autour de la capsule et de la machine Nespresso.

→ Le **monopole contestable** décrit la situation où un monopole est confronté au **risque d'arrivée de nouveaux concurrents** lorsque, par exemple, il n'existe pas de barrières à l'entrée ou à la sortie du marché. Ces monopoles très spécifiques sont amenés à modérer leurs prix pour ne pas attirer des entreprises si leur rente de monopole est trop élevée. Par exemple, Google est contraint d'innover et de se diversifier pour maintenir sa position.

→ L'entreprise en situation de monopole est **seule**, elle peut donc **fixer à la fois les prix et la quantité produite**, dans la limite de ce que le consommateur est prêt à payer. Le prix est en général supérieur et les quantités offertes y sont inférieures à celles de la situation d'équilibre théorique en concurrence pure et parfaite, au détriment des consommateurs.

→ L'existence d'un monopole se traduit par une **perte de surplus total**, soit une « **perte sèche** » de bien-être pour la société qui peut se représenter graphiquement (**Comment faire pour...**). En d'autres termes, ce que gagne le monopole est inférieur à la perte des consommateurs. Toutefois, la situation de monopole **peut être favorable à la croissance** (cas du monopole d'innovation) **ou inévitable** (cas du monopole naturel).

COMMENT FAIRE POUR...

...comprendre l'approche graphique de la « perte sèche du monopole »

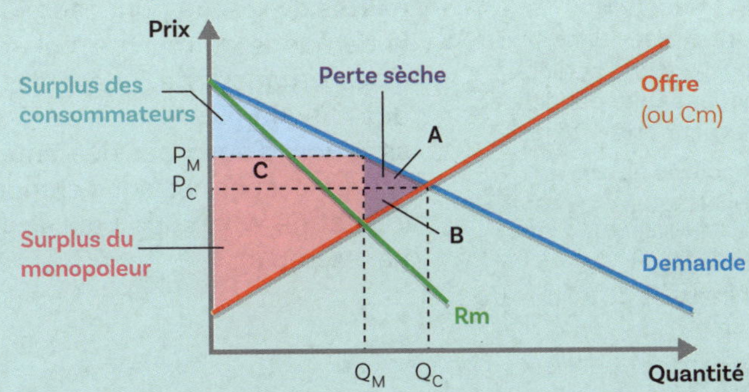

• En **concurrence pure et parfaite** (CPP), les entreprises sont « **preneuses de prix** » et leur recette marginale (comme la recette moyenne) est égale au prix du bien, puisqu'elles vendent au prix du marché. Tant que l'entreprise ne s'éloigne pas du prix de marché (P_c), elle peut vendre autant qu'elle le souhaite. Chaque entreprise choisit de produire la quantité qui maximise son profit, ce qui revient à la règle d'égalisation du prix (et donc de la recette marginale) au coût marginal : **Rm (=** P_c**) = Cm**.

• Le **monopole** est lui **faiseur de prix**, il fixe un prix P_M au-dessus de son coût marginal. En effet, comme toute la demande du marché s'adresse au monopole et que la demande est une fonction décroissante du prix, lorsqu'un monopole augmente sa production d'une unité, il doit réduire le prix qu'il fait payer aux consommateurs, et donc le prix sur toutes les unités vendues. Le prix fixé par le monopole est donc égal à sa recette moyenne et la courbe de demande est alors aussi la courbe de recette moyenne. De fait, **la recette marginale est toujours plus faible que la recette moyenne** (courbe de demande).

• Le **prix du monopole** P_M se fixe au niveau où son profit est maximal c'est-à-dire où **Rm = Cm**. Cela détermine la quantité Q_M produite par le monopole : $Q_M < Q_c$.

• On observe une **perte de surplus total** (zone A + B), que l'on appelle aussi la **perte sèche** (ou charge morte) du monopole. Ainsi, le monopole fixe un prix trop élevé par rapport au prix concurrentiel, qui réduit le **surplus du consommateur** de la zone A + C par rapport à la situation de CPP. Le **surplus du monopoleur** augmente de la zone C, car $P_M > P_C$, mais baisse par rapport au surplus du producteur en CPP de la zone B, car la quantité produite a baissé $Q_M < Q_C$.

2 Les stratégies des entreprises pour être « faiseurs de prix »

a. Les effets de la taille de l'entreprise sur la capacité à fixer les prix

→ Les entreprises cherchent à développer ou à conserver leur **pouvoir de marché**, c'est-à-dire leur capacité à influencer les conditions du marché, en particulier le prix, afin d'accroître leurs profits.

→ De nombreux monopoles sont le résultat de stratégies de **concentration**. Cela explique parfois l'existence de **monopoles** comme par exemple, pendant longtemps, celui de l'entreprise De Beers dans la production de diamants, qui a absorbé progressivement tous ses concurrents. Dans certains secteurs, la concentration est nécessaire pour réaliser des **économies d'échelle**, comme dans les industries de réseau (électricité, gaz, réseau ferroviaires...), à l'origine de monopoles naturels.

→ Certaines entreprises profitent de coûts de production décroissants et d'**effets ou externalités de réseau** pour capter l'ensemble de la demande du marché. Cela peut conduire à des situations de monopoles comme ceux des GAFAM (**Le petit +**), qui les mettent en situation d'absorber des entreprises innovantes leur permettant d'étendre leur activité (rachat de WhatsApp par Facebook en 2014, par exemple).

MOTS CLÉS

Concentration : réduction du nombre d'entreprises dans une branche ou pour une activité donnée. Elle peut se faire par achat d'entreprises concurrentes.

Effets ou externalités de réseau : phénomènes par lesquels les avantages de l'utilisation d'un service augmentent avec le nombre d'utilisateurs ou de clients.

LE PETIT +

→ **Externalités de réseau et stratégie de « *winner takes all* »**

Les marchés des technologies de l'information et de la communication (TIC) sont très **concentrés**. Souvent, une entreprise, à l'instar des GAFAM (Google, Amazon, Facebook, Apple, Microsoft) domine le marché.

Le premier facteur de concentration de ces entreprises, qui explique leur quasi monopole sur certains services, provient des **externalités de réseau** : plus le nombre d'utilisateurs de Facebook augmente, plus il est intéressant d'utiliser ce réseau social.

Un second facteur de concentration est lié à l'**importance des coûts fixes**, qui constituent des **barrières à l'entrée**. Ainsi, certains services requièrent des investissements technologiques considérables. Concevoir un moteur de recherche performant requiert la même dépense, qu'on reçoive 2 000 requêtes de recherche par an ou 2 milliards, comme c'est le cas de Google (90 % des parts de marché), et les revenus publicitaires qui proviennent de la vente des données recueillies sur les utilisateurs ne sont pas du tout les mêmes selon la taille de l'entreprise.

Ces entreprises tendent donc vers une **position de monopole naturel**, ce d'autant plus que la taille du marché n'est pas limitée par des coûts de transport. Il est donc très courant dans l'économie d'Internet que « le gagnant rafle la mise » : c'est le **principe du « *winner takes all* »**.

b. Renforcer les positions de « price takers » par la différenciation des produits et l'innovation

→ Les entreprises peuvent aussi chercher à **différencier leurs produits** aux yeux des consommateurs, soit par l'**innovation**, soit par la **publicité**.

→ Il existe deux types de différenciation des produits : une **différenciation horizontale** (les produits vendus sont de qualité équivalente) et une **différenciation verticale** (les produits se différencient par leur qualité, leur gamme).

→ Cela permet de fidéliser des clients, mais peut aussi aboutir à créer une **demande captive**, qui rend les demandeurs dépendant de quelques producteurs. Un marché captif peut être dû à des **facteurs géographiques** (un hypermarché unique dans un périmètre de 30 km), à la **complémentarité** des produits (des jeux vidéo de consoles, des lames de rasoir, des capsules de café spécifiques à une marque, des applications iPhone et non Android) ou des **obstacles à la concurrence**. Par exemple, la loi Royer de 1973 qui, en cherchant à freiner l'implantation de grandes surface pour préserver le petit commerce, a limité la concurrence des supermarchés « low cost » (Lidl, Leader Price) et conduit à une hausse des prix de l'alimentation en France, supérieure à celle de ses voisins européens, et à une répartition régionale des entreprises de la grande distribution.

c. Orienter les prix grâce à des ententes

→ En situation d'**oligopole**, les entreprises peuvent constituer des **ententes (ou cartels)** avec certains de leurs concurrents. Les ententes sont des accords (secrets dans la mesure où ils sont illégaux) entre plusieurs entreprises visant à **se rapprocher d'une situation de monopole**, et donc du niveau de profit de monopole. Les exemples d'**ententes illicites** sont nombreux : le cartel des producteurs de produits laitiers (2015), des déménagements internationaux (2008), etc. Elles permettent de fixer les prix et/ou les quantités ou d'imposer des choix aux autres producteurs ou aux consommateurs, ce qu'on appelle les **abus de position dominante**.

MOTS CLÉS

Ententes : constituées entre les entreprises lorsque celles-ci concluent des accords afin de limiter le degré de concurrence.

Abus de position dominante : consiste, pour une entreprise ou un groupe d'entreprises, à adopter un comportement visant à éliminer ou dissuader tout concurrent d'entrer ou de se maintenir sur le marché ou un marché connexe, faussant ainsi la concurrence.

→ Dans la plupart des pays les **cartels** sont **illégaux** et les ententes sont combattues par les pouvoirs publics (voir **partie 3**, p. 45). Si les cartels ne deviennent pas une forme dominante de marché, c'est qu'ils sont par nature **instables** du fait des comportements stratégiques des acteurs.

→ Les ententes doivent surmonter plusieurs types de **difficultés** : faire face à la **concurrence des producteurs** refusant de s'associer au cartel ; ne pas tomber sous le coup de la **politique antitrust** menée par les États ; faire respecter par chaque firme la **discipline** du cartel. Certains membres peuvent en effet être tentés de rompre cette discipline afin de maximiser leur profit à court terme, selon une **logique non coopérative** qu'appréhende la **théorie des jeux** et, en particulier, le **« dilemme du prisonnier »** (**Comment faire pour…**). Chaque entreprise du cartel a intérêt à baisser son prix juste en dessous du prix fixé par le cartel pour réaliser des profits supplémentaires. Cela peut enclencher une **guerre des prix**, visant à éliminer les concurrents du marché ou dissuader les nouveaux entrants.

COMMENT FAIRE POUR…

…comprendre le « dilemme du prisonnier » appliqué aux ententes

• La **théorie des jeux** est un outil de modélisation utilisé en économie pour expliquer les comportements stratégiques des agents économiques en situation d'information imparfaite. Elle a été créée en 1944 par **John von Neuman** et **Oskar Morgenstern**.

• Le **« dilemme du prisonnier »** est une des situations de jeu stratégique la plus connue. Elle permet de montrer, par exemple, que si les entreprises sont en **situation d'oligopole**, le profit de chacune dépend des décisions des autres. Dans ce contexte les entreprises ont intérêt à former une entente pour pouvoir se concerter.

• Par exemple, si l'on prend deux entreprises A et B (en situation de **duopole**), leur profit dépend du prix de vente décidé par l'autre entreprise. Sans entente, les prix de vente et les profits des deux entreprises sont faibles (gain de 4) ; les entreprises auraient donc intérêt à s'entendre sur une hausse simultanée de leurs prix. Le tableau suivant montre ce qu'il peut se produire selon qu'elles s'entendent ou pas pour fixer les prix.

Matrice des gains dans une situation de concurrence par les prix

Dans chaque case, le premier chiffre correspond au profit de l'entreprise A et le second au profit de l'entreprise B.

Entreprise A / Entreprise B	Maintien de prix faibles	Hausse du prix
Maintien de prix faibles	4 ; 4	0 ; 20
Hausse du prix	20 ; 0	16 ; 16

Supposons que l'entreprise A décide d'augmenter ses prix sans savoir si l'entreprise B maintient ses prix inchangées : l'entreprise B gagne toutes les parts de marché en maintenant ses prix faibles et réalise un profit de 20, alors que l'entreprise A ne réalise plus de profit (et inversement, si c'est B qui augmente ses prix alors que A les maintient). En somme, les entreprises prennent moins de risque à maintenir des prix faibles.

Mais elles auraient intérêt à se coordonner et se mettre d'accord sur une hausse des prix pour réaliser chacune un profit de 16. L'**absence de coordination** les conduit à choisir une **solution sous-optimale** puisqu'elle ne permet pas d'obtenir le profit maximum, mais le maintien de prix faibles est par contre favorable aux consommateurs. Cela explique bien pourquoi les pouvoirs publics luttent contre les ententes !

3 L'intervention de pouvoirs publics dans la régulation de la concurrence

a. Les principes de la politique de concurrence

→ La **politique de la concurrence** peut être définie comme l'ensemble des mesures prises par une autorité publique de régulation pour **encadrer et favoriser la concurrence** sur les marchés. Il s'agit de définir des règles, de contrôler, voire de sanctionner les comportements des acteurs réduisant la concurrence. En effet, la réduction de la concurrence est susceptible de **diminuer le surplus du consommateur**, par exemple par la fixation d'un prix supérieur à celui qui résulterait de la concurrence, et d'empêcher l'émergence d'entreprises efficaces et innovantes.

→ Le **droit de la concurrence** est né aux États-Unis avec la promulgation du **Sherman Act** en 1890 (**Le petit +**). La législation américaine a ensuite profondément influencé l'élaboration **du droit communautaire de la concurrence** (Traité de Rome en 1957) et de sa version française (ordonnance du 1er décembre 1986).

LE PETIT +

→ **Le démantèlement de l'empire Rockefeller**

Le **Sherman Act** a été voté en 1890 contre pour contrecarrer le quasi-monopole de la **Standard Oil**, créée en 1870 par le *self-made man* **John Rockefeller** (1839-1937). Il conduit au démantèlement en 1911 de cette entreprise, qui contrôlait 9 % de la filière pétrolière aux États-Unis en 1880 et pouvait ainsi maintenir des prix élevés. Son trust (un regroupement d'entreprises légalement indépendantes, mais ayant un comité directeur unique) a été jugé trop puissant : l'entreprise a été scindée en trente-quatre sociétés.

b. Les instruments de la politique de concurrence

→ Les autorités de régulation veillent à réduire le pouvoir de marché des entreprises par la **politique de concurrence**, qui repose sur **deux types d'intervention**, selon qu'elles agissent en amont ou en aval (**Doc 2**, p. 47).

MOT CLÉ

Fusion ou acquisition : regroupement de deux entreprises en une seule. On parle d'une fusion lorsque deux entreprises forment une nouvelle entité ; d'une acquisition quand une entreprise en achète une autre et intègre ses activités aux siennes.

→ Le premier type d'intervention (en aval) consiste à assurer le **contrôle préalable des opérations de concentration**, pour que la **fusion-acquisition** ne porte pas atteinte à la concurrence. Cela peut se traduire par une autorisation de concentration sous condition ou un refus de concentration. Par exemple, la Commission européenne a refusé l'acquisition d'Aer Lingus par Ryanair à plusieurs reprises, dont la dernière en 2013, jugeant que leur fusion créerait une situation de monopole sur quarante-six liaisons aériennes. Elle a en revanche accepté celle d'Air France et KLM en 2004, sous condition de quelques aménagements sur certaines lignes.

→ Le second type d'intervention (en amont) consiste à **identifier** et à **sanctionner les pratiques anticoncurrentielles** : **ententes illicites (ou cartels)** et **abus de position dominante**. Les entreprises contrevenantes sont souvent d'abord prévenues (injonction à changer de comportement), puis reçoivent une amende.

→ Les amendes sont restées longtemps faibles en valeur absolue, avant de connaître une très forte croissance à partir des années 2000, notamment en Europe. Cette **hausse des sanctions** ne provient pas uniquement d'une croissance du nombre de cas traités ou d'une taille plus importante des cartels condamnés, mais résulte d'une plus grande sévérité. En 2019, la Commission européenne a infligé des sanctions à l'encontre des cartels pour un montant de 1,5 milliards (un peu moins en 2020 du fait de la crise). Le montant des sanctions a été multiplié par plus de 15 entre 1990 et 2020.

c. Les objectifs des politiques de concurrence

MOTS CLÉS

Concentration horizontale : situation où des entreprises veulent acquérir ou fusionner avec des concurrents du même marché (alliance Renault-Nissan en 1999).

Concentration verticale : situation où des entreprises souhaitent acquérir d'autres entreprises ou fusionner avec leurs fournisseurs ou leurs clients (Ikea acquérant une ébénisterie).

Concentration conglomérale : situation où des entreprises cherchent à se diversifier dans leurs activités pour être moins affectées par un changement de la conjoncture économique (une entreprise agroalimentaire achetant une entreprise textile).

→ Pour évaluer **le risque des opérations de fusion-acquisition**, un élément pris en compte est celui du **degré de concentration du marché** (mesuré par les parts de marché), avant et après l'opération. Ainsi, aux États-Unis et en France, si l'entité issue de la concentration a une part de marché inférieure à 25 % dans un même secteur (**concentration horizontale**) ou 30 % dans le cas d'une **concentration verticale ou conglomérale**, les autorités considèrent qu'il y a un risque faible de hausse du **pouvoir de marché**.

→ L'objectif du contrôle de la concentration est de **ne pas réduire le bien-être collectif**. De ce point de vue, certaines ententes sont considérées comme justifiées par les autorités de la concurrence, et donc déclarées licites. C'est, par exemple, le cas des **ententes technologiques** comme les accords de recherche et développement visant à développer en commun des produits ou des procédés nouveaux, qui réduisent l'incertitude et les coûts que génère la **recherche-développement**. Les pouvoirs publics peuvent aussi accroître la concurrence sur un marché jugé trop concentré en incitant à l'entrée de concurrents, à l'instar de ce qu'il s'est produit sur le **marché de la téléphonie en France** (**L'éco en pratique**).

L'ÉCO EN PRATIQUE

Jusqu'en 2011, **trois sociétés** offraient des **services de communications mobiles** en France : Orange, Bouygues et SFR. Le marché était dominé par Orange (environ 46 %), suivi de SFR (environ 33 %) et de Bouygues (un peu plus de 20 %). Ces sociétés ont été rejointes en décembre 2009 par un quatrième opérateur : **Free Mobile**, qui a été lancé commercialement en janvier 2012. Ce **changement dans la structure de l'offre** a eu d'importantes conséquences, notamment une baisse des prix, une augmentation de la consommation, une augmentation de l'activité et de l'emploi chez Free.

→ Les **ententes** sont considérées comme **injustifiables**, puisqu'elles ont pour conséquence un **transfert injustifié du surplus des consommateurs vers celui des producteurs** du fait de la hausse du prix du produit sans amélioration de sa qualité. En France, fin 2014, les **fabricants de compote** sont sanctionnés d'une amende de 58,3 millions d'euros pour s'être entendus pour augmenter les prix de leurs compotes auprès de la grande distribution, formant un **cartel**. C'est un groupe néerlandais, lui-même membre du cartel, qui alerte l'Autorité de la concurrence française en 2014. Des révélations qui lui permettent d'être exonéré de sanctions. Cette **technique de clémence**, visant à dispenser d'amende l'entreprise qui dénonce le cartel, a déjà permis de démanteler plusieurs ententes. Elle fragilise les ententes.

→ Les **abus de position dominante** sont **difficiles à détecter**, car ils peuvent refléter le fonctionnement normal du marché et relever du jeu de la concurrence. En Europe, on considère que si la part de l'entreprise est inférieure à 40 %, la probabilité qu'il y ait une position dominante est faible.

→ L'abus de position dominante peut prendre plusieurs formes, parmi lesquelles les **comportements de prix prédateurs**, mais aussi les pratiques discriminatoires. Par exemple, en 2017, la Commission européenne a sanctionné Google à hauteur de 2,4 milliards d'euros pour avoir abusé de sa position dominante détenue sur le marché des moteurs de recherche en favorisant son propre comparateur de produits par rapport aux comparateurs concurrents.

MOT CLÉ

Comportement de prix prédateur : comportement d'une entreprise en situation de position dominante qui baisse le prix de vente pour exclure ou discipliner un concurrent, avant d'augmenter à nouveau le prix.

→ Les **sanctions monétaires** visent un double objectif : il s'agit non seulement de punir un contrevenant, mais également d'envoyer un signal général en dissuadant les entreprises qui seraient tentées d'enfreindre à l'avenir les règles de concurrence.

Objectifs généraux	Moyens	Objectifs intermédiaires	Types de sanctions
Stimuler l'efficience économique des marchés	**Action en amont :** assurer le contrôle préalable des opérations de concentration	Vérifier que la fusion entre les entreprises ne porte pas atteinte à la concurrence en créant ou renforçant un **pouvoir de marché**	• **Injonctions** (prévenir avant des poursuites) • **Amendes** pour sanctionner des pratiques jugées anticoncurrentielles • **Interdiction** des opérations de concentrations
Améliorer le bien-être des consommateurs (leur surplus)	**Action en aval :** surveiller les comportements et identifier puis sanctionner les pratiques anticoncurrentielles	Repérer deux formes de pratiques : • les **ententes illicites** ; • l'**abus de position dominante**	

Doc 2 Les caractéristiques du droit de la concurrence

MÉMO VISUEL

- La synthèse en BD -

COMMENT LES MARCHÉS IMPARFAITEMENT CONCURRENTIELS FONCTIONNENT-ILS ?

MODÈLE THÉORIQUE — Il existe 5 conditions pour que le marché soit dit de concurrence pure et parfaite

⇩

Si une condition manque : concurrence imparfaite — RÉALITÉ

Les offreurs sont *price maker* : ils peuvent influencer le prix.

Ils ont aussi un pouvoir de marché

sur certaines structures de marché

qu'ils peuvent développer ou conserver grâce à certaines stratégies

OÙ ? Les structures de marché non concurrentielles

Monopole

- ☑ Un seul offreur
- ☑ Une multitude de demandeurs

Oligopole

- ☑ Un petit nombre d'offreurs
- ☑ Une multitude de demandeurs

⚠ Les instances européennes et l'État interviennent pour favoriser la concurrence et surveiller le marché.

- ☑ À l'abus de position dominante
- ☑ Aux ententes illicites
- ☑ À certaines concentrations
- ☑ À certaines barrières à l'entrée

COMMENT ? Les stratégies d'entreprise

Concurrence monopolistique

= Différencier son produit

2 moyens :
- ☑ Innovation
- ☑ Publicité

Concentration

= Diminuer le nombre de producteurs et augmenter la taille de chacun d'eux.

Guerre des prix

= Diminuer les prix pour que certains concurrents ne puissent pas suivre et sortent du marché.

Entente

= S'entendre avec ses concurrents pour fixer les prix et/ou les quantités.

⚠ Souvent illégal

Une citation clé

« La plus grande partie de la production industrielle provient de firmes géantes qui disposent d'un pouvoir considérable sur le marché. Ce sont des oligopoles.

John Kenneth Galbraith (1908-2006), économiste américano-canadien.

Ne pas confondre

- Concurrence pure et parfaite/concurrence imparfaite
- Monopole/oligopole
- Monopole/concurrence monopolistique
- Monopole d'innovation/monopole naturel
- Structure de marché/pouvoir de marché
- Entente/abus de position dominante

Débat

D'accord avec toi !

Les brevets encouragent-ils l'innovation ?

Les arguments « pour »

- Les brevets renforcent les incitations à l'innovation, au prix d'une restriction temporaire de la concurrence.
- Ils permettent à l'entreprise de rentabiliser son innovation, sans quoi l'investissement en recherche et développement ne serait pas rentable.
- Ils offrent une protection juridique et l'entreprise innovante peut autoriser une autre entreprise à l'utiliser moyennant le paiement d'une redevance.
- Ils envoient le signal que l'entreprise a des compétences, une créativité.

Les arguments « contre »

- La mise en place d'un monopole temporaire entraîne une sous-utilisation de la technologie et freine en cela la capacité de l'innovation à se diffuser.
- Le développement des technologies de l'information et de la communication se traduit par un accroissement du nombre de demandes de brevets.

SE TESTER

- Mobiliser ses connaissances -

1. Vrai ou faux ?

	Vrai	Faux
a La concurrence est imparfaite dès lors qu'un seul des critères de concurrence pure et parfaite n'est pas respecté.	☐	☐
b Un monopole repose sur la capacité d'une entreprise à différencier ses produits.	☐	☐
c Un duopole est un type particulier d'oligopole, comprenant seulement deux entreprises.	☐	☐
d Un monopole naturel peut aussi être un monopole légal.	☐	☐
e Les monopoles naturels dégagent une « rente d'innovation ».	☐	☐
f Les abus de position dominante sont sanctionnés par des interdictions de concentration.	☐	☐
g Les ententes existent, car les entreprises ont intérêt à coopérer pour réaliser plus de profits.	☐	☐

2. Coche la ou les bonne(s) réponse(s).

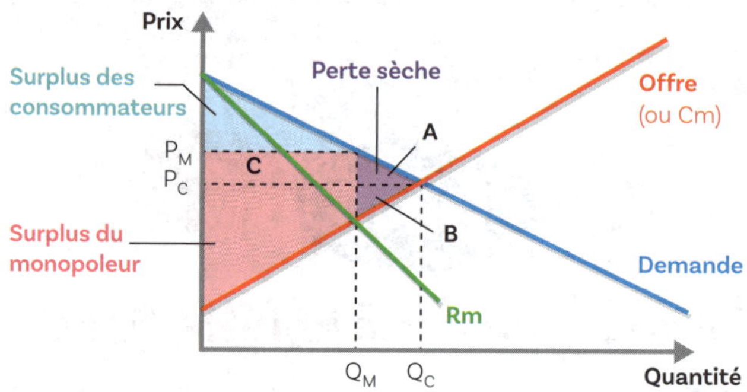

1. La « perte sèche » correspond à la zone :

- **a** C. ☐
- **b** A +B. ☐
- **c** A + C. ☐

2. Par rapport à la situation de concurrence pure et parfaite, le surplus du consommateur est réduit de la zone :

- **a** A + C. ☐
- **b** A + B. ☐
- **c** C. ☐

3. Par rapport à la situation de concurrence pure et parfaite, le surplus du producteur est :

- **a** augmenté de C + A. ☐
- **b** réduit de B + A. ☐
- **c** réduit de B. ☐

3. Associe les termes suivants à leur définition.

1. *Monopole naturel* – **2.** *Monopole d'innovation* – **3.** *Pouvoir de marché* – **4.** *Abus de position dominante* – **5.** *Concurrence monopolistique.*

- **a** Résulte de l'existence d'économies d'échelle en situation de coûts fixes élevés, telles que seule une entreprise unique et de grande taille peut fournir l'ensemble du marché.
- **b** Correspond à la capacité d'une entreprise en situation de concurrence imparfaite sur son marché d'imposer son prix aux consommateurs.
- **c** Pratique interdite par le droit de la concurrence, qui consiste à entraver le jeu de la concurrence en recourant à des pratiques visant à éliminer, contraindre ses concurrents ou dissuader de nouveaux entrants.
- **d** Situation de marché dans laquelle un producteur parvient à différencier son produit de ceux de ses concurrents par certaines caractéristiques qui seront mises en avant dans la communication et/ou résultent de l'innovation.
- **e** Entreprise, qui a la suite d'une innovation de produit ou de procédé, se retrouve seule sur un marché et est temporairement en capacité de dégager une rente.

4. Complète le schéma avec les termes suivants.

1. *Monopole* – **2.** *Marchés concurrentiels (en CPP)* – **3.** *Concurrence monopolistique* – **4.** *Ententes* – **5.** *Atomicité.*

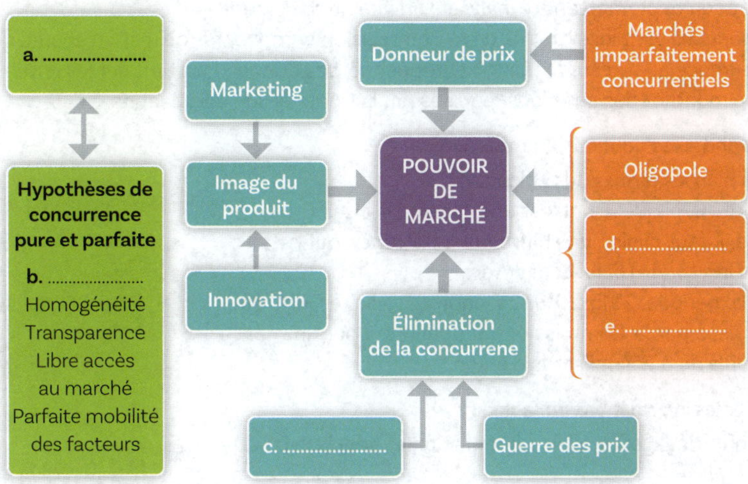

Réponses : 1. a. Vrai – b. Faux – c. Vrai – d. Vrai – e. Faux – f. Vrai – g. Vrai • 2. 1. b – 2. a – 3. a • 3. 1. a – 2. e – 3. b – 4. c – 5. d • 4. a. 2 – b. 5 – c. 4 – d. 1 – e. 3.

COMMENT FAIRE POUR...

Analyser un tableau et procéder à des calculs

Les ententes illicites sanctionnées par la Commission européenne (1990-2019)

Périodes	Amendes infligées pour les ententes illicites sanctionnées (en millions d'euros)	Nombre d'ententes illicites sanctionnées[1]
1990-1994	344	10
1995-1999	270	10
2000-2004	3 157	30
2005-2009	7 863	33
2010-2014	7 604	30
2015-2019[2]	8 254	25

D'après la base de données de la Commission européenne, 2019.

1. Seuls les cas d'entente où une amende a été imposée ont été pris en considération.
2. Mai 2019.

1. Repérer les informations qui entourent le tableau

• Pour lire efficacement un tableau, il faut d'abord **repérer** certaines informations qui **entourent** le tableau : la **source** (qui a produit ce document ?) ; le **titre** (qui indique en général de quoi le document parle) ; la **date** et le **lieu** ; les **unités** (milliers, %...).

• Ces informations aident à **comprendre le contenu du document** en le situant dans le temps et dans l'espace, et en te permettant d'analyser l'origine du document.

➔ Les données sont ici extraites de la Commission européenne, qui est en charge de la politique de concurrence au niveau de l'Union européenne. Les données portent sur les ententes sanctionnées et le montant des amendes requises par la Commission européenne.

2. Comprendre les données du tableau

• Définis bien les **termes** du tableau.

➔ Ici, il faut expliquer ce qu'est une entente illicite.

• Ensuite, il faut **choisir un chiffre** (de préférence qui ne soit pas dans le « total ») **et lui donner sens**.

➔ Sur la période 2015-2019, 25 ententes illicites ont été sanctionnées par la Commission européenne pour un montant cumulé de 8 254 milliards d'euros.

Il faut d'abord donner sens à la colonne et à la ligne « total » (ou « ensemble »), si elles figurent dans le tableau. Il suffit en général de se servir du titre.

3. Analyser les informations du tableau

Il faut enfin dégager la ou les **information(s) principale(s)** du tableau.

• Regarde l'ensemble des données du tableau et mets **en évidence les chiffres extrêmes ou qui paraissent contradictoires**.

• Analyse dans un second temps des **données plus détaillées**.

Tu auras besoin de calculer des parts et/ou de mesurer des évolutions.

➔ Le tableau présente les sanctions de la politique de concurrence contre les ententes illicites, c'est-à-dire les situation de cartel. On observe la progression importante du nombre d'ententes sanctionnées au cours des années 2000 (une multiplication par 2,5 ou 3). De même, le montant des amendes a été multiplié par près de 24 (8 254/344) ou a progressé de 2 300 % ((8 254 – 344)/8 254).

SE PRÉPARER POUR L'EXAMEN

Exploiter et analyser un graphique

SUJET

PARTIE 2 Étude d'un document *(6 points)*

Document > Les plus lourdes amendes infligées par l'UE pour pratiques anticoncurrentielles

Infraction	Entreprise(s) concernée(s)	Amende en M €
Abus de position dominante (OS Android)	Google	2018 4 340
Cartel des camions	DAF, Renault/Volvo, Daimler, Iveco, MAN	2016 2 930
Abus de position dominante (Google Shopping)	Google	2017 2 420
Scandale du Libor	Deutsche Bank, Société Générale, Royal Bank of Scotland, JP Morgan, Citigroup, RP Martin, UBS, Barclays	2013 1 712
Cartel des tubes cathodiques	Philips, LG Electronics, Panasonic, Samsung SDI, Thomson, Toshiba, MTPD, Chunghwa	2012 1 470
Cartel des vitres de voitures	Saint-Gobain, Pilkington, Asahi Glass, Soliver	2008 1 354
Partage des marchés du gaz	E.ON, Gaz de France	2009 1 106
Abus de position dominante	Intel	2009 1 060
Abus de position dominante	Qualcomm	2018 997
Cartel des fabricants d'ascenseurs	ThyssenKrupp, Otis, Schindler, Kone, Mitsubishi	2007 992

Commission européenne, rapports médias, 2018.

1. Présentez ce qu'est un cartel, son intérêt et ses faiblesses.

2. Quels sont les différents objectifs des amendes fixées par la Commission européenne à l'égard de ces entreprises ?

Méthode et corrigé

Comprendre les questions

→ **Lis les consignes** du sujet et **définis les mots-clés** afin d'analyser le graphique au regard de ce qui est demandé.

CONSEIL

Définis le vocabulaire de chaque question en le reliant à tes connaissances.

> La **question 1** est une question de cours, qui ne porte pas directement sur le document. Il faut définir le terme « cartel », puis en présenter les avantages et les limites.

CONSEIL

Même si une question fait principalement appel à tes connaissances, tu peux **illustrer ta réponse** avec des données du document.

> La **question 2** porte plus directement sur le document et demande d'analyser les objectifs de la mise en place d'une politique de concurrence. Il s'agit notamment de s'appuyer sur les exemples de sanctions infligées par la Commission européenne, de manière à bien distinguer les situations de cartels des situations d'abus de position dominante.

Comprendre et analyser le graphique

→ Il faut d'abord **repérer certaines informations** qui entourent le graphique.

→ **Lis un chiffre** pris au hasard.

→ Dégage la ou les **information(s) principale(s)** du graphique.

> Le document présente les amendes appliquées par la Commission européenne pour deux types de pratiques anticoncurrentielles : les ententes et les abus de position dominante.

COUP DE POUCE

Tu peux t'appuyer sur la méthode de l'épreuve composée, p. 13.

→ Dégage des **informations secondaires**.

→ **Illustre** ces observations par des chiffres.

Organiser sa réponse

→ **Structure ta présentation** pour bien répondre à chaque aspect de la question. Pour cela, utilise des aliénas pour bien distinguer les idées abordées dans ta réponse.

→ **Définis les concepts** utilisés dans ton développement.

→ Soigne tes **exemples ou graphiques.**

→ Enfin, **relis-toi !**

Proposition de corrigé

1. Présentez ce qu'est un cartel, son intérêt et ses faiblesses.

• **Qu'est-ce qu'un cartel ?** Donne la définition du cartel ou de l'entente. Les ententes sont ainsi des accords (secrets dans la mesure où ils sont illégaux) entre plusieurs entreprises.

• **Les avantages du cartel :** il vise à se rapprocher d'une situation de monopole et donc du niveau de profit de monopole. Il s'agit d'accroître le surplus du producteur au détriment de celui du consommateur, puisque les prix du marché augmentent.

Par exemple, les membres du cartel des camions sanctionné par la Commission européenne en 2016 pour un montant de 2,93 milliards d'euros, s'étaient entendus pendant pas moins de quatorze ans (entre 1997 et 2011) pour retarder l'introduction de technologies de réduction des émissions de dioxyde de carbone (CO_2). Cela a évité une mise en concurrence de ces entreprises et réduit les coûts liés à l'innovation, accroissant ainsi leur surplus.

• **Les faiblesses du cartel :** les ententes doivent surmonter plusieurs types de difficultés : faire face à la concurrence des producteurs refusant de s'associer au cartel ; ne pas tomber sous le coup de la politique antitrust menée par les États ; faire respecter par chaque firme la discipline du cartel qui est par nature instable (risque de **logique non coopérative** : **« dilemme du prisonnier »**). Chaque entreprise du cartel a intérêt à baisser son prix juste en dessous du prix fixé par le cartel pour réaliser des profits supplémentaires. Cela peut enclencher une **guerre des prix** afin d'éliminer les concurrents du marché ou dissuader les nouveaux entrants.

• **Conclusion :** constat de l'instabilité intrinsèque du cartel et d'une progression des amendes. Mais l'intérêt à court terme de ces ententes explique leur fréquence.

2. Quels sont les différents objectifs des amendes fixées par la Commission européenne à l'égard de ces entreprises ?

• **Définis la politique de concurrence :** ensemble des mesures prises par une autorité publique de régulation pour encadrer et favoriser la concurrence sur les marchés. Il s'agit de définir des règles, de contrôler voire de sanctionner les comportements des acteurs réduisant la concurrence.

• **Objectif 1 :** augmenter le surplus du consommateur car la réduction de la concurrence, par exemple par la fixation d'un prix supérieur à celui du marché, pénalise les consommateurs.

Le cartel des tubes cathodiques avait par exemple gonflé pendant dix ans le prix des tubes cathodiques, alors même que la technologie devenait obsolète. Cela a fortement augmenté le prix des téléviseurs pour les consommateurs. La Commission européenne a ainsi sanctionné huit entreprise pour un montant de 1,47 milliards d'euros.

Objectif 2 : veiller à ce que le manque de concurrence n'empêche pas l'émergence d'entreprises efficaces et innovantes. C'est ce qui sous-tend les sanctions contre les abus de position dominante (comportement visant à éliminer ou dissuader tout concurrent d'entrer ou de se maintenir sur ce marché ou un marché connexe, faussant ainsi la concurrence) et les refus de fusions-acquisitions.

L'énorme amende de 4,34 milliards d'euros infligée à Google s'explique par le fait que l'entreprise aurait notamment accordé des incitations financières aux fabricants et opérateurs afin qu'ils préinstallent en exclusivité son moteur de recherche, Chrome.

• **Conclusion :** l'objectif est d'améliorer le bien-être collectif.

Pour aller plus loin

Livres

> Emmanuel Buisson-Fenet, Marion Navarro, *La Microéconomie en pratique*, Armand Colin, 2015.

> Emmanuel Combe, *Politique de la concurrence*, La Découverte, 2016.

> Jacques Généreux, *Microéconomie*, Hachette, 2016.

À voir

Film

> Steven Soderbergh, *The Informant*, 2009.

Scanne-moi !

Vidéos de révision

> « La concurrence », Universcience en partenariat avec la Banque de France – Cité de l'Économie et de la monnaie : **www.citeco.fr/la-concurrence**

> « Comprendre la concurrence monopolistique et les stratégies de différenciation », Xerfi Canal : **www.youtube.com/watch?v=1irq-GwRbV4**

> « Comment les marchés imparfaits fonctionnent-ils ? », Les SES en vidéo : **www.youtube.com/watch?v=Xwwj0SbKAHg**

> « L'État doit-il interdire les monopoles et les oligopoles ? », Dessine-moi l'éco : **www.dessinemoileco.com/letat-doit-il-interdire-les-monopoles-et-les-oligopoles**

> « Le contrôle des concentrations », Autorité de la concurrence : **www.autoritedelaconcurrence.fr/fr/controle-des-concentrations**

À consulter

> Site de l'Autorité de la concurrence : **www.autoritedelaconcurrence.fr**
Des documents présentant les principes politique de la concurrence et des communiqués de presse présentant les décisions de l'autorité de la concurrence.

> Site de France Culture, émission *Entendez-vous l'éco* : **www.franceculture.fr/ emissions/entendez-vous-leco**
Les 4 émissions de la semaine du 6 mai 2019 sont consacrées à la concurrence sur les marchés.

> Site d'Emmanuel Combe : **www.emmanuelcombe.fr**
Des statistiques et des chroniques.

Ton **KIT DE SURVIE** pour le **BAC** avec SCHOOLMOUV

Chapitre 2

Comment les marchés imparfaitement concurrentiels fonctionnent-ils ?

Tu viens de voir les notions à connaître sur les marchés imparfaitement concurrentiels. Pour t'aider à retenir l'essentiel et t'entraîner pour le Bac, voici ton kit de révisions clé en mains conçu par SchoolMouv !

Vidéo

Pour mieux comprendre et t'en souvenir à coup sûr, regarde la vidéo. C'est parfois bien plus clair en images.

Vidéo **Comment les marchés imparfaitement concurrentiels fonctionnent-ils ?**

https://flashbelin.fr/focusbacschoolmouv/ses/1re/2

Contenu additionnel

Voici un bonus autour du même sujet. La curiosité n'est pas toujours un vilain défaut. Il suffit de créer ton compte pour avoir accès à plein de contenus supplémentaires.

Fiche **Comment les marchés imparfaitement concurrentiels fonctionnent-ils ?**

https://www.schoolmouv.fr/eleves/cours/comment-les-marches-imparfaitement-concurrentiels-fonctionnent-ils/fiche-de-cours

Tchat avec un prof

Pour poser toutes tes questions à un prof particulier, découvre l'abonnement tchat. Tu peux le tester gratuitement pendant 7 jours : fini les questions sans réponses, tu vas devenir incollable.

https://focusbac.schoolmouv.fr/offre

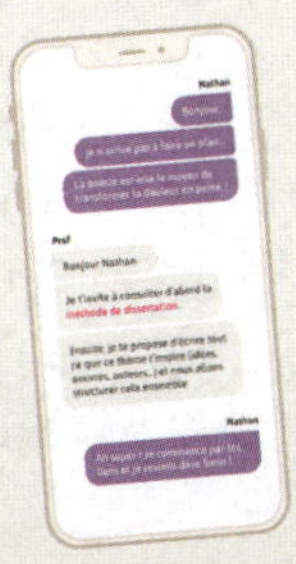

3 Quelles sont défaillances

Qui paie pour les algues vertes ?

Notions

- Aléa moral
- Asymétrie d'information
- Bien collectif
- Bien commun
- Défaillance de marché
- Externalité
- Marché
- Prix d'équilibre
- Sélection adverse

les principales de marché ?

L'ESSENTIEL EN 5 POINTS

1. En cas d'**externalité, positive ou négative**, certaines conséquences d'un échange marchand ne sont pas prises en compte. La quantité produite n'est alors pas la meilleure possible.

2. Dans le cas des **biens collectifs**, le financement par le marché n'est pas possible, car il n'y a aucun intérêt à payer volontairement pour ce type de bien.

3. Le marché ne parvient pas à assurer la préservation des **biens communs**, car les agents ne prennent spontanément pas en compte leur contribution à la destruction de la ressource.

4. L'existence d'**asymétries d'information**, qu'il s'agisse d'**aléa moral** ou d'un problème de **sélection adverse**, perturbe le fonctionnement du marché ou en empêche l'existence.

5. Les **pouvoirs publics** peuvent intervenir pour réguler les défaillances de marché et orienter le comportement des acteurs dans un sens plus avantageux collectivement.

→ Définitions des notions p. 60-67

LE COURS en 3 axes

1 Les externalités

a. Qu'est ce qu'une externalité ?

MOT CLÉ

Défaillance de marché : situation dans laquelle le fonctionnement normal du marché conduit à une situation sous-optimale (qui n'est pas la plus avantageuse collectivement). On en distingue trois principales : l'existence d'externalités, de biens communs ou collectifs et d'asymétries d'information.

→ Une des trois principales **défaillances du marché** est l'existence d'**externalités**. Pour parler d'**externalité**, il faut que **trois critères** soient remplis. Une externalité est :

- la conséquence d'une activité économique ;
- sur une personne extérieure à l'échange ;
- non prise en compte par le marché.

→ Les externalités peuvent être **positives** (une conséquence positive de l'activité économique n'est pas prise en compte) ou **négatives**. Ainsi, l'éducation entraîne des externalités positives et la pollution est une externalité négative. Mais pourquoi les externalités posent-elles problème ?

b. Les externalités négatives, une défaillance de marché

→ Quand il existe une **externalité négative**, les acteurs de l'échange ne prennent pas en compte le **coût social** de leur activité (le coût pour toute la collectivité, c'est-à-dire à la fois pour le producteur et pour ceux qui l'entourent). Ils ne prennent en compte que le **coût privé**, soit le coût de production supporté par le seul producteur.

→ Dès lors, **une partie de la production est rentable pour les acteurs de l'échange** (le prix est supérieur au coût privé) **alors qu'elle ne l'est pas pour la collectivité** (le coût social est supérieur au prix). Ainsi, si une entreprise possède une usine qui rejette des produits polluants dans l'environnement, elle prendra en compte ses coûts de production, mais pas le coût de la pollution (**Doc 1**, p. 61). Les mécanismes de marché conduisent donc à un **équilibre dans lequel la production est supérieure à ce qui serait collectivement optimal**.

COMMENT FAIRE POUR...

...représenter l'effet d'une externalité

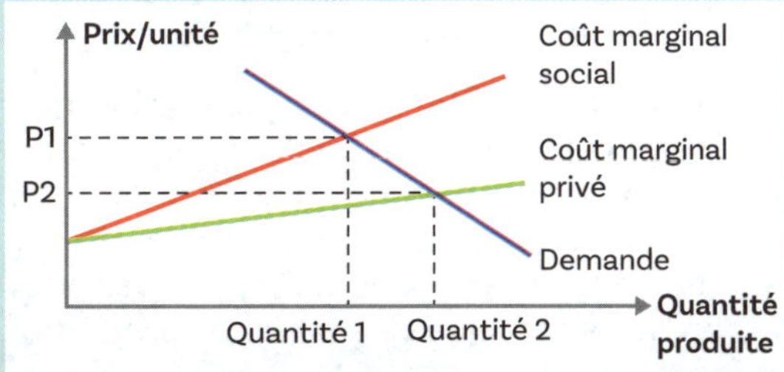

- On peut représenter l'**équilibre sur un marché présentant une externalité** en différenciant le **coût privé** (pour le producteur) et le **coût social** (pour la collectivité, soit le producteur, mais aussi ceux qui subissent l'externalité). Le coût social est logiquement supérieur au coût privé.
- Ces deux courbes croisent une **courbe de demande**, qui indique ce que les consommateurs sont prêts à payer. Les producteurs produiront tant que le coût ne dépasse pas ce que les consommateurs sont prêts à payer.
- On voit alors apparaître **deux équilibres**. La **quantité 2** correspond au moment où le coût de production dépasse ce que les consommateurs sont prêts à payer. C'est là que les producteurs arrêtent de produire.
- La **quantité 1** correspond au moment où le coût pour la collectivité dépasse ce que les consommateurs sont prêts à payer. C'est là que les producteurs devraient idéalement arrêter de produire. On voit donc qu'en cas d'externalité négative, il y a un problème de **surproduction**.

Graphique 1. Nombre de décès prématurés liés à la pollution de l'air extérieur par an

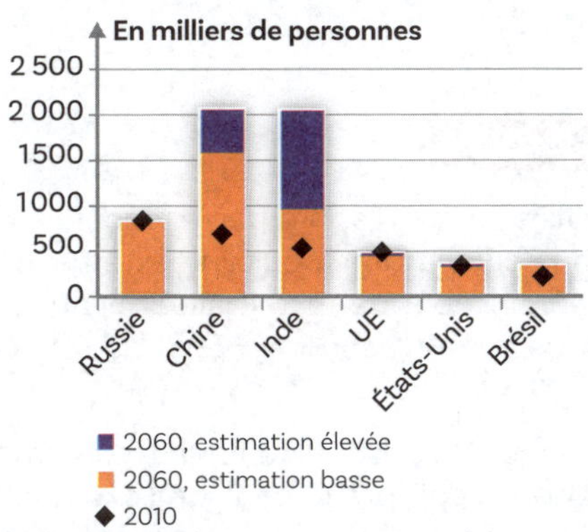

Note : L'OMS (Organisation mondiale de la santé) estime que les pollutions de l'air intérieur et extérieur auraient provoqué 7 millions de morts prématurés pour la seule année 2012, dont 40 % du fait d'infection des voies respiratoires, 40 % du fait d'accidents cardiovasculaires, 11 % du fait de bronchites chroniques obstructives et 6 % de cancers des poumons.

Graphique 2. Impact de la pollution de l'air sur le PIB entre 2010 et 2016

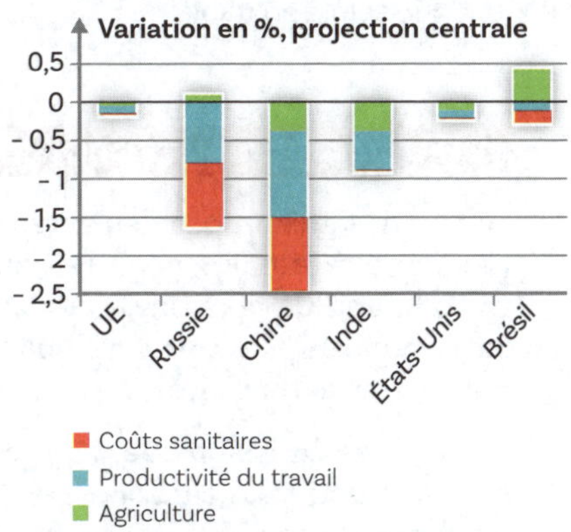

Note : Les rendements agricoles baissent du fait de la pollution à l'ozone qui réduit la photosynthèse des plantes et leur croissance. Environ 20 millions de tonnes de riz, de blé, de maïs et de soja sont ainsi perdues chaque année en Chine en raison de l'exposition à l'ozone (revue scientifique *Environmental Research Letters*, 2016).

OCDE, *The Economic Consequences of Air Pollution*, 2016.

Doc 1 L'impact de la pollution

c. Les externalités positives, une défaillance de marché

→ Quand il existe une **externalité positive**, les acteurs de l'échange ne prennent pas en compte l'**utilité sociale** de leur activité (c'est-à-dire l'utilité pour le consommateur, mais aussi pour ceux qui l'entourent). Ils ne prennent en compte que l'**utilité privée**, celle des consommateurs du produit.

→ Dès lors, **une partie de la production, qui n'est pas rentable pour les consommateurs** (le prix est supérieur à l'utilité privée) **le serait pour la collectivité** (l'utilité sociale est supérieure au prix). Par exemple, je peux choisir de ne pas me faire vacciner contre la grippe parce que je trouve cela trop cher par rapport à l'utilité du vaccin pour moi, alors que je devrais le faire si je prenais en compte les avantages que cela procure aussi à mon entourage.

→ Les mécanismes de marché conduisent donc à un **équilibre dans lequel la production est inférieure à ce qui serait collectivement optimal**. Ainsi, si l'existence d'une externalité positive peut sembler être une bonne nouvelle (elle suppose une conséquence positive imprévue), elle implique en réalité une **production insuffisante**, et donc une perte de bien-être par rapport à ce qui serait possible (Le petit +).

LE PETIT +

→ **Le rôle des externalités positives dans la croissance**

Les **externalités positives** jouent un rôle fondamental dans la **croissance économique**. La **recherche** ou l'**éducation** permettent des externalités positives (elles profitent à d'autres qui ne la financent pas) et sont donc très utiles pour **créer des richesses**. Toutefois, cela implique de les **prendre en compte** et de les **financer**. Si l'État ne s'en préoccupe pas, les acteurs privés investiront spontanément trop peu, et la croissance économique sera trop faible.

d. L'intervention des pouvoirs publics

→ La **prise en compte des externalités** se fait d'abord par le recours à la **taxe** (pour une externalité négative) ou à la **subvention** (pour une externalité positive). Il s'agit de faire payer aux acteurs le coût de l'externalité négative ou de les rémunérer pour une externalité positive. En économie, on dit qu'on **« internalise » les externalités**.

→ Ainsi, les **émissions de CO_2** génèrent une externalité négative. En mettant en place une **taxe carbone** qui prend en compte le coût de l'externalité, on amène les acteurs à intégrer dans leurs calculs le coût de leurs activités pour l'environnement (voir l'effet d'une taxe dans le chapitre 1, p. 25).

→ La prise en compte de ce coût conduit à une **augmentation du prix** (pour compenser en partie la taxe) et à une **baisse des quantités échangées** (car le prix augmente).

→ Parallèlement, les **subventions** rémunèrent les externalités positives et permettent une **baisse de prix** et une **augmentation des quantités produites** (on le fait ainsi pour inciter à l'achat de véhicules électriques).

L'ÉCO EN PRATIQUE

Les péages urbains

La **circulation des voitures en ville** est à l'origine de nombreuses **externalités négatives** (bruit, pollution, embouteillages...). Certaines grandes villes européennes ont fait le choix du **péage urbain**. Il s'agit de demander aux automobilistes entrant dans la ville de s'acquitter d'un péage. Ainsi, la ville de Stockholm a adopté ce système dès 2006. Les automobilistes doivent ainsi payer entre 1 et 4 euros pour entrer dans la ville entre 6 h et 18 h 30 en semaine. On estime que cela a entraîné une baisse de la circulation automobile de 20 % environ et une diminution des émissions de CO_2 proche de 10 %.

→ Cet instrument n'est toutefois pas parfait : il **pèse sur certaines catégories** de la population plus que sur d'autres (les ménages modestes ont ainsi des consommations plus énergivores : mauvaise isolation, système de chauffage vétuste, distance domicile-travail plus élevée ; certaines entreprises peuvent être fragilisées...) et il implique que l'on soit capable de **mesurer précisément le coût des externalités** pour bien fixer le montant de la taxe ou de la subvention, ce qui est loin d'être évident.

→ Dans certains cas, on peut alors privilégier la mise en place de **normes**, qui interdisent ou imposent certains **comportements** sans que le coût pour la collectivité ne soit directement pris en compte (comme la mise en place de normes « euro » sur les moteurs de voiture).

2 Biens communs et biens collectifs

a. Biens communs et biens collectifs

→ Les biens peuvent être classés à partir de deux critères : la **rivalité** et l'**exclusivité**.

→ Un **bien rival** est un bien dont on ne peut tous se servir en même temps. Ainsi, un stylo est un bien rival, alors que l'éclairage public ne l'est pas.

→ Un **bien exclusif** est un bien dont on peut empêcher l'usage. Ainsi, un stylo est un bien exclusif, alors que l'éclairage public ne l'est pas.

→ La **combinaison** de ces critères débouche sur la classification ci-contre.

	Exclusif	Non exclusif
Rival	Bien privé	Bien commun
Non rival	Bien de club	Bien collectif

→ Les **biens privés** sont des **biens économiques « classiques »** que l'on étudie habituellement, comme le sylo.

→ Les **biens de club** sont des biens que l'on peut **tous utiliser simultanément**, mais dont l'accès peut être **restreint** (comme une chaîne de télévision payante ou un service de streaming).

→ Les **biens communs** sont des biens dont on ne peut **contrôler l'accès**, mais qui peuvent **s'épuiser**, comme certaines ressources naturelles.

→ Les **biens collectifs** sont des biens que l'on peut tous **utiliser en même temps** et dont l'accès est **libre**, comme l'éclairage public.

b. Les biens collectifs, une défaillance de marché

→ Les **biens collectifs** posent problème, car leur **financement** est difficile. Ils ne sont **pas exclusifs** : cela signifie qu'on ne peut empêcher quelqu'un qui n'y a pas contribué d'en profiter. Ainsi, le fait que je refuse de payer pour l'éclairage dans ma commune (à supposer que je puisse refuser) ne m'empêchera pas de profiter des lampadaires si les autres habitants l'ont financé.

> **MOT CLÉ**
>
> **Passager clandestin :** se dit d'un acteur qui profite de quelque chose qui nécessite un investissement ou un effort sans en payer individuellement le prix. Le comportement de passager clandestin est notamment permis par l'existence de biens non exclusifs, dont il n'est pas possible d'exclure celui qui ne paie pas.

→ Il s'agit d'un **comportement de « passager clandestin ». Individuellement**, ce comportement est **rationnel** : mon versement n'est pas décisif dans le fait de fournir ou non un service. Il me coûte, mais ne m'apporte rien. **Collectivement**, cela aboutit à l'**absence de production d'un bien** qui aurait été utile (**Le petit +**).

> **LE PETIT +**
>
> **→ Les biens collectifs condamnent-ils les accords de Paris ?**
>
> • Les **accords de Paris**, qui ont conclu la **COP 21** en 2015, reposent sur les engagements pris par les différents États en termes de réduction de leurs émissions de gaz à effet de serre. Toutefois, ces accords sont **non contraignants** et risquent de poser un problème de **passager clandestin**.
>
> • En effet, la **préservation du climat** peut s'apparenter à un **bien collectif**. Elle est **non rivale** (nous en profitons tous en même temps) et **non exclusive** (on ne peut empêcher un État d'en profiter). Dès lors, il peut être rationnel pour un État de ne pas agir en faveur du climat, tout en espérant que les autres États le fassent.

c. Les biens communs, une défaillance de marché

→ Les **biens communs** sont eux aussi **non exclusifs**, mais cette fois-ci ils sont **rivaux** : on ne peut tous s'en servir autant qu'on le souhaite. Cette fois-ci, le problème n'est pas celui de leur production (en général, il s'agit de ressources naturelles), mais de leur **disparition**.

→ En effet, quand un acteur exploite un bien commun, il prend en compte son **coût privé**, mais **pas le coût social** (qui intègre, lui, l'épuisement de la ressource). Par exemple, quand une entreprise décide du temps passé à pêcher une espèce en voie de disparition, elle prend en compte le salaire des employés ou le coût du carburant, mais pas sa contribution à l'épuisement de la ressource (qui est, de plus, individuellement négligeable). Le **comportement rationnel** est une **exploitation intensive**. C'est vrai si les autres pêcheurs ont une exploitation intensive (autant profiter de la ressource avant sa disparition), mais aussi s'ils ont une exploitation modérée (autant être le seul à surexploiter).

→ Ainsi, si tout le monde adopte ce **comportement de passager clandestin**, rationnel individuellement, la ressource est **surexploitée** et disparaît. Le biologiste Garrett Hardin a appelé cela la **« tragédie des communs »**.

d. L'intervention des pouvoirs publics

→ Pour les **biens collectifs**, la solution passe souvent par un **financement public**. En effet, l'État a le pouvoir de prélever l'**impôt**, et donc de **contraindre les citoyens** à financer des biens collectifs, ce qu'une entreprise ne peut pas faire. Je ne peux pas refuser de payer mon impôt sur le revenu ! L'État peut ainsi **financer par l'impôt des recherches scientifiques** qui n'ont pas d'application immédiate ou peuvent être facilement copiées, et ne sont pas forcément rentables pour le secteur privé. Il finance aussi la **police** et la **justice** ou la **défense nationale** qui sont des biens collectifs.

→ L'État peut aussi **financer sans produire** : des solutions ont été parfois imaginées pour confier une partie de la création des biens collectifs au **secteur privé**. Par exemple, si la ville de Paris a fait le choix de gérer elle-même son réseau d'eau potable, elle a confié le contrôle du stationnement à une entreprise privée, espérant ainsi gagner en rentabilité. On parle alors de **délégation de service public**. Toutefois, déléguer un service public au privé suppose d'être en mesure de **contrôler la qualité** de la prestation mise en œuvre et son coût.

→ Concernant les **biens communs**, il faut pouvoir **les rendre exclusifs** pour les protéger. Cela passe soit par la **réglementation** (l'État contrôle l'accès à la ressource), soit par la **privatisation** des biens communs (un propriétaire privé se charge d'en réglementer l'usage). Dans une communauté de petite taille, des expériences d'**autogestion** sont aussi possibles. Dans tous les cas, des **droits de propriété**, publics ou privés, doivent exister.

3 Les asymétries d'information

a. Qu'est ce qu'une asymétrie d'information ?

→ L'**asymétrie d'information** renvoie aux situations dans lesquelles l'**accès à l'information** n'est **pas uniforme** sur un marché. Un des acteurs en connaît davantage, et peut en tirer profit.

→ On distingue deux types d'asymétries d'information. La **sélection adverse** intervient **avant l'échange**. Elle fait courir le risque, du fait du manque d'information, de choisir le mauvais produit ou le mauvais partenaire : voiture d'occasion de mauvaise qualité, salarié peu efficace...

→ L'**aléa moral** intervient **après l'échange**. Ici, le manque d'informations porte sur ce qui sera fait après la conclusion du contrat. Ce problème survient notamment sur le marché du travail, de l'assurance ou du crédit (un individu va-t-il changer de comportement une fois embauché ou assuré ?).

MOTS CLÉS

Sélection adverse : situation dans laquelle un acteur, qui dispose de moins d'informations que d'autres, risque de choisir un partenaire de l'échange qui n'est pas le meilleur possible ou un produit de moins bonne qualité.

Aléa moral : situation dans laquelle un agent modifie son comportement après la conclusion d'un contrat, de manière prévisible pour lui, mais sans que celui avec qui le contrat a été conclu ait pu l'anticiper.

b. La sélection adverse, une défaillance de marché

→ L'exemple le plus classique de **sélection adverse** est celui du **marché des voitures d'occasion** (les « *lemons* ») développé par l'économiste **George Akerlof** (**Doc 2**). Sur ce marché, les **offreurs** possèdent **davantage d'information**. Ils ont utilisé le véhicule et en connaissent d'éventuels défauts (accident passé, problème mécanique récurrent...).

→ En toute logique, les vendeurs de voiture de mauvaise qualité pourraient accepter un prix plus faible que les autres. Or, les **acheteurs** n'étant souvent pas capables de distinguer les bonnes voitures des mauvaises, ils sont toujours **prêts à payer le même prix**, en intégrant une forme de **prime de risque** (ils seraient prêts à payer un peu plus cher s'ils étaient certains de la qualité du véhicule). S'il y a beaucoup de *lemons*, le prix va donc baisser, car la prime de risque est plus importante.

→ Comment réagissent alors les offreurs ? **Si le véhicule est de mauvaise qualité**, cela ne change rien : le prix reste bien supérieur à la valeur du véhicule. En revanche, une partie des vendeurs de **véhicules de bonne qualité** peut préférer renoncer à vendre à ce prix ou choisir de vendre à un tiers de confiance. Dès lors, une partie des vendeurs de bonne qualité quitte le marché, et la part de *lemons* augmente... Le prix baisse alors à nouveau, et le processus se répète. C'est un **cercle vicieux** qui peut mener à la **disparition du marché** (il ne reste plus que des *lemons* dont personne ne veut).

→ Ce type de problème peut se retrouver sur le **marché de l'assurance**. Si elle est facultative, les personnes qui ont un **niveau de risque élevé** seront plus tentées de s'assurer que les autres. L'assurance risque alors d'être **déficitaire** et de devoir augmenter les niveaux de cotisation... ce qui fera fuir parmi les assurés restants ceux dont le niveau de risque est le plus faible, et aboutira à une nouvelle hausse de cotisations.

L'exemple du marché des voitures d'occasion

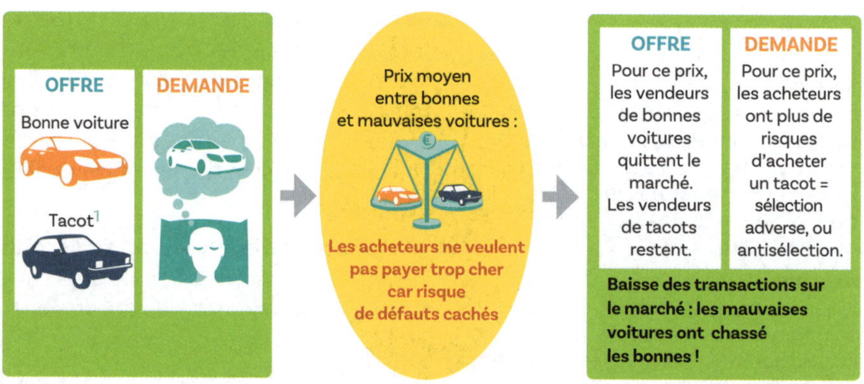

1. De 5 à 12 % des véhicules d'occasion commercialisés dans l'UE feraient l'objet d'une fraude au compteur kilométrique (Fédération internationale de l'automobile).

D'après Georg Akerlof, « *The Market for "Lemons": Quality Uncertainty and the Market Mechanism* », *The Quarterly Journal of Economics*, 1970.

Doc 2 Le marché des voitures d'occasion

c. L'aléa moral, une défaillance de marché

→ L'**aléa moral** implique qu'un **changement de comportement** est possible. Dans l'exemple du **marché de l'assurance**, cela peut par exemple se traduire par une **prise de risque excessive**. Si je suis intégralement remboursé, je n'ai pas forcément intérêt à être très vigilant quand je gare ma voiture… Sur le **marché du travail**, cela peut se traduire par un **relâchement des efforts** une fois embauché, surtout si ceux-ci sont peu mesurables.

→ Une autre forme d'aléa moral dans le domaine de l'**assurance santé** est liée à une **augmentation de la consommation**. Si je suis remboursé, je peux être amené à engager davantage certains frais, soit parce que je le souhaite (je refais mes lunettes parce que ma mutuelle me rembourse une paire cette année), soit parce que l'on m'y pousse (mon médecin me prescrit un examen peu utile, mais remboursé).

d. L'intervention des pouvoirs publics

→ Une partie de la solution peut passer par la **révélation des informations cachées**. La mise en place de **labels** (labels bio, contrôle technique qui justifie de la conformité d'une voiture aux normes de sécurité…) peut fournir une information supplémentaire sur le produit, qu'ils viennent des pouvoirs publics ou d'acteurs privés (comme l'application Yuka).

→ Les **associations de consommateurs** peuvent aussi fournir des informations sur la qualité des biens ou des services achetés. Il est possible de s'appuyer aussi sur des **avis** de consommateurs pour évaluer la qualité du produit… à supposer évidemment que l'information fournie soit fiable.

→ L'État peut aussi **imposer des garanties** en cas de révélation après l'échange d'une caractéristique cachée. Dans le cas de la vente en ligne, par exemple, l'existence d'un **délai de rétractation** de 14 jours est obligatoire. Pour les salariés, une **période d'essai** existe. L'existence de vices cachés peut être sanctionnée par les tribunaux.

→ Enfin, la **sélection adverse** peut ne plus être un problème quand le **contrat** devient **obligatoire**. Le fait que l'assurance maladie soit obligatoire et publique ou qu'il soit imposé de prendre une assurance automobile élimine le problème de la sélection des bons ou des mauvais risques.

→ La réponse peut aussi venir du fait de **faire payer aux agents une partie du coût lié à leurs changements de comportement** ou à leurs caractéristiques personnelles. Ainsi, beaucoup d'assurances appliquent un principe de franchise ou de **bonus/malus**. Cela revient à faire payer à l'assuré une partie du coût lié à un sinistre, et donc à l'inciter à se comporter prudemment. De la même façon, la mise en place d'un **ticket modérateur non remboursé** à l'hôpital est censée limiter les séjours inutiles. Le **système de franchise** permet ainsi de faire supporter à un autre acteur une part importante du risque ; il limite en revanche la capacité des individus à s'en protéger.

MÉMO VISUEL

- La synthèse en BD -

QUELLES SONT LES PRINCIPALES DÉFAILLANCES DE MARCHÉ ?

Défaillance de marché = situation où le marché conduit à une situation sous-optimale.

Sont de 3 ordres :

Externalités

Situation où l'action d'un agent économique modifie le bien-être d'un agent sans compensation monétaire.

⇨ Positives ☺

Les pouvoirs publics peuvent les financer.

⇨ Négatives ☹

Il est possible d'internaliser les externalités négatives.
= intégrer les coûts sociaux dans le prix.

Ex : taxe Pigou

Défaillance face aux biens communs et aux biens collectifs

La tragédie des biens communs

Rivalité
+ Non exclusion
= Bien commun

Ex. : poissons

Ils sont surexploités
Tragédie des biens communs
de GARRETT HARDIN

Biens collectifs et paradoxe du passager clandestin

Non rivalité
+ Non exclusion
= Bien collectif

Ex. : éclairage public, route nationale

Ils profitent à tous mais aucun agent n'est prêt à le financer
= paradoxe du passager clandestin
de MANCUR OLSON

Asymétrie d'information

Situations dans lesquelles une partie du marché (offre ou demande) a davantage d'informations que l'autre.

Ex. : publicité mensongère

La sélection adverse

Processus qui conduit à ce que seuls les produits de mauvaise qualité restent sur un marché.

L'aléa moral

Existe quand deux agents ayant passé un contrat entre eux, l'un modifie son comportement car il est protégé par le contrat.

GEORGE A. AKERLOF donne 2 exemples :
- ☑ Marché de la voiture d'occasion
- ☑ Assurance

Une citation clé

> Nous détruisons la beauté des campagnes parce que les splendeurs de la nature, n'étant la propriété de personne, n'ont aucune valeur économique.
>
> **John Maynard Keynes** (1883-1946), *La Pauvreté dans l'abondance*, 2002.

Ne pas confondre

- Externalité positive/externalité négative
- Rival/exclusif
- Bien commun/bien collectif
- Sélection adverse/aléa moral
- Asymétrie d'information/incertitude

Débat

D'accord avec toi !

L'État doit-il prendre la place des acteurs privés pour réguler les défaillances de marché ?

Les arguments « pour »

- En présence d'externalités, l'équilibre fixé n'est pas optimal.
- Le marché ne parvient pas à préserver les biens communs et à produire les biens collectifs.
- En présence d'asymétries d'information, le marché peut disparaître ou dysfonctionner.

Les arguments « contre »

- Tous les marchés ne sont pas défaillants.
- Il est possible de réduire l'intervention de l'État en lui demandant de financer des biens collectifs sans les produire.
- La défense des biens communs passe par des droits de propriété, mais il peut s'agir de propriétaires privés.

SE TESTER

- Mobiliser ses connaissances -

1. Vrai ou faux ?

		Vrai	Faux
a	Les externalités ne posent problème que si elles sont négatives.	☐	☐
b	La taxe peut être une solution quand il y a une externalité négative.	☐	☐
c	Quand il y a une externalité négative, le coût social est inférieur au coût privé.	☐	☐
d	Les biens communs et les biens collectifs sont tous des biens non exclusifs.	☐	☐
e	Le marché ne peut se charger seul de la production des biens collectifs.	☐	☐
f	On parle d'asymétrie d'information quand un des acteurs de l'échange détient plus d'informations que les autres.	☐	☐
g	L'aléa moral et la sélection adverse font tous deux partie des asymétries d'information.	☐	☐

2. Coche la ou les bonne(s) réponse(s).

1. Les défaillances de marché sont des situations dans lesquelles...

- a le marché n'est pas à l'équilibre. ☐
- b le marché atteint un équilibre qui n'est pas celui qui existerait avec davantage de concurrence. ☐
- c le marché ne parvient pas à atteindre l'équilibre qui serait collectivement souhaitable. ☐

2. Le fait que la défense nationale soit un bien dont tout le monde peut profiter en même temps, sans qu'il soit possible d'en exclure quelqu'un, en fait un exemple de :

- a bien collectif. ☐
- b bien commun. ☐
- c bien de club. ☐

3. Lequel de ces éléments ne fait pas partie de la définition d'une externalité ?

- a Il s'agit de l'effet d'une action économique sur une personne extérieure. ☐
- b Il s'agit de l'effet négatif d'un échange économique. ☐
- c Il s'agit d'un effet qui n'est pas pris en compte par le marché. ☐

4. Lequel de ces exemples est une illustration d'un problème de sélection adverse ?

- a Un salarié se met à travailler moins une fois embauché à durée déterminée. ☐
- b J'ai acheté un téléphone d'occasion sur Internet, mais il ne fonctionne pas. ☐
- c Mon médecin m'a prescrit un médicament remboursé pour me rassurer, même s'il sait que je n'en ai pas vraiment besoin. ☐

3. Associe les termes suivants à leur définition.

1. *Asymétrie d'information* – **2.** *Bien commun* – **3.** *Aléa moral* – **4.** *Externalité* – **5.** *Bien collectif* – **6.** *Sélection adverse*

- **a** Bien non exclusif et rival.
- **b** Situation dans laquelle l'action d'un agent économique modifie le bien être d'un autre agent sans compensation monétaire.
- **c** Bien qui n'est ni exclusif ni rival.
- **d** Situation dans laquelle une partie du marché (l'offre ou la demande) bénéficie d'informations que l'autre n'a pas.
- **e** Situation dans laquelle un agent modifie son comportement après la conclusion d'un contrat.
- **f** Situation dans laquelle un agent risque de choisir un partenaire de l'échange d'une qualité inférieure à ce qu'il pourrait espérer.

4. Relie chacune de ces défaillances de marché à l'intervention publique qui te semble la plus appropriée.

Externalité négative •	• **a.** Mettre en place des droits de propriété publics ou privés pour réguler l'accès au bien.
Externalité positive •	• **b.** Permettre aux offreurs d'adapter leur tarif en fonction du comportement passé du demandeur.
Bien commun •	• **c.** Mettre en place une subvention.
Bien collectif •	• **d.** Mettre en place une taxe.
Aléa moral •	• **e.** Financer la production du bien ou du service par l'impôt.
Sélection adverse •	• **f.** Mettre en place un délai de rétractation qui permet au consommateur de revenir sur sa décision d'achat.

Réponses : 1. a. Faux - **b.** Vrai - **c.** Faux - **d.** Vrai - **e.** Vrai - **f.** Vrai - **g.** Vrai • **2. 1.** c - **2.** a - **3.** b - **4.** b • **3. 1.** d - **2.** a - **3.** e - **4.** b - **5.** c - **6.** f • **4. a.** Bien commun - **b.** Aléa moral - **c.** Externalité positive - **d.** Externalité négative - **e.** Bien collectif - **f.** Sélection adverse.

COMMENT FAIRE POUR...

Lire des pourcentages cumulés

Évolution de la consommation de carburants routiers (biocarburants inclus)

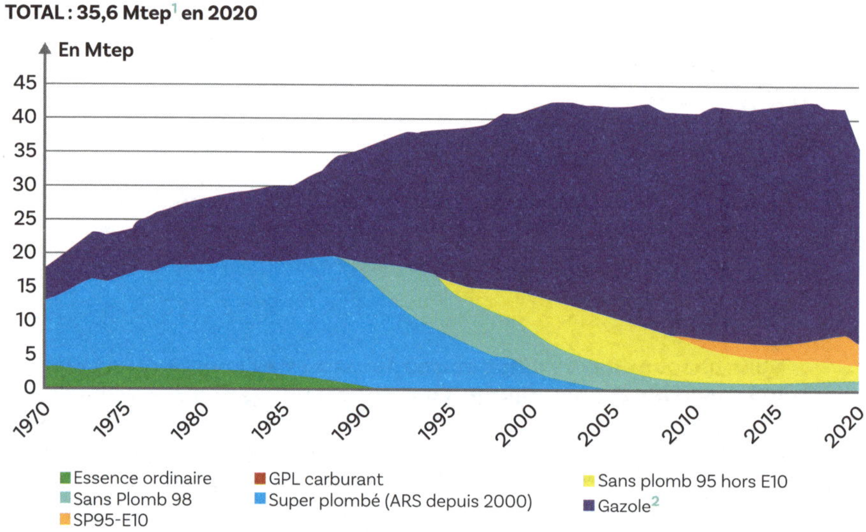

1. Millions de tonnes équivalent pétrole
2. Hors gazole pêche à partir de 2019.

Champ : jusqu'à l'année 2010 incluse, le périmètre géographique est la France métropolitaine. À partir de 2011, il inclut en outre les cinq DROM.

Ministère de la Transition écologique, *Chiffres clés de l'énergie, édition 2021*, septembre 2021.

1. Différencier pourcentages et pourcentages cumulés

Un graphique qui présente des **pourcentages simples** est composé de **courbes**. Les graphiques qui représentent des **pourcentages cumulés** sont eux composés d'**aires de couleur empilées** les unes sur les autres (comme dans un *rainbow cake*). Ici, les données pour le **gazole** ne correspondent pas à une courbe, mais à la **zone coloriée en violet**.

2. Lire un pourcentage cumulé

Pour lire un pourcentage cumulé, il faut faire la **différence entre la courbe du dessus et celle du dessous**. Ici, le haut de la courbe pour le gazole correspond à 35 Mtep environ (35 mégatonnes équivalent pétrole, soit l'équivalent de 35 millions de tonnes) et le bas à environ 7 Mtep. On a donc consommé cette année-là l'équivalent de 28 millions de tonnes de pétrole sous forme de gazole (35 - 7).

3. Interpréter un pourcentage cumulé

Ici, la consommation totale de carburants routiers semble stagner depuis 2000. En revanche, ça n'est pas le cas de la consommation de gazole, qui a augmenté (sa part dans la consommation totale est désormais plus importante).

Ce qui compte avec un pourcentage cumulé est l'évolution de l'aire, peu importe que la courbe augmente ou baisse.

SE PRÉPARER POUR L'EXAMEN

Analyser l'énoncé d'une question ou d'un sujet

SUJET

PARTIE 3 Raisonnement s'appuyant sur un dossier documentaire *(10 points)*

À partir de vos connaissances et du dossier documentaire, vous montrerez que le marché est défaillant en présence d'externalités.

Document 1 > La pollution de l'air, troisième cause de mortalité en France

48 300 morts par an

9 % des décès
13 % dans les grandes villes
7 % dans les campagnes

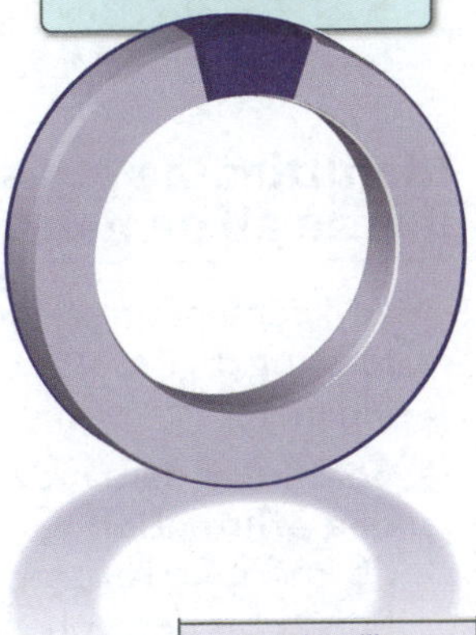

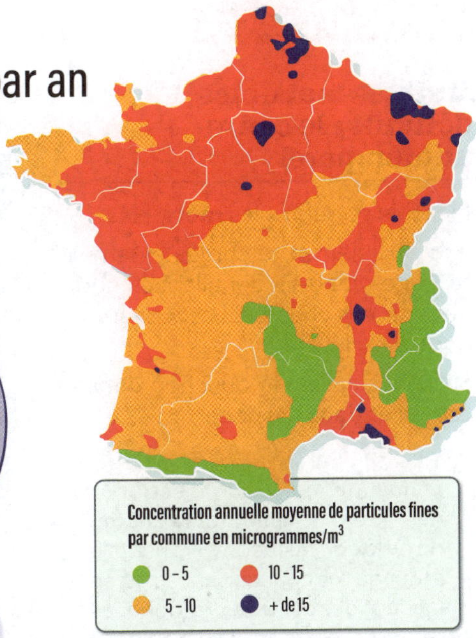

	Grandes villes (> 100 000)	Villes moyennes (20 000 à 100 000)	Petites villes (2 000 à 20 000)	Campagnes
Perte d'espérance de vie à 30 ans	15 mois	11 mois	10 mois	9 mois
Nombre total de morts évitables	25 900	6 200	7 900	8 300

D'après Santé publique France, juin 2016.

Santé publique France, juin 2016.

Document 2 > **Les bienfaits des activités sportives**

Les activités sportives ont […] de véritables bienfaits pour la santé. Par l'hygiène de vie qu'elles impliquent, s'agissant d'alimentation équilibrée, de réduction, voire de suppression de dépendance (tabac, alcool…), et par le suivi médical régulier qu'elles nécessitent, elles contribuent à limiter la consommation de médicaments, à diminuer les troubles musculosquelettiques, le stress, les AVC ou l'absentéisme, et donc les dépenses sociales. Globalement, une activité physique régulière réduirait de 30 % la mortalité précoce selon l'Anses. Depuis 2017, la loi de santé publique autorise les prescriptions d'activité physique et sportive, dans une optique de prévention et en particulier aux personnes atteintes d'affections longue durée (ou maladies chroniques, qui concernent plus de dix millions de personnes).

Les bienfaits du sport touchent au capital humain, aux moyens physiques et cognitifs de ceux qui le pratiquent : un « esprit sain dans un corps sain ». Ainsi la productivité, source essentielle de croissance économique, en est améliorée de l'ordre de 30 % à 50 %, et les entreprises, comme la société tout entière, en bénéficient. C'est pourquoi l'État l'encourage en le subventionnant.

Martine Peyrard-Moulard, « Pourquoi la pratique sportive fait du bien à l'économie », *Pour l'éco*, 17 juin 2021. ■

Méthode et corrigé

Définir les mots-clés et délimiter le cadre spatiotemporel

→ Identifie et définis les **mots-clés.**

> Ici, le sujet porte sur les externalités, une des trois défaillances abordées dans le chapitre. Les autres sont donc à exclure.

→ Situe le sujet ou la question **dans le temps et dans l'espace**.

CONSEIL

Si aucune indication n'est donnée, il te faut **délimiter le champ de réflexion** de façon pertinente à partir de tes connaissances ou en t'aidant des documents (données temporelles dans les graphiques et tableaux, dates d'un texte).

> Ici, il n'y a pas de contrainte particulière dans le temps ou l'espace, même si les documents sont français et récents.

→ Pense bien à identifier **tous les aspects** du sujets, pour ne rien oublier et faciliter la construction de ton plan.

COUP DE POUCE

Tu peux t'appuyer sur la méthode de l'épreuve composée, *p. 13.*

> Ici, il existe deux types d'externalités, positives et négatives.

Identifier la nature du travail demandé

→ Le libellé peut se faire sous forme interrogative ou être une question indirecte.

→ **Soit il est demandé d'apprécier si une affirmation est vraie :** il s'agit de montrer l'existence d'une relation entre deux phénomènes ou de l'infirmer.

Exemples : « vous vous demanderez », « dans quelle mesure »…

→ **Soit il est proposé de montrer certains aspects d'un phénomène ou d'une relation** ; il s'agit d'un sujet « analyse », car il implique une opération de d'explication, de mise en évidence de causes ou conséquences.

Exemples : « Analysez... », « Expliquez le rôle de, pourquoi... », « Vous montrerez que, en quoi, les conséquences de... ».

> Les troisièmes parties d'épreuves composées sont souvent des **sujets « analyse »**. Ici, il faut montrer que le marché est défaillant, c'est-a-dire qu'il ne permet pas d'atteindre la meilleure situation possible. Il faut montrer que les externalités ont ce type de conséquence.

La question de l'intervention de l'État peut être abordée, à la condition que cela permette de montrer la défaillance du marché (qui rend cette intervention nécessaire). Contrairement à la deuxième partie, elle n'est en revanche cette fois-ci pas le cœur du sujet (et on ne peut pas te reprocher de la passer sous silence).

→ Si tu as bien fait ce **travail d'analyse** du sujet, valorise-le : explique régulièrement en quoi ce que tu as dit répond à la question posée.

CONSEIL

N'hésite pas à **réemployer les termes du sujet** pour bien souligner ce lien.

> Ici, il faut expliquer que quand il existe des externalités négatives, cela amène à réaliser une production qui a des conséquences négatives pour la collectivité. Il est encore mieux d'expliquer que cela rend le marché défaillant, parce que l'équilibre trouvé quand il y a une externalité n'est pas le meilleur équilibre possible. Une partie de la production réduit la satisfaction collective.

Proposition de plan détaillé

I. L'existence d'externalités négatives aboutit à un équilibre qui n'est pas optimal.

Intro. Qu'est-ce qu'une externalité négative ?

A. *L'équilibre se fixe en prenant en compte le coût privé. Le producteur cesse de produire quand celui-ci est égal au prix.*

B. *Or, à ce moment-là, **le coût social est supérieur au prix**. Une partie de la production était rentable pour le producteur, mais ne l'était pas pour la collectivité (elle n'aurait pas été faite si le producteur avait dû indemniser la collectivité).*

C. ***L'équilibre du marché est donc sous optimal** : il aurait été collectivement préférable de produire moins. Tu peux mobiliser à titre d'illustration le **document 1** : la mortalité liée à la pollution n'est pas prise en compte par les producteurs et les consommateurs.*

II. L'existence d'externalités positives aboutit à un équilibre qui n'est pas optimal.

A. *Comme l'utilité privée diffère de l'utilité sociale, **l'équilibre se fixe en prenant en compte l'utilité privée**.*

B. *À ce moment-là, **l'utilité sociale est supérieure au prix** : une partie de la production qui serait encore rentable n'est pas faite. Cette fois ci, c'est le **document 2** qui est sollicité : il montre que l'existence d'externalités positives justifie un financement public du sport.*

Pour aller plus loin

Livres

> Emmanuel Buisson-Fenet, Marion Navarro, *La Microéconomie en pratique*, Armand Colin, 2018.

> Claire Fumat, Émilie Boudet, *Toute l'éco en BD. Tome 3 : Le marché, imperfections et défaillances*, La Boîte à bulles/Belin Éducation, 2019.

> Paul Krugman, Robin Wells, *Microéconomie*, chapitres 16 et 17, De Boeck, 2019.

À voir

Film

> Cyril Dion, Mélanie Laurent, *Demain*, 2015.

Scanne-moi !

Vidéos de révision

> « Les défaillances de marché », Guillaume Bled : **www.youtube.com/watch?v=nvkIIZ_CRZA&list=TLGG5p3w_zTDMXAzMTAzMjAyMg**

> « *What is the tragedy of commons ?* »,TED-Ed : **www.youtube.com/watch?v=nvkIIZ_CRZA&list=TLGG5p3w_zTDMXAzMTAzMjAyMg**

> « Défaillances de marché. SES première », Les bons profs : **www.youtube.com/watch?v=KlVsOl-crg4**

> « Pailles en plastique : comment elles sont devenues un désastre écologique », *Le Monde* : **www.lemonde.fr/pollution/video/2018/07/25/pailles-en-plastique-comment-elles-sont-devenues-un-desastre-ecologique_5335572_1652666.html**

> « Des communs et des hommes », Data gueule : **www.youtube.com/watch?v=qrgtbgjMfu0**

À consulter

> Site webclass : **www.ses.webclass.fr/cours-premiere/cours-ch03-quelles-sont-les-principales-defaillances-du-marche**
Un cours complet sur le chapitre sur les défaillances de marché

> Site Melchior : **www.melchior.fr/quizz/qcm-chapitre-1ere-les-defaillances-du-marche**
Un quiz sur les défaillances de marché

> Le site du ministère chargé des questions environnementales : **www.ecologie.gouv.fr/politiques-publiques**
Un résumé des politiques mises en place en faveur de l'environnement.

Chapitre 3 — Quelles sont les principales défaillances de marché ?

Tu viens de voir les notions à connaître sur les défaillances du marché. Pour t'aider à retenir l'essentiel et t'entraîner pour le Bac, voici ton kit de révisions clé en mains conçu par SchoolMouv !

Vidéo

Pour mieux comprendre et t'en souvenir à coup sûr, regarde la vidéo. C'est parfois bien plus clair en images.

Vidéo **Quelles sont les principales défaillances du marché ?**

https://flashbelin.fr/focusbacschoolmouv/ses/1re/3

Contenu additionnel

Voici un bonus autour du même sujet. La curiosité n'est pas toujours un vilain défaut. Il suffit de créer ton compte pour avoir accès à plein de contenus supplémentaires.

Fiche **Quelles sont les principales défaillances du marché ?**

https://www.schoolmouv.fr/eleves/cours/quelles-sont-les-principales-defaillances-du-marche/fiche-de-cours

Tchat avec un prof

Pour poser toutes tes questions à un prof particulier, découvre l'abonnement tchat. Tu peux le tester gratuitement pendant 7 jours : fini les questions sans réponses, tu vas devenir incollable.

https://focusbac.schoolmouv.fr/offre

4 Comment économiques

Besoin et capacité de financement

Notions

- Entreprise
- Administration publique
- Chiffre d'affaires
- Excédent brut d'exploitation
- Marché
- Offre
- Demande
- Prix et quantité d'équilibre

les agents se financent-ils ?

L'ESSENTIEL EN 5 POINTS

1. Le **système financier** permet la rencontre des **agents à besoin et à capacité de financement**.

2. Le **taux d'intérêt**, qui est à la fois un **coût pour l'emprunteur** et une **rémunération pour le prêteur**, se fixe sur le **marché des fonds prêtables**.

3. Le **revenu disponible des ménages** se répartit entre **consommation** et **épargne**, si les dépenses sont inférieures au revenu.

4. Les **entreprises** peuvent se financer par **autofinancement**, par recours au **crédit bancaire** et par le **financement direct** (émissions d'actions ou obligations).

5. Le **solde budgétaire**, qui mesure la différence entre les dépenses et les recettes de l'État, peut avoir des **effets contradictoires sur l'activité** (relance de la demande/effet d'éviction).

→ Définitions des notions p. 80-89

LE COURS
en 3 axes

1 Le financement de l'économie : rendre possible la rencontre entre besoins et capacités de financement

a. Les caractéristiques des agents à besoin et à capacité de financement

MOTS CLÉS

Ménage : ensemble des occupants d'un même logement, considéré comme leur résidence principale, sans que ces personnes soient nécessairement unies par des liens de parenté. Un ménage peut être composé d'une seule personne.

Entreprise : organisation dont l'activité consiste à produire des biens ou des services pour les vendre sur un marché (production marchande) afin, le plus souvent, de réaliser un profit.

Administration publique : organisation qui produit des services non marchands. Sa production est à but non lucratif. Elle est financée par l'impôt ou les cotisations sociales.

→ Certains agents épargnent plus qu'ils ne dépensent et ont ainsi une **capacité de financement**. C'est en général le cas des **ménages**, qui épargnent plus qu'ils ne consomment.

→ Les **agents à besoin de financement** sont les agents économiques dont les dépenses excèdent les revenus, c'est-à-dire, qui **investissent plus qu'ils n'épargnent**. C'est le cas d'une **entreprise** qui a besoin d'investir des sommes plus importantes que l'épargne dont elle dispose, ou d'une **mairie** (**administration publique**) qui doit emprunter pour rénover l'école maternelle de son village. Ces agents ne peuvent se financer qu'en faisant appel à l'épargne d'autres agents.

→ Dans la réalité, il peut exister, au **niveau individuel** (**microéconomique**), des **entreprises** ayant une **capacité de financement** (c'est-à-dire de l'épargne accumulée), tout comme l'on trouve des ménages **endettés**, qui empruntent notamment pour acheter un logement. Toutefois, au niveau **macroéconomique**, les **ménages** ont, dans leur ensemble, une **capacité** de financement, et les **entreprises** et les **administrations publiques** ont des **besoins** de financement. On retrouve ce constat au niveau de l'économie française dans son ensemble (**Doc 1**, p. 81).

→ Le **système financier** est l'ensemble des **institutions financières** (intermédiaires financiers et marchés financiers) ayant pour fonction de **mettre en relation** les agents à capacité de financement et ceux à besoins de financement. Parmi ces institutions, on trouve les **banques** et les **marchés des capitaux**. Le **financement de l'économie** consiste donc à couvrir des besoins de financement par des capacités de financement.

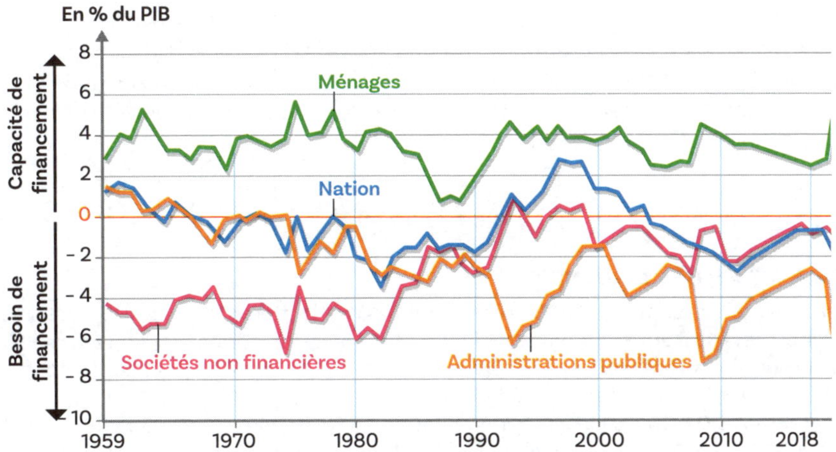

Note : capacité ou besoin de financement de la nation = capacité de financement des ménages + besoin de financement des entreprises + besoin de financement des administrations publiques.

Comptes de la nation 2020, *Insee Résultats*, 8 mai 2021.

Doc 1 Capacités et besoin de financement par secteur (en points de PIB)

→ En l'absence d'un système financier, certains agents devraient renoncer à des investissements rentables faute de fonds, alors que d'autres disposeraient d'une épargne non placée (thésaurisée). Cette **mauvaise allocation des ressources** freinerait alors la croissance.

b. La rencontre des agents à besoin et capacité de financement sur le marché des fonds prêtables

MOT CLÉ

Taux d'intérêt : somme dont le débiteur doit s'acquitter auprès du créditeur en contrepartie de l'emprunt.

→ Si les agents à capacité de financement dégagent une épargne, ils peuvent la prêter à ceux qui ont des besoins de financement et doivent emprunter. Pour cela, le **prêteur (ou créditeur)** sera rémunéré par l'**emprunteur (ou débiteur)**. Le capital emprunté ou prêté a ainsi un prix : le **taux d'intérêt**.

→ Cette rémunération compense ou récompense la **prise de risque** du **prêteur**, qui pourrait ne pas être remboursé intégralement à l'échéance du prêt et donc perdre les sommes investies. Le taux d'intérêt rémunère aussi le fait qu'il **renonce**, le temps de son prêt, **à dépenser son épargne** en consommant-puisqu'il la met à disposition d'autres agents. Il ne peut donc pas l'utiliser à court terme, sans coût. Cette **rémunération** sera d'autant **plus importante** que les fonds sont prêtés, et donc investis, **à plus long terme** ou sur des **activités risquées**.

→ Du côté du **débiteur**, emprunter une somme pour investir comporte un coût. Celui du **taux d'intérêt**, qui s'ajoute donc au montant de l'investissement initial. Il ajoute à la somme empruntée un montant qui matérialise le coût du crédit versé au prêteur. Au total, l'emprunteur verse : **Capital emprunté × $(1 + r)^T$**, où r représente le taux d'intérêt, somme que reçoit en retour le prêteur et T le nombre d'années (**L'éco en pratique**).

L'ÉCO EN PRATIQUE

Les taux d'intérêt sur un emprunt

Si l'investisseur emprunte **100 euros** à un **taux d'intérêt de 5 %** (r = 5/100, soit 0,05), il remboursera **105 euros** au prêteur, dont la rémunération sera alors de **5 euros**. Il faut multiplier le montant du capital par le taux d'intérêt (1 + r), car l'emprunteur remboursera le capital *et* les taux d'intérêt.
S'il emprunte **10 000 euros** pour **5 ans** au **taux de 5 %**, il devra rembourser 200 000 × 1,05 = 210 000, soit **10 000 euros de taux d'intérêt sur 5 ans**, à savoir 2 000 euros par an (10 000/5) et donc 166,66 par mois (2 000/12).

→ La **rencontre entre épargnants et investisseurs** peut être **représentée graphiquement par des courbes d'offre et de demande**. Les épargnants et les prêteurs se rencontrent de la même manière que le font les producteurs et les consommateurs : par le biais de marchés gouvernés par l'offre et la demande.

→ Il existe un grand nombre de **marchés financiers** différents au sein du système financier, tels que les **marchés obligataires et des actions**. Mais les économistes travaillent souvent à partir d'un **modèle simplifié** dans lequel ils supposent qu'il y a **seulement un marché** qui permet la rencontre entre ceux qui veulent prêter de l'argent (les épargnants) et ceux qui veulent en emprunter (les firmes qui ont des projets d'investissement). On appelle ce marché hypothétique le **marché des fonds prêtables** (**Doc 2**), tel qu'il a été théorisé par les auteurs néoclassiques.

→ Sur ce marché, la quantité offerte et demandée de crédit (ou de capitaux) dépend donc d'un seul prix : le **taux d'intérêt**, noté généralement « r », qui constitue à la fois la rémunération des prêteurs et le coût des emprunteurs. **À l'équilibre**, le taux d'intérêt réel permet l'**égalisation des volumes offerts et demandés de crédit**, ou égalité de l'offre (des épargnants ou des prêteurs) et de la demande de fonds prêtables (celle des investisseurs ou emprunteurs).

L'**offre de fonds prêtables**, qui émane des prêteurs, est, toute chose égale par ailleurs, une fonction croissante du taux d'intérêt. Plus le taux d'intérêt est élevé, plus les épargnants sont incités à prêter, puisque le taux d'intérêt est pour eux une rémunération.

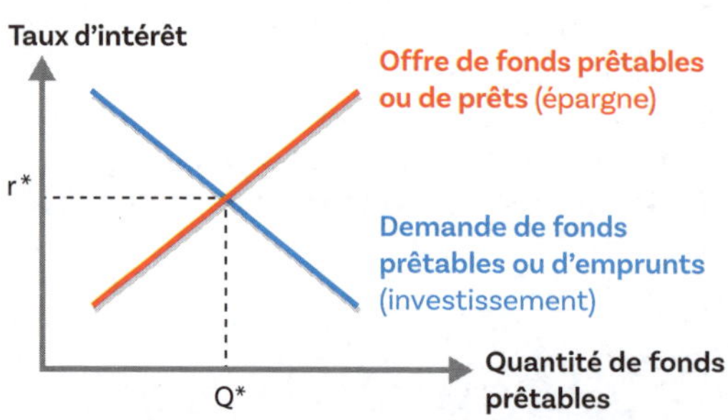

La **demande de fonds prêtables**, est une fonction décroissante, puisque les emprunteurs préfèrent emprunter lorsque le taux d'intérêt est bas. Le taux d'intérêt est ici un coût.
À l'équilibre, se fixe un taux d'intérêt d'équilibre **r*** et la quantité offerte de fonds prêtables est égale à la quantité demandée **Q***.

Doc 2 L'équilibre sur le marché des fonds prêtables

MOT CLÉ

Insolvabilité : incapacité à rembourser ses dettes.

→ Les **banques** jouent souvent un **rôle d'intermédiaire** entre agents à besoin et capacité de financement, soit en créant de la monnaie pour créditer le compte des emprunteurs (voir chapitre 5, p. 100), soit en prêtant l'épargne déposée par ses clients. Cette opération est possible car la banque mise sur le fait que tous ses clients ne retireront pas leur épargne en même temps. La banque a l'avantage de connaître ses clients emprunteurs et d'avoir développé des **techniques d'évaluation des risques** (prêts antérieurs, analyse des ressources des emprunteurs…). Elle parvient aussi, grâce à d'importants volumes de crédits, à limiter les risques liés à l'**insolvabilité** de certains.

→ Le taux d'intérêt pratiqué par les banques dépend du **taux d'intérêt directeur** fixé par la **Banque centrale**, mais peut être adapté selon les caractéristiques de l'emprunteur et la durée du prêt.

2 Le financement des ménages et des entreprises

a. La répartition du revenu disponible entre épargne et consommation

MOTS CLÉS

Revenus du patrimoine : ensemble des ressources financières issues des biens possédés par une personne (ce que l'on appelle des « actifs ») : biens immobiliers, biens mobiliers ou actifs financiers (actions, obligations…), œuvres d'art, etc.

Revenu mixte : il contient deux éléments indissociables : la rémunération du travail effectué par le travailleur indépendant et son profit en tant qu'entrepreneur.

→ Le **revenu disponible** des ménages (**Doc 3**, p. 84) correspond au **revenu primaire**, celui reçu en contrepartie de la participation directe ou indirecte à l'activité productive. Le revenu primaire est composé de **revenus du patrimoine** (ou de la propriété) et de **revenus du travail**, qu'il s'agisse de **travail salarié** (salaires et cotisations sociales) ou de **travail indépendant** (**revenus mixtes**).

→ Les ménages dont le **revenu disponible** est **supérieur** à leur consommation peuvent choisir d'épargner face à l'incertitude, en prévision d'une consommation future ou pour valoriser leur patrimoine à long terme. Cette **épargne** peut être orientée vers les **agents à besoin de financement**. Le **taux d'épargne des ménages** est alors le rapport entre l'épargne des ménages et leur revenu brut disponible. Il se situe en France autour de 14 %, mais a atteint plus de 21 % depuis 2020. La **crise sanitaire** a en effet conduit à une **épargne de précaution** face à l'incertitude, mais aussi à une **épargne contrainte** (ou « forcée ») lors des périodes de confinement (possibilités de consommation limitées).

→ Cette épargne peut être **thésaurisée**, c'est-à-dire conservée sur des comptes, comme par exemple le compte courant ou des comptes à taux réglementé (livret A, livret jeune…). Elle peut aussi être placée sur des **actifs financiers**. On parle alors d'**épargne financière**. L'épargne à long terme est plutôt associée en France à l'**assurance-vie**, jugée moins risquée, que les achats d'actions. Le **taux d'épargne financière** est, de fait, la part du revenu disponible brut placée sur des actifs financiers (actions, obligations).

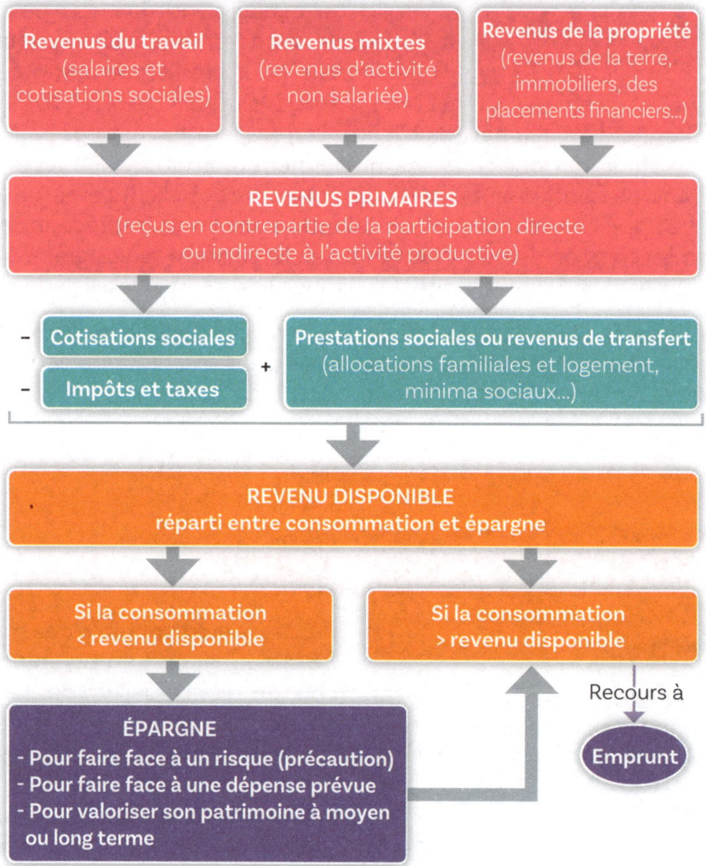

Doc 3 Du revenu primaire à l'épargne des ménages

→ Les ménages qui consomment temporairement plus qu'ils ne gagnent peuvent puiser dans l'épargne qu'ils ont mise de côté. Ils peuvent aussi emprunter à plus long terme sous forme d'**investissement** immobilier, ce que l'on nomme l'**épargne non financière**. L'**investissement des ménages** au sens de l'Insee correspond strictement à l'achat de logements. Leurs autres achats relèvent de la consommation finale. Le **taux d'investissement en logement** se mesure aussi à partir de la part du revenu disponible brut des ménages consacrée à l'acquisition d'un bien immobilier.

b. Le financement des entreprises avec des fonds propres

→ Rappelons que l'entreprise crée des **richesses nouvelles**, ce que l'on mesure par la **valeur ajoutée**. Pour la calculer, on retranche au **chiffre d'affaires**, c'est-à-dire au montant des biens et services vendus, la valeur des **consommations intermédiaires**, c'est-à-dire de l'ensemble des biens et services transformés ou détruits lors d'un cycle de production.

Valeur ajoutée = chiffre d'affaires (ou production finale) – consommations intermédiaires

→ L'**excédent brut d'exploitation (EBE)** mesure le **profit** réalisé dans l'entreprise. L'EBE se calcule en retranchant à la valeur ajoutée le montant des salaires et des cotisations sociales, et des impôts sur la production.

EBE = valeur ajoutée – (salaires + cotisations sociales)

→ Le **bénéfice** de l'entreprise se calcule en retranchant à l'excédent brut d'exploitation, les intérêts versés aux prêteurs et les impôts sur les bénéfices.

Bénéfice = EBE – intérêts versés aux prêteurs – impôts sur les bénéfices

Le **bénéfice net** (ou résultat net) est la différence entre le chiffre d'affaires (produits) et les charges, soit **produits – charges**.

→ Une fois les bénéfices versés aux propriétaires (dividendes distribués aux actionnaires ou parts sociales aux associés), l'entreprise dégage une **épargne brute**, à savoir des **bénéfices non distribués**, et donc conservés par l'entreprise. L'épargne brute détermine sa capacité d'**autofinancement**.

Épargne brute = EBE – intérêts – impôts sur les sociétés – dividendes et parts sociales versées aux apporteurs de capitaux

→ Si l'entreprise dispose d'une **épargne supérieure à l'investissement** qu'elle doit engager, elle peut se financer sur ses fonds propres. On parle de **financement interne**. Elle dégage alors un **taux d'autofinancement**. Il présente l'avantage pour l'entreprise d'être moins coûteux qu'un emprunt et de lui laisser une liberté de décision sur ses choix d'investissement : elle ne dépend en effet pas de prêteurs.

c. Le financement externe des entreprises

→ Si ses besoins d'investissement sont supérieurs à son épargne, l'entreprise doit avoir recours à un **financement externe**.

→ Le **financement externe** peut être **direct** : il s'agit du recours à l'emprunt sur le marché des capitaux (**Le petit +**, p. 86) en émettant des **obligations**. L'entreprise peut aussi chercher à accroître ses fonds propres en augmentant son capital par **émission d'actions** sur les marchés des capitaux.

→ Le **financement externe indirect** passe donc par des intermédiaires. Il est dit « **intermédié** ». Il peut s'agir de l'**emprunt bancaire** auprès des banques, en particulier pour les petites et moyennes entreprises. Les banques entretiennent en effet des relations durables avec leurs clients et connaissent leur trésorerie. Cela permet de **réduire l'asymétrie d'information** lors de la sélection des projets à financer. Elles financent 98 % des PME et 36 % des grandes entreprises.

MOTS CLÉS

Obligations : titre de créance qui permet à un État, une collectivité locale ou une entreprise, d'emprunter à des épargnants qui, en échange de ce prêt, perçoivent un intérêt. Le taux d'intérêt est connu à l'avance par l'investisseur, tout comme la durée du prêt et la date de versement des intérêts.

Émission d'actions : opération grâce à laquelle une entreprise décide d'augmenter le nombre de titres composant son capital social pour accroître ses ressources et se développer. Ces actions seront proposées aux investisseurs initiaux et/ou à de nouveaux épargnants. Ils détiennent alors un titre de propriété qui leur donne droit à un versement d'une partie des bénéfices, appelés dividendes.

→ Ce financement externe indirect peut aussi reposer sur des **obligations** achetées par des institutions financières comme des **banques**, des **assurances** ou des **organismes de placement collectifs (OPC)**, à savoir des sociétés financières qui gèrent l'épargne collective en achetant des portefeuilles d'actions et d'obligations pour leurs clients, qui reçoivent une rémunération (dividendes, intérêts).

→ Par **financement direct**, on entend le plus souvent le cas où des agents à besoin de financement émettent des **titres** (actions, obligations...) **souscrits « directement » sur le marché** par les agents à capacité de financement : on parle à cet égard de **financement de marché.**

→ Du fait du **développement des marchés des capitaux** et de leur internationalisation, les grandes entreprises, mais aussi les États, ont de plus en plus recours, depuis les années 1980, au **financement direct**. Les institutions financières et notamment les banques y tiennent un rôle clefs puisqu'elles collectent l'épargne sur le marché des capitaux et la prêtent aux agents à besoin de financement. En somme, les institutions financière font désormais une « **intermédiation de marché** ».

→ Enfin, la mise en relation des apporteurs et demandeurs de crédits peut s'établir **en dehors du marché des capitaux** : c'est le cas des **crédits commerciaux interentreprises** (ce sont souvent des délais de paiement que s'accordent les entreprises entre elles) et du **financement participatif (*crowdfunding*)**. Celui-ci est devenu une **source de financement alternative** pour les particuliers et les associations, mais aussi les entreprises qui ne veulent ou ne peuvent faire appel à un prêt bancaire. Les « investisseurs providentiels » ou ***Business Angels*** sont, quant à eux, des personnes physiques qui apportent un capital à une **entreprise innovante** à fort potentiel.

LE PETIT +

→ **La composition du marché des capitaux**

→ Le **marché des capitaux** se compose, d'une part, des **marchés financiers**, c'est-à-dire des **marchés de capitaux à long terme** portant notamment sur les titres de créance (marché des obligations) et sur les titres de propriété (marché des actions) ; et, d'autre part, du **marché monétaire**, c'est-à-dire du **marché des capitaux à court terme** comprenant le **marché des créances négociables**, c'est-à-dire des emprunts courts allant de 24 h à un an (bons du Trésor de faible durée, billets de trésorerie des entreprises). Le **marché interbancaire** est également un sous-ensemble du marché monétaire, mais son accès est réservé aux banques centrales et de second rang.

→ Sur ces marchés, on appelle **marché primaire** le marché des capitaux sur lequel les nouvelles émissions de titres, actions ou obligations, sont proposées par les sociétés ou les États émetteurs. Un **marché secondaire** est, quant à lui, un marché des capitaux sur lequel s'échangent des titres précédemment émis (comme la bourse).

3 Dépenses et recettes des administrations publiques

a. Une dette alimentée par le déficit

→ Le **solde budgétaire** est la différence entre les recettes et les dépenses de l'État. Si le solde est **positif**, (recettes > dépenses), on parle d'**excédent**, s'il est **négatif** (dépenses > recettes), on parle de **déficit**.

→ Deux types de déficit doivent être distingués :
- le **déficit budgétaire**, qui concerne le déficit du budget de l'État **au cours d'un exercice budgétaire** d'une année. Cela signifie que les prélèvements obligatoires et les différentes ressources de l'État n'ont pas permis de couvrir les dépenses, notamment celles réparties par mission (**Doc 4**) ;
- le **déficit public**, qui est celui de l'**ensemble des administrations publiques**. Il comprend le déficit du budget de l'État, mais aussi de l'ensemble des organismes divers d'administration centrale (ODAC), des collectivités territoriales (mairies, régions...) et des administrations de Sécurité sociale.

→ En France, le **dernier budget excédentaire** date de **1974**. Le **besoin de financement** (correspondant au déficit public) s'élevait à 72 milliards d'euros en 2019, soit 3 % du PIB, contre 2,3 % en 2018. À la suite de la crise sanitaire, le déficit a atteint 211,5 milliards d'euros en 2020, soit 9,5 % du PIB, puis 152,7 milliards d'euros en 2021, soit 7 % du PIB, selon les Comptes nationaux des administrations publiques de l'Insee. La **croissance** a été plus dynamique que prévue (6,1 %), ce qui réduit le **ratio déficit/PIB**, et la reprise de l'emploi a limité l'aggravation des dépenses d'indemnité chômage.

→ La **dette publique** est composée de l'**ensemble des emprunts** contractés par une administration publique. Lorsque les **déficits s'accumulent** chaque année (**flux**), ils alimentent le **stock de dette**. Seuls les intérêts de la dette sont inscrits dans le budget comme une dépense annuelle.

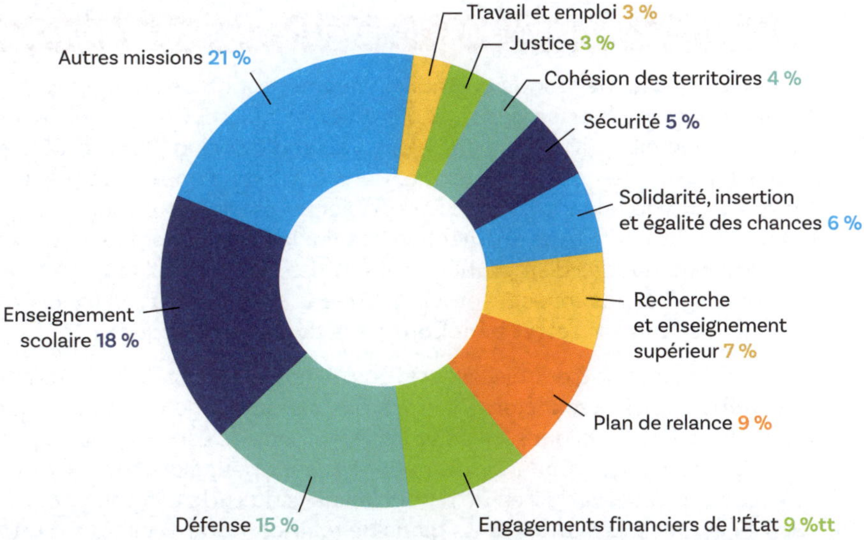

Projet de Loi de finance 2021.

Doc 4 La répartition des dépenses de l'État en 2021

MOT CLÉ

Ratio d'endettement :

$$\frac{\text{dette}}{\text{PIB} \times 100}$$

→ La **dette publique** représentait 2 380,1 milliards d'euros, soit 98,1 % du PIB en 2019 et 117,5 % du PIB en 2020. En 2021, le **ratio d'endettement** devrait atteindre 115,7 % du PIB, selon les Comptes nationaux des administrations publiques.

→ La **dette publique au sens de Maastricht** couvre celle de l'ensemble des administrations publiques. On parle par contre de « **dette souveraine** » lorsqu'elle ne concerne que la dette des **administrations publiques centrales** (État et organismes divers). Celle-ci représente environ 93,3 % de la dette totale en 2020 (contre près de 11,7 % pour la Sécurité sociale et 10 % pour les collectivités territoriales). Le **traité de Maastricht** exige une dette inférieure à 60 % du PIB et un déficit limité à 3 % du PIB.

b. Les emprunts des États sur les marchés pour financer les déficits

→ Le **financement de la dette** peut être assuré par **émission de monnaie**. On parle de « **monétisation de la dette** » : cela signifie qu'un gouvernement peut demander à la Banque centrale de créer de la monnaie pour financer ses dépenses publiques à moindre coût. La Banque centrale fait alors fonctionner la fameuse « planche à billet » afin de **créditer le compte du Trésor public**. Toutefois, les banques centrales sont, depuis le milieu des années 1990, **indépendantes des pouvoirs publics**, ce qui limite ce type de pratique.

→ Le ***no bail out*** (non-renflouement des États) est inscrit dans les statuts de la **Banque centrale européenne** (BCE). Celle-ci achète néanmoins indirectement de la dette publique par l'intermédiaire des banques depuis 2015 et à renouvelé ces pratiques dite de ***quantitative easing*** avec la crise sanitaire en 2020. Elle détient, en 2021, 25 % environ des dettes publiques émises par des États de la zone euro.

→ L'État finance donc essentiellement le déficit **par emprunt** en émettant des **obligations** sur le **marché des capitaux** (bons du Trésor). Le financement de la dette se fait par emprunt sur le **marché obligataire**, c'est-à-dire le marché où sont émises les obligations, et notamment les obligations d'État.

c. Les effets contradictoires de la relance budgétaire sur l'activité

→ Sur le **marché des fonds prêtables**, l'augmentation de la dépense publique peut induire une **hausse des taux d'intérêt**, ce qui peut pénaliser l'investissement des agents privés. On parle alors d'**effet d'éviction** (**Doc 5**, p. 89). Si cette représentation reste hypothétique, dans les faits, l'une des conséquences redoutées de la relance budgétaire est bien le risque de tensions sur les taux d'intérêt. L'État constitue un **agent en besoin de financement** qui vient concurrencer les demandes d'emprunt des entreprises, car ses obligations sont réputés plus sûres. Les investissements, voire la consommation, peuvent ainsi diminuer et **annuler l'effet bénéfique de la dépense publique**.

→ Par ailleurs, la **dette**, croissante en cas de relance budgétaire, peut entraîner une **défiance des créanciers** vis-à-vis des capacités de remboursement des administrations publiques. La **solvabilité** d'un pays, c'est-à-dire la disponibilité de ressources pour honorer ses remboursements, peut alors être mise en doute. C'est ce qui s'est produit en 2011 pour les pays du sud de la zone euro, en particulier la Grèce. Les importants **plans de relance**, notamment aux États-Unis, mais aussi la **progression de l'inflation**, conduisent en 2021 à une remontée des taux obligataires sur les bons du Trésor.

Équilibre sur le marché des fonds prêtables

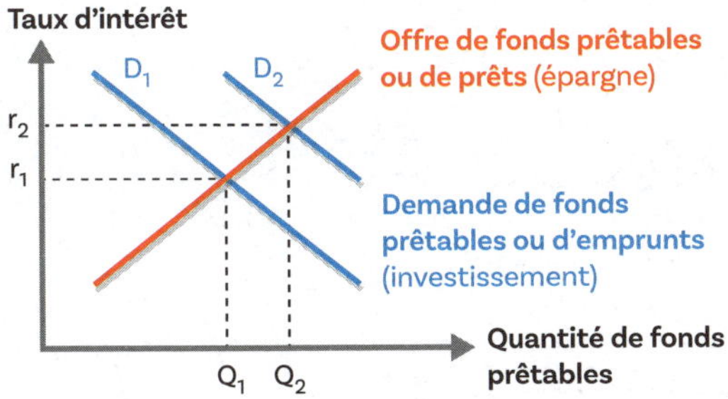

La **relance par la dépense publique** se traduit par un déficit et des emprunts pour le financer. La **demande de fonds prêtables** passe de D_1 à D_2 et le **taux d'intérêt augmente** de r_1 à r_2, à **offre de fonds prêtables** inchangée. Cette **hausse du taux d'intérêt « évince » l'investissement privé,** puisque le coût de l'emprunt augmente. Ainsi, la dépense publique freine l'investissement des entreprises, ce qui est néfaste pour l'activité économique.
Il s'agit d'une critique des auteurs néoclassiques à l'égard de l'analyse keynésienne, et donc de l'intervention de l'État.

Doc 5 L'effet d'éviction sur le marché des fonds prêtables

→ La **dépense publique** peut **soutenir la croissance** lorsqu'elle est efficacement ciblée (infrastructures, éducation, recherche…). Elle a alors un **effet de relance** sur l'activité qui, en stimulant la production, peut réduire le poids de la dette (ratio dette/PIB : si le PIB augmente, le taux d'endettement baisse).

→ Un **plan de relance budgétaire** consiste à **réduire les prélèvements obligatoires** ou à **augmenter la dépense publique** en soutenant la demande des ménages et des entreprises à la suite d'un ralentissement de l'activité. Cela augmente le déficit à court terme, mais doit permettre de relancer l'investissement des entreprises, ce qui réduit le chômage, augmente le pouvoir d'achat et soutient à nouveau la demande puis l'investissement. Cet effet multiplicateur sur l'activité a été théorisé par **John Maynard Keynes** (1883-1946) et **Richard Kahn** (1905-1989), son étudiant. La hausse de la croissance réduit aussi le taux d'endettement public.

→ À la suite de la **crise financière de 2008**, la plupart des pays ont engagé des **politiques de relance budgétaire** pour soutenir l'activité, mais aussi pour aider le système bancaire. En outre, les rentrées d'impôts ont diminué à cause des faillites, du chômage et du ralentissement de l'activité. Les déficits se sont donc fortement creusés. Les plans de relance ont aussi été particulièrement soutenus pour faire face à la crise sanitaire qui débute en 2020. Ils posent néanmoins la question de la **soutenabilité de la dette** (Le petit +), c'est-à-dire de la capacité d'un État à faire face à ses emprunts.

LE PETIT +

→ La soutenabilité de la dette

Une **dette publique** est dite « **soutenable** » si le **taux d'intérêt** est **inférieur au taux de croissance** économique. Sinon, il faut dégager d'importants excédents pour éviter la hausse du taux d'endettement public constant. La soutenabilité dépend aussi de la **confiance des prêteurs** sur le marché obligataire. Ainsi, la **dette japonaise** atteint 266 % du PIB en 2021 parce qu'elle est possédée en grande partie par des épargnants japonais, ce qui réduit la « **prime de risque** » sur les emprunts. À l'inverse, les investisseurs ont demandé en 2011 une importante prime de risque sur la **dette grecque**, car ils n'ont plus eu confiance dans les fondamentaux de l'économie. Cela a été le point de départ de la **crise des dettes souveraines** dans la zone euro.

MÉMO VISUEL

- La synthèse en BD -

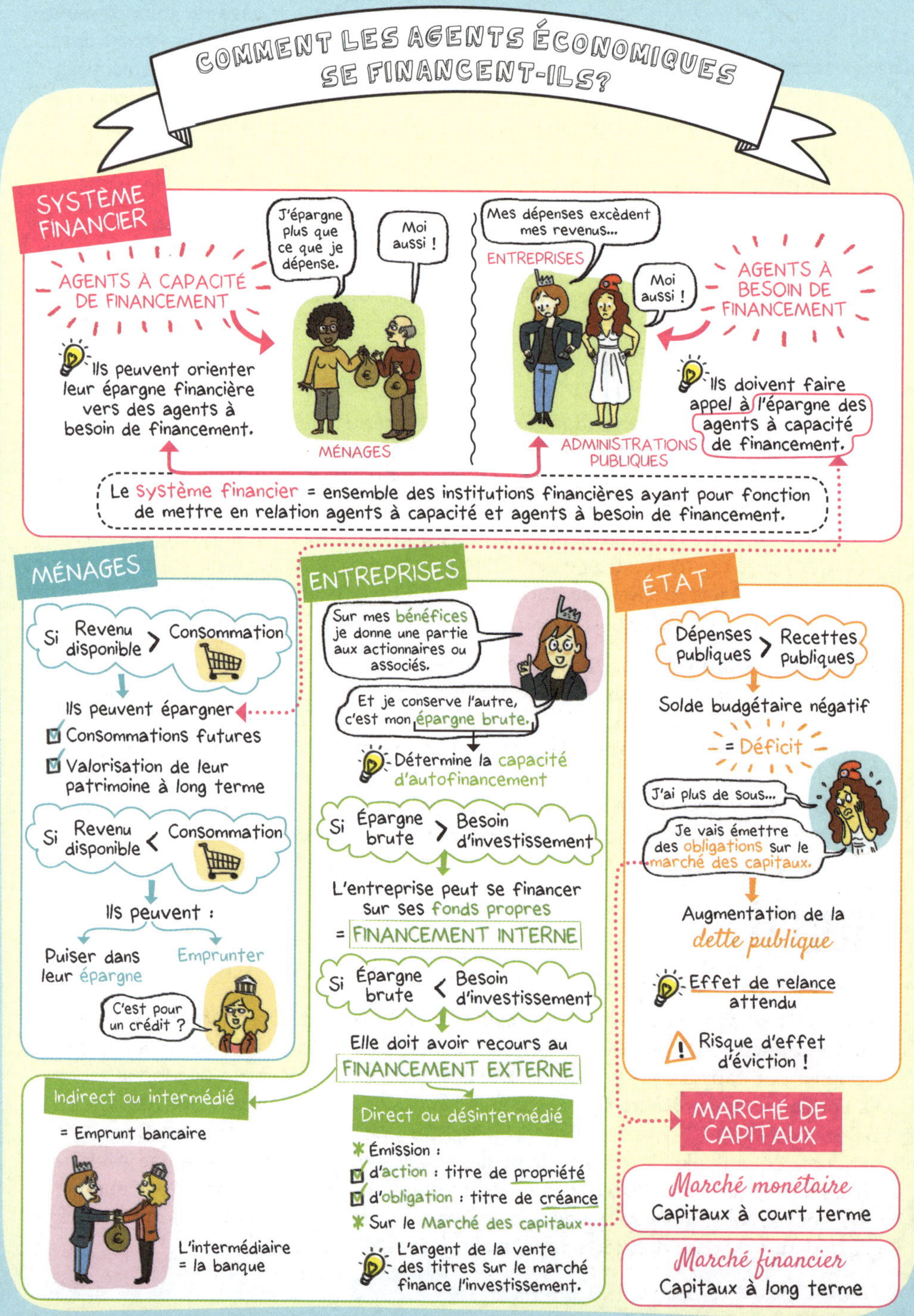

Une citation clé

> Le capital prêté au gouvernement ayant été détruit par la consommation que le gouvernement en a faite, ne donnera plus à personne le profit, ou si l'on veut, l'intérêt qu'il pouvait rapporter en sa qualité de fonds productif.
>
> **Adam Smith** (1723-1790), *Essai sur l'origine et les causes de la richesse des nations*, 1776.

Ne pas confondre

- Agents à capacité/besoin de financement
- Financement interne/externe
- Financement externe direct/indirect
- Déficit budgétaire/déficit public
- Déficit public/dette publique
- Effet d'éviction/effet de relance

Les mécanismes à comprendre

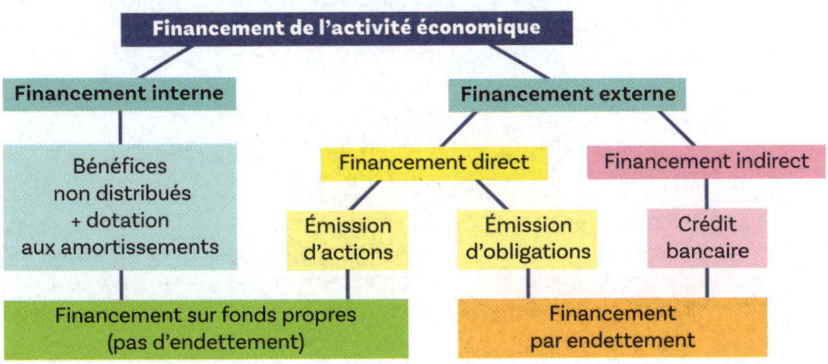

SE TESTER

- Mobiliser ses connaissances -

1. Vrai ou faux ?

	Vrai	Faux
a Les ménages ont toujours une capacité de financement.	☐	☐
b L'épargne des ménages est intégralement disponible pour financer l'investissement des entreprises et la dépense de l'État.	☐	☐
c Le bénéfice non redistribué des entreprises sert à financer l'investissement ou les placements financiers.	☐	☐
d Le crédit bancaire rentre dans le financement externe indirect.	☐	☐
e Certaines entreprises peuvent emprunter sur les marchés par émission d'obligations.	☐	☐
f Les États peuvent dégager des excédents budgétaires.	☐	☐
g L'effet d'éviction souligne que l'endettement public contribue à réduire les taux d'intérêt.	☐	☐

2. Complète le tableau avec les termes manquants.

	Ménages	Entreprises	Administrations publiques
Besoin/capacité de financement	Agents le plus souvent à **a.** .... de financement	Agents le plus souvent à **c.** .... de financement	Agents le plus souvent à **g.** .... de financement
Causes	Les ménages ont le plus souvent un **b.** .... supérieur à leur consommation => ils dégagent une épargne.	Les entreprises dégagent une **d.** .... (revenu non distribué) qui permet d'autofinancer une partie de l'investissement, mais elle est souvent inférieure aux besoins d'investissement.	Les dépenses des États sont souvent supérieures à leurs recettes. Il y a alors **h.** .... budgétaire.
Conséquences	Les ménages fournissent une épargne financière (livrets, placements sur titres) qui peut servir à financer l'investissement des entreprises et des États.	Les entreprises ont recours à un financement externe **e.** .... (comme l'emprunt bancaire) ou externe **f.** .... (émission d'obligations ou d'actions sur les marchés des capitaux).	Le déficit est financé par l'emprunt, par émission d' **i.** .... sur les marchés des capitaux.

3. Relie les termes suivants à leur définition.

a. Agents économiques dont les dépenses excèdent les ressources. Ils ne peuvent se financer qu'en faisant appel à l'épargne d'autres agents. •	• Agents à besoin de financement
b. Valeur ajoutée à laquelle on retranche le montant des salaires et cotisations sociales et des impôts sur la production. •	• Autofinancement
c. Revenus primaires des ménages auxquels on retranche le montant des prélèvements obligatoires (impôts et cotisations sociales) et l'on ajoute le montant des prestations sociales versées. •	• EBE
d. Ressources propres de l'entreprise reposant sur l'épargne brute accumulée et composant l'autofinancement de l'entreprise. •	• Effet d'éviction
e. Partie du bénéfice net non distribué (épargne brute) à laquelle on ajoute les provisions pour amortissement. •	• Financement externe
f. Recours à l'emprunt pour une entreprise en émettant des obligations sur les marchés des capitaux ou en recourant à un intermédiaire financier (banque notamment). •	• Financement interne
g. La hausse de la dépense publique accroît la demande de fonds prêtables, ce qui augmente le taux d'intérêt sur ce marché. •	• Revenu disponible

4. Complète le schéma avec les termes suivants.

1. *Marché boursier* – **2.** *Marché interbancaire* – **3.** *Marché des créances négociables* – **4.** *Marché obligataire.*

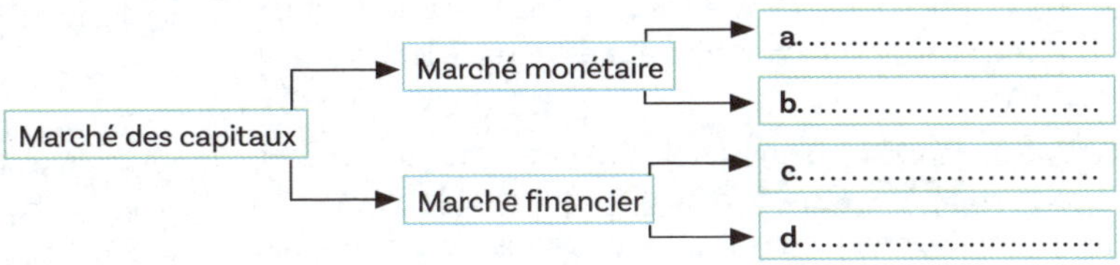

Réponses : 1. a. Faux – **b.** Faux – **c.** Vrai – **d.** Vrai – **e.** Vrai – **f.** Vrai – **g.** Faux • **2. a.** capacité – **b.** revenu – **c.** besoin – **d.** épargne brute – **e.** indirect – **f.** direct – **g.** besoin – **h.** déficit – **i.** obligations • **3. a.** Agents à besoin de financement – b. EBE – **c.** Revenu disponible – **d.** Financement interne – **e.** Autofinancement – **f.** Financement externe – **g.** Effet d'éviction • **4. Marché monétaire :** 2, 3 – **Marché financier :** 1, 4.

COMMENT FAIRE POUR...

Lire et exploiter un graphique

Taux de marge, d'investissement et d'autofinancement des sociétés non financières

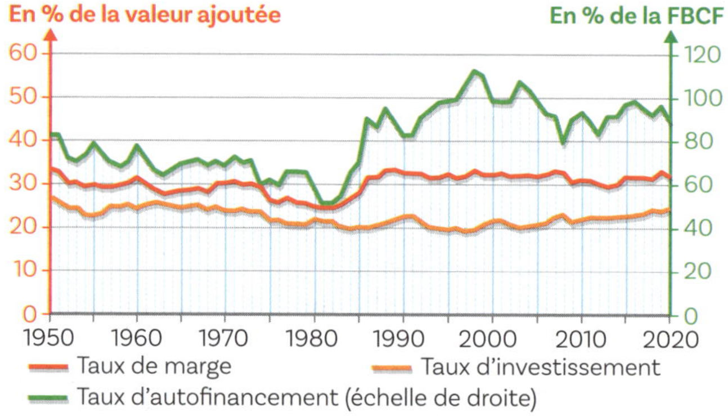

Note : Taux de marge = excédent brut d'exploitation (EBE)/valeur ajoutée brute (VA).
Taux d'investissement = formation brute de capital fixe (FBCF)/valeur ajoutée brute (VA).
Taux d'autofinancement = épargne brute/formation brute de capital fixe (FBCF).
Champ : France, sociétés non financières, hors entreprises individuelles.

Comptes de la nation, Insee base 2014, 2021.

Dans ce graphique, les données permettent d'analyser la période 1950-2020 autour de **trois indicateurs**, dont la définition est donnée en **note**.

Lis toujours bien le titre et les notes.

On observe d'abord ce qu'est le taux de marge, qui mesure la part de la valeur ajoutée qui revient aux profits (VA - salaires et cotisations sociales - impôts sur la production). Cela mesure donc tout ce qui revient aux apporteurs de capitaux avant impôt sur les bénéfices (prêteurs, actionnaires ou associés, et épargne brute conservée par l'entreprise. Ce taux de marge à fortement évolué dans le temps, passant de 33,7 % en 1950 à 24,8 % en 1982 (pic bas lié à une politique plus favorable aux salaires à partir du début des années 1970). Ensuite, il se redresse pour atteindre 33 % avant la crise financière de fin 2008. Il baisse du fait du contrecoup de la crise et s'est rétabli depuis autour de 32 % de la VA.

Précise les définitions.

Assure-toi que tu lis le bon axe (ici, en rouge) et dégage des périodes en précisant pour chacune la tendance générale.

Le taux d'investissement, qui mesure le rapport entre la FBCF et la VA, semble bien corrélé au taux de marge, ce qui semble attester du fait que les entreprises investissent à partir de ressources internes dégagées grâce au taux de marge. Mais la confiance et le niveau de la demande dans l'économie déterminent aussi l'investissement, ainsi, alors que le taux de marge se maintient à un niveau élevé, autour de 33 % tout au long des années 1990, le taux d'investissement reste autour de 20 %.

Relie les indicateurs entre eux en interprétant le sens de leur relation.

De fait, le taux d'autofinancement augmente et dépasse même les 100 % au milieu des années 1990. Cela signifie que l'épargne brute est supérieure à l'investissement mesuré par la FBCE. Donc les entreprises ont des ressources de financement interne, mais ne les investissent pas. On peut supposer que les taux d'intérêt élevés ont alors favorisé le placement de cette épargne par les entreprises.

Formule des hypothèses pour interpréter des données surprenantes.

SUJET GUIDÉ ÉPREUVE COMPOSÉE

SE PRÉPARER POUR L'EXAMEN

Exploiter un dossier documentaire

SUJET

PARTIE 3 Raisonnement s'appuyant sur un dossier documentaire *(10 points)*

À l'aide de vos connaissances et du dossier documentaire, vous montrerez que les entreprises ont recours à différents modes de financement.

Document 1 > Le financement des entreprises industrielles

Subissant une baisse de l'autofinancement en raison de la dégradation de leurs marges[1], les entreprises industrielles doivent se tourner de manière accrue vers des sources de financement externes pour maintenir le niveau de leurs investissements.

Le taux d'endettement[2] de l'industrie manufacturière est globalement stable depuis 1998, à un niveau inférieur à celui des autres secteurs d'activité. […]

Ce constat général ne doit pas masquer des disparités importantes au sein du secteur industriel en fonction de la taille des entreprises. Si le taux d'endettement des grandes entreprises reste relativement stable sur la période, celui des ETI[3] s'accroît depuis 2006. Au contraire, pour les PMI[4], le taux d'endettement diminue régulièrement entre 2000 et 2012, passant de 88 % à 62 %.

Disposant d'un accès plus aisé aux marchés financiers, les grandes entreprises substituent massivement depuis le début de la crise des emprunts obligataires[5] à l'endettement bancaire. Ce comportement a été particulièrement prononcé dans les grands groupes industriels cotés en bourse. […] Plus dépendantes du crédit face aux exigences et contraintes d'un financement par les marchés, les PMI continuent à l'inverse à financer leur endettement par l'intermédiaire des établissements bancaires, ceux-ci apportant encore près de 70 % des ressources d'endettement (les encours de crédit des PMI de l'industrie manufacturière représentent ainsi 24,9 milliards d'euros en 2014). Le financement obligataire reste marginal pour cette catégorie d'entreprises.

Enfin, les ETI occupent une situation intermédiaire, et voient la part du financement obligataire s'accroître notablement ces dernières années, en substitution du crédit de moyen long terme[6] bancaire.

Conseil national de l'industrie, *Le Financement des entreprises industrielles*, novembre 2014. ■

1. Profits. - 2. Rapport entre le montant total des emprunts et le PIB. - 3. Entreprises de taille intermédiaire. - 4. Petites et moyennes industries. - 5. Par émission d'obligations. - 6. Supérieur à deux ans.

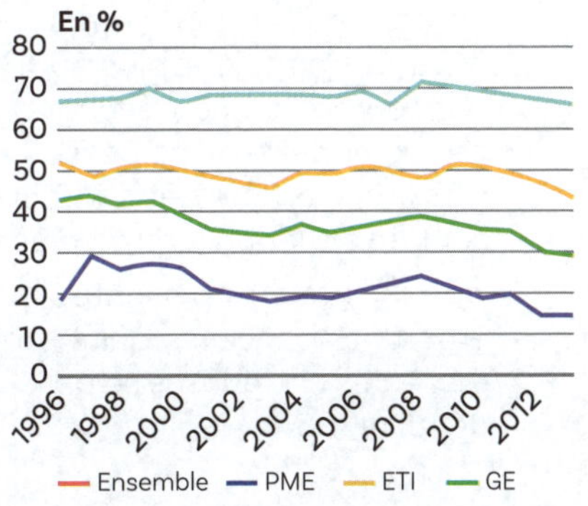

Document 2 > Part des dettes bancaires dans l'endettement total des entreprises françaises

PME : Petites et moyennes entreprises (moins de 250 salariés).
ETI : Entreprises de taille intermédiaire (entre 250 et 4 999 salariés).
GE : Grandes entreprises (plus de 5 000 salariés).

Note d'information de la Banque de France, octobre 2015.

Méthode et corrigé

Comprendre le sujet

Pour bien comprendre l'objectif de l'analyse du document, il faut **saisir ce qui est attendu par le sujet**.

→ Définis les **mots-clés** et délimite le **cadre spatio-temporel.**

→ Identifie la nature du travail demandé.

→ Poste-toi des **questions transversales** sur le sujet et **reformule**-le.

> Le sujet porte sur les **sources de financement des « entreprises »** (unité économique qui combine les facteurs de production pour produire des biens et des services destinés à être vendus sur un marché dans, le but, le plus souvent, de réaliser un profit). Les « différents modes de financement » renvoient au financement interne (autofinancement), au financement externe indirect (financement intermédié, comme l'emprunt bancaire), au financement externe direct sur les marchés des capitaux (émissions d'actions et d'obligations).

> « Vous montrerez que les entreprises ont recours à différents modes de financement » appelle une description des modes de financement. Il s'agit d'un **sujet analytique**.

CONSEIL

Il est possible de formuler une **question transversale** sur ce sujet : « Quels sont les moyens de financement dont disposent les entreprises ? Quelles sont leurs spécificités ? »

Dégager les informations pertinentes de chaque document

→ Repère certaines **informations qui entourent le ou les document(s)** : la source; le titre; la date et le lieu ; les grandeurs abordées et leurs unités (milliers, %...) dans le cas d'un tableau ou d'un graphique.

COUP DE POUCE

Tu peux t'appuyer sur la méthode de l'épreuve composée, p. 13.

→ Définis le **vocabulaire** ou les concepts.

→ Dégage les **idées principales** de chaque document qui répondent au sujet (arguments d'un texte, tendance générale d'un tableau ou d'un graphique).

→ Extrais ensuite les **idées secondaires**. Il s'agit de mettre en évidence des tendances plus subtiles, en rentrant dans le détail de l'analyse.

→ Relève les **exemples** et chiffres importants des documents.

> Le **document 1** porte sur les différences dans les modalités de financement externe des entreprises selon leur taille.
Idée principale : la dégradation des marges des entreprises industrielles de taille intermédiaire les poussent à s'endetter car leur autofinancement est insuffisant. Elles peuvent recourir à l'émission d'obligation qui se substitue de plus en plus au crédit bancaire.
Idée secondaire : les grandes entreprises se financent largement sur le marché obligataire auquel elles ont accès tandis que les PMI (petites et moyennes industries) s'endettent à hauteur de 70 % par emprunt bancaire et s'appuient plus sur l'autofinancement en se désendettant (le taux d'endettement passe de 88 à 6 2% entre 2000 et 2012). Les ETI sont en situation intermédiaires.

> Le **document 2** présente la part des emprunts bancaires dans l'endettement des entreprises selon leur taille depuis 1996.

Idée principale : les PME empruntent à hauteur de 67 % auprès des banques en 2015, tandis que pour les grandes entreprises, l'emprunt bancaire ne représente que 15 % de leur endettement total.

Idée secondaire : la part de l'emprunt bancaire tend en baisse pour toutes les catégories d'entreprises (s'appuyer sur les données de la catégorie ensemble), surtout depuis 2008. Cela atteste d'une stratégie de désendettement par rapport aux banques, mais montre aussi à plus long terme que les entreprises, surtout les plus grandes, se financent plus auprès des marchés des capitaux.

Établir des liens entre les documents et les relier à ses connaissances

- Fais apparaître les **oppositions et complémentarités entre documents** et montre comment certains arguments ou illustrations répondent à d'autre.

  > Ici, le **document 3** complète bien le **document 2** et l'illustre. Le **document 1** montre bien le passage d'un mode de financement externe indirect à un mode de financement externe direct. Ce que les autres documents reprennent en soulignant que c'est plus visible dans les grandes entreprises.

- **Ordonne** ensuite l'ensemble des **arguments des documents** en les regroupant par **thématiques** abordées et selon un **ordre d'importance**. Cela t'aidera à élaborer les axes du plan.
- **Mobilise tes connaissances** (références théoriques, mécanismes, vocabulaire précis...).

Proposition de plan détaillé

I. Les entreprises s'appuient sur leurs ressources internes.

A. *Les entreprises dégagent un bénéfice dont une partie n'est pas distribuée et rentre dans leur autofinancement.*

B. *L'autofinancement permet de financer un investissement sans coût, mais fluctue en fonction du taux de marge.* > **Doc 1**

II. Les entreprises empruntent auprès des banques.

A. *Le financement externe indirect ou intermédié passe par l'emprunt bancaire, dont la part régresse dans l'emprunt total des entreprises.* > **Doc 1 et 2**

B. *L'emprunt bancaire reste le mode de financement principal des petites entreprises.* > **Doc 2 et 3**

III. Les entreprises émettent des actions et des obligations sur le marché des capitaux.

A. *Le financement externe direct permet l'emprunt (obligation) ou le financement sur fonds propres (émission d'obligations).* > **Doc 1**

B. *Le financement direct progresse dans l'endettement total, en particulier pour les grandes entreprises.* > **Doc 2 et 3**

Pour aller plus loin

Livres

- Jean-Pierre Biasutti, Laurent Braquet, *Comprendre le système financier*, Bréal, 2020.
- Nicolas Danglade et alii, *100 fiches pour comprendre la bourse et les marchés financiers*, Bréal, 2018.

À voir

Films

- Adam McKay, *The Big Short*, 2015.

Scanne-moi !

- Charles Ferguson, *Inside Job*, 2010.

Vidéos de révision

- « La bourse et le financement des entreprises », Dessine-moi l'éco
www.youtube.com/watch?v=xcaQNIgF3R4
- « Le financement de l'économie », Banque de France
www.youtube.com/watch?v=5lJqdOK9O10&index=2&list=PLOusNGW1865yORVijFv9gmM8Ka9GKVSGU

Jeu

- Prenez les rênes de Bercy en endossant le rôle du ministre du Budget.
www.citeco.fr/cyber-budget

À consulter

- La Finance pour tous
www.lafinancepourtous.com
- Rapports de la Banque de France sur le financement des entreprises
abc-economie.banque-france.fr/le-financement-des-entreprises

Ton **KIT DE SURVIE** pour le **BAC** avec SCHOOLMOUV

Chapitre 4 — Comment les agents économiques se financent-ils ?

Tu viens de voir les notions à connaître sur le financement des agents économiques. Pour t'aider à retenir l'essentiel et t'entraîner pour le Bac, voici ton kit de révisions clé en mains conçu par SchoolMouv !

Vidéo

Pour mieux comprendre et t'en souvenir à coup sûr, regarde la vidéo. C'est parfois bien plus clair en images.

Vidéo Comment l'activité économique est-elle financée ?

https://flashbelin.fr/focusbacschoolmouv/ses/1re/4

Contenu additionnel

Voici un bonus autour du même sujet. La curiosité n'est pas toujours un vilain défaut. Il suffit de créer ton compte pour avoir accès à plein de contenus supplémentaires.

Fiche Comment l'activité économique est-elle financée ?

https://www.schoolmouv.fr/eleves/cours/comment-l-activite-economique-est-elle-financee-partie-2/fiche-de-cours

Tchat avec un prof

Pour poser toutes tes questions à un prof particulier, découvre l'abonnement tchat. Tu peux le tester gratuitement pendant 7 jours : fini les questions sans réponses, tu vas devenir incollable.

https://focusbac.schoolmouv.fr/offre

5 Qu'est-ce et comment

La création de monnaie

Notions

- Action
- Capacité et besoin de financement
- Emprunt
- Épargne
- Inflation
- Investissement
- Marché des capitaux
- Obligation
- Sociétés financières
- Taux d'intérêt

que la monnaie est-elle créée ?

L'ESSENTIEL EN 5 POINTS

1. La monnaie prend **différentes formes**, dont certaines sont très dématérialisées. Des moyens de paiement permettent de faire circuler la **monnaie scripturale**.

2. La monnaie assure **trois fonctions économiques** : réserve de valeur, unité de compte, intermédiaire des échanges.

3. Le **crédit bancaire** est à l'origine de la **création de monnaie**, ce qui peut se lire dans un bilan. Les **banques commerciales** sont à l'origine de l'essentiel de la création monétaire.

4. Les **banques centrales** créent les billets et de la monnaie scripturale banque centrale, et contrôlent la création monétaire des banques commerciales.

5. L'action de la Banque centrale sur les **taux d'intérêt** affecte le niveau de l'inflation et de l'activité. La baisse des taux d'intérêt stimule la **croissance** en soutenant l'investissement et la consommation, ce qui accroît la création monétaire, mais aussi l'inflation, et inversement.

→ Définitions des notions p. 102-111

LE COURS en 3 axes

1 Les fonctions et les formes de la monnaie

a. Les fonctions de la monnaie

→ La monnaie est définie depuis Aristote par ses **trois fonctions économiques**.

→ Elle est une **unité de compte** qui permet de mesurer et de comparer la valeur de différents biens et services échangés. Les agents économiques l'utilisent pour **exprimer les prix** de tous les biens et services et le **montant des dettes** (en euros, par exemple, en France).

→ Elle est un **intermédiaire des échanges** permettant d'acquérir n'importe quel bien et service. Elle est acceptée par tous comme moyen d'échange.

> **MOT CLÉ**
>
> **Inflation :** augmentation générale et durable des prix qui se traduit par une baisse du pouvoir d'achat de la monnaie.

→ Elle est un instrument de **réserve de valeur** : elle peut être **conservée en gardant sa valeur**, son « pouvoir d'achat » dans le temps. Cela permet de reporter à plus tard des décisions d'achat, d'investissement, etc. Par exemple, lorsqu'un agent économique dispose d'un billet de 100 euros dans son portefeuille, il n'a aucune obligation de le dépenser tout de suite et peut le garder pour le dépenser demain ou dans dix ans. Toutefois, la « valeur » de ce billet n'est **pas constante au cours du temps**. En effet, s'il y a de l'**inflation**, une même quantité de monnaie ne permet plus d'acheter autant qu'avant la hausse des prix.

→ L'analyse des fonctions économiques de la monnaie est présentée comme une approche « **fonctionnaliste** ». Elle sous-estime les **fonctions sociales et politiques** de la monnaie, comme le sentiment d'appartenir à une même collectivité.

→ L'usage de la monnaie repose fondamentalement sur la **confiance**. Il est **encadré** par des institutions.

b. Des formes variées de monnaie

→ La monnaie a souvent été présentée par les économistes comme une solution au problème de la « **double coïncidence des besoins** », inhérent au **troc**. En effet, la difficulté du troc est de trouver deux personnes dont chacune possède le bien qui convient aux besoins de l'autre.

→ La **monnaie marchandise** résout ce problème en réduisant les coûts d'échange. La monnaie marchandise est un bien qui présente des **qualités pratiques** (divisibilité, facilité de transport et de stockage…) reconnues par tous les individus d'une communauté et qui sert de contrepartie dans tous les échanges. Elle acquiert le statut d'**équivalent général**, puisqu'elle exprime la valeur d'échange de toutes les marchandises.

→ Elle possède une **double nature** résultant d'un **usage monétaire**, puisqu'elle est un intermédiaire des échanges, et d'un **usage utilitaire** en tant que bien de consommation (les fèves de cacao chez les Aztèques, le sel en Nouvelle-Guinée, le thé compressé au Tibet, les cauris, qui ont circulé notamment en Afrique et Océanie, et étaient utilisés pour composer des parures).

→ Progressivement, la **monnaie métallique ou divisionnaire** (plomb, cuivre et, très rapidement, l'argent et l'or) remplace la monnaie marchandise. On retrouve les premières traces de **monnaie comptée** (métal fragmenté en dimensions uniformes) en Chine ou en Inde **dès 3 000 av. J.-C.**.

→ La monnaie à au départ une **valeur intrinsèque**, en métaux précieux. Au fil du temps la **valeur faciale** de la monnaie est **dissociée** de cette valeur intrinsèque (par exemple, une pièce de 2 euros coûte environ 17 centimes à fabriquer).

→ L'usage de la monnaie repose ainsi de plus en plus sur la **confiance** en la qualité de l'émetteur**.** Cela se vérifie particulièrement avec la **monnaie papier**, d'où le nom de **monnaie fiduciaire** (du latin *fiducia*, « la confiance ») donné aux billets. On inclut les pièces dans la monnaie fiduciaire, qui englobe l'« argent liquide ».

→ La **monnaie scripturale** est une écriture inscrite sur les **comptes bancaires à vue**, c'est-à-dire des sommes dont disposent les titulaires des comptes courants bancaires. Cette monnaie est dite « scripturale » (du latin *scriptura*, « l'écriture »), car elle circule par un simple « **jeu d'écriture** » : lors d'un achat, le solde du compte bancaire de l'acheteur est simplement diminué du montant de l'achat et le solde du compte bancaire du vendeur est augmenté du même montant.

→ Si les pièces et les billets sont à la fois monnaie et **instrument de paiement**, la monnaie scripturale (dépôts gérés par les banques) est distincte des instruments qui la font circuler. Elle circule grâce à des **moyens de paiement** : carte bancaire, chèque, virement…

→ On observe au fil du temps une **évolution des formes** prises par la monnaie, qui laisse penser qu'elle se **dématérialise**. La monnaie scripturale représente aujourd'hui 94 % de la masse monétaire en circulation, tandis que la part des billets et des pièces est inférieure à 1 % (**Doc 1**, p. 104).

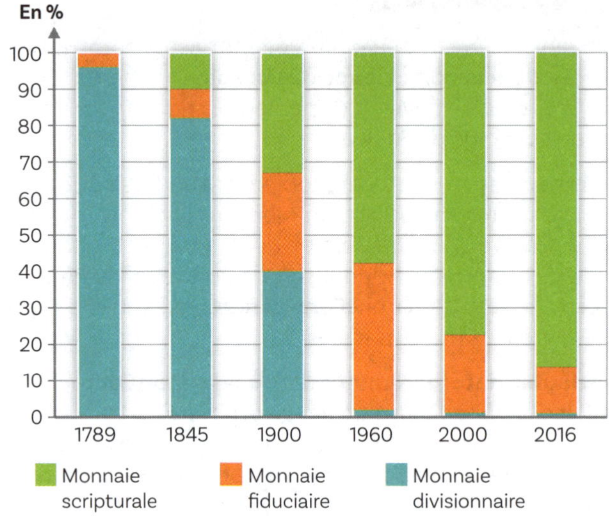

D'après Jean Bouvier, *Un Siècle de banque française*, Hachette, 1973 et Dominique Plihon, *La Monnaie et ses mécanismes*, « Repères », La Découverte, 2017, données BCE 2017.

Doc 1 La répartition des formes monétaires

→ Pour autant, le **processus de dématérialisation** n'est **pas linéaire** et certaines formes de monnaie scripturale se sont développées alors que la monnaie métallique ne circulait pas ou peu. Ainsi, en **Mésopotamie**, en 3 000-2 000 av. J.-C., des « **banques à grains** » servaient à stocker le grain dans les temples et palais royaux de Babylone. Les propriétaires recevaient un justificatif de dépôt, utilisable pour régler les dettes et payer l'impôt. Le **code d'Hammourabi** (stèle découverte en 1901) réglementait déjà la profession bancaire.

c. Mesurer la quantité de monnaie en circulation : les agrégats monétaires

MOTS CLÉS

Banque centrale : banque des banques commerciales, chargée de décider et d'appliquer la politique monétaire dans un pays ou une zone monétaire, comme la zone euro.

Masse monétaire : quantité de monnaie en circulation dans une économie.

Agrégats monétaires : ils permettent à la Banque centrale de mesurer les différentes composantes de la masse monétaire, des plus liquides, comme M1 (pièces, billets et dépôts à vue) aux moins liquides, comme M3 (titres placés à long terme).

Liquidité : pour un actif, fait d'être facilement transformable en monnaie.

→ Les **banques centrales** ont pour mission de **contrôler la quantité de monnaie** en circulation dans l'économie, ce qui implique de définir et de mesurer correctement la **masse monétaire**. Elle le fait à l'aide d'**agrégats monétaires**.

→ L'agrégat monétaire dit « **M1** » comprend des pièces et des billets (**monnaie fiduciaire**) et des sommes déposées sur un compte courant (**monnaie scripturale**).

→ L'agrégat dit « **M2** » correspond à **M1**, auquel s'ajoutent **les dépôts sur livrets et les crédits à court terme**. La **liquidité** reste forte dans cet agrégat, qui englobe notamment les dépôts à terme d'une durée inférieure à deux ans.

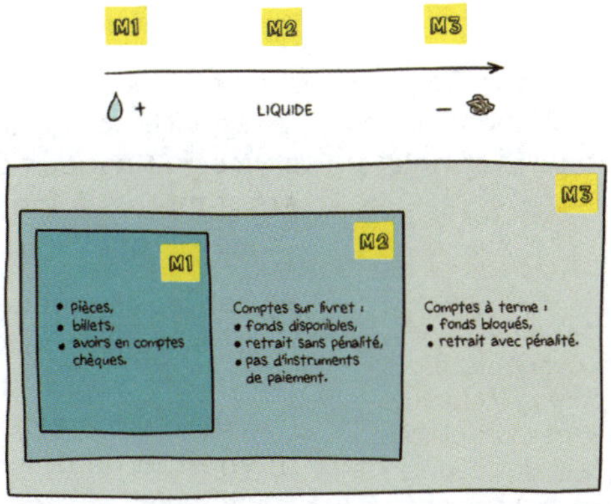

Note : M2 = M1 + placements rémunérés (Codevi, Livret A, Plan épargne logement,...). M3 = M2 + obligations émises sur le marché monétaire (bons du Trésor...) de moins de deux ans + organisme de placement collectif en valeurs mobilières (OPCVM, organisme qui a pour objet la gestion collective d'épargne investie en valeurs mobilières (actions, obligations...).

Claire Fumat, Maud Hopsi, *Toute l'éco en BD, La monnaie*, La Boîte à Bulles/Belin Éducation, 2018.

Doc 2 Des agrégats de liquidité décroissante

→ L'agrégat dit « **M3** » est égal à **M2 + divers placements monétaires**. Soit, principalement, les dépôts à terme d'une durée supérieure à deux ans.

→ Ces agrégats sont les moyens de paiement des agents, **classés selon leur degré de liquidité** (**Doc 2**). Ils donnent aux autorités monétaires une indication sur l'évolution de la masse monétaire en circulation, de manière à **adapter la politique monétaire** et **contrôler l'inflation**.

2 La création de monnaie par les banques

a. Le rôle des banques dans le financement de l'économie

→ Les **banques commerciales** **collectent les dépôts** de leurs clients, **gèrent les moyens de paiement** et **accordent des crédits** aux entreprises et aux particuliers.

MOTS CLÉS

Banque commerciale : institution financière à but lucratif qui est habilitée à collecter les dépôts des agents non financiers (ménages, État, entreprises) ; à gérer les moyens de paiement ; à produire des prestations de services de placement financier ; à octroyer des crédits grâce à son pouvoir de création monétaire.

Transformation bancaire : opération au cours de laquelle les banques collectent des dépôts à court terme, qui sont liquides, pour accorder des prêts aux emprunteurs à plus long terme et illiquides.

→ En prêtant, la banque prend toujours un **risque** : celui de ne pas être remboursé. Pour se protéger, elle exige, en cas de non remboursement, de pouvoir vendre un bien, que l'on nomme « collatéral », qui est mis en garantie (**hypothèque**) ou d'avoir l'assurance que quelqu'un d'autre remboursera à la place de l'emprunteur (**caution**).

→ La fonction spécifique des banques est d'**assurer la liquidité** en garantissant aux clients la possibilité de récupérer rapidement leurs moyens de paiement s'ils le souhaitent. Or, l'**horizon temporel** recherché par ceux qui souhaitent emprunter ne coïncide que rarement avec celui de ceux qui veulent prêter.

→ La **transformation bancaire** est ce qui permet à la banque d'**associer deux fonctions** a priori inconciliables : un **service de liquidité** auprès de ses clients déposants à **court terme** et un **service de financement** auprès de ses clients emprunteurs **à long terme**. Ce qui fait son utilité est donc aussi ce qui la rend fragile.

> **MOT CLÉ**
>
> **Risque d'illiquidité :** situation dans laquelle les banques, ayant prêté à long terme, manquent de liquidités pour rendre leur argent à leurs clients. Si la demande de retrait des dépôts est massive, cela peut mener à une panique bancaire (*bank run*).

→ Le **risque d'illiquidité** va donc de paire avec la **transformation d'échéance** opérée par la banque. Si tous les déposants souhaitent récupérer leurs dépôts en liquide au même moment, la banque ne pourra pas transformer toutes ces demandes en liquidité, car une partie des ressources est immobilisée sur des prêts à long terme.

b. Les principes de la création monétaire

→ La **création monétaire** est assurée par les **banques commerciales**, qui ont le **monopole de l'émission de monnaie scripturale**. C'est ce qui les distingue des **autres institutions financières** qui produisent et vendent des services financiers sans création monétaire, mais par simple transfert d'épargne, comme les entreprises d'assurance, ou les entreprises d'investissement telle les OPCVM (organismes de placement collectif en valeur mobilière).

COMMENT FAIRE POUR...

...présenter les mécanismes de la création monétaire dans un bilan

Considérons un système bancaire composé d'une seule banque. Une entreprise ou un particulier emprunte auprès de cette banque. Le mécanisme de la création monétaire se lit dans le **bilan des banques** : lorsqu'elle crée de la monnaie, la banque inscrit cela simultanément **à l'actif et au passif** du client et de la banque.

• L'**actif** enregistre les avoirs de l'agent économique, ce qu'il possède. Au **passif**, figurent les engagements de l'agent économique : ce qu'il doit à d'autres agents économiques.

Jeu d'écriture au bilan de la banque		Jeu d'écriture au bilan du client	
Actif	**Passif**	**Actif**	**Passif**
Crédit : 100	Dépôt : 100	Compte de dépôt : 100	Crédit : 100

Lecture : en octroyant 100 de crédit, la banque crée 100 de dépôt. Son client a ainsi une dette de 100 vis-à-vis de la banque et dispose sur un compte de dépôt de 100 à dépenser.

• Lorsque la banque **octroie le crédit** à son client, elle inscrit à son **passif** la **dette** vis-à-vis de la banque et à son **actif**, le montant du **crédit** accordé, qu'elle verse sur le compte du client qui pourra dépenser cette somme. Cette somme a un coût, qui est le **paiement de l'intérêt**.

• La banque met ensuite à son **actif** la **créance** qu'elle détient sur son client (elle lui sera remboursée). Elle inscrit à son **passif** une **dette** émise sur elle-même, qui correspond au dépôt fait sur le compte du client à qui elle donne un crédit.

→ La création monétaire a lieu lorsqu'une banque commerciale accorde un **crédit** : la banque **transforme l'emprunt en un moyen de paiement** directement utilisable sur le compte des emprunteurs. On parle de **monétisation d'une créance**, puisqu'un crédit consiste à transformer un emprunt en monnaie.

→ Lorsqu'un client obtient de sa banque un prêt ou un crédit, son compte est crédité de la somme prêtée. La banque crée ainsi de la **monnaie scripturale** par une inscription au crédit du compte à vue de la personne qui a obtenu le prêt. Ce principe général s'exprime dans la maxime anglaise : **« *loans make deposits* »** : les crédits font les dépôts (**Comment faire pour...**).

→ La monnaie est ici **créée *ex nihilo*** : la banque n'a utilisé aucune de ses ressources pour réaliser cette opération. L'argent prêté n'a pas été retiré aux autres clients de la banque (il résulte d'un simple jeu d'écriture). Il y a donc bien **création de monnaie supplémentaire**.

→ Les banques commerciales créent aussi de la monnaie scripturale de plusieurs manières :
– par la **distribution de crédits bancaire** aux agents non financiers (ménages et entreprises) ;
– en **achetant des titres** sur les marchés financiers (actions, obligations d'entreprises ou d'États (bons du Trésor), ce qui participe aussi au financement de l'économie. Cette **monétisation** des titres négociables publics (créances sur le Trésor) ou privés prend une importance croissante dans le système financier actuel ;
– en **créditant le compte des exportateurs** qui leur remettent des **devises étrangères**. On parle de « **créances sur l'extérieur** ».

→ La création monétaire **à destination des ménages et des entreprises** représente 86 % de la création monétaire totale. Elle relève de l'octroi de crédits bancaires, mais aussi de la monétisation de titres (actions et obligations) achetés sur les marchés financiers pour prêter aux entreprises qui se financent sur les marchés des capitaux. On parle de « **créances sur l'économie** ».

→ La **destruction de monnaie** a lieu lors des **remboursements de crédit**, de **la vente d'actions** achetés à des agents publics ou privés par les banques, du **remboursement d'obligations** (voir chapitre 4, p. 78), des conversions de monnaie nationale en devises ou de la vente d'or lors d'opérations d'importation, qui se traduisent par des sorties de devises.

→ La **variation de la masse monétaire** dépendra donc de la quantité de monnaie créée par rapport à la quantité détruite.

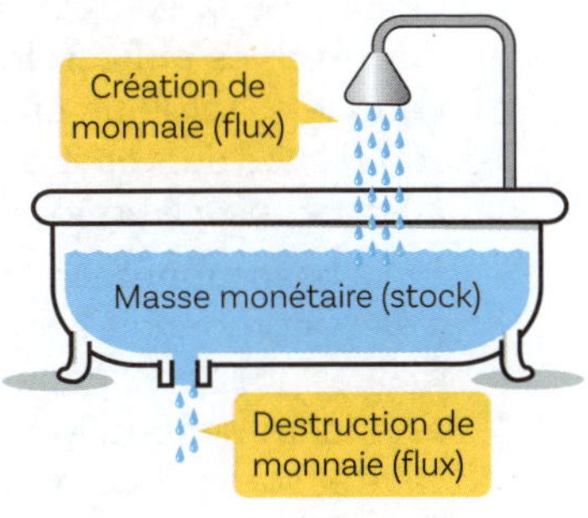

→ Notons toutefois que **tous les crédits ne donnent pas lieu à de la création monétaire**. Si la banque accorde un crédit sur la base de ressources (de dépôts) qu'elle possède déjà, alors il s'agit d'un **transfert de ressources**, et non d'une création de monnaie. Certains dépôts alimentent ainsi des financements précis. C'est le cas de l'argent collecté sur le livret A, qui sert à financer le logement social.

3 Le contrôle de la création monétaire par la Banque centrale

a. Les limites du pouvoir de création monétaire par les banques commerciales

→ Le **pouvoir de création monétaire** n'est pas illimité. Les banques centrales contrôlent la création monétaire, puisqu'elles sont les seules à émettre de la **monnaie centrale**. Elle est composée des billets et de la **monnaie scripturale créée par la Banque centrale**.

MOTS CLÉS

Opérations de compensation : elles permettent quotidiennement aux banques de solder leurs comptes.

Marché interbancaire : composante du marché monétaire sur lequel n'interviennent que les banques commerciales et la Banque centrale, pour échanger en monnaie banque centrale.

→ Les banques commerciales en ont besoin pour différentes opérations :
– pour **faire face aux retraits** de leurs clients, qui souhaitent des billets de banque, pour leurs **opérations de compensation** sur le **marché interbancaire**. Puisque chaque banque crée de la monnaie scripturale, qui peut être dépensée par leurs clients débiteurs (emprunteurs) auprès de clients d'autres banques, les banques doivent **régler le solde des opérations** de l'ensemble de leur client pour effacer leurs dettes réciproques. Les banques **règlent** en effet **leurs soldes en monnaie banque centrale sur le marché interbancaire** à l'issue des séances de compensation. Si une banque ne peut financer ses déficits à l'égard des autres banques, elle peut faire appel à la Banque centrale pour se **refinancer** ;
– pour **déposer leurs excédents de liquidité** sur leurs comptes à la Banque centrale et respecter le taux de **réserves obligatoires**. La Banque centrale impose en effet à toutes les banques commerciales de « déposer » sur leur compte (auprès de la BCE) un pourcentage des dépôts qu'elles collectent. Le **taux des réserves obligatoires est de 1 %** (2 % avant 2012), cela signifie que si une banque accorde un crédit de 1 000 euros, elle crédite le compte de dépôt de son client d'autant et doit alors déposer 10 euros à la BCE. Les banques peuvent aussi déposer leurs excédents de liquidité sur le **compte de facilité des dépôts**.

→ La **base monétaire** correspond à l'**ensemble de la monnaie banque centrale** (billets et monnaie scripturale). Si les billets sont utilisés par les agents économiques pour leurs dépenses courantes, la monnaie banque centrale scripturale est strictement utilisée par les banques commerciales sur le marché interbancaire et sur leurs comptes à la Banque centrale. Il ne faut pas la confondre avec la **masse monétaire** qui est l'**ensemble de la monnaie scripturale créée par les banques** commerciales dans laquelle on inclut les billets (et les pièces), monnaie centrale qui rentre dans l'agrégat M1 (**Doc 3**, p. 109).

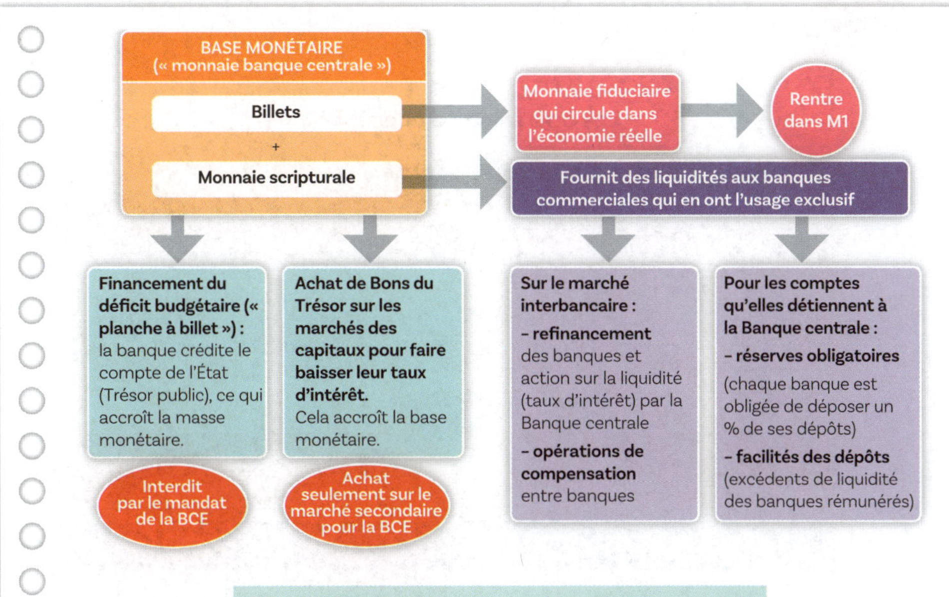

Doc 3 Les fonctions de la monnaie créée par la Banque centrale

b. L'action de la Banque centrale sur les taux d'intérêt

MOT CLÉ

Taux d'intérêt directeur : taux de refinancement auquel la banque centrale prête des liquidités aux banques débitrices pour une semaine.

→ La Banque centrale agit sur le marché interbancaire à travers les **taux de refinancement**, le principal **taux d'intérêt directeur**, qui s'applique aux banques ayant des besoins de liquidité. Elle contrôle la création monétaire des banques en **régulant le niveau des taux d'intérêt** (Le petit +) et des réserves obligatoires.

LE PETIT +

→ **Les différents taux d'intérêt**

→ Le principal taux d'intérêt est le **taux de refinancement** (« **taux de refi** »). Il est le taux d'intérêt des liquidités empruntées par les banques commerciales auprès de la Banque centrale sur le marché interbancaire à court terme (une semaine). Il est à 0 % depuis 2018 dans la zone euro.

→ Le **taux de prêt marginal** est similaire au taux de refinancement, mais ces prêts sont quotidiens et non hebdomadaires (0,25 %).

→ Le **taux de facilité de dépôt** correspond aux « intérêts » appliqués à la somme placée et reversés aux banques (en plus des réserves obligatoires). La BCE a adopté pour la première fois en juin 2014 un taux de financement des dépôts négatif (- 0,5 %).

→ La Banque centrale agit précisément par des **opérations d'*open market***, qui affectent la liquidité sur le marché interbancaire et déterminent le taux d'intérêt. En achetant des titres aux banques contre de la monnaie banque centrale, la Banque centrale **accroît les liquidités** dont disposent les banques commerciales pour attribuer des prêts à leurs clients. Elle peut aussi vendre ou céder des titres pour **retirer des liquidités** aux banques, de façon à limiter la quantité de monnaie banque centrale disponible, et ainsi restreindre le crédit aux agents économiques (**Doc 4**, p. 110).

Les opérations d'*open market*

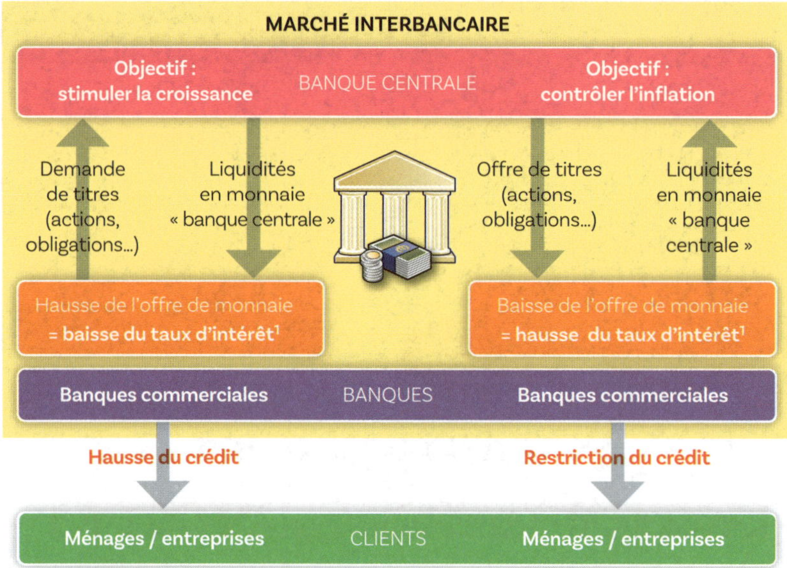

1. Le **taux interbancaire** est le taux d'intérêt en vigueur sur les prêts à court terme **entre les banques sur le marché interbancaire**. Les banques s'empruntent et se prêtent de la monnaie « banque centrale » à ce taux lors des opérations de **compensation**. Il se nomme EONIA ou EURIBOR.

Doc 4 L'action de la Banque centrale sur les taux d'intérêt interbancaires

→ Un **changement dans le taux d'intérêt directeur** sera répercuté sur les autres taux d'intérêt facturés par les banques pour les prêts (prêts étudiants, prêts automobiles, prêts commerciaux...), ce qui aura une incidence sur l'argent dépensé par les particuliers et les entreprises.

c. La régulation du niveau de croissance et d'emploi par la politique monétaire

→ La Banque centrale **baisse les taux d'intérêt** pour encourager l'emprunt des agents économiques et donc la **croissance**, et les **augmente** pour limiter la quantité de monnaie en circulation et donc l'**inflation.**

→ En modulant les taux d'intérêt, la Banque centrale d'un pays fait **varier la masse monétaire**, ce qui joue sur le **niveau général des prix**, donc sur l'inflation.

→ Plus les **taux d'intérêts** sont **faibles**, plus les agents économiques peuvent emprunter de l'argent à bas coût, ce qui augmente les **dépenses de consommation et d'investissement**, entraînant généralement une **augmentation de la croissance et de l'inflation**.

→ Plus les **taux d'intérêt** sont **élevés**, plus les consommateurs sont incités à **épargner** pour profiter de rémunérations plus importantes et moins les entreprises investissent, car le coût de l'emprunt est élevé. La croissance économique et l'inflation ralentissent.

L'ÉCO EN PRATIQUE

Taux d'intérêt nominal et taux d'intérêt réel

- Le **taux d'intérêt nominal**, correspond au taux de rendement en pourcentage d'un dépôt, d'un prêt ou d'un actif financier, sans tenir compte des effets de l'inflation.
- Il faut prendre en compte l'inflation (déflater) pour calculer le **taux d'intérêt réel**, qui exprime le coût réel d'un crédit à partir du **taux d'intérêt nominal** proposé par les banques.
- La **relation** entre le taux d'intérêt réel, le taux d'intérêt nominal et l'inflation est (approximativement) donnée par le calcul suivant :

Taux d'intérêt réel = (taux d'intérêt nominal) – (taux d'inflation)

Plus précisément :

Indice du taux d'intérêt réel = indice du taux d'intérêt nominal/indice des prix × 100

→ Parfois, les banques **rationnent le crédit** des agents, alors même que les taux d'intérêts n'augmentent pas fortement. On parle de « ***credit crunch*** ». Il est lié, le plus souvent à une **perte de confiance** en la capacité de remboursement des emprunteurs. Cela se produit lorsque les banques jugent l'endettement des entreprises et des ménages trop élevé et freinent le crédit, ou lorsqu'elles-mêmes ont trop accumulé de pertes, comme lors de la **crise financière des subprimes,** et refusent de se prêter entre elles.

MOT CLÉ

Déflation : diminution générale et durable des prix, inflation négative.

→ Après la crise de 2008, les banques centrales ont fortement **baissé leur taux d'intérêt directeur** (déjà faible) pour **stimuler l'activité économique**. Mais, par la suite, ce taux étant nul ou proche de zéro, elles n'ont pas pu répondre au risque de **déflation** ayant accompagné le ralentissement de la croissance.

→ Si le taux d'intérêt nominal est fixé à 1 % et que l'inflation est de 2 %, le **taux d'intérêt réel** est alors **négatif** (– 1 %). Cela permet aux **investisseurs** de s'endetter avec la **garantie de rembourser moins** de capital qu'ils n'en ont emprunté. *A contrario*, les **épargnants** voient leur **patrimoine baisser** du fait de l'inflation. Ils sont en effet rémunérés sur leurs comptes bancaires à un taux négatif. C'est ce qui se passe aujourd'hui avec la reprise de l'inflation depuis la fin de la crise sanitaire et avec le début de la guerre en Ukraine.

→ Faute de pouvoir utiliser cet instrument conventionnel, les banques centrales ont adopté des **politiques monétaires dites « non conventionnelles »** comme le ***quantitative easing***, qui consiste à augmenter leur base monétaire pour racheter des titres, notamment des bons du Trésor aux banques, pour accroître les liquidités disponibles et les inciter à prêter. Cet instrument a également été utilisé pour acheter des bons du Trésor après la crise sanitaire de 2020.

MÉMO VISUEL

- La synthèse en BD -

QU'EST-CE QUE LA MONNAIE ET COMMENT EST-ELLE CRÉÉE ?

FONCTIONS

Fonctions économiques

- ☑ Unité de compte

1,30 € — PLACE DE cinéma 13 € ⇨ 1 PLACE DE cinéma = 10

- ☑ Intermédiaire d'échanges

Tiens ! — Tiens !

- ☑ Réserve de valeur

Fonctions politiques et sociales

⇨ Repose sur la confiance qui rend possible l'échange.

FORME

Monnaie fiduciaire — *Monnaie scripturale*

AVOIR 200 €

⇨ La monnaie marchandise dotée d'une valeur intrinsèque n'existe plus dans nos économies.

La monnaie circule grâce aux moyens de paiement

- ☑ Chèque
- ☑ Carte bancaire
- ☑ Virement

CRÉATION

- ☑ Octroi de crédit par les banques commerciales

+2000 €

Les crédits font les dépôts

- ☑ Crédit aux administrations publiques et achat d'obligations d'État

Merci !

- ☑ Conversion de devises étrangères

La monnaie est créée ex nihilo.

DESTRUCTION

- ☑ Remboursement du crédit
  ⇨ la monnaie créée est détruite

0 €

- ☑ Conversion d'euros en monnaie étrangère
  ⇨ les euros disparaissent

→ *Variation de la masse monétaire*

Si la création de monnaie est supérieure à sa destruction, j'augmente.

Si la destruction de monnaie est supérieure à sa création, je diminue.

MASSE MONÉTAIRE = Monnaie en circulation

Je fais le yo-yo permanent !

LIMITES À LA CRÉATION - - → La Banque centrale contrôle la création monétaire.

Il faut encourager la croissance.

Mais il faut aussi faire attention à l'inflation !

Les banques commerciales ont besoin de Monnaie banque centrale pour :

- ☑ Les besoins en liquidités de leurs clients
- ☑ Les opérations de compensation interbancaire
- ☑ Respecter le taux de réserves obligatoires

→ Pour s'en procurer, les banques commerciales

- Vendent des titres sur le marché interbancaire. (Opération d'open market)
- Empruntent auprès de la Banque centrale. (Taux directeur)

Opérations de refinancement

Si la Banque centrale veut limiter la création monétaire, elle :

- ☑ ↗ le taux de réserves obligatoires
- ☑ Revend des titres sur le marché interbancaire
- ☑ ↗ le taux directeur

Et inversement !

Une citation clé

> La monnaie est politique avant d'être économique. La confiance dans la monnaie est l'alpha et l'oméga de la société. [...] Avoir confiance dans la monnaie, c'est avoir confiance dans l'institution qui la légitime, dans le souverain, dans l'ordre social.
>
> **Michel Aglietta** (né en 1938), *L'Équation de la confiance*, 2017.

Ne pas confondre

- Monnaie métallique/monnaie marchandise
- Monnaie scripturale/monnaie fiduciaire
- Fonction de réserve de valeur/d'unité de compte/d'intermédiaire des échanges
- Monnaie/moyen de paiement
- Banque commerciale/Banque centrale
- Masse monétaire/agrégats monétaires
- Base monétaire/masse monétaire
- Taux d'intérêt directeur nominal/taux d'intérêt réel

Les mécanismes à comprendre

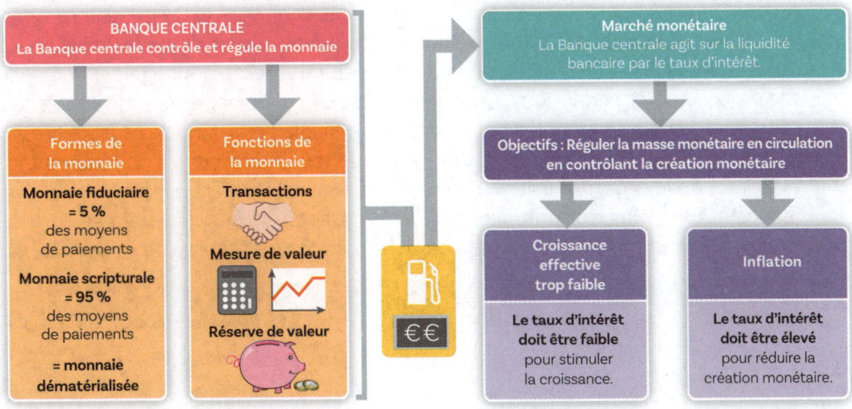

D'après *Pour l'éco*, novembre 2018.

SE TESTER

- Mobiliser ses connaissances -

1. Associe chacun des mots suivants à sa définition.

1. *Base monétaire* – **2.** *Opérations d'open market* – **3.** *Masse monétaire* – **4.** *Taux des réserves obligatoires* – **5.** *Opérations de compensation* – **6.** *Taux d'intérêt directeur (de refinancement).*

- **a** Quantité de monnaie en circulation dans une économie, mesurée par des agrégats monétaires, aujourd'hui M3.
- **b** Monnaie strictement créée par la Banque centrale sous forme de billets ou de monnaie scripturale. Cette dernière permet de réguler l'activité des banques commerciales sur le marché interbancaire ou sur les comptes qu'elles détiennent à la Banque centrale.
- **c** Il impose aux banques commerciales de déposer un pourcentage donné des dépôts de leurs clients sur leur compte à la Banque centrale.
- **d** Taux appliqué aux emprunts hebdomadaires que font les banques commerciales à la Banque centrale lorsqu'elles ont des besoins de liquidités sur le marché interbancaire.
- **e** Lorsque la Banque centrale agit sur le taux d'intérêt interbancaire en vendant ou achetant des titres aux banques commerciales.
- **f** Lorsque les banques commerciales règlent quotidiennement leurs soldes entre elles sur le marché interbancaire.

2. Complète le tableau ci-dessous avec les fonctions que l'on peut attribuer aux banques commerciales et celles qui sont spécifiques à la Banque centrale.

a. Collecter les dépôts des clients. – **b.** Créer de la monnaie banque centrale sous forme de billets et de monnaie scripturale. – **c.** Assurer un rôle d'intermédiaire en transformant des dépôts à court terme en prêts à long terme. – **d.** Fixer le taux interbancaire par des opérations d'*open market*. – **e.** Créer de la monnaie scripturale lors des opérations de crédit et d'achats de titres sur les marchés des capitaux. – **f.** Déterminer les taux d'intérêt directeurs pour agir sur le niveau de croissance et d'inflation. – **g.** Veiller sur le bon fonctionnement du système bancaire. – **h.** Refinancer les banques commerciales en manque de liquidités sur le marché interbancaire. – **i.** Déterminer le taux des réserves obligatoires. – **j.** Créer de la monnaie pour convertir les devises détenues par les clients exportateurs. – **k.** Déterminer le taux d'intérêt accordé à une entreprise ou un ménage en fonction de ses caractéristiques (possibilité de refuser le prêt).

Fonction d'une banque commerciale	Fonction de la Banque centrale

3. Reproduis et complète le schéma avec les termes suivants.

1. *Hausse du taux des réserves obligatoires* – **2.** *Augmentation de la consommation et de l'investissement* – **3.** *Achats de titres aux banques par des opérations d'open* market *pour accroître la liquidité (baisse du taux interbancaire).*

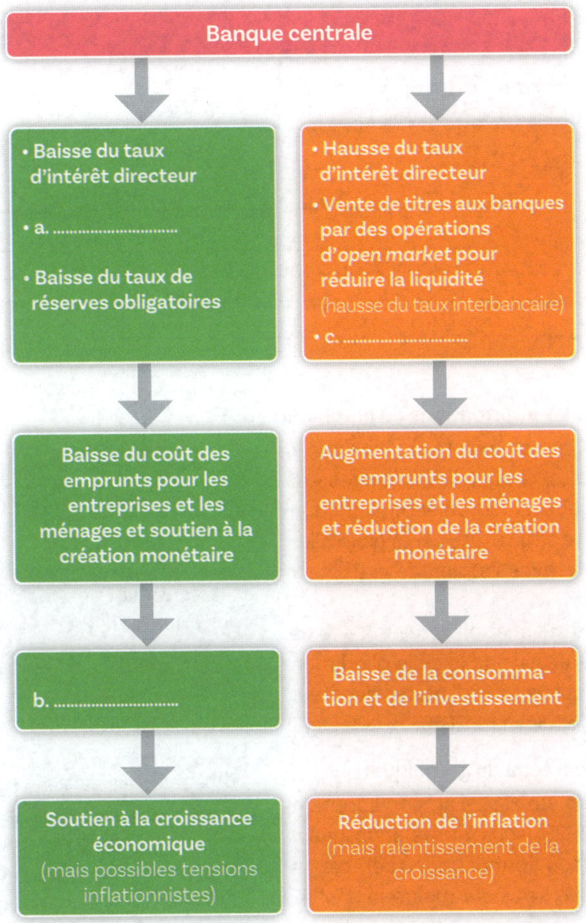

Réponses : 1. 1. b – **2.** f – **3.** a – **4.** c – **5.** e – **6.** d • **2.** Fonction d'une banque commerciale : a, c, e, j, k – Fonction de la Banque centrale : b, d, f, g, h, i • **3. a.** 3 – **b.** 2 – **c.** 1

COMMENT FAIRE POUR...

Analyser un graphique

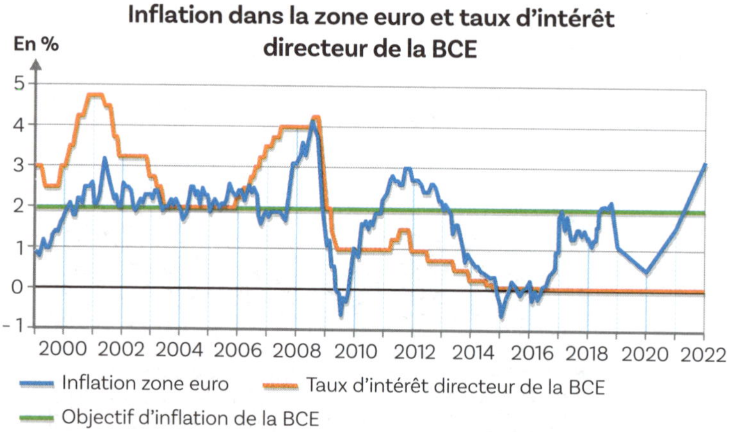

Données Banque de France, 2018.

1. Comprendre les informations du graphique

Présente ce qu'est un taux d'inflation, explique ce qu'est le taux d'intérêt directeur (« refi ») et à quoi il sert. L'objectif d'inflation de la BCE qui se situe à 2 % est la cible d'inflation qui détermine l'action de la BCE sur le taux d'intérêt.

En 2022, le taux d'inflation atteint 3,2 %, ce qui le situe au-dessus de la cible d'inflation de 2 %, alors que le taux d'intérêt directeur est resté nul depuis mars 2016.

> Il importe de comprendre le vocabulaire utilisé dans le titre.

> Il faut ensuite arriver à lire un chiffre du graphique pris au hasard. Pour cela il faut d'abord donner sens aux axes des abscisses et des ordonnées.

2. Analyser le contenu du graphique

L'inflation s'est stabilisée après l'adoption de l'euro en 1999 (sous forme scripturale) et en 2002 (sou forme fiduciaire), car la Banque centrale agit pour maintenir l'inflation autour de sa cible. Les prix remontent à partir de 2007 sous l'effet des bulles immobilières et boursières et de la hausse du prix du pétrole mais après l'éclatement de la crise des subprimes après 2008, l'entrée dans la crise conduit à une récession et une désinflation (réduction du taux d'inflation), et même à une déflation (baisse des prix) mi-2009.

> Il faut dégager la ou les information(s) principale(s) du graphique. Pour cela il convient de regarder l'ensemble des données du graphique et de mettre en évidence les chiffres extrêmes ou qui paraissent contradictoires ou des évolutions.

Sous l'effet des plans de relance, entre 2009 et 2010, la croissance reprend et l'inflation remonte pour dépasser à nouveau la cible d'inflation entre 2010 et 2013. Mais la crise des dettes souveraines dès 2011, entraîne le retour progressif ou accéléré (pour la Grèce) à des plans d'austérité qui freinent fortement la croissance et l'inflation. Entre 2014 et 2016, la zone euro connait des tensions déflationnistes. Les prix remontent avec la reprise de la croissance en 2016 et se rapprochent de la cible d'inflation. Depuis la reprise de l'activité suite à la crise sanitaire de 2020, l'inflation est remontée, du fait notamment de pénuries.

Entre 2012 et 2015, le taux d'inflation a chuté de 3,5 points de pourcentage.

> Tu auras besoin de calculer des parts et/ou de mesurer des évolutions. Ici, tu peux calculer des écarts en points de pourcentages pour illustrer les constats ci-dessus par des chiffres.

SE PRÉPARER POUR L'EXAMEN

Formuler une problématique

SUJET À quoi sert la Banque centrale ?

Document 1 > La politique monétaire

La stabilité des prix est l'objectif principal de la politique monétaire[1] commune défini dans le traité fondateur de l'Union européenne. Le Conseil des gouverneurs de la BCE a donné une valeur chiffrée à cet objectif en 1998 : « une progression sur un an de l'indice des prix à la consommation harmonisé (IPCH) inférieure à 2 % dans la zone euro », en ajoutant : « la stabilité des prix doit être maintenue sur le moyen terme ». Cette définition fut précisée en 2003 comme le maintien de la hausse de l'indice des prix à la consommation harmonisé à un « niveau inférieur à, mais proche de 2 % à moyen terme ». L'IPCH couvre les prix d'un grand nombre de biens et services, comprenant entre autres les produits alimentaires, l'habillement, l'électricité, les services de santé, etc.

« Qu'est-ce que la politique monétaire ? », *Note d'information*, Banque de France, 2015.

1. Mesures prises par la Banque centrale qui agissent sur la masse monétaire en circulation dans une économie.

Document 2 > L'évolution des taux directeurs (en %)

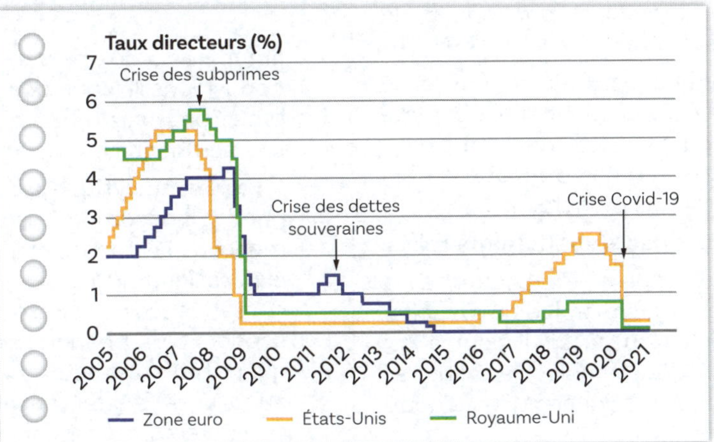

Données Caisse des dépôts, 2021.

Document 3 > Le refinancement des banques

Les banques commerciales peuvent à tout moment manquer de liquidités pour assurer leurs activités quotidiennes […]. Lorsqu'une banque doit se refinancer, c'est-à-dire doit trouver des liquidités pour régler une dette, elle peut les trouver sur le marché monétaire. Ce marché permet aux banques et aux grandes entreprises de prêter ou d'emprunter des montants élevés sur des durées courtes (d'une journée à un an) et donc de placer leurs excédents de trésorerie[1] de court terme ou au contraire de faire face à un déficit temporaire de liquidité. C'est également sur ce marché que la Banque centrale peut intervenir pour prêter des liquidités ou en « emprunter » (ce qui revient à les retirer du circuit). En 2007, les premières manifestations de la crise des *subprimes*[2] ont installé un tel climat de défiance qu'elles refusaient de se prêter mutuellement de l'argent *via* le marché monétaire de nombreuses banques se sont donc trouvées en situation de manque de liquidités […]. Afin d'éviter une vague de faillites bancaires, dommageable pour l'ensemble de l'économie, les banques centrales ont joué leur rôle de « prêteur en dernier ressort » : elles ont « injecté » des liquidités, ce qui signifie qu'elles ont alimenté le marché interbancaire en liquidités. Leur action a consisté à accorder massivement des prêts aux banques qui en avaient besoin […]. L'offre de liquidités aux banques commerciales figure parmi les « activités normales » des banques centrales, même en l'absence de crise.

Nicolas Couderc et Olivia Montel-Dumont, *Des subprimes à la récession, comprendre la crise*, La Documentation française, 2009. ■

Méthode et corrigé

Analyser le sujet

→ Définis les **mots-clés**

> **« À quoi sert ? »** : Le sujet porte sur les différentes fonctions de la Banque centrale.

> **« Banque centrale »** : autorité nationale ou supranationale, comme la BCE, qui supervise le système bancaire et est en charge de l'application de la politique monétaire.

→ Délimite le **cadre spatiotemporel.**

> Le sujet peut s'appliquer à la période contemporaine ou s'inspirer d'exemples du passé. Il peut aussi mobiliser des exemples de politiques monétaires pratiquées dans d'autre pays.

→ Cherche à comprendre la **nature du travail attendu** et à déterminer le **type de plan adapté.**

> **Le plan de type dialectique n'est pas celui attendu ici.** Ce plan permet de discuter, de confronter des arguments, de mettre à jour des oppositions. Il induit une réponse du type « oui, mais/non, mais ». Ce n'est pas pertinent ici.

> **Le plan analytique** est plus approprié ici. Il décompose les divers éléments de la réponse et implique une **explication**. Soit il explore les causes/conséquences, soit il explore certains aspects d'un phénomène : aspects quantitatifs/aspects qualitatifs ; effets positifs/effets négatifs ; causes structurelles/causes conjoncturelles...

COUP DE POUCE

Tu peux t'appuyer sur la méthode de la dissertation, p. 8.

CONSEIL

Dans ce sujet, il te faudra présenter les **différentes fonctions** de la Banque centrale.

Formuler la problématique

→ **Soulève un ensemble de questions liées au sujet** de manière à montrer la complexité de la réalité, des idées qui font débat et donnent de l'intérêt au sujet.

→ **Procède à une première lecture des documents** pour éventuellement affiner tes définitions et rassembler quelques idées supplémentaires.

→ **Rassemble les connaissances** qui te viennent spontanément sur ce sujet.

→ **Dégage la question « structurante »** qui va être discutée tout au long du développement, à savoir la problématique. Cette question fait en général écho à aux connaissances et à un sujet de débat.

→ La problématique doit orienter le **plan**, puis la **conclusion**. Elle permet de préciser les axes des deux ou trois **parties du développement**.

CONSEIL Le choix des **titres des parties** est important, car ils apportent une réponse à la problématique.

→ **La formulation peut se faire selon un style indirect** (« nous pouvons nous demander ») **ou direct** (une question). Elle peut **privilégier une seule question structurante ou deux à trois sous-questions**, qui peuvent donner des indications sur les axes de la réponse dans le plan adopté.

> **Problématique possible :** « Quelles sont les différentes fonctions des banques centrales ? » Ta démonstration doit présenter les différents types d'actions de la banque centrale sur l'organisation du système bancaire et le contrôle de la masse monétaire. Tu peux décrire les difficultés auxquelles les banques centrales se heurtent dans la réalisation de leurs objectifs.

Organiser son plan

→ **Mobilise tes connaissances** sur le sujet.

> **Mobilise des auteurs et concepts-clés** pour expliquer des phénomènes. **Illustre par des chiffres, des exemples concrets** qui ne sont pas dans les documents et mobilise l'histoire économique. **Explique des mécanismes** en définissant tous les concepts utilisés.

Proposition de plan détaillé

I. La Banque centrale contrôle la création monétaire des banques commerciales.

A. *La Banque centrale contraint les banques à travers les réserves obligatoires.*

B. *La Banque centrale refinance les banques commerciales sur le marché interbancaire.* > **Doc 3**

II. La Banque centrale mène la politique monétaire.

A. *Elle agit sur le taux d'intérêt pour assurer la stabilité des prix.* > **Doc 1 et 2**

B. *Elle mène des politiques non conventionnelles dans un contexte de faiblesse des taux d'intérêt.*

III. La Banque centrale joue un rôle de prêteur en dernier ressort.

A. *Elle assure la liquidité du système bancaire à travers son rôle de « prêteur en dernier ressort ».* > **Doc 3**

B. *Elle contrôle la stabilité du système bancaire par des politiques macroprudentielles.*

Pour aller plus loin

À Lire

Bande dessinée

- Maud Hopsie, Claire Fumat, *Toute l'éco en BD*, Belin Éducation/La Boîte à bulles, 2018.

Livres

- Alain Beitone, Christophe Rodrigues, *Économie monétaire : théories et politiques*, Bréal, 2017.
- Jézabel Couppey-Soubeyran, *Monnaie, banque, finance*, PUF, 2015.

À voir

Film

- Tiller Russel, *Silk Road*, 2021.

Scanne-moi !

Vidéos

- Une série de vidéos proposées par « Le campus de l'innovation pour le lycée » sur la création monétaire et l'action de la Banque centrale européenne : **www.campus-innovation-lycees.fr/quest-ce-que-la-monnaie-et-comment-est-elle-creee**
- « La création monétaire et le rôle de la Banque centrale, le fonctionnement du Système européen des banques centrales », Cité de l'économie : **www.citeco.fr/la-banque-centrale-europ%C3%A9enne-bce**
- « Le bitcoin est-il une monnaie comme les autres ? », Dessine-moi l'éco : **dessinemoileco.com/bitcoin-il-monnaie-les-autres**

À consulter

- Le site de la Banque centrale : **www .banque-france.fr**
- Le site « La Finance pour tous » : **www.lafinancepourtous.com**
- Le dossier « Facil' Éco » du ministère de l'Économie sur la Banque centrale européenne : **www.economie.gouv.fr/facileco/banque-centrale-europeenne**
- Le dossier sur la création monétaire et le rôle de la Banque centrale du site « Éducation et numérique » : **www.education-et-numerique.org/la-creation-monetaire-et-le-role-de-la-banque-centrale**

Ton **KIT DE SURVIE** pour le **BAC** avec SCHOOLMOUV

Chapitre 5 — Qu'est-ce que la monnaie et comment est-elle créée ?

Tu viens de voir les notions à connaître sur la monnaie. Pour t'aider à retenir l'essentiel et t'entraîner pour le Bac, voici ton kit de révisions clé en mains conçu par SchoolMouv !

Vidéo

Pour mieux comprendre et t'en souvenir à coup sûr, regarde la vidéo. C'est parfois bien plus clair en images.

Vidéo Qu'est-ce que la monnaie ?
https://flashbelin.fr/focusbacschoolmouv/ses/1re/5

Contenu additionnel

Voici un bonus autour du même sujet. La curiosité n'est pas toujours un vilain défaut. Il suffit de créer ton compte pour avoir accès à plein de contenus supplémentaires.

Fiche Les formes de la monnaie
https://www.schoolmouv.fr/eleves/cours/a-quoi-sert-la-monnaie-partie-2/fiche-de-cours

Tchat avec un prof

Pour poser toutes tes questions à un prof particulier, découvre l'abonnement tchat. Tu peux le tester gratuitement pendant 7 jours : fini les questions sans réponses, tu vas devenir incollable.

https://focusbac.schoolmouv.fr/offre

6 Comment contribue-t-elle les différences des individus ?

Une liberté socialement différenciée

Notions

- Famille
- Instance de socialisation
- Norme
- Socialisation différentielle
- Socialisation primaire
- Valeur

la socialisation à expliquer de comportement

L'ESSENTIEL EN 5 POINTS

1. Les individus **expérimentent** et **intériorisent** des façons d'agir, de penser et d'anticiper l'avenir qui sont **socialement situées**.

2. Les **différences de socialisation** sont à l'origine de **comportements**, de **préférences** et d'**aspirations** spécifiques.

3. La **diversité des configurations familiales** modifie les **conditions de la socialisation** des enfants et des adolescents.

4. Il existe des **socialisations secondaires** (professionnelle, conjugale, politique) qui s'inscrivent dans la **continuité de la socialisation primaire**.

5. Les **influences socialisatrices** sont nombreuses au cours de la socialisation secondaire et les **trajectoires individuelles** peuvent être **improbables** ou **paradoxales**.

→ Définitions des notions p. 124-133

LE COURS
en 3 axes

1 Les manières d'agir, de penser et les goûts acquis par le processus de socialisation

a. Les mécanismes de la socialisation

→ La **socialisation** est le processus d'acquisition des valeurs et des normes propres à la société dans laquelle un individu est appelé à vivre. Une **valeur** est un principe général, un idéal : par exemple, l'honnêteté. Une **norme** est une règle de conduite explicite ou implicite : par exemple, respecter la valeur de l'honnêteté en rendant un portefeuille trouvé dans la rue, sans prendre l'argent qui est dedans (**Doc. 1**).

MOT CLÉ

Intégration sociale : processus débouchant sur le partage de valeurs communes, de buts communs, de liens sociaux entre des individus en interaction au sein d'une société ou d'un groupe social.

→ Par cet **apprentissage**, l'individu intériorise des manières de penser et incorpore des manières d'être et de se comporter, nécessaires à son **intégration sociale**.

→ La **socialisation** se définit en effet par **deux dimensions :** une **dimension collective**, puisqu'elle est le processus par lequel les agents s'approprient les normes et valeurs de leur groupe, ce qui signifie sa culture ; et une **dimension individuelle**, dans la mesure où elle participe à la construction de la personnalité de l'individu.

Doc 1 Normes et valeurs

MOTS CLÉS

Socialisation primaire : elle se déroule durant l'enfance et l'adolescence. Elle consiste en un apprentissage des normes sociales, qui sont des règles de comportement découlant des valeurs en vigueur dans le ou les groupes sociaux auxquels appartient l'individu.

Instance (ou agent) de socialisation : acteur qui participe à la socialisation (famille, groupe de pairs, médias, associations sportives, collègues).

→ La **socialisation primaire** d'un individu se déroule durant l'enfance et l'adolescence. La **famille** et l'**école** constituent les deux **instances de socialisation** les plus importantes.

→ Au sein de ces instances de socialisation, le processus d'apprentissage des normes se déroule à travers deux mécanismes : l'**inculcation** et l'**imprégnation**.

→ La **socialisation par inculcation** prend la forme d'une **transmission explicite des normes** sociales. C'est le cas par exemple lorsque les parents transmettent des normes de politesse. Cela peut se traduire par des **sanctions positives** formelles (encouragements) ou informelles (sourire), mais aussi des **sanctions négatives** formelles (punition) ou informelles (réprobation, rejet). Ce processus d'inculcation intentionnel est au cœur de la conception de l'éducation décrite par le sociologue **Émile Durkheim** (1858-1917) (**Le petit +**).

→ La **socialisation par imprégnation** est, elle, **implicite** et souvent **inconsciente**. Elle passe par l'observation, l'**imitation**, notamment par le jeu (reproduire les rôles parentaux) et l'**interaction** avec les personnes de l'entourage de l'enfant.

LE PETIT +

→ **La socialisation comme hypnose**

Selon Émile Durkheim, l'éducation est une « **socialisation méthodique** des jeunes générations par les générations précédentes ». Cette socialisation est effectuée par les « maîtres et parents », qui apprennent à l'enfant à devenir un « **être social** ». Pour Durkheim, la puissance de l'action éducative peut être rapprochée de celle de l'**hypnose**. Il insiste sur la passivité de l'enfant, qu'il décrit comme « une table presque rase sur laquelle [la société] doit construire ». La fonction de la socialisation est bien de favoriser l'adaptation de la personnalité, des attentes et des comportements de l'individu à la société dans laquelle il vit.

b. La socialisation détermine les différences de comportements, de préférences et d'aspirations

→ La force de la socialisation réside dans le fait que les dispositions, les façons de faire, d'agir et de penser, les goûts **s'inscrivent de façon inconsciente** dans les esprits. On parle d'**intériorisation** des normes et des valeurs. Le sociologue français **Pierre Bourdieu** (1930-2002) explique ainsi que « le propre d'une socialisation réussie, c'est de faire oublier la socialisation, de donner l'illusion de l'innéité à propos des acquis » (l'impression que ce qui est acquis est, en définitive, inné, naturel).

→ La socialisation s'**incorpore** tout autant dans les **corps**. L'anthropologue **Marcel Mauss** (1872-1950) décrit, dans *Les Techniques du corps* (1934), les **différences d'utilisation du corps** selon les cultures et les milieux sociaux. Il observe lui-même dans les tranchées de la Grande Guerre, que les soldats australiens peuvent rester très longtemps en position accroupie, même pour dormir, alors que les soldats français en sont incapables. Marcel Mauss veut montrer qu'au cours de la socialisation, les individus acquièrent un certain nombre d'**habitudes spécifiques**, dont l'apprentissage de « techniques du corps ».

MOT CLÉ

Habitus : dispositions acquises par l'individu au cours de sa socialisation, à savoir l'ensemble des manières d'être, d'agir et de penser intériorisé par l'individu au cours de sa socialisation.

→ Pour **Pierre Bourdieu**, la socialisation lègue en effet un **habitus** aux individus. Celui-ci ne concerne pas seulement les pratiques corporelles, mais l'ensemble des pratiques. L'habitus relève de **schèmes de perception** (manières de percevoir le monde), **d'appréciation** (manières de le juger) et **d'action** (manières de s'y comporter) acquis par l'individu au cours du processus de socialisation. C'est donc le principe qui structure les représentations et les conduites des agents sociaux, qui détermine en cela ses goûts, ses dégoûts et ses pratiques sociales.

→ Dans *La Distinction* (1979), **Pierre Bourdieu** montre par exemple que la probabilité de pratiquer tel ou tel type de sport, d'adopter telles ou telles pratiques alimentaires, d'aller ou non au musée, de lire régulièrement ou non, renvoie bien davantage à des dispositions, des rapports au corps différents selon les classes sociales, qu'à des écarts de niveau de vie. En cela la **socialisation** est bien **différentielle** selon la **classe sociale** et le **genre** (**Doc 2**).

→ Le sociologue **Norbert Elias** (1897-1990) montre, dans *La Civilisation des mœurs* (1939), que la socialisation résulte aussi d'un **processus historique**, qu'il nomme le « **processus de civilisation** ». En étudiant l'évolution des manuels de savoir-vivre, il observe que les mœurs se civilisent, ce qui passe par un contrôle des pulsions et de l'agressivité reposant sur un travail d'**autocontrainte**. Les sensations de honte ou de malaise que nous éprouvons lorsque nous ne respectons pas les règles de bienséance de la société sont le produit d'un **long apprentissage**.

Pourcentage de personnes ayant en 2018...

	Hommes	Femmes	Cadres	Employés et ouvriers	Moyenne
Lu au moins un livre	52	70	85	53	62
Lu au moins vingt livres	10	19	24	8	15
Fréquenté une bibliothèque	22	31	37	19	27

Enquête « Pratiques culturelles », Deps, ministère de la Culture, 2020.

85 % des cadres ont au moins lu un livre au cours de l'année 2018, contre 53 % des employés et ouvriers et 62 % de l'ensemble des Français. Les femmes lisent par ailleurs plus que la moyenne : elles sont 70 % a avoir lu au moins un livre dans l'année contre 52 % des hommes, soit un écart de 18 points de pourcentage.

Doc 2 Des pratiques distinctes selon le milieu social et le genre

→ Ainsi, un comportement jugé « normal » lors d'une phase du processus de civilisation (ex. : se moucher avec les doigts) tend à devenir impossible dans une autre. Cracher était ainsi considéré comme sain ; il est aujourd'hui perçu comme présentant un risque de contamination. Les hommes **évacuent** au cours de ce processus de civilisation tout ce qu'ils ressentent en eux-mêmes comme relevant de leur « **nature animale** ».

2 L'impact des différentes configurations familiales sur la socialisation et la trajectoire des individus

a. L'influence de la famille sur la réussite scolaire

→ La famille ne constitue pas une entité homogène et l'expression de **configurations familiales** permet de rendre compte des multiples formes que la famille peut revêtir selon la composition sociale et sexuelle du couple de parents, la composition de la fratrie, la structure familiale (famille recomposée, monoparentale, etc.), la nature des relations intrafamiliales, etc.

→ Pour **Pierre Bourdieu** et **Jean-Claude Passeron** dans *Les Héritiers* (1964), l'origine des **performances scolaires** se trouve dans le milieu familial. La famille transmet un **capital économique**, un **capital social**, mais aussi un **capital culturel**, qu'ils nomment « héritage culturel » (Le petit +). Or, la culture valorisée à l'école est celle que détiennent les milieux favorisés. En cela, pour ces auteurs, la **culture scolaire** est une « **culture de classe** ».

→ La famille exerce une influence sur les chances de réussite scolaire par un autre facteur que la transmission du capital culturel : l'**importance attachée au succès scolaire.** Certains chercheurs ont cherché à montrer, que même si les trajectoires de réussite scolaire sont plus fréquentes dans les milieux culturellement favorisés, il est possible d'identifier les **conditions éducatives favorables à la réussite dans les milieux populaires.**

LE PETIT +

→ **Les formes de capitaux selon Pierre Bourdieu**

Pierre Bourdieu distingue **trois types de capitaux** :
• le **capital économique** réunit l'ensemble des revenus et du patrimoine, et peut être transmis ;
• le **capital social** est l'ensemble des ressources liées à la possession d'un réseau social (amical, familiale, professionnel) ;
• le **capital culturel** peut d'abord être **incorporé ou intériorisé**, comme une maîtrise inégale de la langue, des aptitudes scolaires, du goût pour l'art et la lecture... Il est aussi un **capital culturel objectivé**, qui se matérialise sous forme d'objets détenus par la famille (bibliothèque familiale, tableaux, piano). Enfin, le **capital culturel institutionnalisé** désigne la transformation d'une culture personnelle en diplômes. Cette forme de capital culturel est directement convertie en capital économique sur le marché du travail.

→ **Bernard Lahire**, dans *Tableaux de famille* (1995), trace des portraits d'élèves de CE2 issus de familles populaires et propose une analyse fine des « **configurations familiales** » qui permettent d'expliquer des **différences de réussite scolaire** parfois significatives entre des enfants d'un **même milieu social**. Le rapport à l'écrit, l'investissement parental dans l'éducation, le contrôle des devoirs, les discussions sur le quotidien à l'école, la présence d'un aîné ou d'un membre de la famille diplômé… participent à la construction d'un **rapport positif à la culture scolaire**. Ces configurations familiales singulières, ces « petits riens » dans l'organisation de la vie quotidienne, produisent des conditions de socialisation spécifiques, qui permettent un **rapport à l'école** plus marqué par la **proximité** que par la distance.

→ Enfin, les **caractéristiques des relations intrafamiliales** jouent un rôle dans la réussite scolaire. Les enfants grandissant dans des familles (souvent de milieu populaire) où les relations parents-enfants se font plutôt sur le **mode de l'autorité**, ou dans le respect de règles immuables, **s'adaptent moins bien** au cadre scolaire que ceux exposés à des configurations familiales plus souples, privilégiant la relation de **coopération entre adultes et enfants**, et des **règles modulables** en fonction des circonstances. L'école valorise en effet l'autonomie et l'autocontrainte.

b. Caractéristiques des relations intrafamiliales et parcours scolaires

→ Si l'on analyse en détail les **relations intrafamiliales**, il est possible de comprendre la **logique des trajectoires scolaires**. C'est ce que propose la sociologue **Gaële Henri-Panabière** dans *Des héritiers en échec scolaire* (2010). Son enquête porte sur des collégiens en difficulté scolaire dont les parents sont diplômés du supérieur. L'analyse met en évidence des différences de socialisation à l'origine de ces **parcours paradoxaux**, mais néanmoins statistiquement minoritaires.

→ Elle montre ainsi que certaines caractéristiques parentales peuvent **parasiter la transmission d'un capital culturel**. Des facteurs influencent le risque d'être en situation de difficulté scolaire, comme la focalisation des parents sur le capital économique, des parents surdiplômés par rapport à leur emploi, le sexe du parent le plus diplômé (le diplôme maternel protège davantage des difficultés scolaires, particulièrement pour les filles), l'existence de certaines pratiques culturelles (notamment les pratiques liées à la lecture)…

→ Cette recherche met en évidence le fait que tous les élèves issus des catégories supérieures **ne deviennent pas forcément des héritiers** qui acquièrent dans leur milieu familial une culture scolaire de manière « naturelle » et « automatique », sans effort. L'existence de ces « **méshéritiers** » relativise les travaux classiques de Pierre Bourdieu et Jean-Claude Passeron sur la transmission intergénérationnelle des compétences scolaires dans les milieux favorisés.

→ La **séparation des parents** peut également favoriser des **divergences éducatives**, notamment autour des questions scolaires (intensité de l'exigence de travail) et **affaiblir les injonctions parentales** concernant les **efforts scolaires**. Les parents s'impliqueraient aussi moins dans la scolarité des enfants après une séparation. Diverses études corroborent que, quelle que soit l'origine sociale des enfants et le niveau d'étude de la mère, la séparation des parents a des **effets négatifs sur la réussite scolaire** des enfants. Elle annule le bénéfice associé au niveau de diplôme des parents.

→ En outre, les analyses statistiques sociologiques indiquent que les **aînés ont moins de risques d'être en difficulté scolaire** que les cadets, ce indépendamment du capital parental. Cela s'expliquerait par **moindre suivi scolaire des cadets**. Là encore, la transmission du capital culturel des parents n'est pas systématique. Elle se construit dans l'interaction. Les pratiques de lecture sont par exemple plus intenses entre mères et filles qu'entre mères et fils. Il existe bien des **différences au sein de la fratrie**.

→ Par ailleurs, les **filles** réussissent mieux que les garçons à l'école, car elles intériorisent les contraintes scolaires sous forme d'**autocontrainte**. La meilleure réussite scolaire des filles trouverait sa source dans les **interactions familiales**. Les données de l'enquête *Emploi du temps* de l'Insee montrent que les mères consacrent plus de deux fois plus de temps aux enfants que le père. En outre, le soutien scolaire parental est d'autant plus élevé que la mère est active et qualifiée.

→ Enfin, alors que les **garçons** sont **contrôlés** (contrôle du cahier de texte, vérification de la maîtrise des leçons), les **filles** sont plus encouragées par la **discussion**. Les garçons sont aussi plus dirigés dans leur orientation, en faveur notamment d'études scientifiques. Les **filles** sont souvent laissées **plus libres** dans leurs choix, ce qui amplifie les écarts d'orientation selon le genre et relève d'une **socialisation différentielle**.

3 Une socialisation secondaire plurielle

a. L'articulation entre socialisations primaire et secondaire

→ Dans la vie d'un individu, les différents moments de sa socialisation ne sont pas d'égale importance. La période de **socialisation** dite **« primaire »**, durant l'enfance et l'adolescence, est celle de la socialisation la plus **intense**. L'enfant y acquiert des compétences et des manières de percevoir le monde socialement situées au cours de la socialisation familiale.

→ Les effets de la **socialisation primaire** ne sont toutefois **pas mécaniques** : les différentes formes de la socialisation peuvent **entrer en concurrence** les unes avec les autres et leurs effets peuvent être **contradictoires**. Un jeune enfant est ainsi à la fois soumis aux attentes et normes de son milieu familial, qui prévalent, mais aussi à celles potentiellement contradictoires de sa nounou, de la crèche ou de l'école maternelle.

→ L'action socialisatrice de **la famille n'agit pas non plus comme un tout**. La fratrie ou le reste de la parenté peuvent être considérés comme des instances de socialisation. En outre, le couple parental, nous l'avons vu, n'est pas nécessairement un tout unifié ; les parents peuvent provenir de milieux différents et ne pas transmettre les mêmes normes et dispositions.

→ La socialisation primaire reste néanmoins plus intense et durable que la **socialisation secondaire**. Ce sont les sociologues **Peter Berger** et **Thomas Luckmann** qui, dans *La Construction sociale de la réalité* (1966), **distinguent socialisations primaire et secondaire**. La **socialisation secondaire** représente

> **MOT CLÉ**
>
> **Socialisation secondaire :** elle succède à la socialisation primaire. Elle permet aux adultes de s'intégrer à des groupes spécifiques (travail, association, parti politique…). Chaque individu est ainsi socialisé aux différents rôles sociaux et aux statuts qui seront les siens au cours de sa vie.

> **MOTS CLÉS**
>
> **Statut social :** place de l'individu dans les groupes sociaux auxquels il est inséré.
>
> **Rôles sociaux :** ensemble des comportements attendus de l'individu ou qu'il peut attendre d'autrui.

le **processus d'évolution de la personnalité** de l'agent au cours de sa vie à travers les socialisations professionnelle, scolaire, conjugale, amicale..., qui modifient son **statut social** et ses **rôles sociaux** au fil du temps.

→ La socialisation secondaire est le fait d'**instances de socialisation** diverses que l'individu côtoie **tout au long de sa vie** (école, groupe de pairs, associations politiques, religieuses, culturelles, clubs sportifs, médias) ou rencontre plus spécifiquement **à l'âge adulte** (univers professionnels, syndicats, couple, famille).

→ La socialisation primaire et la socialisation secondaire sont ainsi deux **processus à la fois successifs et concomitants**. En précisant les travaux de Berger et Luckmann, **Muriel Darmon** distingue, dans *La Socialisation* (2006), les **socialisations de renforcement, de transformation** et **de conversion**.
– La socialisation secondaire peut être **de renforcement** lorsqu'elle prolonge les apprentissages et les dispositions acquis lors de la socialisation primaire.
– Elle peut être **de transformation** lorsqu'elle modifie en partie les acquis de la socialisation primaire. Elle peut être plus ou moins intense. Le contact durable avec un autre groupe social, ou le désir de changer de **groupe de référence** par rapport à son **groupe d'appartenance**, favorise une **socialisation anticipatrice**, qui permet l'intériorisation de normes et de valeurs nouvelles.
– Elle peut être, enfin, **de conversion**. Dans ce cas, la rupture est totale entre socialisations primaire et secondaire.

> **MOTS CLÉS**
>
> **Groupe de référence :** groupe social dont un individu va adopter les normes et les valeurs, dans l'espoir de lui appartenir un jour.
>
> **Groupe d'appartenance :** groupe social auquel appartient un individu.
>
> **Socialisation anticipatrice :** processus par lequel un individu cherche à imiter les normes et valeurs d'un groupe social dans lequel il souhaite s'intégrer à l'âge adulte.
>
> **Identité sociale :** regroupe les façons dont un individu ou un groupe se définit par lui-même et est défini par autrui.

→ Certaines expériences (divorce, licenciement, changement de métier, émigration, changement de sexe) peuvent conduire à une transformation des manières de faire et de percevoir le monde, et à une transformation de l'**identité sociale.** Lorsque des événements conduisent à modifier l'identité individuelle de l'individu, on parle de **choc biographique**.

b. Les différentes dimensions de la socialisation secondaire

→ L'articulation entre socialisation primaire et socialisation secondaire peut être appréhendée à travers trois exemples de **socialisation secondaire : professionnelle**, **conjugale** et **politique**.

→ La **socialisation professionnelle** amène les individus à intégrer les **valeurs d'appartenance** et les **normes** de fonctionnement de leur profession. De nombreuses enquêtes montrent comment l'accès à certaines professions, puis leur exercice, conduisent à une **transformation de soi** et à l'incorporation de savoir-faire et savoir-être nouveaux. Les **socialisations antérieures** peuvent constituer, selon les cas, des **prérequis** indispensables ou des **freins** à la socialisation professionnelle.

→ De nombreux sociologues se sont par exemple intéressés à la socialisation des médecins. **Everett Hughes**, dans *The Making of a Physician* (1955), décrit la **socialisation médicale** comme un ensemble d'expériences prévues et imprévues au cours desquelles de jeunes étudiants deviennent détenteurs d'une partie de la culture médicale et se transforment en professionnels. La **socialisation secondaire** y est présentée comme une **reconstruction**, et même une **transformation**. Hughes utilise l'image du « **passage à travers le miroir** », au cours duquel l'étudiant se converti au regard du médecin en abandonnant sa vision profane du monde. La socialisation professionnelle est aussi une conversion de l'individu à une **nouvelle image de soi**. Il s'agit d'une modification identitaire, qui peut bouleverser la socialisation primaire (par exemple, l'adoption de codes masculins pour les femmes médecins).

→ La **socialisation conjugale** réside dans l'apprentissage au contact du conjoint de nouveaux goûts et préférences, par exemple culturelles et politiques. Au moment de la mise en couple, les conjoints doivent se mettre d'accord sur des règles communes. Les conjoints sont donc amenés à **négocier un nouveau rôle**, à se redéfinir, à reconstruire leur personnalité. Ils **se transforment l'un l'autre**.

→ La vie conjugale est donc un espace de **transformations** et d'**ajustements** des individus entre eux, mais qui n'implique pas nécessairement une négation des socialisations primaires. En effet, les membres du couple sont **souvent issus d'un milieu social proche** ou ont un niveau de diplôme identique. C'est ce que l'on appelle l'**homogamie**. Ainsi, ils partagent un certain nombre de normes et pratiques communes. Les continuités avec la socialisation primaire se lisent à travers le maintien d'une **socialisation genrée**, qui se traduit par une reproduction d'une **répartition inégalitaire des tâches domestiques** (**La socio en pratique**, p. 132) au sein du couple.

MOTS CLÉS

Homogamie : fait de vivre ou d'épouser une personne appartenant au même groupe social.

Socialisation politique : ensemble des processus contribuant à la formation des représentations, des choix et des comportements politiques.

→ La **socialisation politique** fournit une autre illustration des articulations possibles entre socialisations primaire et secondaire. Cette socialisation se construit bien sûr **au sein du couple**, qui est un espace de discussion politique important, particulièrement en période électorale. Depuis les travaux classiques d'**Annick Percheron**, on sait que les représentations et opinions politiques se construisent **dès le plus jeune âge**, et la socialisation primaire, au sein de la famille, participe à la formation des **préférences politiques**. Mais la socialisation politique reflète l'**ensemble des expériences socialisatrices** au fil du parcours scolaire et professionnel, des engagements politiques et associatifs et des relations amicales qui s'y construisent.

→ La sociologue **Anne Muxel** montre que la socialisation politique peut suivre une **logique d'identification** (les individus intègrent essentiellement les normes et les valeurs politiques des parents) ou une **logique d'expérimentation** (les individus sont sensibles à d'autres influences et innovent). Elle note, néanmoins, que souvent, même si les enfants ne votent pas pour le même parti que leur parent, leur positionnement reste proche sur une échelle gauche-droite.

LA SOCIO EN PRATIQUE

Jean-Claude Kaufmann, dans *La Trame conjugale. Analyse du couple par son linge* (1992), s'intéresse à la **gestion du linge dans le couple**. Derrière cette dimension très pratique de la vie quotidienne, se pose la question des différences de conceptions de ce qui est propre ou sale au sein du couple et de la négociation des règles à travers la socialisation conjugale. Lors de la mise en couple, il faut s'ajuster aux habitudes de l'autre, mais ces **habitudes se sont accumulées par la socialisation primaire** et, en dépit de discours communs valorisant une répartition égalitaire des tâches, les déséquilibres se maintiennent du fait d'une forte **inertie des comportements masculins** (entre 1986 et 2010, les hommes ne consacrent en moyenne que trois minutes quotidienne de plus aux tâches ménagères que leurs aînés) et d'un discours d'**autojustification des femmes** sur leur plus forte « exigence » concernant la propreté, les conduisant à assumer les tâches de nettoyage.

c. Pluralité des expériences de socialisatrices et trajectoires individuelles improbables

MOTS CLÉS

Mobilité sociale ascendante : fait d'atteindre une position sociale jugée plus élevée que celle de ses parents (un fils d'ouvrier qui devient cadre, par exemple). La situation inverse est celle du **déclassement** social.

Habitus clivé : situation où les dispositions transmises dans le cadre de la socialisation familiale et celles acquises dans le cadre scolaire ou lors de la socialisation secondaire apparaissent contradictoires.

→ Les **transfuges de classe** sont les personnes qui ont vécu un changement important de milieu social au cours de leur vie. Les cas les plus fréquemment étudiés (ou du moins mentionnés) sont les cas de **mobilité sociale ascendante** par la voie scolaire (mais une situation de **déclassement social** est tout aussi intéressante à étudier). Les écrits d'**Annie Ernaux** (*La Place*, par exemple), d'**Éric Eribon** (*Retour à Reims*) ou encore d'**Édouard Louis** (*En finir avec Eddy Bellegueule*) ont documenté ces **trajectoires improbables**.

→ Il ressort de ces témoignages que les transfuges de classe ont un **sentiment de décalage** à la fois vis-à-vis du milieu d'origine et d'arrivée : sentiment d'illégitimité dans le nouveau milieu, mais aussi de culpabilité et de dette à l'égard de leur milieu d'origine. Pierre Bourdieu parle d'**habitus clivé**.

→ **Bernard Lahire**, dans *L'Homme pluriel. Les ressorts de l'action* (1998), nuance la figure du transfuge de classe, en souffrance. Pour lui « chaque individu est le produit historique de la combinaison de dispositions multiples ». Par la diversité de ses expériences et de ses socialisations, l'individu est capable de multiples « **arrangements** » entre des dispositions diverses et parfois contradictoires.

MOT CLÉ

Acculturation : processus par lequel une personne ou un groupe assimile des normes et valeurs différentes des siennes.

→ Dans la même perspective, **Paul Pasquali**, *dans Passer les frontières sociales* (2014), étudie l'accès de jeunes issus de milieu populaire à l'enseignement supérieur. Son enquête se fonde sur une classe préparatoire expérimentale qui prépare des **élèves de zone d'éducation prioritaire** (ZEP) aux concours des **grandes écoles**. L'étude dure cinq ans. Il observe la modification des comportements des jeunes dès la classe préparatoire (**acculturation** parfois mal perçue par leur famille) et le sentiment d'illégitimité au contact des jeunes issus de milieu plus favorisé.

→ Toutefois, il identifie aussi les **ressources « compensatoires »** qui ont participé à leur réussite scolaire. Ces « **petits capitaux** » qui modifient une trajectoire peuvent être le produit de formes de socialisation familiale plaçant les enfants à distance de la culture de la rue, du soutien de figures autres que parentales, ou encore (et surtout) des acteurs de l'institution, en général enseignants, qui font office de « **passeurs de frontières** ». Ces « miraculés » scolaires ne vivent pas nécessairement leur expérience comme une expérience déstabilisante : tout d'abord, ils peuvent partager une expérience collective (c'est « l'esprit ZEP », qui se perpétue parfois au-delà de la classe « prépa ») et, surtout, ils peuvent maintenir des liens étroits avec leurs milieux d'origine, ce qui réduit le sentiment d'éloignement (**Doc 3**).

Des jeunes de milieux populaires accédant à Polytechnique, Sciences Po, Normale Sup... [...] [Leurs parcours] sont plutôt la conséquence d'un cercle vertueux de la réussite scolaire combinant facteurs familiaux et extrafamiliaux. [...] Trois dimensions structurent leurs parcours scolaires : l'information et l'orientation, le statut de « bon élève » et l'engagement. C'est sur les conseils de ses professeurs du lycée que Mathieu, fils d'ouvrier, a suivi une classe préparatoire aux grandes écoles (CPGE) et intégré HEC. [...]. Ces élèves ne possèdent pas véritablement au départ d'informations sur l'orientation, leur famille ayant une faible connaissance du système scolaire. Ils profitent, en revanche, la plupart du temps, de circonstances et de rencontres avec des acteurs extérieurs à la famille pour s'informer et confirmer leurs orientations. [...] La conviction d'être « doué » chez ces élèves s'articule avec la place de leader que beaucoup d'entre eux occupent. Ils déclarent fréquemment être placés sur un piédestal autant par la famille que par d'autres personnes comme les enseignants. [...] Les élèves s'inscrivent et sont inscrits clairement dans une hiérarchie scolaire et familiale. Meneurs et sollicités dans leur parcours, ils multiplient les tâches cognitives (aider par exemple un grand frère à faire ses devoirs scolaires), développent des compétences (participer à des démarches administratives, organiser les vacances familiales, etc.) et s'ouvrent à la culture. Les croyances et la position de leader favorisent une bonne image d'eux-mêmes et leur permettent de s'engager un peu plus dans la réussite. L'engagement apparaît comme la clé de voûte du cercle vertueux.

Benjamin Castets-Fontaine, « Parcours de réussite en milieu populaire », *Sciences humaines*, vol. 230, n° 10, 2011.

Doc 3 **Parcours de réussite en milieu populaire**

MÉMO VISUEL
- La synthèse en BD -

COMMENT LA SOCIALISATION CONTRIBUE-T-ELLE À EXPLIQUER LES DIFFÉRENCES DE COMPORTEMENTS ?

QUOI ?

Socialisation : apprentissage de normes et de valeurs en vigueur dans le ou les groupes sociaux auxquels on appartient.

COMMENT ?

Résultat d'un conditionnement

⇨ Processus d'intériorisation

La société impose à l'individu le fait social
ÉMILE DURKHEIM

⇨ La reproduction sociale

L'origine sociale oriente les pratiques et les goûts de l'individu
habitus
PIERRE BOURDIEU

Résultat d'interactions

La société est une suite d'interactions réciproques assurant le changement social.
MAX WEBER

QUAND ?

Tout au long de la vie

SOCIALISATION PRIMAIRE → SOCIALISATION SECONDAIRE
- ☑ Socialisation conjugale
- ☑ Socialisation professionnelle

⚠ Socialisation différentielle
- ☑ ♂ ♀
- ☑ Selon milieu social

LIEN SOCIALISATION PRIMAIRE ET SECONDAIRE ?

Soit

Socialisation de renforcement

Socialisation primaire et secondaire valorisent les mêmes normes et valeurs.

- ☑ Capital économique

- ☑ Capital social

- ☑ Capital culturel

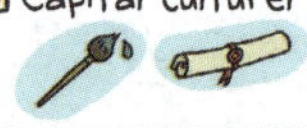

Ces capitaux sont transmis de génération en génération.
PIERRE BOURDIEU

Entre les deux :

Socialisation de transformation

Limitée
- ☑ À une période

- ☑ À un domaine

Socialisation de rupture

Du fait de chocs biographiques
- ☑ Divorce
- ☑ Accident
- ☑ Conversion
- ☑ Déracinement culturel

Du fait d'aspirations propres

Socialisation anticipatrice
= volonté d'adopter les comportements d'un groupe de référence

Du fait de conflits de socialisation

En fréquentant différents groupes, l'individu peut remettre en question les acquis familiaux.
L'Homme pluriel
BERNARD LAHIRE

Une citation clé

« L'habitus est un système de dispositions durables et transposables.

Pierre Bourdieu (1930-2002), *Le Sens pratique*, 1980.

Ne pas confondre

- Socialisation/instances de socialisation
- Socialisation par inculcation/ par imprégnation
- Socialisation par imitation/ par interaction
- Socialisation primaire/ socialisation secondaire
- Socialisation primaire/ socialisation différentielle
- Groupe de référence/ d'appartenance
- Statut social/rôle social
- Socialisation de renforcement/ de transformation/ de conversion

Débat — D'accord avec toi !

Les « transfuges de classe » vivent-ils toujours leur condition comme un déracinement ?

Les arguments « pour »

- Les trajectoires de forte mobilité sociale, comme celle de l'écrivain Annie Ernaux se traduisent par un fort sentiment d'éloignement de leur milieu social.
- Pierre Bourdieu parle d'« habitus clivé » pour décrire la contradiction des normes acquises lors de la socialisation primaire et dans le nouveau milieu social.

Les arguments « contre »

- La mobilité sociale ascendante ne s'accompagne pas toujours d'un sentiment de trahison ou d'illégitimité ; tout dépend de la capacité à partager cette expérience.
- Les individus accumulent des expériences plurielles, comme le souligne Bernard Lahire, qui leur permettent de s'adapter à diverses situations.
- La multiplication de trajectoires de mobilité et le partage de ces expériences renforce aussi l'impression qu'elles sont plus partagées, et en cela moins étrangères.

SE TESTER

- Mobiliser ses connaissances -

1. Vrai ou faux ?

	Vrai	Faux
a Dans les sociétés contemporaines, les individus sont soumis à des socialisations hétérogènes.	☐	☐
b La famille constitue la seule instance de socialisation primaire.	☐	☐
c L'influence socialisatrice de la famille est mise à mal par des agents de socialisation qui la concurrencent.	☐	☐
d La multiplicité des cadres socialisateurs peut conduire des individus à connaître des trajectoires improbables.	☐	☐
e Au sein du couple, chacun des conjoints socialise l'autre.	☐	☐
f Le monde professionnel est pourvoyeur de normes qui socialisent l'individu.	☐	☐

2. Complète le tableau avec les définitions suivantes.

a Position au sein de chaque groupe social.

b Apprentissage de manières spécifiques d'agir, de penser, différenciées selon les caractéristiques de l'individu.

c Ensemble des statuts d'un individu à un moment de sa vie.

d Comportements attendus selon le statut social occupé.

	Socialisation primaire	Socialisation secondaire
Définition	Processus de transmission des normes et valeurs qui se déroule au **cours de l'enfance et de l'adolescence.**	Ensemble des processus de socialisation de l'**adulte** qui se fonde sur les acquis de la socialisation primaire, les prolonge et éventuellement les transforme.
Instance de socialisation	**Explicitement socialisatrices** Famille, école **Implicitement socialisatrices** Groupes de pairs, associations, médias	Certaines instances sont les **mêmes que celles de la socialisation primaire** (famille, associations, pairs, médias), d'autres sont **propres à la socialisation secondaire** (travail, couple et famille créée).
Effets	**Socialisation différentielle** (**1**..................) **selon le genre et l'origine sociale**	**Détermine l'identité sociale** (**2**....................) qui est en permanente recomposition.
	Transmission de normes et de valeurs **Transmission de statuts sociaux (3**....................**) et de rôles (4**. ....)	

3. Associe les termes suivants à leur définition.

1. *Socialisation secondaire* – **2.** *Socialisation de renforcement* – **3.** *Instance de socialisation* – **4.** *Habitus clivé* – **5.** *Transfuge de classe* – **6.** *Groupe de référence* – **7.** *Rôles sociaux.*

- **a** Ensemble des comportements attendus de l'individu ou qu'il peut attendre d'autrui.
- **b** Elle se réalise tout au long de la vie dans les instances de socialisation (le travail, les associations, le groupe de pairs, les médias…).
- **c** Situations où les dispositions transmises dans le cadre de la socialisation familiale et celles qui sont acquises dans le cadre scolaire ou lors de la socialisation secondaire apparaissent contradictoires.
- **d** Groupe dont un individu va adopter les normes et les valeurs, dans l'espoir de lui appartenir un jour.
- **e** Elle a des effets fixateurs sur les dispositions individuelles des individus en confirmant les acquis de la socialisation antérieure.
- **f** Groupe ou individu qui participe à la socialisation des individus.
- **g** Personne née dans un milieu social et qui vit adulte dans un tout autre milieu social.

4. Complète le schéma avec les termes suivants.

1. *Monde professionnel* – **2.** *Famille* – **3.** *Associations* – **4.** *Socialisation secondaire* – **5.** *Instances de socialisation*

Les mécanismes de la socialisation

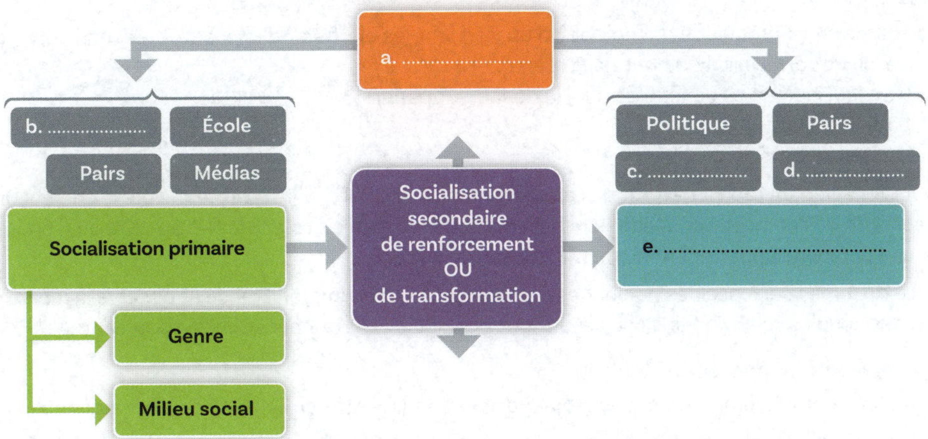

Réponses : **1. a.** Vrai - **b.** Faux - **c.** Vrai - **d.** Vrai - **e.** Vrai - **f.** Vrai • **2. 1.** b - **2.** c - **3.** a - **4.** d
• **3. 1.** b - **2.** e - **3.** f - **4.** c - **5.** g - **6.** d - **7.** a • **4. a.** 5 - **b.** 2 - **c.** 1 - **d.** 3 - **e.** 4.

COMMENT FAIRE POUR...

Lire et comprendre une table d'homogamie

Doc 1 Répartition des hommes en couple selon leur groupe social et celui de leur conjointe (en %)

Époux \ Épouse	Agricultrice	Indépendante non agricole	Cadre supérieur	Profession intermédiaire	Employée	Ouvrière	Ensemble
Agriculteur	**33,1**	1,1	5,3	16,7	30,7	13,1	100
Indépendant non agricole	0,5	17,9	11,9	21,6	43,1	5	100
Cadre supérieur	0,2	2,9	38,5	34,5	22	1,9	100
Profession intermédiaire	0,2	2,8	12,4	35,8	42,4	6,4	100
Employé	0,5	1,9	8,3	24,5	57,2	7,6	100
Ouvrier	0,2	2,2	2,8	16,6	**59,4**	18,8	100
Ensemble	1,2	4,1	14,9	26,8	43,9	9,1	100

Champ : couple où l'un des conjoints a entre 30 et 59 ans.

Milan Bouchet-Valat, d'après l'Insee, Enquête Emploi 2011,

1. Repérer les informations qui entourent le tableau

• **Pour lire efficacement un tableau** il faut d'abord repérer certaines informations qui entourent le tableau :
- la **source** (qui a produit ce document ? d'où viennent les chiffres ? d'un institut reconnu comme l'Insee, ou de votre voisin du bout de la rue... ?) ;
- le **titre** (qui indique en général de quoi le document parle) ;
- la **date** et le **lieu** ;
- les **unités** (milliers, %...).

→ Ici, il s'agit d'un tableau extrait de l'enquête emploi de 2011 de l'Insee et repris par le chercheur, spécialiste de l'homogamie, Milan Bouchet-Valat. L'homogamie désigne le fait de vivre ou d'épouser une personne appartenant au même groupe social.

→ Le document recense des personnes âgées entre 30 et 59 ans, en France et observe la répartition des couples selon l'origine sociale des deux conjoints. Les données sont en pourcentage.

2. Comprendre les données du tableau

• Il faut avant tout comprendre le **vocabulaire** utilisé dans le titre, en ligne et en colonne du tableau.

→ Il s'agit de bien connaître ici la nomenclature des PCS (professions et catégories socioprofessionnelles).

• Pour cela, il faut d'abord **donner sens à la colonne et à la ligne « Total » (ou « Ensemble »)**, si elle figure dans le tableau.

→ Le tableau se lit en ligne. Il mesure, pour chaque catégorie sociale, la répartition des hommes en fonction du milieu social de leur femme.

→ Ici, la colonne « Ensemble » présente qui épouse 100 hommes (époux) d'une même PCS. Ainsi sur 100 hommes ouvriers, 59,4 épousent une employée.

→ La ligne « Ensemble » présente la répartition des épouses de l'échantillon étudié en PCS. Cela permet de voir que les femmes sont plus souvent employées qu'ouvrières, et que les femmes employées par exemple épousent proportionnellement plus des ouvriers ou des employés que des cadres. En effet, 43,9 % des épouses sont employées (ligne « Ensemble »). Or, 59,4 % des ouvriers et 57,2 % des employés ont épousé une employée (surreprésentation).

• Ensuite, il faut **choisir un chiffre** (de préférence qui ne soit pas dans le « Total ») **et lui donner sens**.

→ 33,1 % des agriculteurs sont mariés à une agricultrice, 1,1 % à une femme indépendante non-agricole, etc.

3. Analyser les informations du tableau

Il faut enfin **dégager la ou les information(s) principale(s)** du tableau. Pour cela, il convient de regarder l'ensemble des données du tableau.

→ Ici, il s'agit de montrer que l'homogamie est importante en lisant les chiffres de la diagonale.

Mets en évidence les chiffres extrêmes ou qui paraissent contradictoires.

→ On note l'effet de structure. Il y a dans la population active plus d'hommes cadres que de femmes cadres et plus d'hommes ouvriers que de femmes ouvrières. Cela explique que 34,5 % des hommes cadres épousent des femmes de la catégorie professions intermédiaires et que les seuls 18,8 % des ouvriers ont épousé une ouvrière, alors que 59,4 % d'entre eux ont épousé une employée.

Doc 2 Répartition des hommes en couple selon leur diplôme et celui de leur conjointe (en %)

	Diplôme des femmes					
Diplôme des hommes	Sans diplôme	CAP/BEP	Bac	Bac + 2 à Bac + 4	Bac + 5 et plus	**Total**
Sans diplôme	41	26	16	15	2	**100**
CAP/BEP	26	37	18	17	1	**100**
Bac	16	19	28	33	4	**100**
Bac + 2 à Bac + 4	8	11	18	53	10	**100**
Bac + 5 et plus	4	4	10	47	35	**100**

Insee, Enquêtes emploi 2003-2010, calculs Edhec.

Cette table d'homogamie présente l'homogamie de diplôme entre conjoints. 41 % des sans diplôme vivent ensemble et 53 % des bac + 2 à bac + 4. On observe que 47 % des hommes ayant un bac + 5 sont en couple avec des femmes ayant bac + 2 à bac + 4. Cela peut s'expliquer par un effet de structure lié aux écarts de qualification entre hommes et femmes, mais vu le niveau croissant de diplôme des femmes depuis les années 1960, on peut aussi faire l'hypothèse que les hommes très diplômés peuvent avoir une « préférence » pour des femmes moins diplômées ! Ils sont néanmoins 35 % à être en couple avec une femme ayant atteint un niveau de diplôme équivalent.

SE PRÉPARER POUR L'EXAMEN

Répondre à la partie 1, « Mobilisation des connaissances »

SUJET

PARTIE 1 Mobilisation des connaissances *(4 points)*

En illustrant par des exemples, vous vous demanderez si la socialisation secondaire s'inscrit dans la continuité de la socialisation primaire.

Méthode et corrigé

Analyser la question

→ Repère le **chapitre de référence**.

→ Distingue dans le sujet les **termes clés** et définis-les.

> Il faut distinguer ici la « socialisation primaire » de la « socialisation secondaire ». La question se pose de savoir s'il y a continuité (cohérence) entre ces deux étapes de la socialisation.

→ Analyse la **démarche attendue** : « *Quels sont les...* », « *Présentez* », induisent un exposé descriptif, tandis que : « *Expliquez* », « *Montrez* » induisent une analyse de mécanismes et d'enchaînements.

> « *Vous vous demanderez si* » attend ici une réponse de nature dialectique : parfois il y a continuité entre la socialisation primaire et secondaire ; parfois, les différences sont plus prononcées, ou bien il y a rupture.

COUP DE POUCE

Tu peux t'appuyer sur la méthode de l'épreuve composée, p. 13.

Rassembler ses connaissances au brouillon

→ Note les **idées clés** permettant de répondre à la question.

> Plusieurs moments de la socialisation secondaire posent la question de la continuité avec la socialisation primaire : la socialisation professionnelle, la socialisation conjugale...

> Différents groupes secondaires participent à diversifier les expériences de socialisation.

→ **Approfondis chaque idée en rassemblant des connaissances** qui permettent de les analyser, de présenter des mécanismes.

> La distinction entre socialisation primaire et secondaire est de Peter Berger et Thomas Luckmann. Muriel Darmon distingue socialisation de renforcement, socialisation de transformation et socialisation de conversion.

> Bernard Lahire montre que la diversité des expériences de socialisation crée un portefeuille de dispositions permettant d'adapter les acquis de ces socialisations primaires et secondaire à des contextes nouveaux.

→ **Rassemble des données chiffrées** ou des **exemples** pertinents pour illustrer ton propos.

> Il est possible d'illustrer la socialisation de renforcement par des données sur l'homogamie ou la socialisation politique.

> Tu peux illustrer la socialisation de transformation par des trajectoires de transfuges de classe en introduisant la notion de « socialisation anticipatrice » (groupe de référence/groupe d'appartenance).

Organiser sa réponse au brouillon

→ **Structure ta présentation** en distinguant deux ou trois paragraphes proposant des idées distinctes. Prévois une phrase d'**introduction** et de **conclusion**.

CONSEIL

Distingue tes arguments de leur illustration (exemple factuel, données chiffrées, graphique...).

Rédiger une réponse

→ Ta réponse devra comporter une vingtaine de lignes.

→ Assure-toi qu'on comprend **dès l'introduction** de quel sujet tu vas parler.

→ Définis les **concepts** utilisés dans ton développement.

→ Soigne tes exemples ou graphiques.

→ Enfin, relis-toi !

Proposition de plan détaillé

Introduction *qui rappelle la définition de la socialisation primaire et secondaire.*

Paragraphe 1.

Présente et illustre la socialisation de renforcement, qui s'inscrit dans la continuité de la socialisation primaire.

Paragraphe 2.

Présente la socialisation de transformation, qui modifie en partie les acquis de la socialisation primaire. Illustre avec la socialisation anticipatrice. Prolonge en évoquant les cas de rupture avec la socialisation de conversion.

Conclusion.

Montre bien qu'il n'y a pas toujours continuité.

Pour aller plus loin

Livres et articles

- Muriel Darmon, *La Socialisation*, Armand Colin, 2006.
- Entretien avec Muriel Darmon, « La socialisation secondaire ne s'exerce pas sur une page blanche mais sur une page déjà écrite et déjà froissée par les expériences antérieures », *Émulations*, 2018.
- Bernard Lahire, « Comment la famille transmet l'ordre inégal des choses », *Observatoire des inégalités*, **www.inegalites.fr/Comment-la-famille-transmet-l-ordre-inegal-des-choses**
- Annick Percheron, *La Socialisation politique*, Armand Colin, 1993.

À voir

Films

- Philippe Faucon, *Fatima*, 2015.
- Julie Gavras, *Les Bonnes Conditions*, 2018.
- Abdellatif Kechiche, *L'Esquive*, 2004.
- Liz Tigelaar, *Little Fires Everywhere*, 2020.
- Georges Tillman *La Haine qu'on donne*, 2018

Scanne-moi !

Vidéos de révision

- « La socialisation, un processus qui dure toute la vie » : **www.yapaka.be/video/video-la-socialisation-un-processus-qui-dure-toute-la-vie**
- « Socialisation et reproduction sociale » : **www.youtube.com/watch?v=LfhBTgBxn1g**
- « Baisemains et mocassins » : **www.dailymotion.com/video/x2kbvlx**
- Épisode 4 : « La pudeur masculine », Épisode 5 : « La sage-femme homme », *Stéréotypes, stéréomeufs* : **www.stereotypestereomeufs.fr**

À consulter

- Des ressources sur le site de SES-ENS : **www.ses.ens-lyon.fr/ressources/grands-dossiers/les-socialisations**

Ton **KIT DE SURVIE** pour le **BAC** avec SCHOOLMOUV

Chapitre 6

Comment la socialisation contribue-t-elle à expliquer les différences de comportement des individus ?

Tu viens de voir les notions à connaître sur la socialisation. Pour t'aider à retenir l'essentiel et t'entraîner pour le Bac, voici ton kit de révisions clé en mains conçu par SchoolMouv !

Vidéo

Pour mieux comprendre et t'en souvenir à coup sûr, regarde la vidéo. C'est parfois bien plus clair en images.

Vidéo **De la socialisation de l'enfant à la socialisation de l'adulte**

https://flashbelin.fr/focusbacschoolmouv/ses/1re/6

Contenu additionnel

Voici un bonus autour du même sujet. La curiosité n'est pas toujours un vilain défaut. Il suffit de créer ton compte pour avoir accès à plein de contenus supplémentaires.

Fiche **De la socialisation de l'enfant à la socialisation de l'adulte**

https://www.schoolmouv.fr/eleves/cours/de-la-socialisation-de-l-enfant-a-la-socialisation-de-l-adulte-continuite-ou-rupture-partie-2/fiche-de-cours

Tchat avec un prof

Pour poser toutes tes questions à un prof particulier, découvre l'abonnement tchat. Tu peux le tester gratuitement pendant 7 jours : fini les questions sans réponses, tu vas devenir incollable.

https://focusbac.schoolmouv.fr/offre

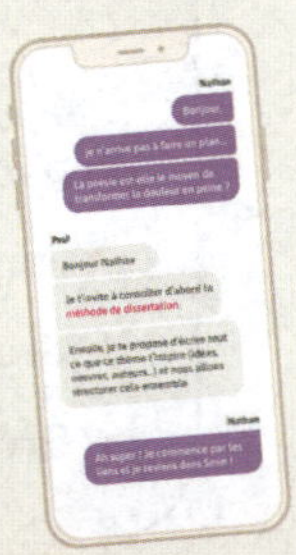

7 Comment se et évoluent sociaux ?

De vrais amis virtuels

Notions

- Associations
- Famille
- Groupe social
- Groupe des pairs
- Intégration
- Rôle social
- Socialisation
- Statut social

construisent les liens

L'ESSENTIEL EN 5 POINTS

1. Des **liens sociaux** relient les individus au sein de différents **groupes sociaux** (familles, groupes de pairs, univers professionnel, associations, réseaux).

2. La nomenclature des **professions et catégories socioprofessionnelles** (PCS) rassemble dans une même catégorie des individus porteurs de **caractéristiques** et **propriétés sociales communes**.

3. Le **processus d'individualisation** transforme les formes de solidarité, ce que décrit la distinction classique entre **solidarité « mécanique »** et **solidarité « organique »**.

4. Les **nouvelles sociabilités numériques** contribuent au **lien social**, mais ont aussi une dimension **excluante**.

5. Différents **facteurs** (précarité, isolement, ségrégation, rupture familiale...) exposent les individus à l'**affaiblissement** ou à la **rupture de liens sociaux**.

→ Définitions des notions p. 146-155

LE COURS en 3 axes

1 La diversité des liens qui relient les individus

a. Des liens sociaux de natures différentes

→ Le **lien social** désigne l'ensemble des relations qui existent entre les individus et les rend interdépendants. Un **groupe social** est un ensemble d'individus partageant des pratiques et valeurs communes et un sentiment d'appartenance, et donc unis par des **liens sociaux**, une **conscience** d'appartenir à ce groupe et d'être **reconnu** comme y appartenant.

→ Les individus appartiennent à une **pluralité de groupes sociaux**. On qualifie de **groupes primaires** les groupes, souvent de petite taille, marqués par **une forte identification au collectif** et par une **grande cohésion**. La **famille** est un groupe primaire et constitue la cellule de base de la société. Elle prend en charge la **socialisation primaire** (voir chapitre 6, p. 125), tout en participant à la **socialisation secondaire**. Le **groupe des pairs** relève aussi des groupes primaires.

→ Les **groupes secondaires** sont souvent de **plus grande taille**, les relations y sont plus **superficielles** et l'adhésion au groupe répond davantage à une **logique utilitaire** (milieu professionnel, associatif).

→ Le sociologue **Serge Paugam** analyse les liens sociaux qui se forgent entre les personnes de ces groupes sociaux selon deux dimensions : la **protection** et la **reconnaissance** qu'ils offrent aux individus.

→ La **protection** renvoie à l'ensemble des **supports qu'un individu peut mobiliser face aux aléas de la vie** (ressources familiales, communautaires, professionnelles, sociales…). Les liens déterminent « sur qui » et « sur quoi » les individus peuvent compter. Autrement dit, quelles sont les personnes et les groupes auprès desquels ils peuvent trouver des **ressources** utiles pour s'orienter dans leur vie.

→ La **reconnaissance** renvoie à l'**interaction sociale**, qui fournit à l'individu des caractéristiques et un **statut social** par rapport aux autres. Les liens sociaux établissent *pour qui* les individus comptent, c'est-à-dire par qui ils sont reconnus comme des personnes singulières et appréciées du fait de leurs qualités.

MOTS CLÉS

Groupe des pairs : ensemble de personnes présentant des éléments communs avec un individu (âge, milieu social, aspirations, etc.) et susceptibles de l'influencer.

Statut social : position qu'un individu occupe dans un système social donné et qui lui attribue un ensemble de rôles, en même temps qu'il définit les comportements qu'il est en droit d'attendre des autres à son égard.

→ Ces liens sont eux-mêmes de **différentes natures**. On peut notamment en distinguer quatre grands types : de **filiation** (entre parents et enfants), de **participation élective** (entre conjoints, amis, etc.), de **participation organique** (par le travail) et de **citoyenneté** (par le fait d'appartenir à une même communauté politique) (**Doc 1**).

→ Ces différents liens articulent la **sphère privée** et la **sphère publique** dans lesquelles les individus évoluent. Les liens de **filiation** et les liens **électifs** (amicaux) se situent exclusivement dans la sphère **privée**, mais donnent à l'individu les ressources pour mieux s'orienter dans la sphère publique (univers du travail, engagement citoyen). À l'inverse, les activités **professionnelles** ou **associatives** qui relèvent prioritairement de la sphère **publique**, peuvent contribuer à la consolidation ou à l'extension des liens familiaux et amicaux.

Types de lien	Formes de protection	Formes de reconnaissance
Lien de filiation (entre parents et enfants)	Compter sur la solidarité inter-générationnelle Protection rapprochée	Compter pour ses parents et ses enfants Reconnaissance affective
Lien de participation élective (entre conjoints, amis, proches choisis…)	Compter sur la solidarité de l'entre-soi électif Protection rapprochée	Compter pour l'entre-soi électif Reconnaissance affective ou par similitude
Lien de participation organique (entre acteurs de la vie professionnelle)	Emploi stable Protection contractualisée	Reconnaissance par le travail et l'estime sociale qui en découle
Lien de citoyenneté (entre membres d'une même communauté politique)	Protection juridique (droits civils, politiques et sociaux) au titre du principe d'égalité	Reconnaissance de l'individu souverain

Serge Paugam, *Le Lien social*, PUF, 2018.

Doc 1 Les différents types de liens sociaux chez Serge Paugam

b. Liens sociaux et intégration professionnelle

MOTS CLÉS

Intégration sociale : processus débouchant sur le partage de valeurs communes, de buts communs, entre des individus en interaction au sein d'une société ou d'un groupe social.

Sociabilité : ensemble des relations interpersonnelles qu'un individu entretient avec d'autres individus, qui créent et maintiennent du lien social.

→ L'**univers professionnel** occupe une place centrale dans l'**intégration sociale** des individus. Le travailleur s'intègre en effet aux différents **groupes d'appartenance** auxquels l'activité professionnelle permet d'accéder : l'organisation dans laquelle s'exerce son activité, qu'il s'agisse d'une entreprise, d'une administration ou d'une association ; le groupe professionnel auquel le rattache la profession exercée (notamment l'adhésion à un syndicat) ; les réseaux de **sociabilités** professionnelles.

→ Les enquêtes portant sur la sociabilité confirment bien que les **personnes exerçant un emploi**, en particulier en emploi stable et qualifié, sont plus impliquées dans les divers **réseaux de sociabilité** que les inactifs ou les chômeurs.

→ L'activité professionnelle est de fait un moyen d'accumuler du **capital social**. **Mark Granovetter** montre ainsi que les liens qui se créent dans le monde professionnel, qu'il qualifie de **« liens faibles »**, sont particulièrement efficaces pour favoriser la recherche d'emploi (**Le petit +**).

→ Enfin, le travail permet d'accéder à un **revenu** et à la **consommation**, ce qui est également un facteur d'intégration. Il offre également des **protections**, à travers l'accès aux **solidarités collectives** (Sécurité sociale, droit à la formation…). L'emploi est une des principales instances qui permet d'acquérir un **statut social**, et donc une reconnaissance sociale.

LE PETIT +

→ **Mark Granovetter et la « force des liens faibles »**

Pour **Mark Granovetter** (*The Strength of Weak Ties*, 1973), un réseau social se compose de **liens forts** et de **liens faibles**.

- Il définit la force d'un lien à partir de **quatre critères** : la fréquence des contacts, l'intensité émotionnelle, l'intimité et la réciprocité des services rendus.
- On peut ainsi distinguer **deux types de relations** : celles qui relient l'individu à sa famille et ses amis, qui sont les **liens forts** (relations soutenues et fréquentes) ; et celles formées par un réseau généralement plus étendu et plus distant, que l'on qualifiera de **liens faibles** (contacts brefs et occasionnels).
- Mark Granovetter montre qu'**un individu tirera davantage bénéfice de ses liens faibles que de ses liens forts dans sa recherche d'emploi**. Les liens faibles démultiplient et diversifient en effet l'accès à l'information pour accéder à l'emploi. Ainsi, un individu aura plus de chance de trouver un travail ou d'en changer lorsqu'il fait part de sa recherche aux membres de son cercle de lien faible qu'en demandant à son réseau proche.

c. La nomenclature des PCS : une typologie des groupes sociaux selon la profession

→ La **nomenclature des professions et catégories socioprofessionnelles** (PCS) de l'Insee est née en 1954, puis a été renouvelée en 1982, 2003 et 2020. Elle classe la **population active** en plus de **300 professions**, elles-mêmes regroupées en **32 catégories socioprofessionnelles**, qui s'insèrent dans **6 grands groupes socioprofessionnels** (8 si l'on compte les retraités et les chômeurs n'ayant jamais travaillé). Ces catégories permettent de comprendre la **répartition de la population active** et son **évolution** dans le temps (**Doc 2**, p. 149).

→ Cette classification place la **profession au centre de la définition de la position sociale**, en opérant des distinctions entre les actifs selon la **nature du revenu** (salariés/indépendants), de l'**organisation productive** (secteur d'activité, statut public/privé), le **niveau de diplôme et de qualification**, le degré de **responsabilité hiérarchique**, la **taille de l'exploitation ou de l'entreprise** pour les indépendants.

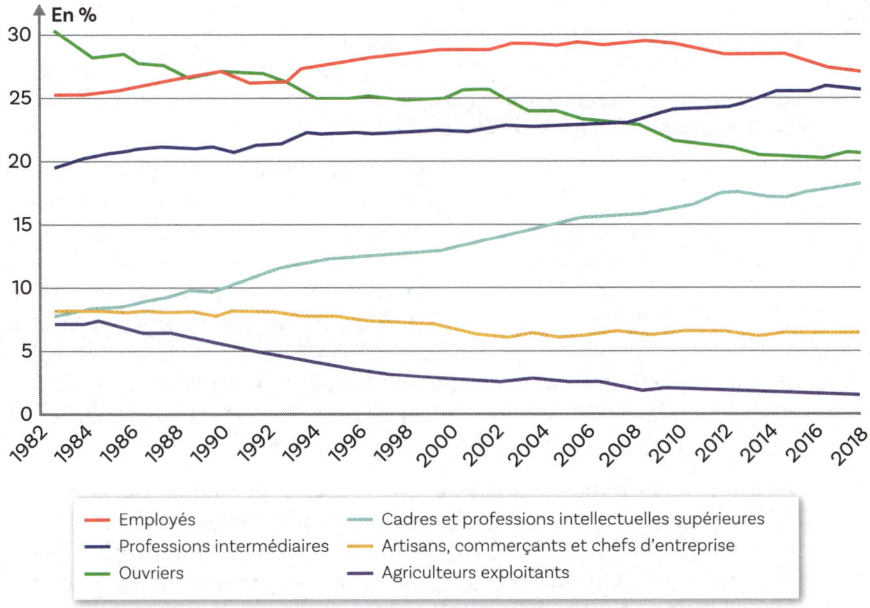

Centre d'observation de la société, Insee, 2022.

Doc 2 **Évolution de la part des catégories socioprofessionnelles dans l'emploi total (en %)**

→ Les membres de chacune de ces PCS se caractérisent donc par une **situation professionnelle analogue** (en termes de statut, qualification, autonomie, etc.). Elles révèlent ainsi des hiérarchies, proximités et formes de **domination** au sein de la **structure sociale**. Il s'agit donc de caractériser les actifs selon leur profession, mais aussi d'associer un **statut social** à l'activité professionnelle.

→ Les concepteurs de la classification ont cherché à établir un **nombre restreint de catégories** présentant une **homogénéité sociale,** tant en termes de niveau de formation que de comportements de consommation, de pratiques sociales et d'attitudes politiques.

→ La nomenclature fait l'objet d'un certain nombre de **critiques**. Ainsi, certaines catégories sont très **hétérogènes**, comme celle des employés. Par ailleurs, la diversité des **situations dans l'emploi** (emploi précaire, chômage, temps partiel...) n'est pas prise en compte. Enfin, des critères de classement importants sont exclus, comme l'âge, le genre ou l'origine socioculturelle ou géographique. Elle est n'en demeure pas moins un outil puissant d'analyse de la **différenciation sociale**.

2 Les mutations du lien social et leurs effets sur l'intégration sociale des individus

a. Individualisation et solidarité

MOT CLÉ

Individualisation : processus par lequel les individus acquièrent une autonomie par rapport au groupe d'appartenance.

→ Les sociologues distinguent **individualisation** et **individualisme**. Le premier terme renvoie à un **processus historique** par lequel les agents sociaux acquièrent une conscience de plus en plus aiguë de leur **singularité** et deviennent des sujets plus **autonomes** par rapport à leur groupe. L'individualisme désigne une **valeur morale** consistant à placer l'**individu au centre**, au-dessus de la société, avec un possible déclin des valeurs collectives. L'individualisation n'induit pas nécessairement de l'individualisme.

→ L'individualisation est analysée par le sociologue **Émile Durkheim**. Dans *De la division du travail social* (1893), il se demande si l'**individualisation croissante** que connaissent les sociétés modernes conduit à la **dissolution du lien social**. Il montre que les membres de la société se spécialisent en effet dans des activités toujours plus différenciées et que, dans les sociétés modernes, l'individualisation repose sur l'approfondissement de la **division du travail social**.

→ Ainsi, Émile Durkheim observe le passage d'une société à **solidarité mécanique** à une société à **solidarité organique.** La **solidarité**, au sens de Durkheim, correspond aux **liens invisibles** qui relient les individus entre eux et qui forment le « ciment » de la société.

→ Les **sociétés à solidarité mécanique** sont des sociétés peu complexes, où le collectif est plus restreint, à l'instar des sociétés **traditionnelles**. Dans les sociétés à solidarité mécanique, les individus ont des **pratiques similaires**, puisque la division du travail est réduite, et ils partagent les **mêmes valeurs et croyances**. La solidarité est maintenue par la **sanction**, qui exprime la réaction de la collectivité. L'individu est donc soumis à une **forte pression du groupe** et ne peut exprimer ses différences individuelles. **Le groupe prime sur l'individu** et préserve son unité grâce à la ressemblance entre les individus et à leur soumission à la conscience collective.

→ Les **sociétés à solidarité organique** reposent sur la **division du travail**, qui rend les hommes économiquement **interdépendants**. Cette solidarité est donc marquée par la nécessaire **coopération** d'individus, dont les fonctions sont **spécialisées** au fur et à mesure que les sociétés s'étendent et se complexifient avec l'accroissement démographique et l'extension de la taille des sociétés. La spécialisation permet une plus grande **autonomie** et l'expression d'une **conscience individuelle**, ce qui veut dire que les individus ne partagent plus tous les mêmes croyances et que celles-ci ne s'imposent plus à eux avec la même intensité.

→ Ainsi, la solidarité peut naître aussi bien des **similitudes** entre les hommes que de leurs **différences** et de leur interdépendance. La division du travail produit en même temps de l'**individualité** et de la **solidarité**, un individu plus autonome et plus étroitement dépendant de la société.

b. Les effets de l'individualisation sur les instances d'intégration sociale

→ L'individualisation apparaît comme un accroissement tant des marges d'autonomie que des possibilités individuelles de « choix ». Ces **choix** contribuent à rendre les parcours de vie plus personnels et concourent à la **diversification des trajectoires individuelles**.

→ Les **liens** semblent ainsi **plus électifs**. C'est ce que laisse apparaître l'analyse des **mutations de la famille**, surtout depuis les années 1960. En effet, on observe une **indépendance plus grande des individus vis-à-vis de la famille**, qui va de paire avec une modification **des rapports hommes/femmes**, une augmentation des **divorces** et une transformation du **rapport parent-enfants**. Les modèles familiaux se diversifient aussi (familles monoparentales, recomposées, homoparentales).

→ Les **relations familiales** se sont ainsi **adaptées au processus d'individualisation**. **François de Singly** a observé comment l'**amour** est devenu le mode relationnel fondamental de la famille contemporaine. Le groupe familial se place au service de ses membres sur la base d'une réciprocité. La famille assure toujours sa fonction traditionnelle de **transmission** intergénérationnelle des biens, d'échanges de services ou d'argent, mais œuvre aussi en faveur de l'**épanouissement** de l'individu et de son **soutien affectif**.

→ Les enquêtes montrent que la **sociabilité familiale** s'est intensifiée au sein de la **famille conjugale**, composée des parents et des enfants. Ceux-ci passent **plus de temps ensemble**, en particulier pour les activités de loisirs, mais aussi pour le suivi scolaire. Par conséquent, les liens familiaux semblent se resserrer en s'adaptant au processus d'individualisation.

→ Si les liens familiaux conservent le plus souvent leur importance tout au long du parcours de vie, des **liens électifs** sont tissés dans d'autres contextes et restent structurés par les étapes du **cycle de vie**. L'**école** et le **travail** déterminent par exemple de manière marquée les logiques électives et la sociabilité au cours de la jeunesse et de l'âge adulte. Les liens sociaux connaissent ainsi des **renouvellements** et des **permanences**.

→ Il apparaît enfin que, dans les **milieux sociaux plus favorisés**, l'individualisation croissante a contribué à **diversifier**, plus encore que dans les milieux populaires, les liens sociaux, car les sociabilités concernent des **sphères sociales plus variées**. À cet égard, les personnes les mieux dotées en **capital culturel** (voir chapitre 6, p. 128), adhérent plus à des **associations** et à des **groupes politiques**. Ainsi 56,9 % des cadres supérieurs adhèrent à une association, contre 32,6 % des ouvriers. Les cadres sont particulièrement surreprésentées dans les organisations plus politiques, comme la défense de droits et d'intérêts communs. Enfin, leur **réseau social** est plus dense, et surtout plus diversifié.

c. Les sociabilités numériques et leurs effets sur l'intégration sociale

→ Au début des années 2000, les **réseaux sociaux** rendent possible la **communication** et les **échanges** entre les utilisateurs. Ils ont donné l'opportunité de **rencontrer** des personnes que les individus n'auraient peut-être pas croisées, mais aussi la possibilité de **rendre visibles** leur profil et leur réseau personnel de relations. Cela **renouvelle** la manière dont les individus créent ou entretiennent des liens avec autrui et démultiplient les **possibilités d'établir des liens** professionnels, amicaux, associatifs...

→ Différentes études sociologiques montrent toutefois que les réseaux sociaux contribuent surtout à **entretenir et renforcer les liens forts,** qu'il s'agisse de liens familiaux ou amicaux. Ainsi, les individus, et particulièrement les jeunes, utilisent fréquemment les réseaux sociaux pour communiquer avec les personnes avec lesquelles ils ont régulièrement des « **relations de face-à-face** ».

→ Sur les sites de **réseaux sociaux où la conversation domine**, comme WhatsApp ou Snapchat, le nombre de personnes avec lesquelles les personnes communiquent de manière régulière est très faible et le taux d'interconnaissance très important. Ces échanges **consolident les liens les plus resserrés** et entretiennent (ou renouent) des liens familiaux et amicaux plus distendus par l'éloignement géographique ou le manque de temps.

→ L'usage des outils numériques inscrit parfois l'individu dans une « **communauté** » (de *gamers*, par exemple), qui offre une reconnaissance, la possibilité de partager une expérience et peut déboucher sur des rencontres physiques et la **création de liens forts**.

→ Les réseaux sociaux permettent aussi de **créer de nouveaux liens faibles**, lesquels favorisent la circulation d'informations, constituant en cela une **ressource sociale**. C'est le cas sur les réseaux **sociaux de partage** (comme Instagram, Twitter, Pinterest, etc.), où chacun partage quelque chose, une passion, une opinion, avec un large public, en recherchant parfois la visibilité, comme c'est le cas pour les influenceurs. Dès lors, l'utilisateur entre en relation avec des personnes avec lesquelles il partage des goûts, des activités ou même des contacts.

→ Des **mobilisations sociales** comme celle des Gilets Jaunes, des **événements culturels**, politiques peuvent être initiés et trouver un **écho important** par l'usage d'Internet à travers des listes de contacts (Facebook), des abonnés (Twitter), des membres du réseau professionnels (LinkedIn), des sites de pétitions en ligne (Change.org, Avaaz...) ou encore des participants des différentes communautés du web que l'on peut fréquenter.

→ Les « **lois** » et les **codes** qui régissent les sociabilités numériques ne sont en définitive **pas très différents** de ceux qui structurent les sociabilités non numériques, puisque l'expression sur les réseaux sociaux mobilise des **ressources culturelles et linguistiques**, notamment. Ainsi, elles maintiennent les **différences sociales** liées à l'âge, au sexe, à l'origine sociale. Marie Bergström, qui étudie les sites de rencontre (*Les Nouvelles Lois de l'amour,* 2019) montre bien que les goûts, le mode de vie, la maîtrise de la langue restent des critères de sélection. En cela, les processus sociaux menant à l'**homogamie** (voir chapitre 6, p. 131) sont tout aussi présents en ligne que pour des rencontres non virtuelles.

→ La capacité à accroître son **capital social** grâce à ces technologies, la possibilité de se voir reconnaître une **identité valorisante** à travers ces réseaux, sont **socialement inégalement réparties**. De fait, si les technologies numériques contribuent au lien social, elles ne compensent pas les facteurs qui le fragilisent.

3 Des sociétés plus complexes, exposées au risque de fragilisation du lien social

a. Un affaiblissement de l'intégration par le travail

→ De multiples éléments peuvent venir **affaiblir**, voire **rompre les liens sociaux**, et tendent à se **cumuler**. Ainsi, les ruptures familiales (divorce, décès d'un proche, etc.) s'accompagnent fréquemment de difficultés sur le plan professionnel (chômage ou **précarité**).

MOTS CLÉS

Précarité : situation des individus qui sont dans une situation d'insécurité à cause de la difficulté de leurs conditions de vie (emploi en contrat court, logement dégradé ou mal équipé…).

Sous-emploi : situation dans laquelle une personne travaille à temps partiel, mais souhaiterait travailler à temps plein (temps partiel subi ou chômage partiel, lors d'un ralentissement de l'activité).

Emploi atypique : emploi qui ne répond pas aux critères de la norme d'emploi (emploi typique), à savoir un contrat à durée indéterminée (CDI), à temps plein. On peut citer les emplois précaires (intérim, CDD, apprentissage et contrats aidés), mais aussi les temps partiels (qui ne sont pas toujours précaires).

→ La **précarité** de l'emploi renvoie au fait que les individus en emploi ne dégagent pas un revenu suffisant pour vivre. Cela s'explique par un travail à **temps partiel subi** (**sous-emploi**) et/ou par une alternance de périodes de chômage et d'emplois courts (dits « **précaires** », car limités dans le temps).

→ Ces **emplois atypiques**, que l'Insee nomme « **formes particulières d'emploi** », progressent depuis les années 1980 (**Doc 3**). Ils permettent aux entreprises d'ajuster leurs effectifs à la conjoncture grâce à la **flexibilité** qu'ils offrent (par exemple, elles ne renouvellent pas ces contrats lorsque la croissance ralentit), ce qui est moins coûteux que de licencier.

→ Les **contrats courts** permettent aussi de sélectionner la main-d'œuvre avant une embauche en contrat à durée déterminée.

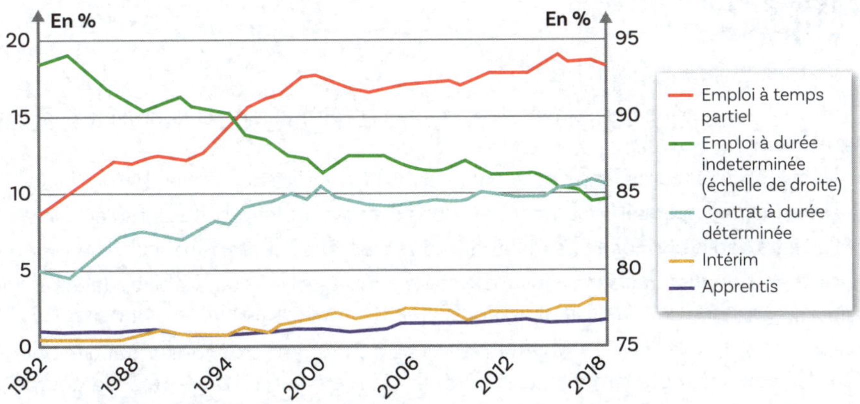

Champ : France hors Mayotte, population des ménages, personnes en emploi salarié.

Insee, Enquêtes Emploi, 2019.

Doc 3 La répartition de l'emploi salarié selon le statut de 1982 à 2018

→ Enfin, les emplois atypiques ont été encouragés par les **pouvoirs publics** (emplois aidés, apprentissage), pour lutter contre le chômage. Ils représentent 14 % de l'emploi en France et 75 % des embauches.

MOT CLÉ

Pauvreté : situation d'individus ou de groupes démunis de ressources jugées essentielles (revenus, logement décent, chauffage...).

→ Ces **travailleurs précaires** peuvent basculer dans la **pauvreté**, alors même qu'ils ont un emploi. Les **travailleurs pauvres** sont ceux qui vivent **sous le seuil de pauvreté**, à savoir moins de 60 % du revenu médian. Ils peuvent alors cumuler d'autres types de précarité, comme la précarité énergétique (difficulté, voire incapacité à pouvoir chauffer correctement son logement à un coût acceptable).

→ Le chômage ou la précarité de l'emploi affaiblissent les liens professionnels, ce qui **limite le réseau social** des individus. L'irrégularité ou l'affaiblissement des revenus peuvent par ailleurs **réduire les sociabilités amicales** (sorties, repas) et de voisinage, accentuant l'isolement. Si l'individu se heurte à des soucis de santé ou à une rupture familiale comme le divorce, ses liens sociaux peuvent encore s'affaiblir.

→ La **désaffiliation** est un concept forgé par le sociologue **Robert Castel** pour pointer un processus général de fragilisation, qui conduit à une double **rupture d'intégration** : celle relative à **l'emploi**, à savoir un **déficit d'inscription dans des formes collectives de protection** (issues des collectifs de travail) ; celle relative aux **solidarités socio-familiales** à savoir un **déficit d'inscription dans des liens sociaux primaires.** Le désaffilié est alors la figure du « **surnuméraire** », c'est-à-dire celui ou celle qui ne parvient plus à se ménager une place dans la société, en particulier dans la sphère du travail.

→ La **disqualification** est une notion proposée par **Serge Paugam** pour désigner un processus d'**affaiblissement** ou de **rupture des liens sociaux** (Le petit +), qui s'accompagne en général d'un sentiment de la **perte de protection et de reconnaissance sociale** (**stigmatisation** du « pauvre »). Dans sa perspective, les liens familiaux constituent un amortisseur face à la perte d'autres liens, tandis que pour Robert Castel, ils se défont avec les autres.

LE PETIT +

→ **L'intégration par le travail**

Serge Paugam, dans *Les Salariés de la précarité* (2010), distingue quatre formes d'**intégration par le travail** :

- l'**intégration assurée** (satisfaction au travail et stabilité dans l'emploi) ;
- l'**intégration incertaine** (satisfaction dans le travail et instabilité dans l'emploi) ;
- l'**intégration laborieuse** (insatisfaction dans le travail et stabilité dans l'emploi)
- l'**intégration disqualifiante** (insatisfaction dans le travail et instabilité dans l'emploi), qui correspond à la forme la plus prononcée de la précarité professionnelle.

Ces différentes formes d'intégration professionnelle ont des **conséquences diverses sur les salariés**, notamment au sein de la famille (relation parentale, de couple), au sein de la vie de l'entreprise et des syndicats (faible mobilisation, voire distanciation) et dans leurs rapports à la politique (abstention). Le processus de « **disqualification sociale** » se traduit ainsi par une attitude de retrait vis-à-vis de la vie collective.

b. Une exposition inégale à la rupture des liens sociaux

→ Le niveau de revenu ou de diplôme, l'âge, le lieu de résidence… influent sur les **possibilités de rencontrer des personnes** et de nouer avec elles des **relations durables**. De plus en plus d'individus vivent des situations d'isolement relationnel et font, sans l'avoir choisi, l'expérience de la **solitude**.

→ Lorsque la **précarité professionnelle** s'accroît, les **droits sociaux** relevant de la **solidarité publique** s'affaiblissent. Mais les **solidarités familiales** ne prennent pas également le relais, car elles sont d'**intensité variable** selon le milieu social. Ainsi, 4,3 % et 3,6 % des cadres supérieurs et professions intellectuelles ne rencontrent jamais ou rarement respectivement leur père ou leur mère. Ces proportions sont six fois plus fortes pour les ouvriers et s'élèvent à 27,9 % et 21,3 %, selon Serge Paugam.

→ Les **risques de ruptures familiales** sont d'autant **moins élevés** que les individus disposent de **ressources économiques, culturelles et sociales**. Cela se vérifie également en matière de risque de séparation des conjoints. L'instabilité et les **séparations conjugales** ou encore la monoparentalité, surtout féminine, sont ainsi souvent marquées par une **précarité économique et sociale** importante.

→ Plus les niveaux de revenu et de diplôme sont faibles, plus l'isolement sous ses différentes formes est élevé. Ce sont principalement les personnes **les plus pauvres** (dont le niveau de vie est en-dessous du seuil de 60 % du revenu médian par unité de consommation) qui sont majoritairement les plus nombreuses à être confrontées à l'**isolement**. En 2015, selon l'Insee, 3 % des personnes de 16 ans ou plus sont isolées de leur famille et de leur entourage, au sens où elles déclarent avoir au plus une rencontre physique ou un contact distant par mois avec leur réseau social.

→ Cela peut provoquer de la **souffrance sociale et psychique**, impliquant des **effets négatifs sur la santé**. Parfois, les causes de l'isolement sont liées à l'enfance : violence d'un parent, harcèlement à l'école, déficit d'attention de l'entourage…, qui auraient requis un suivi précoce.

→ S'ajoutent à cela d'**autres facteurs** pouvant affaiblir les liens sociaux qui touchent plus spécifiquement certaines parties de la population, en particulier les personnes âgées.

→ La **ségrégation spatiale** et **scolaire** (dans les quartiers urbains pauvres ou certaines zones rurales éloignées), les **handicaps** peuvent conduire à des phénomènes de discrimination, à l'origine de rapports différenciés aux droits et institutions politiques. Dans certains cas, le **lien de citoyenneté** se crée difficilement, se distend ou se rompt. Le **repli dans l'abstentionnisme électoral** est alors une des manifestations de la fragilisation du lien social. Le **repli identitaire** en est une autre.

MOT CLÉ

Ségrégation : elle écrit un processus ou un état de séparation entre un groupe social et un autre qui repose sur des critères ethniques ou sociaux et peut être visible dans l'espace.

MÉMO VISUEL

- La synthèse en BD -

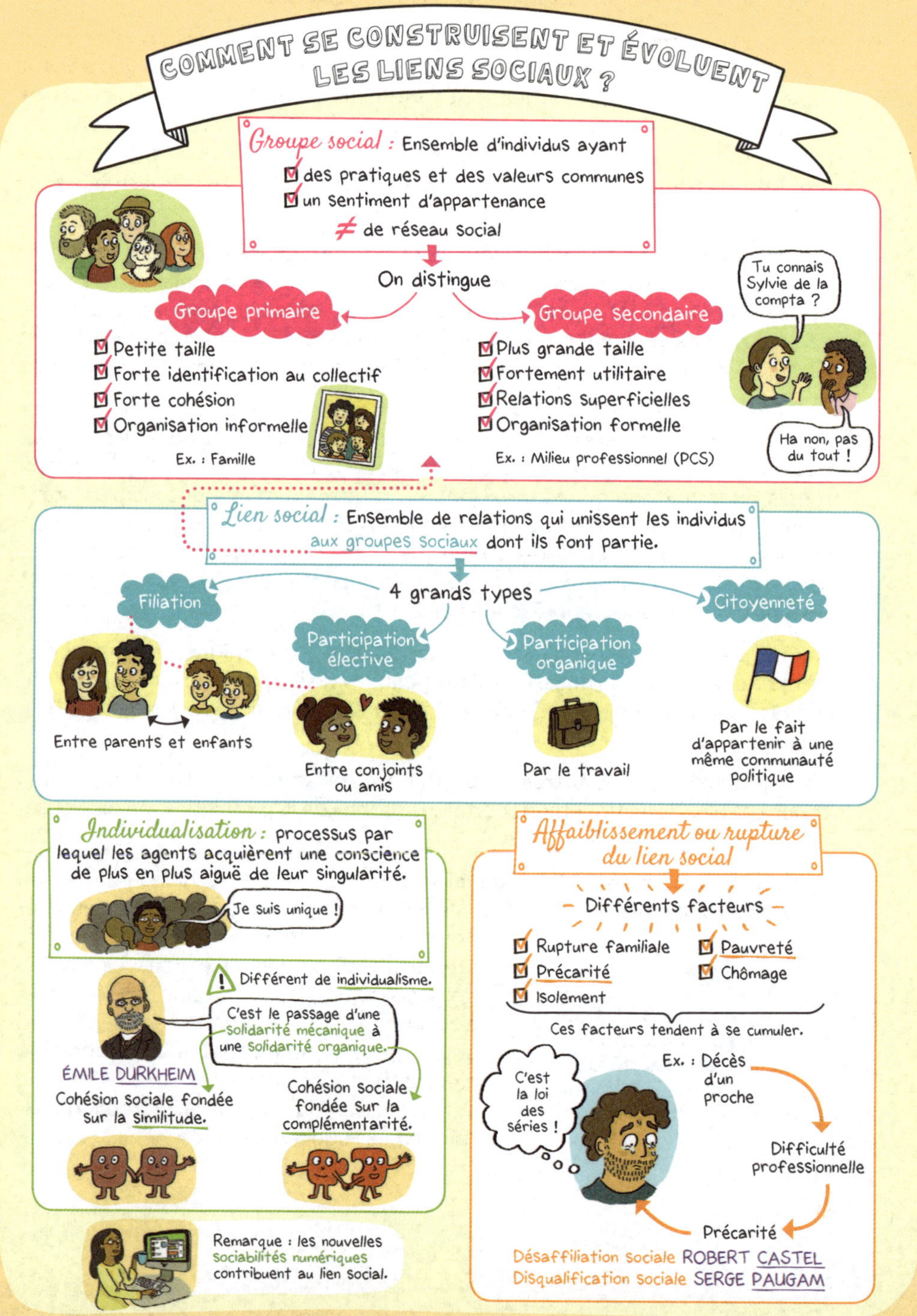

Une citation clé

> Les “exclus” sont le plus souvent des vulnérables qui étaient “sur le fil” et ont basculé.
>
> **Robert Castel** (1933-2013), *Les Métamorphoses de la question sociale*, 1995.

Ne pas confondre

- Lien social/groupe social
- Groupe primaire/groupe secondaire
- Socialisation/sociabilité
- Solidarité mécanique/solidarité organique
- Emploi typique/emploi atypique
- Désaffiliation/disqualification
- Pauvreté/précarité

Le schéma à connaître

Les PCS

Objectif des PCS

Construire des catégories dont les membres présentent une certaine **homogénéité sociale** (dans leurs modes et niveaux de vie, dans leurs pratiques, leurs goûts...)

Intérêt des PCS

Offrir une grille de lecture de la structure sociale
Permettre de dégager des comportements et pratiques communs aux groupes
Permettre d’étudier la mobilité sociale

Critères de classement

- Le statut (salarié, indépendant ou public/privé)
- Le niveau de diplôme ou qualification et la place dans la hiérarchie
- Le secteur d’activité
- Le métier professionnel

Limites

Certaines catégories sont très hétérogènes.
Aucune distinction selon la situation dans l’emploi (emploi précaire, chômage, temps partiel...)
Centralité du travail
⟶ des critères de classement importants sont exclus, comme le genre ou l’origine ethnique ou géographique

SE TESTER

- Mobiliser ses connaissances -

1. Vrai ou faux ?

	Vrai	Faux
a Les groupes secondaires sont souvent de plus grande taille que les groupes primaires.	☐	☐
b Les PCS permettent de distinguer six grands groupes professionnels présentant une certaine homogénéité sociale.	☐	☐
c Les sociétés à solidarité mécaniques sont caractérisées par une importante division du travail.	☐	☐
d Les solidarités sont de moins en moins fortes au sein de la famille conjugale.	☐	☐
e Dans les milieux plus favorisés, les liens sociaux sont souvent plus diversifiés.	☐	☐
f L'usage des réseaux sociaux tend à renforcer et entretenir les liens forts, familiaux et amicaux.	☐	☐
g Les réseaux sociaux renforcent les liens sociaux des personnes les moins socialisées.	☐	☐
h Les emplois atypiques sont nécessairement précaires.	☐	☐
i La désaffiliation décrit un double processus de rupture d'intégration dans l'emploi et dans les solidarités socio-familiales, selon Robert Castel.	☐	☐
j La disqualification sociale est un concept durkheimien.	☐	☐

2. Associe chacun des termes suivants à sa définition.

a. *Lien social* – **b.** *Précarité* – **c.** *Solidarité organique* – **d.** *Pauvreté* – **e.** *Groupe social.*

1. Elle est caractérisée par l'interdépendance des individus, qui assurent des fonctions différentes et complémentaires et sont plus autonomes par rapport au groupe.
2. Ensemble d'individus présentant des caractéristiques sociales communes et un sentiment d'appartenance.
3. Ensemble des relations qui unissent des individus aux groupes sociaux dont ils font partie.
4. Situation d'individus ou de groupes, démunis de ressources jugées essentielles (revenus, logement décent, chauffage…).
5. Elle concerne les individus qui sont dans une situation d'insécurité à cause de la difficulté de leurs conditions de vie (emploi en contrat court, logement dégradé ou mal équipé…).

3. Quel terme chacune des situations suivantes décrit-elle ?

a. *L'isolement* – **b.** *La précarité* – **c.** *La désaffiliation sociale* – **d.** *L'exclusion sociale.*

1 Jean-Luc, 57 ans, a perdu son emploi et, après trois années de chômage et un divorce, il s'enfonce dans la dépression. Incapable de régler le loyer de son logement, dont il sera exclu, il dort désormais tous les soirs dans un centre d'accueil collectif.

2 Anne, 85 ans, est veuve et vit seule dans son appartement en ville. Elle ne voit que très rarement les membres de sa famille, qui vivent loin, et sa santé ne lui permet plus de participer à la vie associative ou de côtoyer régulièrement ses amies. Une aide lui apporte ses courses et l'aide pour le ménage.

3 Loïc, 35 ans, est au RSA après une longue période de chômage. Il vit mal sa dépendance aux services sociaux et son sentiment d'être assimilé à un « cas social ». Ses relations amicales et familiales se distendent, car il devient plus agressif.

4 Emma travaille en intérim comme caissière pour compléter son temps partiel de serveuse. Ses revenus sont irréguliers et elle peine à payer son loyer. Elle voudrait réduire ses dépenses de chauffage, mais son appartement est très mal isolé.

4. Complète le schéma à l'aide des termes suivants.

1. *Affaiblissement du lien social* – **2.** *Revenus insuffisants* – **3.** *Maladie.*

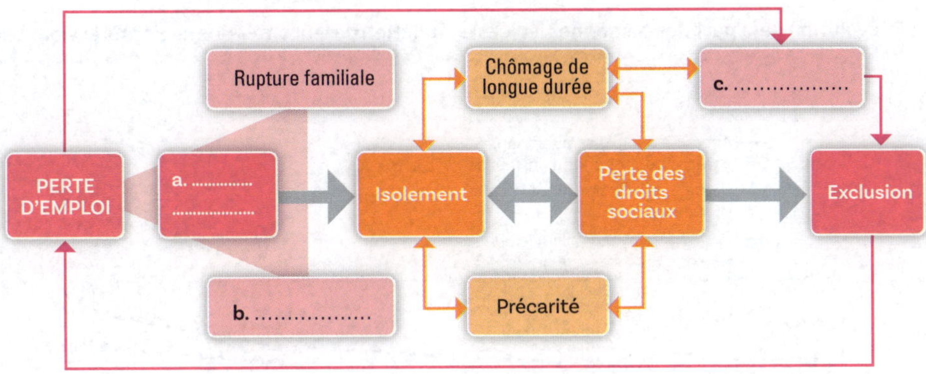

Réponses : 1. 1. Vrai – **2.** Vrai – **3.** Faux – **4.** Faux – **5.** Vrai – **6.** Vrai – **7.** Faux – **8.** Faux – **9.** Vrai – **10.** Faux • **2. a.** 3 – **b.** 5 – **c.** 1 – **d.** 4 – **e.** 2 • **3. a.** 2 – **b.** 4 – **c.** 3 – **d.** 4 • **4. a.** 1 – **b.** 3 – **c.** 2.

COMMENT FAIRE POUR...

Comparer des données statistiques et leur construction

Doc 1 Le bien-être des personnes en situation d'isolement relationnel

	Isolé de la famille et de l'entourage	Uniquement isolé de la famille	Uniquement isolé de l'entourage	Non isolé
Insatisfait (note inférieure ou égale à 5)				
des relations avec la famille et les amis	31	7	7	2
de la vie menée actuellement	32	18	27	13
des loisirs	50	24	41	21
du travail	12	8	9	7
du logement	16	14	11	9
N'a pas les moyens financiers de recevoir amis et famille	29	15	16	7
Communique au moins une fois par mois sur les réseaux sociaux	16	43	17	44

Champ : personnes âgées de 16 ans ou plus résidant en ménage ordinaire en France métropolitaine.

Insee, enquêtes SRCV, 2015.

Doc 2 Évolution de la part des personnes isolées en fonction de leur catégorie socioprofessionnelle

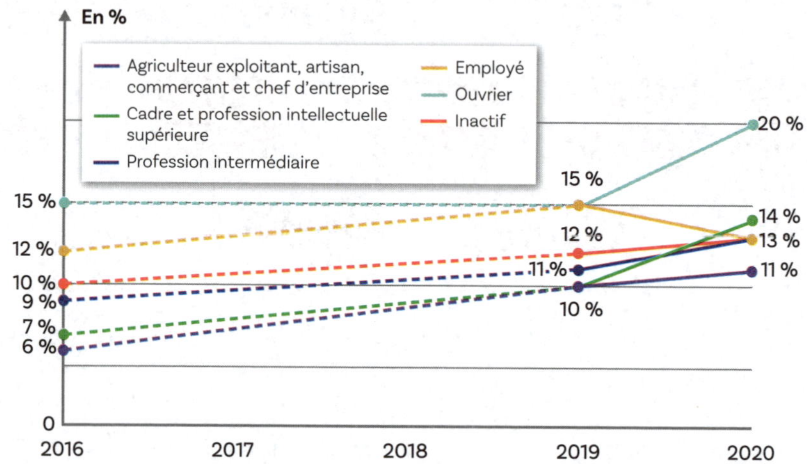

Champ : ensemble des Français âgés de 15 ans et plus.

Note : la Fondation de France s'intéresse au sujet de l'isolement relationnel depuis dix ans. À partir de 2016, la Fondation de France a fait appel au Crédoc pour poursuivre la mesure de l'isolement relationnel. La méthodologie recense les personnes isolées de plus de 15 ans qui sont celles qui indiquent avoir des contacts *de visu* « plusieurs fois dans l'année », « moins souvent » et « jamais » (plutôt que « plusieurs fois par mois » ou « par semaine »).

Crédoc, Enquêtes « Conditions de vie et aspirations », 2016, 2019 et 2020.

1. Comparer l'objet des deux documents

• Le **document 1** s'intéresse spécifiquement au bien-être des personnes en observant leur perception sur la qualité de leurs relations familiales, amicales, de leur logement ou encore de leur santé selon leur degré d'isolement ou selon qu'ils sont ou non isolés.

Analyse les titres et la nature des données.

• Le **document 2** analyse l'évolution depuis 2016 de la part des personnes isolées dans chacune des PCS et chez les inactifs.

2. Comparer la méthode des deux documents pour évaluer l'isolement

• **Pour l'Insee**, une personne peut connaître divers degrés d'isolement selon que les personnes n'ont plus de contact avec leur famille ou avec leur entourage ou sont isolées des deux. Ces contacts peuvent être physiques ou numériques et téléphoniques. Une personne non isolée déclare des contacts plusieurs fois par mois avec sa famille et son entourage.

• **Pour le Crédoc et la Fondation de France**, seuls les contacts physiques sont retenus et les personnes isolées sont celles qui n'ont de contacts avec autrui que plusieurs fois dans l'année ou moins fréquemment, voire jamais. Cinq grands réseaux de sociabilité sont considérés : la famille, (en dehors des personnes vivant sous le même toit), les amis, les voisins (échanges allant au-delà de la pure politesse), les collègues de travail (sociabilités extra-professionnelles), ainsi que les personnes au sein des associations éventuellement fréquentées.

Sois bien attentif aux notes.

3. Dégager les idées principales de chaque document

• Le **document 1** met en évidence le fait que plus les personnes sont isolées, moins elles sont globalement satisfaites de leur vie quotidienne (relations à autrui et possibilité d'échanger sur ses problèmes, loisirs et possibilité d'en avoir, qualité du logement) et de leur santé. Ces aspects semblent se dégrader avec l'augmentation du niveau d'isolement et réduire les opportunités d'établir des liens sociaux.

Assure-toi que tu comprends comment lire les chiffres (tu peux ici t'aider de la note de lecture).

• Dans le **document 2**, on observe que les situations d'isolement sont proportionnellement plus nombreuses chez les ouvriers que dans les autres PCS. Elles tendent à progresser dans toutes les PCS et sont amplifiées en toute logique par la crise sanitaire liée au Covid-19, qui a réduit les liens sociaux du fait des confinements. Il apparaît que les agriculteurs, les artisans, commerçants et chefs d'entreprises font partie, avec les cadres, des populations les moins fréquemment isolées. Cela tient à la nature de leur activité et de leurs lieux de vie pour les premiers, et au niveau de diplôme pour les seconds. Plus les individus sont diplômés, plus ils sont insérés dans des réseaux de sociabilité denses et variés.

SE PRÉPARER POUR L'EXAMEN

Répondre à la partie 2, « Étude d'un document »

SUJET

PARTIE 2 **Étude d'un document** *(6 points)*

Document > Personnes vivant seules dans leur logement selon l'âge en 1990 et 2018

En %

Tranche d'âge	1990			2018		
	Femmes	Hommes	Ensemble	Femmes	Hommes	Ensemble
15 à 19 ans	2,3	1,7	2,0	6,9	5,6	6,2
20 à 24 ans	11,9	11,1	11,5	21,7	20,3	21,0
25 à 39 ans	7,7	11,2	9,4	12,7	19,6	16,1
40 à 54 ans	7,3	8,5	7,9	11,9	18,3	15,1
55 à 64 ans	17,5	10,3	14,1	24,0	20,3	22,2
65 à 79 ans	39,1	14,1	28,5	35,1	19,2	27,7
80 ans ou plus	57,0	26,5	47,1	61,5	26,9	48,5
15 ans ou plus	**15,8**	**10,2**	**13,1**	**22,2**	**18,6**	**20,5**
15 ans ou plus (en millions)	**3,7**	**2,2**	**5,9**	**6,2**	**4,7**	**10,9**

Champ : France hors Mayotte, population des ménages, personnes de 15 ans ou plus.
Lecture : en 2018, parmi les hommes de 80 ans ou plus vivant dans un logement ordinaire, 26,9 % résident seuls.

Insee, Recensement de la population 1990 et 2018.

1. À partir des données du tableau, calculez le nombre de femmes de 15 ans ou plus vivant seules.

2. À l'aide des données chiffrées, présentez les principales évolutions que montre ce tableau et formulez des hypothèses pour les expliquer.

Méthode et corrigé

Comprendre les questions

- Lis les **consignes** et définis les **mots clés** afin d'analyser le graphique au regard de ce qui est demandé.

  > Question 1. On te demande de faire un calcul requérant de maîtriser les pourcentages (retrouver 22,2 %, soit 0,222 = x/6,2 → x = 6,2 × 0,222), soit, 1 376 400 femmes de 15 ans ou plus.

  > Question 2. La question demande de mobiliser des données chiffrées pour présenter les grandes évolutions dans le temps, puis pour formuler des hypothèses les expliquant. Il y a donc trois exigences : décrire, illustrer et analyser. Il s'agit d'observer les principales évolutions concernant les personnes vivant seules et de les relier aux grandes transformations sociales (allongement de la durée des études, de l'espérance de vie des femmes surtout, des recompositions de la famille avec les divorces et célibats aux âges intermédiaires).

Comprendre et analyser le document

- Il faut d'abord repérer certaines **informations qui entourent** le tableau.
- Lis ensuite un chiffre pris au hasard.
- Dégage la ou les **information(s) principale(s) et secondaires** du tableau en illustrant par des chiffres.

  > Idée principale : on constate une forte progression de la part des personnes vivant seules entre 1990 et 2018, puisque seuls 13,1 % des plus de 15 ans vivaient seuls en 1990, contre 20,5 % en 2018.

  > Idées secondaires : la progression de la part des personnes vivant seules concerne surtout les 20-24 ans (+ 10 points de pourcentages) et les personnes d'âges intermédiaires, notamment la part des 40-54 ans, qui double, et celle des 55-64 ans, qui augmente de 10 points.

Organiser sa réponse

- **Structure ta présentation** pour bien répondre à chaque aspect de la question.
- **Définis les concepts** utilisés dans ton développement.
- Soigne tes **exemples** ou **illustrations chiffrées.**

  > Illustration pour la question 1 : la réponse doit bien mettre en évidence le calcul, qui doit être expliqué. Il s'agit de retrouver le nombre de femmes de 15 ans ou plus.

  > Illustration pour la question 2 : présente les principales évolutions, que tu illustreras par des chiffres (progression générale de la part des personnes vivant seules, puis analyse de la situation des 20-24 ans, des 40-54 ans, et des personnes âgées). Présente dans un second temps les transformations sociales qui expliquent la progression de la part des personnes vivant seules dans chacune des catégories de la population (prolongement de la durée des études pour les jeunes, des divorces pour les personnes d'âge intermédiaire, allongement de la période de veuvage pour les femmes plus âgées).
- Enfin, **relis-toi** !

Pour aller plus loin

Livres

> Antonio Casilli, *Les Liaisons numériques. Vers une nouvelle sociabilité*, Seuil, 2010.

> Robert Castel, *L'Insécurité sociale*, Seuil, 2003.

> Serge Paugam, *Le Lien social*, PUF, 2018.

À voir

Films

> Emmanuel Carrère, *Les Quais de Ouistreham*, 2022.

> Ken Loach, *Moi, Daniel Blake*, 2019.

> Louis-Julien Petit, *Les Invisibles*, 2019.

Scanne-moi !

Vidéos de révision

> « Pauvreté et solidarité », entretien avec Serge Paugam : **www.laviedesidees.fr/Pauvrete-et-solidarite.html**

> Évelyne Delorme, « Quels liens sociaux dans une société où s'affirme l'individualisme ? » : **www.youtube.com/watch?v=xrhvO7NLS3Q**

> « Qu'est-ce qu'un groupe social ? » : **www.youtube.com/watch?v=alJRn76aAEw**

À consulter

> Insee, statistiques sur les usages du numérique : **www.insee.fr/fr/statistiques/3743352?sommaire=3743360**

> Insee, données sur la solitude : **www.insee.fr/fr/statistiques/4205228**

> Credoc, « baromètre du numérique » : **www.credoc.fr/publications/barometre-du-numerique-edition-2021**

> Observatoire des inégalités : **www.inegalites.fr**

> Observatoire national de la pauvreté et de l'exclusion sociale : **www.onpes.gouv.fr**

Ton **KIT DE SURVIE** pour le **BAC** avec SCHOOLMOUV

Chapitre 7

Comment se construisent et évoluent les liens sociaux ?

Tu viens de voir les notions à connaître sur les liens sociaux. Pour t'aider à retenir l'essentiel et t'entraîner pour le Bac, voici ton kit de révisions clé en mains conçu par SchoolMouv !

Vidéo

Pour mieux comprendre et t'en souvenir à coup sûr, regarde la vidéo. C'est parfois bien plus clair en images.

Vidéo **Comment les réseaux sociaux fonctionnent-ils ?**

https://flashbelin.fr/focusbacschoolmouv/ses/1re/7

Contenu additionnel

Voici un bonus autour du même sujet. La curiosité n'est pas toujours un vilain défaut. Il suffit de créer ton compte pour avoir accès à plein de contenus supplémentaires.

Fiche **Comment les réseaux sociaux fonctionnent-ils ?**

https://www.schoolmouv.fr/eleves/cours/comment-les-reseaux-sociaux-fonctionnent-ils/fiche-de-cours

Tchat avec un prof

Pour poser toutes tes questions à un prof particulier, découvre l'abonnement tchat. Tu peux le tester gratuitement pendant 7 jours : fini les questions sans réponses, tu vas devenir incollable.

https://focusbac.schoolmouv.fr/offre

8 Quels sont sociaux qui à la déviance ?

Une transgression de la norme de nudité

Notions

- Interactions sociales
- Liens
- Normes sociales
- Règles
- Sanctions
- Socialisation
- Valeurs

les processus contribuent

L'ESSENTIEL EN 5 POINTS

1. Les **normes sociales** sont distinctes des **normes juridiques**, et font l'objet d'une diversité de formes de **contrôle social**.

2. La **déviance** se définit comme une **transgression des normes**. Elle revêt des formes variées selon les sociétés et, en leur sein, selon les groupes sociaux.

3. La déviance ou la désignation d'un acte comme déviant peut s'analyser comme le **produit de différents processus sociaux** (étiquetage, stigmatisation, carrières déviantes).

4. La déviance se distingue de la **délinquance**, qui transgresse une norme juridique.

5. La délinquance est un phénomène **complexe à mesurer**, dont les indicateurs présentent de nombreuses **limites**.

→ Définitions des notions p. 168-175

LE COURS *en 3 axes*

1 Le contrôle social pour assurer la conformité des comportements aux normes

a. Les normes juridiques : des normes sociales codifiées

→ Les sociétés, et les divers groupes sociaux qui les composent, définissent des **normes** qui s'imposent aux individus. La fonction des normes est de **délimiter le domaine de l'action possible** : la norme précise ce que l'individu **doit faire** et ce que l'individu **ne doit pas faire**. Pour **Émile Durkheim** (1958-1917), dans *L'Éducation morale* (1925), « se conduire moralement, c'est agir selon une norme ». Les normes prennent la forme de **prescriptions** ou d'**interdictions**, et règlent ainsi les comportements des membres de la société ou d'un groupe social.

→ Les normes ne sont **ni naturelles, ni universelles** et sont de fait nécessairement **définies socialement**. Elles ne sont pas toujours formalisées et sont **souvent connues tacitement**.

→ Certaines de ces normes peuvent toutefois être **édictées formellement** par la **loi**, à l'instar des **normes juridiques**, qui sont des normes codifiées et décrites par des textes officiels (règlements, arrêtés, lois). Les normes juridiques ne sont qu'une **catégorie particulière de normes sociales** : celles qui sont inscrites dans le droit (lois, Code civil, Code pénal, codes de déontologie, règlement, etc.) ou dans la coutume.

→ Pour Émile Durkheim, les normes juridiques **découlent des mœurs**, qui en sont la base. L'évolution des pratiques sociales peut alors **amener le droit à évoluer**, en créant parfois des **conflits**, comme cela s'est produit lors de la légalisation du divorce par consentement mutuel en 1975, de la contraception (loi Neuwith, 1967), de l'avortement (loi Veil, 1975) ou encore des unions homosexuelles (Pacte civil de solidarité en 1999 et mariage pour tous en 2013). À l'inverse, il peut arriver que les évolutions du droit, impulsées par le législateur, **précèdent et favorisent une évolution des pratiques sociales** et de l'opinion (comme dans le cas de l'abolition de la peine de mort en 1981).

b. Les modalités du contrôle social

→ Les normes n'existent pas indépendamment des **deux processus** qui font que les agents les respectent :

- la **socialisation**, qui induit l'**intériorisation des normes**. C'est surtout par l'éducation scolaire et familiale que ces normes sont intégrées et les valeurs transmises ;

MOT CLÉ

Contrôle social : ensemble des moyens et des pratiques, formels ou informels, mis en œuvre au sein d'une société ou d'un groupe social, pour que ses membres agissent en conformité avec les normes dominantes en vigueur. Son but est de garantir l'ordre social et le respect du système de valeurs.

– le **contrôle social**, qui correspond à l'ensemble des **gratifications** et des **punitions** dont la société dispose pour faire respecter les normes, c'est-à-dire toutes les **ressources matérielles et symboliques** dont dispose une société ou un groupe social, visant à vérifier et garantir la **conformité des comportements individuels aux normes** d'un groupe ou d'une société.

→ Les normes sociales sont nombreuses, mais comme elles ne sont le plus souvent que tacites, le contrôle de leur respect résulte des **interactions des individus** au sein de leurs groupes d'appartenance (famille, amis, collègue...). On parle alors de **contrôle social informel**. La transgression d'une norme sociale appelle une **sanction négative informelle**, comme de la réprobation (moqueries, réaction physique négative), ou même du rejet.

→ Le respect des **normes juridiques** est contrôlé et sanctionné par des **instances spécialisées** dans le cadre du **contrôle social formel** : la police, les magistrats, l'inspection du travail, ou même, au niveau d'un établissement scolaire, un conseil de discipline pour atteinte au règlement intérieur (**Doc 1**).

→ À ces deux formes de **contrôle social externe** (par l'interaction pour le contrôle informel et par l'action d'instances spécialisées pour le contrôle formel), s'ajoute un autre facteur puissant de conformité à la norme (sociale ou juridique) : le **contrôle social interne**. Il résulte de l'**incorporation par l'individu de valeurs et des normes** qui y sont liés et coexiste avec les deux autres formes de contrôle social exercées par la vie en société. **Norbert Elias** montre ainsi, dans *La Civilisation des mœurs* (1973), à quel point le processus de civilisation repose sur l'**autocontrainte**, en particulier pour intérioriser les normes de pudeur et d'hygiène (voir chapitre 6, p. 122).

	Contrôle social formel	Contrôle social informel
Quelles normes ?	Les **normes juridiques** sont des normes codifiées et décrites par des textes officiels. *Ex : lois*	Les **normes sociales** sont des normes connues tacitement par les membres d'un groupe ou d'une société et ne faisant pas, le plus souvent, l'objet d'une codification. *Ex : normes vestimentaires, règles de politesse...*
Quelles instances ?	**Instances spécialisées** dans le contrôle et la sanction des comportements non conformes aux règles juridiques. *Ex : police, tribunaux...*	**Instances non spécialisées** qui influencent les comportements au travers des interactions sociales des individus. *Ex : famille, groupes de pairs, voisinage...*
Quelles sanctions ?	Les **sanctions** sont définies antérieurement aux infractions aux normes juridiques et **codifiées (formelles)**. *Ex : amendes, peines de prison...*	Les **sanctions non codifiées (informelles)** qui peuvent prendre une forme positive comme négative. *Ex : compliments ou réprimandes, popularité ou mise à l'écart.*

Doc 1 Le contrôle social formel et informel

2 La déviance, un phénomène relatif aux sociétés et aux milieux sociaux

MOT CLÉ

Déviance : transgression des normes en vigueur à une époque dans une société ou un groupe social donné.

a. Des formes variées de déviance

→ La **conformité** est le **respect de la norme**, tandis que la **déviance** désigne l'ensemble des actes ou situations de **transgression des normes**. Dans la mesure où ces normes sont amenées à évoluer dans le temps et selon les groupes sociaux, ou diffèrent d'une société à une autre, la définition des pratiques déviantes ne peut qu'être **relative**.

→ Les normes ne sont pas des règles intangibles. Il n'est **pas d'actes déviants en soi**, pas plus qu'il n'y a d'actes considérés comme déviants **en tout temps et en tout lieu**.

→ Un comportement **considéré hier comme déviant** peut aujourd'hui être jugé comme **conforme**. Par exemple, la part des naissances hors mariage atteint, atteint 63,5 % en 2021, alors que ces naissances ont longtemps été considérées comme « illégitimes ». De même, mettre un pantalon pour une femme a longtemps été jugé comme un acte déviant.

→ Les normes sont également **variables dans l'espace**. Un acte conforme dans une société peut être considéré comme **déviant dans une autre**. C'est le cas par exemple du fait de cracher dans la rue, une pratique faisant l'objet d'une plus forte réprobation sociale au fil du temps en Occident, mais tolérée dans d'autres sociétés.

→ Certaines **normes propres à un groupe social** donné peuvent être en contradiction avec les normes de la société en général. Dans les classes populaires, par exemple, la valorisation dont fait traditionnellement l'objet un certain idéal de virilité peut conduire à tolérer des comportements plus violents (bagarres...), considérés comme déviants dans d'autres groupes sociaux.

→ Pour **Émile Durkheim**, la **sanction** est un critère extérieur qui permet de repérer l'existence de la déviance. Dans une société, dès lors qu'il y a des normes, celles-ci sont transgressées par certains. Le « **crime est normal** » (**Le petit +**, p. 171).

→ Le sociologue américain **Howard Becker** montre, dans *Outsiders* (1963), que ce n'est pas en soi la qualité de l'acte commis par une personne qui explique la déviance, c'est avant tout la **conséquence de l'application par les autres de sanctions** au « déviant ». Certains groupes sociaux, qu'il nomme les « **entrepreneurs de morale** », instituent ainsi des normes dont la transgression crée la déviance. La création des normes dépend des **intérêts matériels et symboliques** de certains groupes et de la capacité de ces « entrepreneurs » à persuader les autres membres de la société que la loi sert certaines de ses valeurs, ce qui se conclura par la **promulgation de la loi**. C'est le rôle de la WCTU (*Women's christian temperance union*) dans la prohibition de l'alcool aux États-Unis de 1920 à 1933 : elle a notamment su convaincre les chefs d'entreprises que la loi permettrait d'améliorer la productivité des travailleurs.

MOT CLÉ

Entrepreneur de morale : groupe qui mobilise ses ressources pour une action collective visant à contrôler la morale de la société, à changer le regard de la société sur une pratique.

LE PETIT +

→ Le « normal » et le « pathologique »

Émile Durkheim distingue les phénomènes (il parle de « fait sociaux ») **normaux** et **pathologiques**.

• Le **normal** est le phénomène qui s'observe le plus fréquemment. Un phénomène mesurable statistiquement devient **pathologique** quand il connaît une rupture importante par rapport à sa courbe tendancielle. Le phénomène **exceptionnel** sera jugé pathologique. Par exemple, une augmentation trop rapide de la criminalité ou du suicide, peut être pathologique. Les faits sociaux sont pathologiques s'ils sont dangereux pour la cohésion de la société.

• En vertu d'une telle définition, **le crime est un fait social normal**. Ce qu'Émile Durkheim appelle « crime » inclut aussi la déviance. Il n'existe pas, en effet, de société où la déviance est absente. Elle peut ainsi être jugée pathologique par le citoyen qui en est victime, alors qu'elle est un phénomène normal pour le sociologue, puisqu'on le rencontre dans toutes les sociétés.

b. La déviance, résultat d'un processus d'étiquetage et de stigmatisation

→ À partir des années 1960, des auteurs mettent l'accent sur les **processus sociaux à l'œuvre dans la fabrication de la déviance**. Ces approches se demandent *comment* l'individu devient déviant plutôt que *pourquoi* il le devient. Elles cherchent à comprendre les processus qui conduisent à ce qu'un acte soit considéré comme déviant. Par exemple, les entrepreneurs de morale contribuent à créer des normes, sans lesquelles l'acte déviant n'existerait pas.

→ La déviance n'est plus alors analysée comme un état qui résulte de la transgression d'une norme et d'une prédisposition supposée (innée) à la déviance. La déviance **résulte** plutôt **d'une interaction**, d'un processus d'**étiquetage** dont font l'objet les individus. Une « étiquette » de déviant est accolée à l'individu, qu'il ait commis ou non un acte déviant. Howard Becker montre en effet qu'un individu peut être **désigné comme déviant** alors qu'il n'a pas transgressé de normes (« **accusé à tort** »), tandis qu'un autre, qui les transgresse, ne sera jamais soupçonné et surtout jamais sanctionné (« **secrètement déviant** »). La déviance dépend donc moins de l'acte commis que de la **réaction des autres** : c'est un **processus de désignation sociale**, d'étiquetage social (*labelling*). La transgression de la norme (**déviance primaire**) et la reconnaissance par autrui de la déviance (**déviance secondaire**) sont donc deux processus sociaux différents.

MOTS CLÉS

Étiquetage : processus qui appose une puissante étiquette négative sur un individu ou un groupe, qu'il ait ou non transgressé une norme.

Déviance primaire : transgression de la norme.

Déviance secondaire : reconnaissance de la transgression par une instance de contrôle social.

→ Pour **Howard Becker**, cette transgression d'une norme n'est que la première étape d'une **carrière déviante**, conduisant à un processus d'**exclusion sociale**. Le jugement moral porté sur les individus identifiés comme déviants rend difficile leur intégration sociale, puisqu'aux yeux d'autrui, ils ont avant tout un **statut de déviant** (par exemple, de « drogué », de « voleur »...). On leur attribue une **identité déviante**, et cet **étiquetage** les enferme dans ce statut, avec un risque de « **prophétie autoréalisatrice** » (ce qui est anticipé devient une réalité).

> **MOTS CLÉS**
>
> **Carrière déviante :** processus de désocialisation et resocialisation par lequel on devient déviant. Ce processus se fait toujours au sein d'un groupe.
>
> **Stigmate :** attribut qui jette un discrédit sur celui qui le possède (difformité corporelle, handicap, minorité visible...).

→ La participation à des **groupes déviants** renforce la fréquence des comportements déviants et la **marginalisation** de l'individu. « Ce ne sont pas les motivations déviantes qui conduisent au comportement déviant mais à l'inverse, c'est le comportement déviant qui produit, au fil du temps, la motivation déviante ».

→ **Erving Goffman** insiste, lui, dans *Stigmates* (1975), sur la façon dont la possession de **stigmates** plus ou moins dissimulables peut être instrumentalisée pour **discréditer l'individu** et provoquer l'imposition d'une **identité déviante**. Un **stigmate** est selon lui « tout attribut social dévalorisant, qu'il soit corporel ou non ». Erving Goffman parle de « différences fâcheuses » qui peuvent être **visibles** (défaut physique, déficience verbale, couleur de peau...) et discréditer l'individu ou de différences **cachées** (alcoolisme, toxicomanie, maladie mentale, passé judiciaire...) qui rendent l'individu « discréditable ».

→ C'est donc bien le **jugement** porté à un moment donné sur l'attribut, visible ou non, qui entraîne éventuellement la **qualification d'un individu comme déviant** (**La socio au quotidien**).

→ Le stigmate impose à l'individu de **se percevoir selon le jugement que l'on porte sur lui**. Ce dernier peut alors tenter de **dissimuler le stigmate**, de se **défaire du stigmate** ou de **renverser le regard porté sur lui.**

> **LA SOCIO EN PRATIQUE**
>
> **La discrimination au faciès**
>
> Selon une étude de **Fabien Jobard**, *Mesurer les discriminations selon l'apparence* (Ined, 2012), les jeunes hommes de 18-25 ans « perçus comme noirs ou arabes » ont « une **probabilité 20 fois plus élevée que les autres d'être contrôlés** » qu'une personne « perçue comme blanche ». 67 % des personnes présentant trois attributs remarquables (casquette, crâne rasé...) ou plus se sont fait contrôler, contre 32 % seulement pour ceux ne présentant aucun de ces attributs.

3 La difficile évaluation de la délinquance

a. Distinguer déviance et délinquance

→ La **délinquance** est considérée comme une **forme particulière de la déviance** : elle désigne spécifiquement la **transgression des normes juridiques**. Dès lors que cette transgression est connue, elle engage une réaction des **institutions spécialisées** de **contrôle social** et peut entraîner une **sanction formelle** (emprisonnement, contravention, etc.) relative à la façon dont l'acte est juridiquement qualifié (crime, délit).

→ Si la déviance ne peut pas faire l'objet d'une évaluation statistique, on peut en revanche mesurer le **nombre des actes délinquants** et leur **évolution**. La distinction ente déviance et délinquance est cependant compliquée, puisque l'on a tendance à **étendre la définition des délits** à un nombre croissant d'actes (interdiction de fumer, interdiction de la fessée...).

→ Toute **modification du Code pénal** entraîne ainsi une **redéfinition du champ de la délinquance** : l'avortement ou les pratiques homosexuelles ont longtemps été pénalisés et ne le sont plus aujourd'hui en France ; à l'inverse, la conduite en grand excès de vitesse (50 km/h au-dessus de la limite autorisée) est récemment devenue un délit passible d'une peine d'emprisonnement en cas de récidive, de même que le harcèlement de rue est sanctionné depuis l'été 2018 d'une amende de 90 euros (et jusqu'à 1 500 euros si la victime a moins de 15 ans).

→ La **comparaison** des mesures de la délinquance entre deux périodes (ou entre deux pays) est **difficile**, au regard des différences et des évolutions des normes juridiques.

b. La mesure de la délinquance par les statistiques pénales

→ Les **statistiques pénales** sont publiées par les **ministères de l'Intérieur et de la Justice**. Les **crimes et délits** regroupent quatre grandes catégories d'infractions : les vols, dont les recels ; les infractions économiques et financières ; les crimes et délits contre les personnes (**Le petit +**) ; et les autres types d'infractions, dont le trafic de stupéfiants. Ces statistiques s'appuient sur des **constats** réalisés par la police ou la gendarmerie **suite à une plainte de la victime** ou à une découverte des services de police.

→ Les **statistiques pénales** sont confrontées à de nombreuses **limites**. D'abord, **tous les faits ne sont pas rapportés**, découverts ou sanctionnés. Les statistiques pénales excluent ceux qui ont commis un acte délinquant sans être arrêtés, mais incluent les **accusés à tort** (erreurs judiciaires).

LE PETIT +

→ Crimes et délits

• Le **crime** est l'**infraction pénale la plus grave**. Il est sanctionné par une **peine infamante**, c'est-à-dire par la perte de la liberté et de l'honneur. Un crime est jugé par une **cour d'assises** composée de trois magistrats professionnels et d'un jury populaire. Le jury populaire incarne la morale collective. On peut classer les crimes en trois ensembles : les crimes commis **contre des personnes** (meurtre, viol...), les crimes commis **contre des biens** (vol avec violences graves...) et les crimes commis **contre l'État** (trahison, complot, espionnage...).

• Un **délit** (harcèlement moral, vol, fraude fiscale, violences graves...) est une infraction punie par une **peine correctionnelle** telle que l'emprisonnement ou les amendes. Un délit est **moins grave qu'un crime**, mais plus grave qu'une **contravention** . Il est jugé par un **tribunal correctionnel**.

→ Ensuite, la délinquance constatée dépend souvent plus de l'**efficacité des services de police** et de gendarmerie que de la délinquance réelle (par exemple, si les pouvoirs publics déploient des moyens pour lutter contre la consommation de cannabis, ces délits vont être plus nombreux).

→ Enfin, la **complexité de la procédure judiciaire** et le degré de clémence des magistrats font varier fortement le nombre de crimes et délits sanctionnés. Certains comportements sont à cet égard plus sévèrement réprimés que d'autres, car les statistiques rendent compte des **processus sociaux d'étiquetage** (la fraude fiscale est ainsi relativement peu sanctionnée, alors que certaines minorités peuvent être plus fréquemment contrôlées et condamnées pour des infractions).

→ La difficulté à réaliser une évaluation complète de la délinquance réelle amène à parler de « **chiffre noir de la délinquance** ». En effet, une partie de la délinquance échapperait aux statistiques policières, mais on ne connaît jamais l'**écart entre la délinquance réelle et la délinquance évaluée**. Le chiffre noir n'est donc pas une simple erreur de mesure (l'écart entre le chiffre publié par le ministère et le « vrai » chiffre) : les vrais chiffres n'existent pas, puisque l'on ne parvient pas à mesurer la délinquance réelle ou que l'on sur- ou sous-estime la délinquance constatée.

→ Le chiffre noir souligne donc à quel point les **statistiques judiciaires**, et notamment leur variation dans le temps, doivent être analysées **avec précaution**. Ainsi, par exemple, la progression de la délinquance sexuelle depuis quelques années s'explique plus par la progression des plaintes que par une progression de ce type de crime (**Doc 2**).

c. Les enquêtes de victimation

→ Pour compléter les statistiques pénales, l'Insee produit des **enquêtes de victimation** (« Cadre de vie et sécurité », CVS) qui permettent d'étudier les délits en procédant par **sondage direct d'un échantillon représentatif** de l'ensemble de la population. Il s'agit de demander à ces personnes si elles ont été victimes

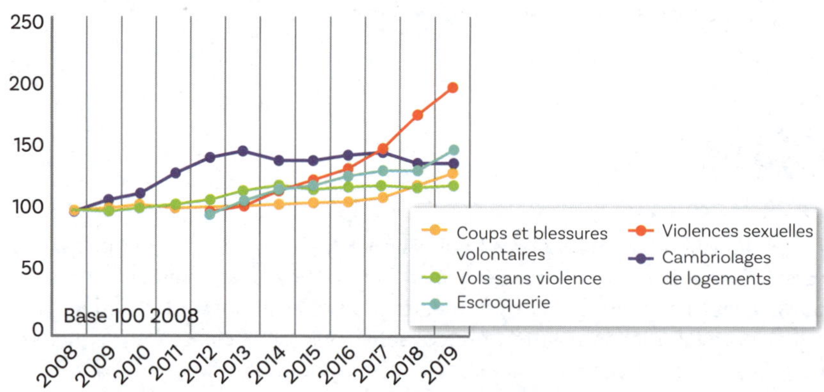

Note : l'augmentation des agressions sexuelles est plus le résultat d'un abaissement du seuil de tolérance que celui d'une croissance effective des violences. Après la libération de la parole qui a suivi l'affaire Weinstein et le mouvement #MeToo, les victimes ont plus souvent révélé les faits qu'elles ne le faisaient dans le passé. Le nombre de victimes ayant déclaré des faits commis plus de cinq ans auparavant a plus que doublé entre 2016 et 2020.

Service statistique ministériel de la sécurité intérieure, 2021.

Doc 2 L'évolution des faits de délinquance

de crimes ou délits au cours d'une période considérée (en général, les six derniers mois ou la dernière année). La méthode comptabilise avec davantage de **précision** les actes de délinquance, qu'ils aient donné lieu à une plainte ou non.

→ Ces enquêtes de victimation ne peuvent servir à la mesure de la délinquance, car elles ne révèlent **que les faits déclarés par les victimes au moment de l'enquête** et se heurtent par ailleurs à des erreurs de mémorisation, à des difficultés de qualification et à des rétentions d'information. Elles permettent toutefois de mettre en évidence une **partie oubliée des statistiques policières**.

→ Pour pouvoir comparer ces enquêtes de victimation avec les statistiques de la police et de la gendarmerie, il faut calculer le **taux de plainte**, c'est-à-dire la proportion de victimes disant avoir déposé une plainte. Ce taux de plainte **varie très fortement** en fonction du crime ou délit subi.

→ Par exemple, les victimes **déclarent un cambriolage** à la police ou à la gendarmerie lorsqu'elles espèrent pouvoir se faire indemniser par leur assureur. Dans le cas des **agressions physiques ou verbales**, elles **doutent de l'efficacité** de l'intervention de la police, ou **craignent des représailles** de la part d'agresseurs qu'elles connaissent.

→ C'est le cas tout particulièrement des **violences conjugales** ou des **viols**, qui sont **sous-enregistrés** dans les statistiques officielles, et que ces enquêtes permettent, en partie, de révéler. Seuls 12 % des victimes de viol ou de tentative de viol déposent une plainte, contre 74 % des victimes de cambriolage. Chaque année on compte 6 millions d'atteintes aux personnes et 1 million de plaintes pour agressions, soit un taux de dépôt de plainte d'environ 17 % (**Doc 3**).

→ Une fois les plaintes posées, **les infractions jugées représentent une part réduite** de l'ensemble des crimes et délits. Cela conduit à utiliser la notion de **« criminalité apparente »** pour qualifier la partie visible du phénomène.

→ Pas plus que les statistiques pénales, les mesures extraites des enquêtes de victimation ne rendent compte de l'intégralité de la délinquance. Elles ont l'intérêt d'apporter un **autre éclairage sur la délinquance**. Elles permettent notamment de constater et expliquer les **écarts** (surestimation ou sous-estimation) **entre les déclarations** des enquêtés **et les statistiques policières** et judiciaires.

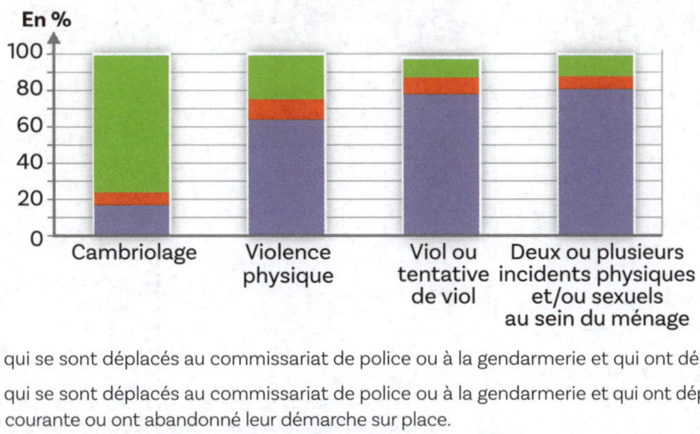

■ Ménages qui se sont déplacés au commissariat de police ou à la gendarmerie et qui ont déposé plainte.

■ Ménages qui se sont déplacés au commissariat de police ou à la gendarmerie et qui ont déposé une main courante ou ont abandonné leur démarche sur place.

■ Ménages qui n'ont fait aucune déclaration à la police ou à la gendarmerie.

Rapport d'enquête « Cadre de vie et sécurité » 2017, Insee-ONDRP-SSMS.

Doc 3 **Des dépôts de plaintes très variables selon les crimes et délits**

MÉMO VISUEL

- La synthèse en BD -

QUELS SONT LES PROCESSUS SOCIAUX QUI CONDUISENT À LA DÉVIANCE ?

Norme : ensemble de règles de conduite auxquelles ont doit se conformer au sein d'un groupe social

Normes juridiques

Normes codifiées et décrites par des textes officiels (comme la loi).

Les sanctions font l'objet d'une codification et sont impersonnelles.

CODE CIVIL – CODE DU TRAVAIL – CODE DE COMMERCE

Normes sociales

Normes non codifiées et dont la connaissance est tacite.

Les sanctions sont symboliques.

- ☑ Approbation
- ☑ Désapprobation

HAHAHA !

Contrôle social : ensemble des opérations visant à assurer la conformité des comportements individuels aux normes d'un groupe ou d'une société.

Contrôle social formel

Contrôle assuré par des instances spécialisées.

Ex. : École, police

2/20

Contrôle social informel

Effectué lors des interactions des individus dans leur groupe d'appartenance.

Ex. : Famille, amis

Déviance : ensemble d'actes ou de situations de transgression des normes.

Relativité de la déviance

La déviance dépend :

- ☑ De l'époque

« Aujourd'hui les filles peuvent porter des pantalons. »

« Il fut un temps où cela était déviant. »

- ☑ De la société
- ☑ De la classe sociale

⚠ Surreprésentation des pratiques déviantes au sein de certains groupes.

La déviance s'explique de différentes manières

⇨ L'étiquetage

« Heu... »

DÉVIANT

Est déviant celui qui est :

- ☑ Désigné comme tel
- ☑ Repéré comme tel par les entrepreneurs de morale

Pour HOWARD BECKER ce jugement moral conduit à l'exclusion sociale

⟶ Carrière déviante

⇨ La stigmatisation

Provoque l'imposition d'une identité déviante du fait :

- ☑ D'un handicap
- ☑ D'une origine ethnique

ERVING GOFFMAN

L'évaluation de la délinquance

Délinquance : Sous-partie des pratiques déviantes, transgression de normes juridiques produites par les institutions de justice.

Évaluation difficile

Les statistiques des pouvoirs publics ne prennent pas en compte le chiffre noir de la délinquance.

↓

Pour compléter ces données on utilise des enquêtes de victimation.

Une citation clé

Il va de soi que, par définition, nous pensions qu'une personne ayant un stigmate n'est pas tout à fait humaine. Partant de ce postulat, nous pratiquons toutes sortes de discriminations, par lesquelles nous réduisons efficacement, même si c'est souvent inconsciemment, les chances de cette personne.

Erving Goffmann (1922-1982), sociologue canadien, *Stigmates*, 1975.

Ne pas confondre

- Norme sociale/norme juridique
- Contrôle social/sanctions
- Contrôle social formel/informel
- Contrôle social interne/externe
- Sanctions positives/négatives
- Étiquetage/stigmate
- Carrière déviante/identité déviante
- Délinquance/déviance
- Statistiques pénales/enquêtes de victimation

Les mécanismes à comprendre

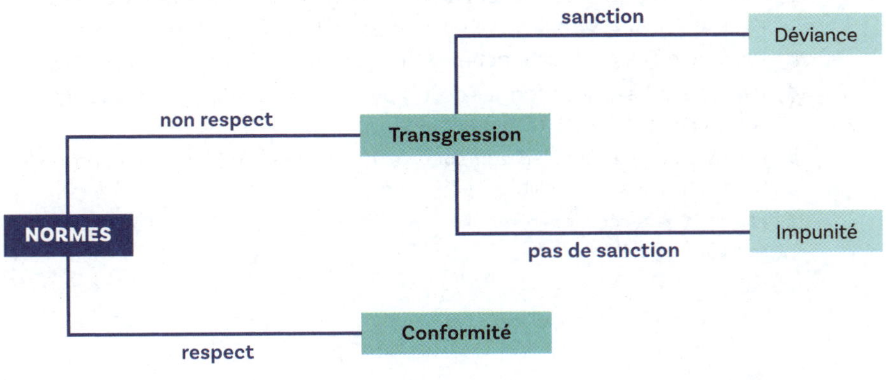

SE TESTER

- Mobiliser ses connaissances -

1. Vrai ou faux ?

	Vrai	Faux
a La norme sociale précède toujours la norme juridique.	☐	☐
b Une norme est l'expression d'un idéal, et une valeur est la règle de conduite qui permet de respecter les principes moraux.	☐	☐
c La norme juridique est sanctionnée par un contrôle social formel.	☐	☐
d Une sanction est nécessairement négative.	☐	☐
e Le contrôle social peut être interne, par intériorisation des normes.	☐	☐
f Pour Howard Becker, les « entrepreneurs de morale », ont la capacité à instituer des normes dont la transgression crée la déviance.	☐	☐
g Pour Erving Goffman, un stigmate est nécessairement visible.	☐	☐
h Un individu peut être étiqueté déviant sans avoir transgressé une norme.	☐	☐
i Le « chiffre noir » de la déviance est mesuré par les enquêtes de victimation.	☐	☐

2. Associe les termes suivants à leur définition.

1. *Contrôle social* - **2.** *Normes juridiques* - **3.** *Normes sociales* - **4.** *Déviance* - **5.** *Stigmate* - **6.** *Délinquance.*

a Règles connues tacitement, propres à un groupe ou une société, et orientant les comportements.

b Processus visant à vérifier et garantir la conformité des comportements individuels aux normes en vigueur au sein d'un groupe ou d'une société.

c Ensemble des comportements de transgression des normes judiciaires.

d Règles codifiées sous formes de lois ou de règlements, auxquelles sont associées des sanctions prédéfinies.

e Attribut qui jette un discrédit sur celui qui le possède (difformité corporelle, handicap, minorités visibles...).

f Ensemble des comportements non conformes aux normes d'un groupe ou d'une société.

3. Complète les schémas à l'aide des notions ou expressions suivantes.

1. *Normes sociales* – **2.** *Normes juridiques* – **3.** *Carrière déviante* – **4.** *Formel* – **5.** *Informel* – **6.** *Déviance* – **7.** *Délinquance* – **8.** *Identification d'un stigmate.*

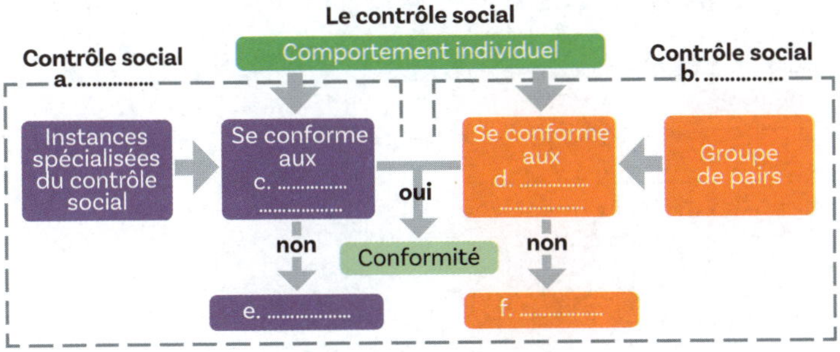

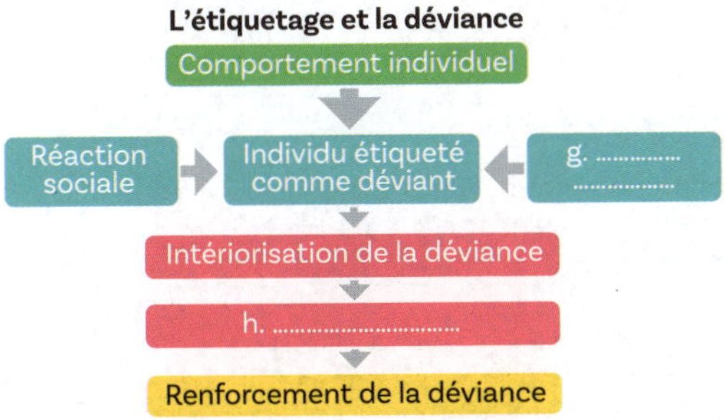

4. Complète le tableau suivant en précisant si les limites concernent les statistiques judiciaires, les enquêtes de victimation ou les deux.

Limites	Statistiques judiciaires	Enquêtes de victimation
Les données ne sont pas mesurées de manière complète, mais extrapolées à partir d'un échantillon représentatif.	☐	☐
L'enregistrement dépend de priorités judiciaires ou des moyens déployés.	☐	☐
Les lois sont susceptibles d'évoluer dans le temps.	☐	☐
Les personnes n'ont pas survécu ou ne sont pas en état de témoigner du délit.	☐	☐
Il n'existe pas de victimes directes des actes de délinquance (fraude, consommation de stupéfiant...).	☐	☐
L'acte n'a pas fait l'objet d'une plainte.	☐	☐
Les victimes ne veulent pas évoquer le délit (agressions, violences sexuelles...).	☐	☐

Réponses : 1. a. Faux – **b.** Faux – **c.** Vrai – **d.** Faux – **e.** Vrai – **f.** Vrai – **g.** Faux – **h.** Vrai – **i.** Faux • **2. 1.** b – **2.** d – **3.** a – **4.** f – **5.** e – **6.** c • **3. a.** 4 – **b.** 5 – **c.** 2 – **d.** 1 – **e.** 7 – **f.** 6 – **g.** 8 – **h.** 3 • **4. Statistiques judiciaires** : 2, 3, 4, 5, 6, 7 – **Enquêtes de victimation** : 1, 4, 5, 7.

COMMENT FAIRE POUR...

Analyser les statistiques de l'enquête « Cadre de vie et sécurité »

Taux de dépôt de plainte estimés à partir de l'enquête « Cadre de vie et sécurité »

Taux de dépôt de plainte : proportion de victimes déclarées ayant déposé plainte (en %)	2009-2013	2014-2018	Évolution (en points)
Cambriolages « réalisés »	78	72	- 6
Tentatives de cambriolages	32	31	- 1
Actes de vandalisme contre le logement	10	11	1
Vols de voiture	92	91	- 1
Tentatives de vols de voiture	38	37	- 1
Vols à la roulotte (dans la voiture)	48	44	- 4
Vols d'accessoires de véhicules (sur la voiture)	17	16	- 1
Actes de vandalisme contre la voiture	20	18	- 2
Vols et tentatives de vol de deux-roues à moteur	55	55	0
Vols et tentatives de vol de vélos	17	20	3
Escroqueries bancaires[1]	-	25	-
Vols et tentatives de vols avec violence ou menaces	33	40	7
Vols et tentatives de vols sans violence ou menaces	33	32	- 1
Violences physiques hors ménage (hors situation de vol)	26	25	- 1
Violences sexuelles hors ménage[2]	8	15	7
Violences physiques ou sexuelles au sein du ménage	11	11	0

1. Le module sur les escroqueries bancaire a été introduit dans l'enquête en 2011.
2. L'effectif de victimes concernées dans l'échantillon est faible. La statistique associée n'est donc pas robuste et est seulement fournie à titre indicatif.

Champ : France métropolitaine, ménages ordinaires pour les atteintes visant les logements ou les voitures, et personnes sinon de 14 ans ou plus (sauf pour les violences sexuelles et les violences au sein du ménage : 18-75 ans), incident le plus récent dans l'année.

Enquêtes « Cadre de vie et sécurité » 2010 à 2019, Insee-ONDRP-SSMSI ; traitements SSMI.

1. Repérer les informations qui entourent le tableau

• **Pour lire efficacement un tableau** il faut d'abord repérer certaines informations qui l'entourent :
- la **source enquête** « Cadre de vie et sécurité » (qui a produit ce document ? d'où viennent les chiffres ?).

➜ Ici, le document est tiré de l'enquête « Cadre de vie et sécurité » de l'Insee. Il s'agit de l'enquête de victimation.

- le **titre** (qui indique en général de quoi le document parle).

➜ Le document se penche précisément sur le taux de plainte à savoir la part des délits et crimes déclarés par les personnes interrogées dans l'échantillon représentatif de l'Insee, qui ont fait l'objet de plaintes (ce qui est recensé dans les statistiques pénales du ministère de la Justice). Le taux de plainte est un indicateur important pour évaluer l'écart entre les délits et crimes déclarés et ceux qui sont recensés par les statistiques pénales.

- la **date** et le **lieu**.
→ Le document compile des informations de l'enquête CVS de 2010 à 2019 mais distingue deux périodes 2009-2013 et 2014-2019.
- les **unités** (milliers, %...).
→ Les données sont en pourcentage (taux de plainte) et en points de pourcentage pour comparer les données des deux périodes.

2. Comprendre les données du tableau

• Il faut avant tout comprendre le vocabulaire utilisé dans le titre, en ligne et en colonne du tableau.
→ La définition du taux de plainte est donnée dans le tableau.
• Pour cela, il faut d'abord **donner sens à la colonne et à la ligne « total »** (ou « ensemble ») si elles figurent dans le tableau. Il suffit en général de se servir du titre.
→ Ici, il n'y a pas de ligne ou de colonne ensemble mais deux types de données, le taux de plainte pour les deux périodes considérées et les écarts en points de pourcentage qui permettent de voir l'évolution des types de crimes et délits dans le temps.
• Ensuite, il faut **choisir un chiffre et lui donner sens**.
→ 78 % des cambriolages ont fait l'objet d'une plainte au cours de la période 2009-2013, contre 72 % entre 2014 et 2019, soit une baisse de 6 points de pourcentage.

3. Analyser les informations du tableau

Il faut enfin dégager la ou les **information(s) principale(s)** du tableau et les interpréter.
• Regarde l'ensemble des données du tableau et mets **en évidence les chiffres extrêmes ou qui paraissent contradictoires**. Formule des hypothèses pour analyser les données.
→ Les taux de plaintes apparaissent bien plus élevés pour les délits qui doivent être déclarés aux assurances pour indemnisation, comme les cambriolages et les vols de voitures. Entre 2014 et 2019, 91 % des vols de voitures ont donné lieu à un dépôt de plainte. Mais c'est aussi le cas des vols et tentatives de vol avec violence ou menaces.
→ Par contre, les tentatives de vols, ou les vols de biens de moindre valeur (vélos, accessoires voiture...) font moins l'objet de plaintes. On peut supposer que les victimes estiment que les démarches de plainte sont complexes et auront vraisemblablement peu d'impact (faible chance de les retrouver, faible niveau d'indemnisation de l'assurance).
Tu devras calculer des **parts** et/ou mesurer des **évolutions**.
→ Ici, les évolutions apparaissent dans la colonne « évolutions (en points). Parfois le phénomène progresse (les tentatives de vol avec violence ou menaces font plus souvent l'objet de plainte entre les deux périodes) ou régresse (comme les vols à la roulotte). Les dépôts de plainte concernant le vol, la dégradation de biens ont tendance à baisser.
• Analyse dans un second temps des **données plus détaillées**.
→ Les données les plus surprenantes du tableau concernent les dépôts de plainte pour des violences physiques et sexuelles (même si les données sont peu représentatives selon la note sous le tableau). Les plaintes pour violences sexuelles hors ménages semblent progresser plus vite que celles au sein du ménage. Celles-ci font l'objet d'une forte pression sociale et même si elles sont déclarées (et certainement sous-estimées) dans l'enquête de victimation), elles sont sous-estimées. Le dépôt de plainte pour violences sexuelles ne garantit en outre pas une condamnation, faute de preuve (parole contre parole) et à cause du délai de prescription. Néanmoins, le mouvement MeToo a indéniablement déculpabilisé les dépôts de plainte, au moins pour les violences sexuelles hors ménage.
→ Enfin, les escroqueries bancaires sont de nouvelles catégories de délits liés aux paiements en ligne.
→ Les actes de délinquance évoluent ainsi dans le temps.

SE PRÉPARER POUR L'EXAMEN

Élaborer un plan

SUJET

PARTIE 3 Raisonnement s'appuyant sur un dossier documentaire *(10 points)*

À partir de vos connaissances et du dossier documentaire, vous répondrez à la question suivante : « Comment expliquer la déviance ? ».

Document 1 > Expliquer la déviance

Jusqu'au collège, tout allait bien. C'est après que les soucis ont commencé [...]. Au début de l'année, on m'a demandé mes fournitures scolaires. Je l'ai dit à mon père mais il ne me les a pas achetées à temps. Cela a commencé à me poser des problèmes parce que je n'avais jamais mes affaires en classe, notamment en mathématiques. Il faut dire que je n'étais pas non plus très bon dans cette matière, mais c'était en début d'année et le problème n'était pas là : il me manquait mes affaires et mon professeur semblait ne pas m'aimer. Je suis devenu sa tête de turc. J'avais l'impression qu'il me harcelait. Pourtant je n'étais pas un élément perturbateur ; j'étais même plutôt calme. Un jour j'ai craqué et je lui ai très mal répondu. Du coup [...] je ne suis plus venu dans son cours, parce que je n'y faisais plus rien. Les conseils de discipline ont commencé, les problèmes se sont accumulés. Mon comportement a changé. J'agissais de plus en plus mal, [...] entre colère et mutisme[1]. Je commence à répondre, à me faire renvoyer du collège [...]. J'ai fini par faire le jeu de ce prof.

Lamence Madzou, *J'étais un chef de gang*, La Découverte, 2008.

1. **Mutisme** : attitude de quelqu'un qui reste silencieux.

Document 2 > Part des personnes considérant que l'homosexualité est une manière acceptable de vivre sa sexualité (en %)

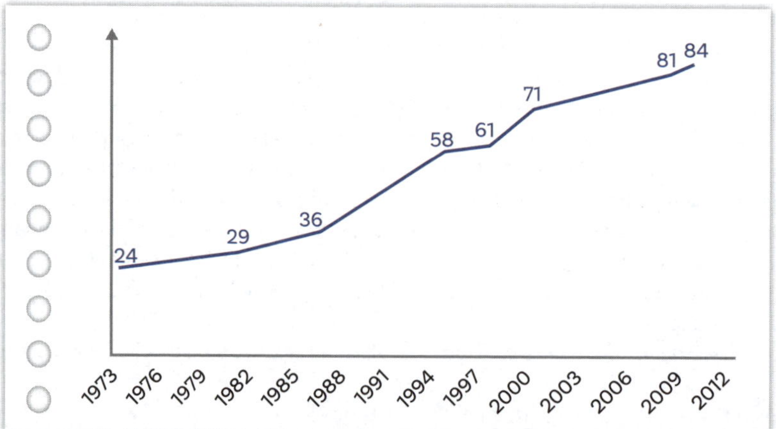

TNS Sofres, 2012.

Méthode et corrigé

Déterminer le type de plan adapté

→ En observant les **termes du libellé**, tu obtiens une **consigne de travail** (« analyser », « comparer », « expliquer»...), qui indique le type de plan qu'il est possible d'utiliser.

> **Le plan de type dialectique :** pour discuter, confronter des arguments, mettre à jour des oppositions. Il induit une réponse du type « oui, mais »/« non, mais ».

> **Le plan de type analytique :** il décompose les divers éléments de la réponse. Soit il explore les causes/conséquences, soit il distingue les niveaux d'analyse : aspects quantitatifs/aspects qualitatifs ; effets positifs/effets négatifs ; causes structurelles/causes conjoncturelles...

> **Les autres types de plan :** il s'agit par exemple de comparer (ressemblances/différences) ou de mettre en relation des phénomènes (action d'un phénomène sur un autre).

→ « Comment expliquer » renvoie à un plan de type analytique, car il s'agit de comprendre les différentes causes de la déviance.

COUP DE POUCE

Tu peux t'appuyer sur la méthode de l'épreuve composée, p. 13.

Trouver la structure interne des parties

→ Le plan doit être **progressif et dynamique** (il faut suivre une logique énoncée par la problématique et dérouler le raisonnement), **non redondant** (ne pas se répéter), **exhaustif** et **cohérent**.

CONSEIL

Le plan doit être décomposé en **deux ou trois parties**, elles-mêmes structurées en **deux ou trois sous-parties**.

→ Pour élaborer le plan, tu dois **identifier**, pour chaque document :

> les **arguments** qui vont dans le sens de chaque partie ;

> les **exemples** (citations, chiffres).

→ Complète avec tes **connaissances**.

→ À partir de ce travail, **regroupe les idées** qui reviennent dans plusieurs documents pour **dégager les arguments** qui pourront servir à **construire les sous-parties** de tes parties.

Proposition de plan détaillé

I. La déviance est une transgression d'une norme sociale.

A. *La déviance est relative dans le temps, dans l'espace et selon les groupes sociaux, car les normes sociales varient.* > **Doc 2**

B. *Certains groupes sociaux instituent ainsi des normes dont la transgression crée la déviance (Howard Becker et les entrepreneurs de morale).*

II. La déviance repose sur un processus de stigmatisation de la transgression d'une norme.

A. *La déviance résulte d'une interaction, d'un processus d'étiquetage dont font l'objet les individus (distinction entre déviance primaire et secondaire).* > **Doc 1**

B. *L'individu est enfermé dans une identité déviante du fait de la possession d'un stigmate ou de l'entrée dans une carrière déviante (Erving Goffman, Howard Becker).*

Pour aller plus loin

Livres et articles

- Howard Becker, *Outsiders, Études de sociologie de la déviance* [1963], Métailié, 2020.
- Xavier de Larminat, « Sociologie de la déviance : des théories du passage à l'acte à la déviance comme processus », **www.ses.ens-lyon.fr**, juillet 2017.
- Laurent Mucchielli, *Sociologie de la délinquance*, Armand Colin, 2018.
- Albert Ogien, *Sociologie de la déviance*, PUF, 2012.
- « La déviance », *Idées économiques et sociales*, n° 181, septembre 2015.

À voir

Scanne-moi !

Films et séries

- Milos Forman, *Vol au-dessus d'un nid de coucou*, 1976.
- Steven Knight, *Peaky Blinders* (série), depuis 2013.
- Jean-Bernard Marlin, *Shéhérazade*, 2018.
- David Simon, *The Wire* (série), 2002-2008.

Vidéos de révision

- Présentation de la notion de contrôle social par Richard Souchon : **www.youtube.com/watch?v=5fL-LhEEaA8**
- Présentation de la notion de déviance par Richard Souchon : **www.youtube.com/watch?v=Id-Tcqg8ugo**
- « Comment mesurer le niveau de la délinquance ? » : **www.youtube.com/watch?v=JKOLmT5xQzQ**

À consulter

- Ministère de l'Intérieur, enquête « Cadre de vie et sécurité (CVS) » : **www.interieur.gouv.fr/Interstats/L-enquete-Cadre-de-vie-et-securite-CVS/Insecurite-et-victimation-les-enseignements-de-l-enquete-Cadre-de-vie-et-securite**
- Ministère de la Justice, statistiques pénales : **www.justice.gouv.fr/statistiques-10054/les-indicateurs-statistiques-penaux-trimestriels-32488.html**

Chapitre 8

Quels sont les processus sociaux qui contribuent à la déviance ?

Tu viens de voir les notions à connaître sur la déviance. Pour t'aider à retenir l'essentiel et t'entraîner pour le Bac, voici ton kit de révisions clé en mains conçu par SchoolMouv !

Vidéo

Pour mieux comprendre et t'en souvenir à coup sûr, regarde la vidéo. C'est parfois bien plus clair en images.

Vidéo **Comment mesurer le niveau de délinquance ?**
https://flashbelin.fr/focusbacschoolmouv/ses/1re/8

Contenu additionnel

Voici un bonus autour du même sujet. La curiosité n'est pas toujours un vilain défaut. Il suffit de créer ton compte pour avoir accès à plein de contenus supplémentaires.

Fiche **Comment le contrôle social s'exerce-t-il aujourd'hui ?**
https://www.schoolmouv.fr/eleves/cours/comment-le-controle-social-s-exerce-t-il-aujourd-hui/fiche-de-cours

Tchat avec un prof

Pour poser toutes tes questions à un prof particulier, découvre l'abonnement tchat. Tu peux le tester gratuitement pendant 7 jours : fini les questions sans réponses, tu vas devenir incollable.

https://focusbac.schoolmouv.fr/offre

9

Comment et s'exprime publique ?

La fiabilité des sondages en question

Notions

- Démocratie d'opinion
- Opinion publique
- Participation électorale
- Pouvoir politique
- Sondage

se forme l'opinion

L'ESSENTIEL EN 5 POINTS

1. L'**opinion publique** a été dans un premier temps exclusivement l'opinion de la **bourgeoisie**, perçue comme « éclairée ».

2. L'avènement du **suffrage universel**, le développement des **partis**, de la **presse** ou de l'**école** ont un rôle clé dans le développement de l'opinion publique au XIXe siècle.

3. Le développement des médias et le recours croissant aux sondages ont favorisé l'émergence d'une **démocratie d'opinion**, dans laquelle l'opinion publique a une part croissante.

4. La prise en compte de l'opinion publique peut modifier à la fois le **comportement des électeurs** et les **choix politiques faits par les gouvernants**.

5. Les **sondages** présentent un ensemble de **biais**. Dès lors, leur capacité à représenter fidèlement l'opinion publique fait l'objet de **débats**.

→ Définitions des notions p. 188-195

LE COURS en 3 axes

1 L'émergence de l'opinion publique

a. La prise en compte d'une opinion publique « éclairée »

→ La notion d'**opinion publique**, que l'on peut définir comme un **ensemble de valeurs et de jugements partagés par la population** d'une société donnée, n'a pas toujours existé. Si on peut en trouver des mentions plus anciennes, elle émerge essentiellement en France à partir du XVIIIe siècle.

→ Il s'agit alors d'une **opinion publique « éclairée »**, qui s'exprime au sein de la **bourgeoisie**. Cette classe prend une importance croissante et réclame du pouvoir royal et de l'aristocratie la possibilité de débattre de ses choix politiques. Il ne s'agit pas d'une contestation sociale, mais d'une **demande de publicité des actes royaux** et de l'**échange dans les salons littéraires** autour de questions politiques.

→ Cette idée d'opinion publique éclairée s'inspire de la **philosophie des Lumières**. L'échange est fondé sur la **raison** (dont la population éduquée a le monopole) et le **débat argumenté** doit permettre de faire émerger l'opinion publique.

MOT CLÉ

Suffrage censitaire : mode de scrutin dans lequel seuls les citoyens payant un montant minimal d'impôt (le cens) ont le droit de voter.

→ Les **classes populaires** sont en revanche **exclues de l'opinion publique**. Peu ou pas éduquées, elles sont considérées comme incapables de ce débat éclairé. Elles sont d'ailleurs régulièrement **exclues du suffrage** jusqu'en 1848 (et ne participent ainsi que très partiellement à l'élection des représentants du tiers état en 1789), et donc de la légitimité à s'exprimer sur des questions politiques. Le **suffrage censitaire** accorde en effet le droit de vote aux citoyens payant un montant d'impôt minimal.

→ L'**opinion du « peuple »** est toutefois prise en compte, mais d'abord comme une **expression privée**, qui peut faire l'objet d'une surveillance par l'État. Les préfets ont alors la charge d'utiliser des indicateurs (les « mouches ») pour faire remonter les éléments de contestation jusqu'au pouvoir.

b. L'élargissement de la notion d'opinion publique

→ L'adoption du **suffrage universel** en 1848 amène en revanche la prise en compte de l'opinion populaire. Elle est d'autant plus considérée qu'à la suite de ce changement, se structurent les premiers **partis de masse**, qui permettent de venir concurrencer l'influence des notables.

→ L'élargissement de la notion d'opinion publique est aussi favorisé par les **progrès de la presse**. L'invention de la **rotative** au milieu du siècle permet l'impression de titres à **grand tirages** et à faible coût.

→ Sur le plan juridique, la **loi sur la liberté de la presse** de 1881 (Le petit +) facilite le développement d'une presse d'opinion, qui contribue au débat public. La **diffusion nationale de la presse** facilite alors l'émergence d'une opinion publique unifiée. Au début du XXe siècle, des titres comme *Le Matin* ou *Le Petit Parisien* se vendent à environ un million d'exemplaires.

→ La publication en 1898 dans le journal *L'Aurore* de la tribune **« J'accuse… ! »** par **Émile Zola**, lors de **l'affaire Dreyfus**, est emblématique de ce poids croissant de la presse dans la formation d'une opinion publique. Alors que le capitaine Dreyfus a été condamné à tort pour trahison et que le véritable coupable a été identifié, Émile Zola dénonce la responsabilité des pouvoirs publics (et notamment du ministre de la Guerre). Il est condamné pour **diffamation**, mais l'émotion dans l'opinion publique conduira à réviser la condamnation du capitaine Dreyfus, puis à l'acquitter.

LE PETIT +

→ **La loi sur la liberté de la presse**

La **loi sur la liberté de la presse du 29 juillet 1881** modifie fortement la liberté de publier.

- Jusque-là, le contrôle des publications se faisait *a priori*. Il fallait une **autorisation préalable**, avant de publier. Désormais, la **sanction** vient **après la publication** (par exemple, en cas d'incitation à commettre un crime ou un délit). Un **droit de réponse** est aussi créé pour protéger les personnes mises en cause dans des publications.
- Lors de l'**affaire Dreyfus**, c'est cette loi qui permettra aux défenseurs de ce dernier d'écrire librement, quitte à assumer des poursuites judiciaires ensuite.

→ Cette évolution est aussi facilitée par le **développement de la scolarisation** à la fin du XIXe siècle. En 1881 et 1882, l'école devient **gratuite, laïque et obligatoire** avec les **lois Ferry**. Elle est ainsi chargée à la fois de l'**alphabétisation** de la population, de l'expansion de l'usage de la **langue française**, et de la diffusion d'une **culture républicaine** partagée par tous, valorisée notamment par l'enseignement de l'histoire et de la géographie, et favorisée par un travail d'unification des **représentations**.

c. L'opinion publique et la croissance des médias

MOTS CLÉS

Sondage : enquête statistique visant à déterminer, à partir de l'étude d'un échantillon d'une population, les opinions ou les préférences probables des individus la composant.

Vote de paille : méthode de sondage consistant pour un journal à grand tirage à demander à ses lecteurs pour qui ils comptent voter.

Échantillon représentatif : partie de la population sélectionnée de manière à ce que la distribution de ses propriétés soit équivalente à celle de la population de référence.

→ Une évolution plus récente est liée au **développement des sondages**. Leur émergence facilite la **mesure de l'opinion publique** et la recherche d'une **influence** sur cette dernière.

→ L'usage des sondages débute en 1936 avec la prédiction par l'**institut Gallup** de la victoire de Franklin D. Roosevelt à l'élection présidentielle américaine. Les journaux sondent alors leur lectorat (on appelle cela des « **votes de paille** ») et prédisent la victoire de son opposant républicain. Gallup, à partir d'un **échantillon** moindre, mais reposant sur l'utilisation de **sondages par quota** pour en garantir la représentativité, prédit quant à lui un résultat proche de ce qui sera observé. On commence dès lors à **mesurer l'opinion publique** et à essayer de l'anticiper ; une technique qui gagnera en précision à partir des années 1960.

→ Parallèlement, l'émergence et le développement de la **télévision** fournissent un média permettant aux hommes politiques de **s'adresser à l'opinion publique** dans son ensemble. Les **campagnes électorales** se nationalisent progressivement. Ainsi, c'est la publication en 1965 de sondages montrant qu'il ne remportera pas l'élection dès le premier tour qui pousse Charles de Gaulle à s'adresser aux Français à la télévision.

2 L'effet de l'opinion publique sur la démocratie et la vie politique

a. L'avènement d'une démocratie d'opinion ?

MOTS CLÉS

Démocratie d'opinion : existence de moyens pour le peuple d'exprimer son avis en permanence, ce qui peut avoir un effet sur la sélection et l'action des représentants élus.

Démocratie représentative : possibilité pour le peuple d'exprimer son opinion à l'occasion d'élections qui permettent de déléguer le pouvoir politique à des représentants élus.

→ Le **poids croissant des médias et des sondages** dans la vie politique a conduit à parler d'une **démocratie d'opinion**.

→ Alors que la **démocratie représentative** repose habituellement sur la **délégation du pouvoir** à des représentants, qu'il s'agisse de notables ou, par la suite, de représentants investis par des partis, la **démocratie d'opinion** repose sur une **prise en compte permanente de l'opinion publique**, mesurée par des sondages, et à laquelle les médias permettent de s'adresser.

→ Si la démocratie d'opinion permet une prise en compte régulière de l'opinion publique, elle peut aussi **modifier le fonctionnement de la vie politique** et **renforcer l'instabilité** ou la mise en scène des politiques.

→ Le poids de la **communication politique** devient alors central. Le développement du **rôle des communicants** s'observe en France depuis les années 1980. La communication politique est utilisée dans les campagnes électorales, pour gérer des crises politiques, pour améliorer son image… Cette capacité à s'adresser directement à l'opinion publique **remet aussi en cause la place des partis**, qui ne sont plus toujours un outil essentiel pour s'adresser à la population et faire campagne.

b. Prise en compte de l'opinion publique et attitude des citoyens

→ Désormais, les électeurs votent en connaissant les **intentions de vote** en faveur des différents candidats, et donc en ayant une idée de leurs chances respectives de victoire. Dès lors, le **vote** peut dépendre de **préférences personnelles**, mais aussi de **considérations stratégiques**. La mesure de l'opinion publique modifie alors cette même opinion.

→ Trois **effets principaux** peuvent ainsi être distingués :
- l'effet ***bandwagon***, que l'on pourrait traduire par « prendre le train en marche » : l'électeur tend à soutenir un candidat parce qu'il est donné favori ;
- il s'oppose à l'effet ***underdog***, qui est le fait de soutenir un candidat en perte de vitesse. Aucun de ces deux effets ne semble toutefois avoir d'importance significative ;
- le plus important enfin est la question du **vote utile** : soutenir un parti qui n'est pas forcément son premier choix pour éviter la victoire d'un autre candidat.

→ Appliquée à l'**élection présidentielle de 2022**, cette typologie permet d'avancer qu'un candidat comme Jean-Luc Mélenchon a été servi par une **stratégie de vote utile**. Alors qu'il recueille longtemps moins de 10 % des intentions de vote, celles-ci progressent continûment à partir du mois de février, et le leader de la France insoumise réalise finalement un score de 21,95 % des suffrages, manquant la qualification au second tour de 1,2 points. Un nombre non négligeable d'électeurs proches du Parti communiste, des verts ou des socialistes a pu être convaincu par une campagne dynamique, mais aussi se rallier à la seule candidature à gauche en mesure de supplanter celle du Rassemblement national.

c. Prise en compte de l'opinion publique et attitude des pouvoirs publics

→ L'effet des sondages d'opinion se fait aussi sentir en termes de **prise de décision politique**.

→ L'**effet d'amorçage** désigne l'idée que la répétition de sondages ou de prises de paroles médiatiques sur un sujet donné peut **amener les citoyens à considérer que ce sujet est important**. Sans modifier ce qu'ils pensent, cela les amène à davantage **se positionner en fonction de ce critère**. Ainsi, on considère souvent que la place donnée à la thématique de l'insécurité en 2002 a pu desservir Lionel Jospin, le candidat du Parti socialiste, et mobiliser l'électorat du Front national, contribuant à expliquer la présence de l'extrême droite au second tour de l'élection présidentielle pour la première fois de l'histoire.

→ L'adoption ou le retrait d'une **mesure** peuvent être parfois **reliés à la perception de l'opinion publique**. Ainsi, la prise de mesures économiques pour répondre au mouvement des **Gilets jaunes** se fait alors qu'une part importante de la population française exprime son soutien au mouvement, malgré l'existence de violences et les concessions déjà faites sur le prix des carburants – des sondages montrent en effet que les deux tiers de la population soutiennent encore le mouvement après l'abandon par le gouvernement de la hausse de taxe sur les carburants.

→ Cependant, des décisions politiques peuvent être prises **malgré une opinion publique majoritairement hostile**. Ainsi, quand la peine de mort est abolie en 1981, seuls 40 % des Français y sont favorables. Ce n'est qu'à la fin des années 1990 que l'opinion devient majoritairement hostile à la peine capitale (avant de redevenir bien plus partagée ces dernières années).

→ La prise en compte de l'opinion publique a aussi un rôle de **contrôle des gouvernants** eux-mêmes. L'hostilité de l'opinion américaine au président des États-Unis Richard Nixon après la révélation du **scandale du Watergate** facilite la procédure de destitution menée contre lui, puis sa démission (**Doc 1**). À l'inverse, l'absence de basculement massif de l'opinion en défaveur de Donald Trump, notamment parmi les électeurs républicains, explique que la tentative de destitution menée à son encontre ait échouée.

→ Au-delà des sondages, le pouvoir peut d'ailleurs chercher à **associer l'opinion publique à la prise de décision**, en lui offrant un espace d'expression (**La science po en pratique**, p. 193). L'idée de **démocratie délibérative** met en avant la possibilité d'organiser des **débats** entre citoyens pour **éclairer la prise de décision**. Ainsi en Irlande, l'organisation du référendum qui a légalisé l'avortement en 2018 s'est faite à la suite de l'organisation d'une assemblée citoyenne, qui a permis de débattre durant plusieurs mois des modifications à apporter à la Constitution.

MOT CLÉ

Démocratie délibérative : mode de fonctionnement de la démocratie dans lequel la prise de décision s'appuie sur le débat public, notamment entre des citoyens informés des enjeux au sujet desquels des décisions doivent être prises.

À la veille de l'élection présidentielle, le 10 octobre 1972, le *Washington Post* dévoile au grand jour un gigantesque scandale d'espionnage et de sabotage politique mené depuis la Maison-Blanche pour permettre la réélection de Nixon : « [...] des centaines de milliers de dollars, provenant de contributions faites à la campagne de Nixon, ont été mis de côté pour [...] discréditer personnellement les candidats présidentiels démocrates et désorganiser leur campagne ». [...] Les Américains découvrent avec dégoût les cuisines nauséabondes du pouvoir. Le 8 août 1974, pour éviter d'affronter la procédure de destitution (impeachment) [...], Richard Nixon démissionne. C'est la première fois qu'un président américain quitte ainsi ses fonctions.

Karine Parquet, « Qu'est-ce que le scandale du Watergate ? », *Ça m'intéresse*, 12 mai 2017.

Doc 1 L'affaire du Watergate

LA SCIENCE PO EN PRATIQUE

La Convention citoyenne pour le climat

La Convention citoyenne pour le climat a été créée en 2019. Elle regroupe **150 citoyens tirés au sort** et **chargés de proposer des mesures** permettant de réduire les émissions de gaz à effet de serre d'au moins 40 % d'ici 2030 par rapport à 1990. Après audition de 140 experts, un ensemble de 149 propositions est rendu. Un **débat** est ensuite mené sur la reprise des propositions par les pouvoirs publics. Si le gouvernement a affirmé avoir repris l'essentiel des propositions, les membres de la Convention ont toutefois critiqué une reprise souvent partielle et édulcorée de leurs ambitions.

3 Principes, techniques et limites des sondages

a. Échantillon et marge d'erreur

→ La **technique du sondage** repose sur la capacité à interroger un **échantillon représentatif** (voir p. 190) de personnes pour en déduire une opinion générale. Cela implique donc de savoir qui interroger. La sélection des personnes sondées peut être aléatoire ou reposer sur l'élaboration de quotas, afin que la structure de l'échantillon corresponde à celle de la population. Le fait de travailler sur un échantillon implique toutefois l'**existence d'une marge d'erreur** (**Doc 2**), c'est-à-dire d'un intervalle autour du chiffre obtenu dans lequel doit probablement se situer le résultat, indépendamment de tout autre biais.

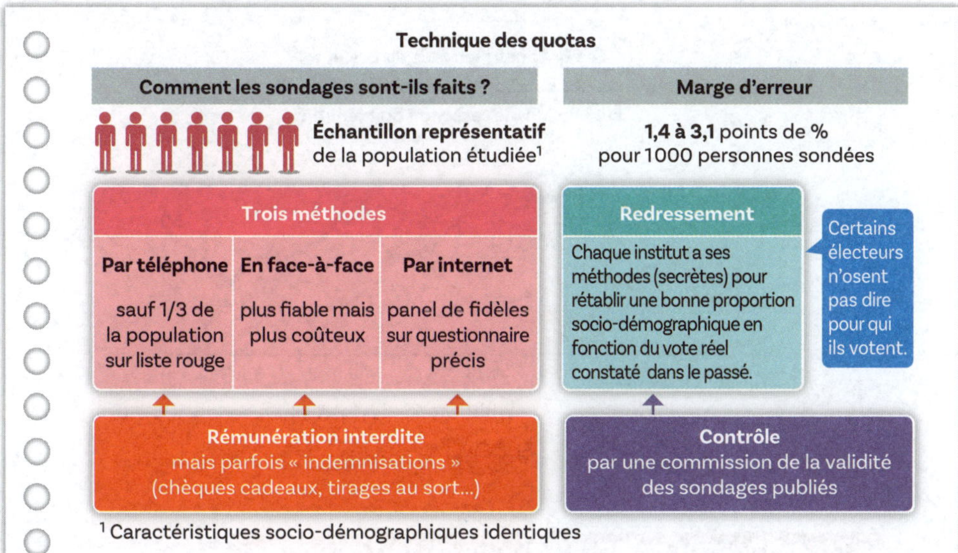

Agence France Presse, 2017.

Doc 2 Comment les sondages sont-ils faits ?

COMMENT FAIRE POUR…

…analyser la marge d'erreur d'un sondage

• Les sondages sont publiés avec une **marge d'erreur**. Celle-ci dépend du **pourcentage obtenu** et de la **taille de l'échantillon**. Cette marge d'erreur désigne l'**intervalle** dans lequel le résultat a 95 % de chances de se situer.

• Par exemple, si un sondage est réalisé auprès de 1 000 personnes et que 50 % exactement des sondés donne une réponse A, la marge d'erreur est de 3,1 points. Cela signifie que, dans la population, il y a 95 % de chances que le pourcentage d'individus donnant la réponse A soit compris entre 46,9 % (50 - 3,1) et 53,1 % (50 + 3,1). Il reste donc 5 % de chances que le « vrai » chiffre (celui que l'on obtiendrait en sondant toute la population française) soit inférieur ou supérieur à ces bornes.

• La marge d'erreur ne prend cependant pas en compte la **façon dont sont construits les quotas**, les **redressements** opérés par les sondeurs ou d'éventuels **biais dans la rédaction** des questions ou la **construction de l'échantillon**.

→ Or, il existe aussi d'autres **biais**. Au-delà de la variation de l'opinion en fonction des circonstances, certaines **réponses** notamment sont **systématiquement sous déclarées**. C'est le cas du vote d'extrême droite, mais aussi des votes en faveur du Brexit au Royaume-Uni en 2016 : le choix du Brexit l'a ainsi emporté alors que les sondages donnaient le vote en faveur du maintien dans l'UE gagnant (**Doc 3**).

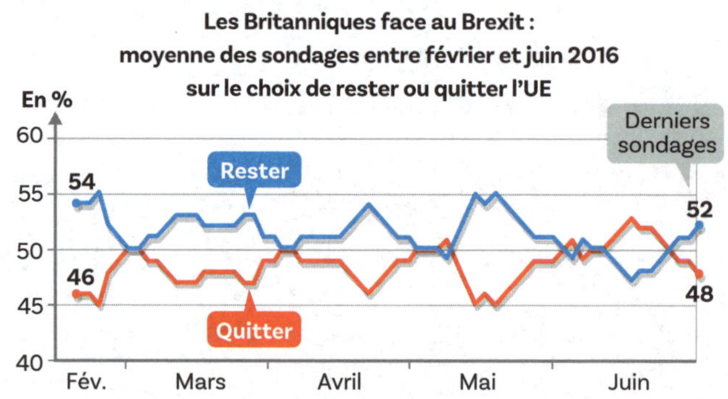

What UK Thinks, Institut de sondage, 2016.

Doc 3 Des sondages de moins en moins fiables ?

b. La formulation des questions et son influence

→ Au-delà des biais liés à la technique du sondage, la **construction de l'enquête** peut aussi en déformer les résultats. La **formulation des questions** peut ainsi influencer le résultat d'un sondage. Les termes employés jouent : le fait de parler dans une question de « migrants » ou de « réfugiés », par exemple, influence les résultats.

→ L'**ordre des questions importe** aussi. Demander dans un premier temps à un sondé s'il est ou non favorable à la construction de mosquées diminue ensuite sa probabilité de s'exprimer en faveur du droit de vote des étrangers aux élections locales. Demander au temps de la guerre froide à un Américain s'il pense que les journalistes occidentaux doivent pouvoir se rendre en URSS augmente sa probabilité d'être favorable à la présence de journalistes russes sur le sol américain. Les réponses aux questions sont **guidées par la mise en avant de certains points** auxquels la personne interrogée ne penserait pas spontanément, ou par un souci de cohérence dans les réponses.

→ Enfin, la **construction des réponses** peut influencer le résultat. Proposer davantage de réponses positives que négatives peut ainsi inciter les personnes indécises à choisir une réponse modérément positive, perçue comme une manière de peu s'engager.

c. L'interprétation des sondages : « l'opinion publique n'existe pas »

→ Enfin, une fois le sondage fait, son **interprétation** pose question, d'autant plus qu'une majorité, même courte, peut être interprétée comme une opinion générale (« Les Français soutiennent les manifestations ... »).

→ Plus largement, dans « L'opinion publique n'existe pas » (1972), Pierre Bourdieu considère que les sondages reposent sur trois présupposés contestables :
- l'idée que tout le monde peut avoir une opinion ;
- l'idée que toutes les opinions se valent ;
- l'idée qu'il y a un accord sur les questions qui méritent d'être posées.

→ Or, selon Pierre Bourdieu, **l'opinion publique est une création**. Nombre de Français ne se posent pas certaines questions ou n'ont pas d'opinion très établie. Ce que l'on agrège n'a alors qu'un sens très limité. Des données sur l'opinion des Français sur les sanctions prises par les pays occidentaux contre la Russie à l'occasion de l'invasion de l'Ukraine supposent ainsi que les personnes sondées maîtrisent le contenu des sanctions, s'y intéressent et aient dessus un avis arrêté. En un sens, **les sondages créent l'opinion publique plus qu'ils ne la mesurent**.

MÉMO VISUEL

- La synthèse en BD -

COMMENT SE FORME ET S'EXPRIME L'OPINION PUBLIQUE ?

QUOI ?

Opinion publique : ensemble des idées, points de vue et valeurs partagés ou débattus au sein d'une population à un moment donné.

C'est un - phénomène collectif - ⇨ Croyance collective qui exerce des effets sur la vie politique.

Se construit par :
- ☑ Les médias
- ☑ Les sondages...

OÙ ?

Expression et confrontation des opinions personnelles
- ☑ Création de l'opinion publique
- ☑ Évolution des opinions personnelles

Lieu d'expression et de débat = espace public

QUI ?

Débat d'idées appartient à l'élite — PUIS — Instauration du suffrage universel → Élargissement de l'espace public à la majorité de la population

Essor de nouvelles arènes d'expression
- ☑ Presse
- ☑ Parlement
- ☑ Partis
- ☑ Syndicats, etc.

LE RÔLE DES SONDAGES

Depuis toujours, les gouvernements souhaitent savoir ce que la population pense d'eux.

→ Avant : Recours à des informateurs
→ Depuis le XXe siècle : Recours aux sondages d'opinion

Enquête visant à déterminer la répartition des opinions sur une question en recueillant des réponses auprès d'un échantillon de population.

Inconvénients

- ☑ Imposition de problématiques
  → Les questions sont rédigées dans l'intérêt des commanditaires
- ☑ Mauvaise évaluation de l'opinion publique

Avantages

- ☑ Fortification de la vie démocratique
  → Chaque citoyen connaît l'opinion des autres.
  → Le Gouvernement connaît plus régulièrement l'opinion des administrés.
- ☑ Démocratie d'opinion
  Contrôle permanent des dirigeants qui intègrent les résultats des sondages dans leurs décisions et leurs communications.

⇨ C'est surtout sur les responsables politiques que les sondages ont de l'influence.
⇨ Les effets directs des sondages sur les citoyens sont difficiles à connaître.

Une citation clé

> Une des propriétés des sondages consiste à poser aux gens des problèmes qu'ils ne se posent pas, à faire glisser des réponses à des problèmes qu'ils n'ont pas posé, donc à imposer des réponses.
>
> **Pierre Bourdieu** (1930-2002), *Sur l'État. Cours au Collège de France*, 1989-1992.

Ne pas confondre

- Opinion publique/opinion publique « éclairée »
- Suffrage universel/suffrage censitaire
- Démocratie représentative/démocratie délibérative
- Démocratie délibérative/démocratie d'opinion
- Quota/échantillon représentatif
- Biais/marge d'erreur

Débat

D'accord avec toi !

Les sondages sont-ils utiles à la démocratie ?

Les arguments « pour »

- Les sondages permettent aux responsables politiques de prendre des mesures en ayant conscience des souhaits des citoyens.
- Les sondages permettent aux électeurs de voter en ayant conscience des chances des différents candidats.
- Le recours aux sondages permet de mettre certains enjeux sur le devant de la scène et d'évaluer la popularité des gouvernants et de leurs décisions.

Les arguments « contre »

- Les sondages sont un outil contestable. Ils présentent des biais liés à la technique de l'échantillon, à la construction des enquêtes...
- Les sondages construisent parfois l'opinion publique plus qu'ils ne la mesurent.
- Les sondages prennent parfois un poids excessif dans les campagnes électorales comme dans la vie politique, au détriment du débat d'idées.

SE TESTER

- Mobiliser ses connaissances -

1. Vrai ou faux ?

	Vrai	Faux
a L'opinion a toujours été définie comme l'opinion du plus grand nombre.	☐	☐
b Le suffrage censitaire exclut les femmes du corps électoral.	☐	☐
c C'est au XIXe siècle que la presse se développe massivement.	☐	☐
d L'idée de démocratie d'opinion souligne le fait que les gouvernants prennent de plus en plus en compte l'opinion publique dans leurs actions.	☐	☐
e Le développement des sondages n'a pas d'effet sur le vote des Français.	☐	☐
f Le recours aux quotas a rendu les sondages moins fiables qu'ils ne l'étaient auparavant.	☐	☐
g Mener un sondage auprès de plusieurs milliers de personnes permet de faire disparaître la marge d'erreur.	☐	☐

2. Coche la bonne réponse.

1. L'émergence d'une opinion publique éclairée est caractérisée par la prise en compte de l'opinion :

- **a** de l'aristocratie. ☐
- **b** de la bourgeoisie. ☐
- **c** de la classe ouvrière. ☐

2. Le suffrage universel masculin est définitivement adopté :

- **a** en 1789. ☐
- **b** en 1848. ☐
- **c** en 1945. ☐

3. L'idée que les électeurs pourraient se rallier au candidat en tête dans les sondages décrit l'effet :

- **a** *bandwagon*. ☐
- **b** *underdog*. ☐
- **c** d'amorçage. ☐

4. Selon Pierre Bourdieu :

- **a** les sondages sont un outil utile, mais qui manque de fiabilité. ☐
- **b** les gouvernements ont la capacité de manipuler l'opinion publique en influençant les instituts de sondage. ☐
- **c** l'opinion publique n'existe pas. ☐

3. Associe les termes suivants à leur définition.

1. *Opinion publique* – **2.** *Démocratie d'opinion* – **3.** *Sondage* – **4.** *Échantillon représentatif* – **5.** *Démocratie représentative.*

a Partie de la population sélectionnée de manière à ce que la distribution de ses propriétés soit équivalente à celle de la population de référence.

b Ensemble de préférences et de conceptions attribué à une population à propos de certains sujets.

c Possibilité pour le peuple d'exprimer son opinion à l'occasion d'élections qui permettent de déléguer le pouvoir politique à des représentants élus.

d Existence de moyens pour le peuple d'exprimer son avis en permanence, ce qui peut avoir un effet sur la sélection et l'action des représentants élus.

e Enquête statistique visant à déterminer, à partir de l'étude d'un échantillon d'une population, les opinions ou les préférences probables des individus la composant.

4. Complète le texte en utilisant les termes suivants.

1. *sondages* – **2.** *marge d'erreur* – **3.** *opinion* – **4.** *opinion publique* – **5.** *questions* – **6.** *réponses* – **7.** *élus* – **8.** *électeurs.*

Différentes techniques se sont mises en place pour tenter de mesurer l' **a.** ...., et notamment le recours aux **b.** ....

Ces derniers sont toutefois critiqués, parce qu'ils imposent des **c.** .... aux répondants. Ils présentent aussi une représentation approximative de l'opinion, notamment du fait de l'existence d'une **d.** .... Enfin, la formulation des questions peut aussi influencer les **e.** ....

Plus largement, on a aussi pu reprocher aux sondages de construire l'opinion qu'ils sont censés représenter. Le débat est d'autant plus important que les sondages sont une composante majeure de la démocratie d'**f.** .... Ils sont observés par les **g.** ...., qui peuvent les prendre en compte au moment de voter comme par les **h.** ...., qui en tiennent compte dans leur action.

Réponses : 1. a. Faux – **b.** Faux – **c.** Vrai – **d.** Vrai – **e.** Faux – **f.** Faux – **g.** Faux • **2. 1.** b – **2.** b – **3.** a – **4.** c • **3. 1.** b – **2.** d – **3.** e – **4.** a – **5.** c • **4. a.** 4 – **b.** 1 – **c.** 5 – **d.** 2 – **e.** 6 – **f.** 3 – **g.** 8 – **h.** 7

COMMENT FAIRE POUR...

Analyser un graphique présentant une évolution

Question : Vous, personnellement, êtes-vous plutôt favorable ou opposé à la dépénalisation des drogues douces comme le cannabis ?

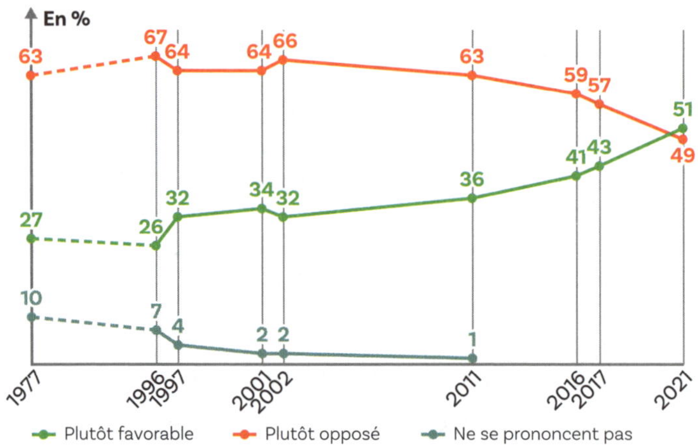

Ifop, *Enquête sur la position des Français sur l'usage du cannabis*, 2021.

1. Lire correctement les données

Dans un premier temps, **identifie l'unité**. Il faut lire les données en tenant compte de l'année et de la source (il s'agit d'une publication de l'Ifop, rassemblant des sondages menés entre 1977 et 2021). En 2021, selon un sondage de l'Ifop, sur 100 Français, 51 étaient plutôt favorables à la dépénalisation de drogues douces comme le cannabis.

2. Bien interpréter les données

On peut tenir compte de l'existence dans un sondage d'une **marge d'erreur**. D'autant plus quand l'écart est faible, comme c'est le cas ici. Considérer que « les Français sont favorables à la dépénalisation du cannabis » serait excessif. De même, il faut **être attentif aux termes utilisés**. « Dépénaliser » n'est pas « rendre légal ».

3. Comparer les données

On peut choisir de comparer **les courbes entre elles** ou de comparer **différentes années**. La comparaison entre deux pourcentages s'exprime en points de pourcentage.
Par exemple, ici 51 % des Français semblent favorables à la dépénalisation du cannabis en 2021 et 49 % y sont opposés. L'écart entre ces deux chiffres est de **deux points de pourcentage**.
En 1977, seuls 27 % des Français étaient favorables à la dépénalisation du cannabis. On peut donc aussi dire que cette part a augmenté de 24 points entre 1977 et 2021.

> Si on dit que la part de Français opposés à la dépénalisation est inférieure de 2 % à celle des Français favorables, cela signifie qu'on enlève 2 % de 51, soit environ 1 %. Exprimer les données en points de pourcentage est plus clair.

4. Distinguer des périodes

Quand on analyse un graphique qui présente un temps long, il est bon de **distinguer différentes périodes**. Ici, on observe que, jusqu'en 2002, l'opinion évolue peu. C'est entre 2002 et 2021 que l'opinion devient de plus en plus favorable à la dépénalisation des drogues douce, avec une accélération du mouvement à partir de 2016.

> Repère des périodes de hausse, de baisse ou de stagnation.

SE PRÉPARER POUR L'EXAMEN

Distinguer argumentation et illustration

SUJET

PARTIE 3 Raisonnement s'appuyant sur un dossier documentaire *(10 points)*

À partir de vos connaissances et du dossier documentaire, vous montrerez que l'émergence de l'opinion publique est liée au développement de la démocratie.

Document 1 > L'opinion publique sous l'Ancien Régime

Au XVIIIe siècle, […] l'opinion publique devient celle des parlementaires, qui délibèrent *publiquement*, par opposition au roi qui conduit sa politique dans l'opacité. D'une opinion « commune », partagée de tous, l'opinion publique est dorénavant l'apanage d'un petit nombre, doté de qualités sociales spécifiques (capitaux économique, social et culturel élevés). Toutefois, cette minorité ne prétend pas parler en son nom propre, mais au nom d'idées qui se veulent universelles car basées sur la raison. […]

La dimension de contrôle va cependant réapparaître sous une nouvelle forme, avec la mise en place, sous l'Ancien Régime, des premiers dispositifs de mesure de l'opinion, entendue cette fois au sens « d'opinion populaire ». L'objectif, pour la monarchie en place, est d'être informée des idées qui traversent la population, et de déceler les éventuels agitateurs […]. La lieutenance générale de la Police de Paris va alors envoyer des agents (surnommés « les mouches ») aux quatre coins de la ville, dans les marchés, les cafés, ou les places les plus fréquentées pour écouter et rapporter les échanges potentiellement hostiles au pouvoir […] – afin de pouvoir orienter cette opinion, notamment en disséminant des informations contraires, ou en discréditant les éventuels fauteurs de trouble.

Hugo Touzet, « Connaître et mesurer l'opinion publique : utilité et limites des sondages », www.ses-ens.fr, 29 avril 2019. ■

Document 2 > L'histoire de la presse au XIXe siècle

1812	Construction de la première presse rotative mécanique en Angleterre, la première à pouvoir imprimer 1 000 exemplaires en une heure.
1826	Première photographie par Nicéphore Niépce en France.
1832	Création de l'agence d'information et de publicité Havas.
1833	La loi Guizot sur l'instruction primaire contribue à développer l'alphabétisation en France.
1863	*Le Petit Journal*, premier quotidien populaire, est vendu 1 sou. Il sera tiré à un million d'exemplaires en 1890.
1881	La loi du 29 juillet consacre le principe de liberté de la presse et met fin à l'autorisation *a priori* des publications
1898	La tribune « J'accuse...! » est publiée par Émile Zola dans *L'Aurore*. Elle est vendue à près de 300 000 exemplaires.

Méthode et corrigé

Repérer les arguments de chaque document

→ **Analyse le sujet** : il faut comprendre la **nature du travail** demandée et définir les **mots-clés**.

> **CONSEIL**
> Fais ce travail **avant d'avoir exploité les documents**. Cela peut t'aider à penser à des idées qui ne sont pas dans les documents (il y en a souvent !) ou à identifier les grandes lignes de ta réflexion, indépendamment des documents.

→ Dans chaque document, **extrais les arguments** qui apportent un élément de réponse à chaque grande partie du sujet.

> Dans le **document 1**, deux visions de l'opinion publique semblent coexister. Il faut se demander ce qui les rend compatibles.

→ **Distingue les arguments** qui apparaissent comme **principaux** et les arguments plus **secondaires**, qui affinent l'idée principale.

> Dans le **document 2**, au-delà des éléments qui caractérisent le développement de la presse, la chronologie souligne l'importance de l'éducation dans la construction de l'opinion publique.

→ Dégage les **complémentarités et oppositions** entre les arguments des documents.

→ **Rassemble tes connaissances** pour expliquer les idées des documents avec le vocabulaire adéquat et en les associant à des références théoriques.

COUP DE POUCE

Tu peux t'appuyer sur la méthode de l'épreuve composée, p. 13.

> **CONSEIL**
> **Si tu ne vois pas du tout à quoi sert un document**, ne t'appuie pas dessus pour en faire toute une partie, au risque d'être hors sujet... Il n'est peut être vraiment pas très important ! Utilise simplement un chiffre ou une citation pour montrer que tu ne l'as pas oublié.

Repérer les illustrations dans chaque document

→ **Dégage les exemples et les données chiffrées** les plus significatifs pour illustrer l'idée principale et les idées secondaires de chaque document du dossier.

> Pour t'entraîner, **associe ici chaque argument à son illustration** :

a. Pendant longtemps, l'opinion publique a d'abord été l'opinion de la bourgeoisie éclairée. L'opinion populaire était contrôlée, mais n'avait pas de légitimité à s'exprimer publiquement.
b. En 1890, un journal populaire comme *Le Petit Journal* se vend en France à un million d'exemplaires.
c. Sous la monarchie, les autorités envoyaient des indicateurs, les « mouches » pour s'informer de l'état de l'opinion et essayer éventuellement de la manipuler.
d. Le développement de la presse au XIXe siècle a permis la constitution d'une opinion publique nationale relativement cohérente et unifiée.

> Dans le **document 2**, donnez un argument que permettra d'illustrer une des dates proposées.

→ **Recherche des illustrations personnelles** pour compléter celles des documents.

Proposition de plan détaillé

I. L'émergence de la démocratie se fait avec une prise en compte partielle de l'opinion publique.

Jusqu'à la fin du suffrage censitaire, la France connaît des régimes non démocratiques ou excluant une partie de la population du vote. Cela peut être relié à la séparation entre une opinion publique éclairée (qu'il faut expliquer et relier à la philosophie des Lumières) et une opinion populaire, contrôlée par les pouvoirs publics. **> Doc 1**

II. Le développement de l'opinion publique accompagne celui de la démocratie.

Tu peux t'appuyer sur le développement de la presse (et citer le **document 2***, les évolutions techniques et légales), ainsi que de l'école. Les deux favorisent le développement d'une opinion publique unifiée, s'étendant jusqu'aux plus modestes. Cela accompagne ainsi l'élargissement du corps électoral et l'apparition des partis de masse, le suffrage devenant universel en 1848.*

III. L'émergence d'une démocratie d'opinion est liée aux évolutions de l'opinion publique.

Tu peux présenter la notion de démocratie d'opinion et montrer qu'elle prend ses racines dans le développement des techniques qui permettent de mesurer l'opinion publique (sondages) et de s'adresser à elle (médias, jusqu'aux réseaux sociaux). Cela remet en cause la place des partis.

Pour aller plus loin

Livres

- Jean-Yves Dormagen, Daniel Mouchard, *Introduction à la sociologie politique*, « L'opinion publique », chapitre 9, De Boeck Supérieur, 2015.
- Claire Fumat, Vincent Brascaglia, *Toute la socio en BD. Tome 2 : Opinion publique et vote*, La Boîte à bulles/Belin Éducation, 2020.
- Georges Orwell, *1984*, 1972.

À voir

Films

- Mariana Otero, *L'Assemblée*, 2017.
- Xavier Giannoli, *Illusions perdues*,, 2021.

Scanne-moi !

Vidéos de révision

- « Premières : comment se forme et s'exprime l'opinion publique ? » : **www.youtube.com/watch?v=8ouLA8DQwII**
- « Fabrique de l'opinion publique et formes de l'engagement politique », Les cours Lumni : **www.revoir.tv5monde.com/toutes-les-videos/culture/les-cours-lumni-lycee-cours-du-15-12-2020**
- « Sondages : qui s'en sert ? Quels effets ? Quels antidotes ? », Osons causer : **www.youtube.com/watch?v=Qw8hhv-rHSY**
- « Présidentielle 2022, les sondages sont-ils fiables ? », Les Décodeurs, *Le Monde* : **www.youtube.com/watch?v=atix9Ssx6ro**
- « L'opinion publique : les techniques de sondages » (vidéo réalisée par des élèves de première), Apses : **www.youtube.com/watch?v=nrDpvkFcxpc**

À consulter

- Site internet du Cevipof : **www.sciencespo.fr/cevipof/fr**
  Le Cevipof publie des travaux de recherche sur l'opinion publique et le vote, en lien avec l'actualité politique.
- Site internet de l'Ifop : **www.ifop.com**
  L'un des principaux instituts de sondage français, qui publie régulièrement des enquêtes pour mesurer l'état de l'opinion publique.

Ton **KIT DE SURVIE** pour le **BAC** avec SCHOOLMOUV

Chapitre 9 — Comment se forme et s'exprime l'opinion publique ?

Tu viens de voir les notions à connaître sur l'opinion publique. Pour t'aider à retenir l'essentiel et t'entraîner pour le Bac, voici ton kit de révisions clé en mains conçu par SchoolMouv !

Vidéo

Pour mieux comprendre et t'en souvenir à coup sûr, regarde la vidéo. C'est parfois bien plus clair en images.

Vidéo Comment se forme et s'exprime l'opinion publique ?
https://flashbelin.fr/focusbacschoolmouv/ses/1re/9

Contenu additionnel

Voici un bonus autour du même sujet. La curiosité n'est pas toujours un vilain défaut. Il suffit de créer ton compte pour avoir accès à plein de contenus supplémentaires.

Fiche Comment se forme et s'exprime l'opinion publique ?
https://www.schoolmouv.fr/eleves/cours/comment-se-forme-et-s-exprime-l-opinion-publique-/fiche-de-cours

Tchat avec un prof

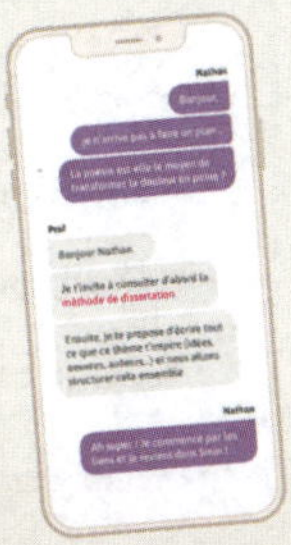

Pour poser toutes tes questions à un prof particulier, découvre l'abonnement tchat. Tu peux le tester gratuitement pendant 7 jours : fini les questions sans réponses, tu vas devenir incollable.

https://focusbac.schoolmouv.fr/offre

10 Voter : une individuelle

Voter dans une démocratie

Notions

- → Mode de scrutin
- → Parti politique
- → Pouvoir politique
- → Science politique
- → Société civile

affaire ou collective ?

L'ESSENTIEL EN 5 POINTS

1. Les **taux d'inscription** sur les listes électorales, ainsi que les taux **de participation et d'abstention** aux élections, sont d'importants indicateurs qui entourent le vote.

2. La **participation** électorale est liée à **divers facteurs** inégalement partagés au sein de la population : degré d'intégration sociale, intérêt pour la politique, sentiment de compétence politique.

3. La participation dépend aussi de **variables contextuelles**, telles que la perception des enjeux de l'élection et le type d'élection.

4. Le vote est à la fois un **acte individuel**, qui exprime des préférences en fonction d'un contexte et d'une offre électorale, et un **acte collectif**, puisqu'il révèle des appartenances sociales.

5. La **volatilité électorale** revêt des **formes variées** (intermittence du vote, changement des préférences électorales) et peut refléter un **affaiblissement** ou une **recomposition** du poids de certaines variables sociales, et un déclin de l'identification politique.

→ Définitions des notions p. 208-215

LE COURS en 3 axes

1 L'abstention, entre choix individuel et reflet de variables sociales

a. Mesurer la participation des électeurs

MOTS CLÉS

Vote blanc : fait de ne voter pour aucun des candidats, ou aucune des propositions dans le cas d'un référendum. Il est à différencier de l'abstention et du vote nul.

Vote nul : bulletins déchirés ou annotés, qui ne peuvent pas être pris en compte dans les résultats de l'élection.

→ Le **taux d'abstention** mesure le pourcentage d'électeurs inscrits sur les listes électorales qui n'ont pas voté à un scrutin. Il est l'envers du **taux de participation** électorale (1 - taux d'abstention), qui mesure le pourcentage d'électeurs inscrits sur les listes électorales qui sont allés voter. Le taux de participation comptabilise donc les **votes blancs** et **nuls**.

→ Le **taux de d'inscription sur les listes électorales** mesure le pourcentage des personnes en âge de voter qui sont inscrites sur les listes électorales. En France, en 2021, 7 % des Français en âge de voter ne sont pas inscrits sur les listes électorales, contre 1/3 aux États-Unis. L'inscription sur les listes électorales n'est pas automatique, sauf à l'âge de 18 ans ; ensuite, il faut la refaire après chaque déménagement.

→ La **mal-inscription électorale** est le fait d'être inscrit sur les listes électorales dans un lieu qui ne correspond pas au lieu de résidence. Elle est une **cause non négligeable d'abstention**. En 2017, selon une étude parue dans la *Revue française de science politique*, 51 % des 25-29 ans étaient mal-inscrits, multipliant par trois le risque d'être abstentionniste.

b. Les facteurs de l'évolution de l'abstention

→ Le **taux d'abstention** est lié au **contexte**. Certains **scrutins** sont **moins mobilisateurs**, et même la météo peut avoir un impact négatif sur la participation ! Le taux d'abstention le plus élevé est ainsi enregistré lors des **régionales** et **départementales**, ainsi que lors des **européennes** (même si l'on a assisté à un regain de la participation en 2019). Un scrutin dont l'**enjeu** est **perçu comme faible** ou dans lequel une partie de l'opinion ne s'estime pas représentée connaîtra une participation moins importante.

→ La **multiplication du nombre d'élections** explique certainement aussi l'abstention. Sous la IVe République, une seule élection comptait : les élections législatives. Mais sous la Ve république, est mise en place en 1965 l'**élection présidentielle au suffrage universel** ; puis, en 1979, les élections européennes ; et enfin, en 1986, les élections régionales, avec la décentralisation.

→ Une **abstention** de plus en plus importante peut être interprétée comme un **retrait croissant de la sphère publique**. On retrouve ici la **thèse de Tocqueville** (**Le petit +**). Il semble en effet que l'abstention progresse dans le temps (**Doc 1**).

→ Toutefois, le sociologue **François Héran**, dans *Les Intermittences du vote* (1997), **nuance la progression de l'abstention** en expliquant que les taux d'abstention sont analysés à un temps *t*, ce qui ne dit rien sur les **comportements individuels dans le temps**. La lecture des séries d'abstention peut en effet mener à l'**erreur écologique en statistiques**, qui consiste à prêter aux individus les comportements qu'on observe en moyenne. Pour éviter cela, il passe du transversal au longitudinal, c'est-à-dire **analyse les comportements individuels qui se cachent derrière les données agrégées**.

→ **Deux interprétations** sont alors possibles : **1.** Les chiffres montrent une augmentation de la population qui **s'abstient systématiquement** ; **2.** Le **vote** devient plus **intermittent**. Les individus ne votent pas forcément à toutes les élections.

Taux d'abstention aux élections présidentielle et législatives

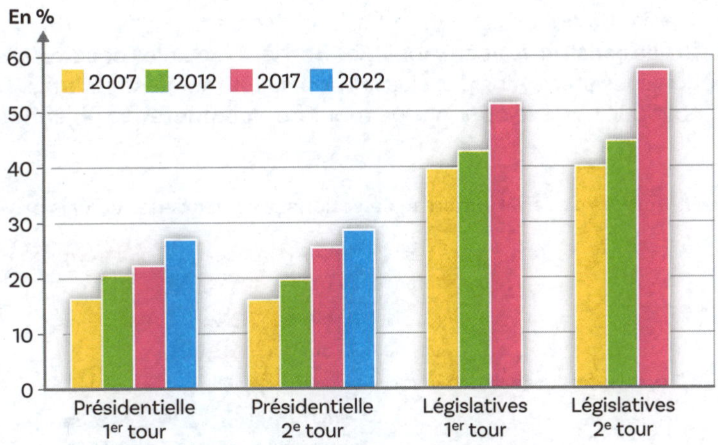

Doc 1 L'évolution du taux d'abstention

LE PETIT +

→ Tocqueville et les dangers qui menacent la démocratie

Dans *De la démocratie en Amérique* (1865), Alexis de Tocqueville montre que le processus d'égalisation des conditions sociales, qui décrit chez lui la démocratie, s'accompagne d'une **progression de l'individualisme**. Les individus disposent d'un sentiment et d'une situation d'indépendance accrus, mais cet individualisme peut aussi aboutir à un repli des citoyens, ne se préoccupant plus du sort d'autrui, sur leur vie privée. Ils abandonnent alors aux gouvernants la gestion des affaires du pays.

→ François Héran montre que l'augmentation du taux d'abstention est surtout due à l'**intermittence du vote**. Il montre que les abstentionnistes permanents (ou systématiques) ne sont en fait qu'un petit noyau : environ 7 % des inscrits (à ajouter aux 7 % de non-inscrits sur les listes électorales). En 2017, il y a eu quatre élections la même année : les présidentielles à deux tours et les législatives à deux tours. 36 % des inscrits ont participé aux quatre élections ; 14 % se sont abstenus systématiquement ; 50 % ont donc participé de manière intermittente.

c. Abstention et déterminismes sociaux

MOTS CLÉS

Compétence politique : capacité, réelle ou perçue, d'un individu à comprendre les enjeux politiques, à situer les candidats par rapport à ces derniers et à émettre des préférences politiques propres.

Suffrage censitaire : mode de suffrage dans lequel le droit de vote est réservé aux citoyens qui acquittent un impôt direct au-delà d'un seuil appelé « cens électoral ».

→ Le **taux d'abstention** est lié à des **variables sociales** : la probabilité de s'abstenir est plus forte pour les électeurs les plus pauvres et les moins diplômés, mais aussi pour les jeunes ou les personnes isolées (**Doc 2**).

→ L'abstention s'explique notamment par un défaut d'**intégration sociale** (le lien social favorise en effet la participation politique) et par le faible niveau de **compétence politique**, réel ou ressenti. Cela explique que les personnes les moins diplômées et les moins intégrées sur le marché du travail participent moins.

→ **Daniel Gaxie** souligne en effet, dans *Le Cens caché* (1978), que bien que le **suffrage censitaire** ait été aboli, des **barrières sociales et culturelles** à la participation subsistent. Ainsi, les classes populaires manifestent un faible intérêt pour la politique et développent une moindre « **compétence objective** » en prêtant

Les facteurs de l'abstention aux élections présidentielles et législatives de 2017

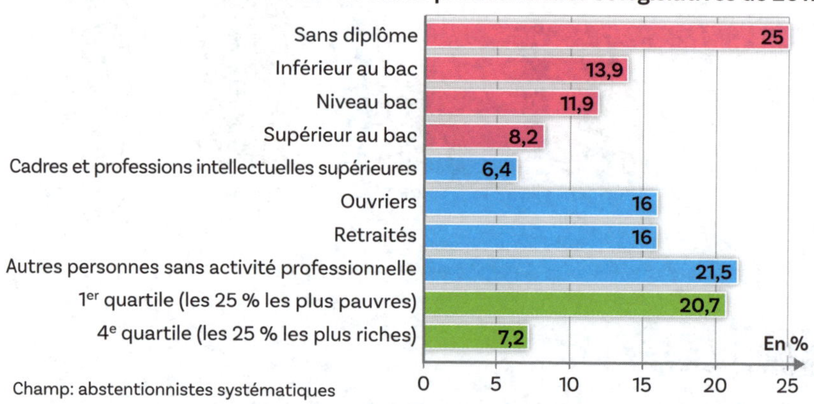

Note : Les inscrits sont répartis entre ceux qui votent à tous les tours de la présidentielle et des législatives (vote systématique), ceux qui ne votent à aucun tour de scrutin (abstention systématique) et ceux qui votent de façon intermittente.

Guillemette Buisson et Sandrine Penant, « Élections présidentielle et législatives de 2017 : neuf inscrits sur dix ont voté à au moins un tour de scrutin », *Insee première*, n° 1670, octobre 2017.

Doc 2 Les principaux déterminants sociaux de l'abstention

> **MOT CLÉ**
> **Politisation :** capacité d'un individu à se doter de repères lui permettant de s'orienter dans l'offre électorale et de « se faire une opinion ».

peu attention aux débats. Cela traduit aussi une forte distance culturelle avec le monde politique et le vocabulaire des hommes politiques, qui provoque un sentiment de faible « **compétence subjective** ». La moindre maîtrise des instruments (langagiers, conceptuels) entretient ainsi chez les moins diplômés un sentiment d'illégitimité et une moindre **politisation**.

→ Daniel Gaxie explique toutefois que les **partis politiques** et/ou les **syndicats** peuvent exercer un **effet de compensation** à l'égard d'individus peu diplômés, en leur fournissant des cadres cognitifs qui favorisent la politisation. La diminution du **taux de syndicalisation**, particulièrement importante chez les salariés peu qualifiés, constitue alors une explication supplémentaire de la progression de l'abstention dans les catégories les moins diplômées.

→ **Jérôme Jaffré** et **Anne Muxel** distinguent en définitive **deux formes d'abstentionnisme** :
– l'**abstentionnisme hors jeu**, qui est le fait d'**électeurs éloignés de la politique**, qui s'abstiennent plus systématiquement, par sentiment d'incompétence, notamment ;
– l'**abstentionnisme dans le jeu**, qui est le fait d'**électeurs politisés et informés**, qui choisissent l'abstention par désintérêt pour une élection particulière, ou encore par rejet de l'offre politique proposée. Leur abstention est le plus souvent intermittente, leur participation étant conditionnée au fait de se reconnaître dans une offre électorale.

2 Des choix électoraux déterminés par les caractéristiques sociales des électeurs

a. L'influence de variables sociales « lourdes » sur les préférences politiques

→ Certaines **variables sociales** influencent les **préférences politiques**. Ce constat a été fait très tôt par les sociologues. Par exemple, **Paul Lazarsfeld** observe, dans *The People's Choice* (1944), que les campagnes électorales ont peu d'influence sur les intentions de vote des électeurs. Les électeurs votent surtout en fonction de leurs caractéristiques sociales, en particulier le **statut socio-économique**, la **religion** et le **lieu de résidence**. Ce constat nuance l'influence des médias sur le vote et remet aussi en question la figure du citoyen éclairé, qui vote en s'informant des enjeux de la campagne et des spécificités des programmes des candidats.

→ Ces **variables lourdes** sont également **prédictives du vote en France**. La **religion**, et plus précisément la pratique religieuse, influence le plus le vote. De fait, le **vote de droite** est d'autant plus probable qu'un électeur est **catholique pratiquant**. En 2012, à patrimoine égal, les catholiques pratiquants votent 5,6 fois plus souvent pour Nicolas Sarkozy que ceux qui se déclarent « sans-religion ». Les catholiques non pratiquants votent en revanche comme la moyenne nationale, tandis que ceux qui se disent « **sans religion** » votent plus souvent **à gauche**.

LA SCIENCE PO EN PRATIQUE

La disparition du *gender gap* ?

- Dans les années 1950 et 1960, les femmes **s'abstenaient davantage** et avaient un **vote plus conservateur** que les hommes, notamment parce qu'elles étaient plus pratiquantes.
- Les années 1970 sont marquées par un **accroissement de la participation des femmes** et un **rapprochement de l'orientation électorale** entre les sexes.
- Mais à partir des années 1980, une nouvelle spécificité du vote féminin apparaît : une légère surreprésentation des votes écologistes et socialistes et, surtout, une **moindre attirance pour le Front national**. Elles ont longtemps moins voté pour les partis plus extrêmes.
- On observe toutefois aujourd'hui une **érosion du *radical right gender gap***, à savoir de l'écart genré en défaveur de l'extrême droite. Ainsi, alors que le score électoral du Front national était encore supérieur de 6 points chez les hommes en 1995, cet écart tombe à 3 points en 2007, puis moins de 2 en 2012. Le **recentrage du Front national** (aujourd'hui Rassemblement national) sur des thématiques économiques et relevant de la justice sociale (pouvoir d'achat, précarité), mais aussi un « effet Marine Le Pen » semblent expliquer ces évolutions. Le *gender gap* pourrait toutefois se retrouver désormais dans l'électorat d'Éric Zemmour.

→ La détention de **patrimoine économique** influence plus encore le vote que l'appartenance à la PCS. La possession d'un patrimoine élevé et le fait de posséder un patrimoine professionnel dans le cas des indépendants est fortement corrélée avec le vote à droite, ce qui n'est pas forcément le cas si on étudie le revenu. Cet effet du patrimoine rejoint en partie l'effet d'**âge**, car le patrimoine s'accumule tout au long de la vie.

→ Il existe aussi une **géographie électorale** : le vote en faveur du Rassemblement national est ainsi plus répandu dans le Nord et l'Est de la France et en région PACA (ou, plus largement, dans le pourtour méditerranéen).

b. Une disparition du vote de classe ?

→ Pendant très longtemps, les politistes ont considéré que le vote était un « **vote de classe** ». Ainsi, les citoyens **les plus privilégiés votaient à droite**, tandis que le **vote des ouvriers** était **très marqué à gauche**, et notamment favorable au Parti communiste. Ainsi, lors des législatives de 1978, les ouvriers votent à 70 % à gauche. Mais ce « vote de classe » baisse depuis cette date et, depuis le début des années 2000, se pose la question de savoir si le vote en faveur du Front national (FN), puis du Rassemblement national (RN), est le **nouveau « vote de classe » des ouvriers**, puisque 42 % d'entre eux ont voté pour ce parti en 2022 (**Doc 3**, p. 213).

> **MOT CLÉ**
>
> **Vote de classe :** idée selon laquelle les choix électoraux sont fortement influencés par la classe sociale à laquelle on appartient, souvent approchée par la PCS.

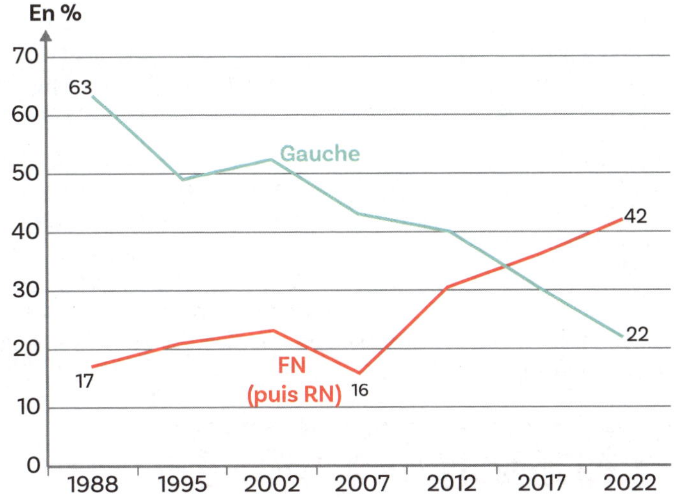

Martial Foucault, « Les transformations de la sociologie du vote », *Cahiers français*, n° 404, mai-juin 2018 et Opinion Way, 2022.

Doc 3 L'évolution du vote des ouvriers à l'élection présidentielle en France de 1988 à 2017

→ Dans *Vivons-nous encore dans une société de classes ?* (2009), le sociologue **Olivier Schwartz** soutient que les classes populaires ont le **sentiment d'avoir cessé d'être une priorité pour les partis de gauche** dans un contexte de déclin du Parti communiste (effondrement dès 1989 du « bloc de l'Est »). Les partis de gauche ont diversifié leur thématique (sur les questions des droits des femmes, des droits LGBT, des banlieues, etc.), dans lesquelles les classes populaires **ne se reconnaissent pas**, ce qui explique le report du vote ouvrier vers l'extrême droite.

→ Il faut toutefois relativiser le vote RN des ouvriers : s'il s'agit bien du premier choix des ouvriers qui s'expriment, **beaucoup d'ouvriers ne sont pas inscrits sur les listes ou s'abstiennent**, et le premier choix des ouvriers lors des élections est bien l'abstention. Aujourd'hui, en somme, le principal prédicteur de l'abstention et du vote RN est le **diplôme** : moins on est diplômé, plus on a de chance de s'abstenir ou de voter à l'extrême droite.

3 Volatilité électorale et recompositions politiques

a. Les choix électoraux sont l'expression de préférences individuelles

→ Pour expliquer l'**effritement du vote de classe**, les chercheurs américains des années 1970 avancent une explication : l'électeur est devenu **plus éduqué**, plus critique, comme un consommateur avisé qui juge l'action de ses dirigeants. Les choix électoraux sont alors des **actes individuels**, et pas seulement le reflet de déterminismes sociaux.

→ Une majorité d'électeurs suivraient la campagne électorale, et le **vote** serait alors une **évaluation des candidats sortants** (**vote rétrospectif**) **ou de leurs propositions** sur les enjeux perçus comme essentiels. L'électeur aurait alors

> **MOT CLÉ**
>
> **Vote sur enjeux (*issue vote*) :** idée selon laquelle le choix des électeurs est déterminé en fonction de « l'offre électorale », c'est-à-dire de la proximité entre les programmes proposés, les profils des candidats, les enjeux propres à l'élection ou à un thème de campagne, et leurs préférences personnelles.

tendance à choisir les candidats selon leurs positions sur ces mêmes enjeux, plutôt que sur des critères partisans, d'où le concept de « **vote sur enjeux** » qui émerge en science politique à partir des années 1970.

→ L'électeur serait désormais plus « **rationnel** ». Il utiliserait son vote pour « récompenser » ou « sanctionner » le gouvernement sortant. Il changerait ainsi d'affiliation politique d'une élection à l'autre et voterait **par intermittence selon les enjeux et le contexte**. Les électeurs seraient capables de mieux conceptualiser leurs choix, car ils sont globalement plus diplômés.

b. Les causes de la volatilité électorale et le déclin du clivage gauche-droite

> **MOTS CLÉS**
>
> **Volatilité électorale :** fait qu'une partie des électeurs alterne entre vote et abstention ou change de vote selon le contexte ou le type d'élection.
>
> **Clivage gauche/droite :** idée selon laquelle la vie politique est essentiellement structurée par la séparation entre une gauche et une droite, chacune définie par des valeurs propres et un électorat relativement stable.

→ Ces mutations induisent une **volatilité électorale**, qui s'explique par un vote plus intermittent (« abstention dans le jeu ») lié aux enjeux du scrutin, mais également par une **moindre identification aux partis politiques** et par l'**affaiblissement du clivage gauche/droite.**

→ On observe tout d'abord, en effet, une **recomposition des identités électorales** qui accompagne l'**affaiblissement des partis politiques traditionnels**. Cela se traduit par une volatilité de plus en plus forte de l'électorat. L'enquête électorale du Centre de recherches de Sciences Po (Cevipof) permet de dessiner un **portrait-robot des « changeurs »**. Ce sont surtout des cadres, des diplômés du supérieur et des personnes qui disposent de hauts revenus. Dans ces catégories sociales, les **effets de campagne** semblent plus forts qu'ailleurs : ces électeurs sont plus sensibles que d'autres au déroulement des débats. Pour le politiste **Pascal Perrineau**, cette « citoyenneté contractuelle » conjugue une « distance par rapport au vote » et une faible « loyauté politique ».

→ La **volatilité électorale** peut aussi provenir d'une **recomposition de l'offre politique** ou de l'**abstention** (abstentionnistes intermittents) d'une partie des électeurs à une élection. Elle est notamment liée à celle d'un déclin du **clivage gauche/droite** que révèle la progression des « non-alignés » (**Doc 4**, p. 215). Ce clivage a longtemps structuré la vie politique française et facilité une certaine **stabilité des préférences partisanes**.

→ Mais la fréquence des alternances politiques et des périodes de cohabitation a affaibli le clivage économique entre la droite et la gauche (tournant de 1983), et certains clivages culturels se déploient. L'émergence de l'extrême droite conduit à parler désormais de **tripartition de l'espace électoral** et d'un électorat populaire davantage partagé entre l'abstention, les extrêmes et les partis de gouvernement.

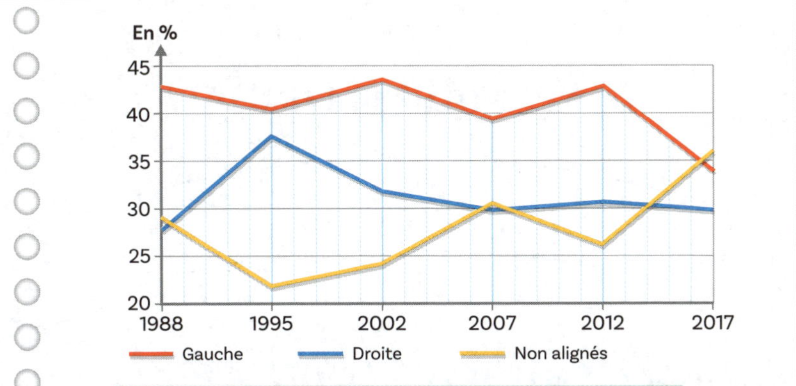

Doc 4 Le placement gauche/droite lors des élections présidentielles

→ Dans *Les Origines du populisme* (2019), **Yann Algan** et **Daniel Cohen** montrent que la **montée des forces antisystème** en France est intimement liée à la **détérioration des conditions d'existence** des classes moyennes et populaires. Pour autant, là encore, les facteurs socio-économiques n'expliquent pas tout, sinon le clivage gauche-droite prévaudrait. Une **crise culturelle**, tout aussi profonde, favorise la poussée populiste selon un **axe société ouverte/société fermée** (**Le petit +**).

→ Les élections présidentielles de 2017 et 2022 ont renforcé cette remise en cause, avec l'émergence d'une force politique centrale, La République en marche, ne se revendiquant **ni de droite, ni de gauche**. Les partis traditionnels (PS et LR) ont été très déstabilisés par le « vote utile » en faveur d'Emmanuel Macron et de Jean-Luc Mélenchon. Toutefois, l'adhésion à des valeurs perçues comme de gauche ou de droite demeure, et il n'est pas exclu que le clivage gauche/droite revienne sur le devant de la scène.

LE PETIT +

→ L'axe société ouverte/société fermée

• Dans *La Politique des deux axes* (2012), **Vincent Tiberj** postule que l'espace politique français s'articule désormais autour d'une **dimension socioéconomique traditionnelle** et d'une **dimension culturelle**.

• Jusqu'aux années 2000, la droite et la gauche s'opposaient essentiellement sur le terrain socioéconomique mais, désormais, un second clivage apparaît autour des **valeurs culturelles** mesurées par des questions relatives aux **enjeux de société** (homosexualité, place des femmes, PMA...), à l'**autoritarisme** (peine de mort, discipline à l'école), et à l'**ouverture au reste du monde** (immigration, perception de la mondialisation).

• La nouvelle politisation des valeurs culturelles offre les conditions d'une compétition électorale renouvelée, dans laquelle Emmanuel Macron a pu s'insérer, non pas par rapport à un axe droite/gauche, mais plutôt à un **axe société ouverte/société fermée.** Ce clivage se retrouve dans la plupart des pays occidentaux, et particulièrement au Royaume-Uni et aux États-Unis.

MÉMO VISUEL

- La synthèse en BD -

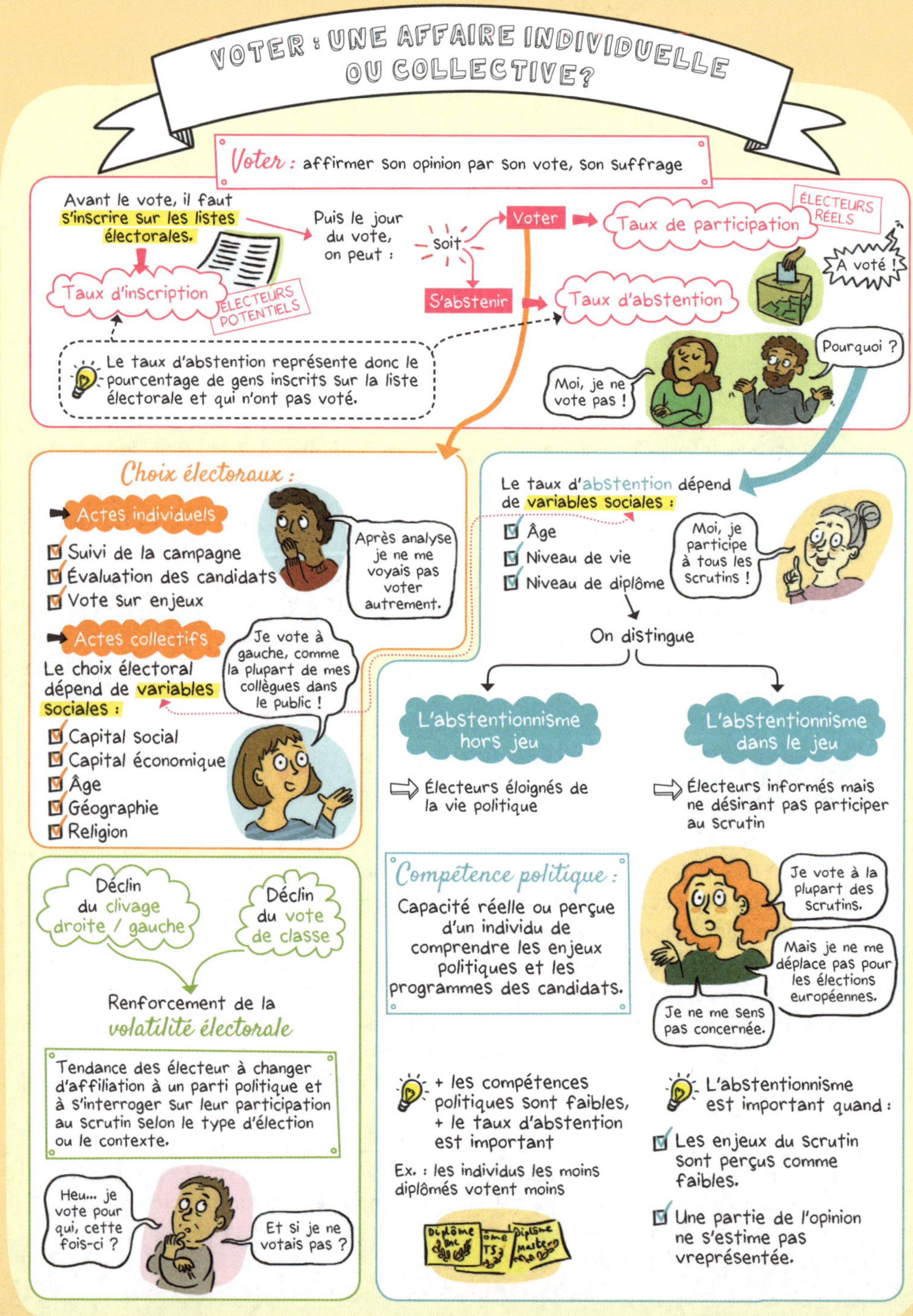

Une citation clé

Une personne pense, politiquement, comme elle est socialement. Les caractéristiques sociales déterminent les caractéristiques politiques.
Paul Lazarsfeld (1901-1976), sociologue américain, *The People's Choice*, 1944.

Ne pas confondre

- Taux d'abstention/taux de participation
- Mal-inscription/taux d'inscription
- Vote blanc/vote nul
- Abstention systématique/abstention intermittente
- Abstentionnisme dans le jeu/abstentionnisme hors jeu
- Compétence objective/subjective
- Volatilité électorale/électeur rationnel
- Affaiblissement du vote de classe/tripartition

Débat

D'accord avec toi !

Existe-t-il toujours un « vote de classe » ?

Les arguments « pour »

- Les salariés du public et les plus diplômés votent plus souvent à gauche.
- Le patrimoine et la pratique religieuse, plus importants dans les milieux conservateurs et/ou chez les indépendants, déterminent toujours le vote à droite.
- Les classes populaires votent plus souvent pour les partis anti-système, qu'ils soient situés à l'extrême droite ou à l'extrême gauche. Elles sont aussi plus abstentionnistes.

Les arguments « contre »

- Le déclin du Parti communiste et l'affaiblissement du taux de syndicalisation expliquent le déclin du vote de la classe, mais aussi du vote d'adhésion.
- Les électeurs sont plus rationnels et moins déterminés par leurs caractéristiques sociales ; ils votent plus « sur enjeux ». Le vote est plus volatil et intermittent.
- L'affaiblissement du clivage gauche/droite rend plus complexe l'identification d'une catégorie de la population à un parti politique.

SE TESTER

- Mobiliser ses connaissances -

1. Relie les termes suivants à leur définition.

1. *Vote de classe* – **2.** *Abstention* – **3.** *Vote sur enjeu* – **4.** *Compétence politique* – **5.** *Taux d'abstention* – **6.** *Taux de participation*

- **a** Pratique qui consiste à ne pas voter, alors même que l'on est inscrit sur les listes électorales.
- **b** Capacité d'un individu, réelle ou perçue, à comprendre les enjeux politiques, à situer les candidats par rapport à ces derniers et à émettre des préférences politiques propres.
- **c** Mesure le pourcentage d'électeurs inscrits sur les listes électorales qui ne sont pas allés voter à un scrutin.
- **d** Pratique consistant à orienter son vote en fonction des propositions des candidats sur les enjeux qui semblent importants au moment de l'élection.
- **e** Idée selon laquelle les choix électoraux sont fortement influencés par la classe sociale à laquelle on appartient, souvent approchée par la PCS.
- **f** Pourcentage d'électeurs inscrits sur les listes électorales qui sont allés voter.

2. Vrai ou faux ?

	Vrai	Faux
a Le vote blanc est comptabilisé dans l'abstention.	☐	☐
b La mal-inscription est une cause de l'abstention.	☐	☐
c Le vote intermittent signifie que les électeurs alternent entre vote et abstention.	☐	☐
d L'abstention hors jeu est spécifique des électeurs plus diplômés, qui pratiquent un vote sur enjeu.	☐	☐
e Des variables lourdes, comme la pratique religieuse, la détention de patrimoine, le niveau de diplôme et la catégorie socioprofessionnelle, jouent un rôle important sur le choix de voter et de voter pour tel ou tel parti.	☐	☐
f Le vote de classe s'est affaibli chez les ouvriers, qui votent moins pour les partis de gauche.	☐	☐
g Le fait d'être catholique pratiquant, de détenir du patrimoine et/ou d'être âgé est prédictif du vote pour un parti de gauche.	☐	☐
h La volatilité du vote s'explique par le renforcement du clivage gauche/droite.	☐	☐
i La progression de l'abstention dans le jeu et la rationalité croissance des électeurs expliquent la volatilité du vote.	☐	☐

3. Complète les deux schémas à l'aide des termes suivants.

1. *Incompétence politique* – **2.** *Abstentionnisme hors heu* – **3.** *Vote sur enjeu* – **4.** *Abstentionnisme dans le jeu* – **5.** *Vote de classe*

Les déterminants de l'abstention

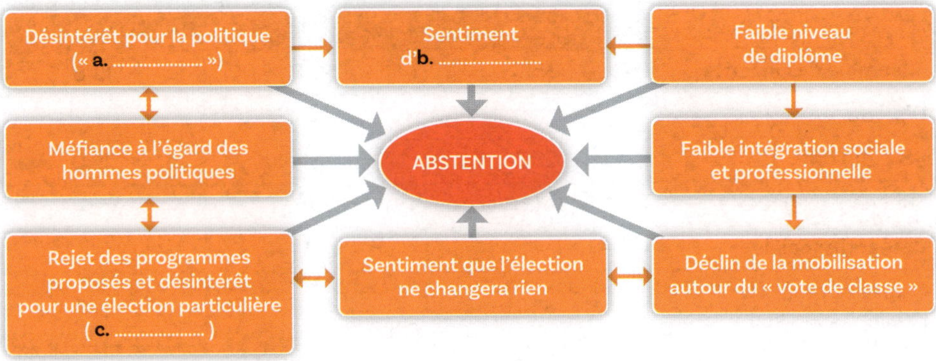

Les déterminants du vote

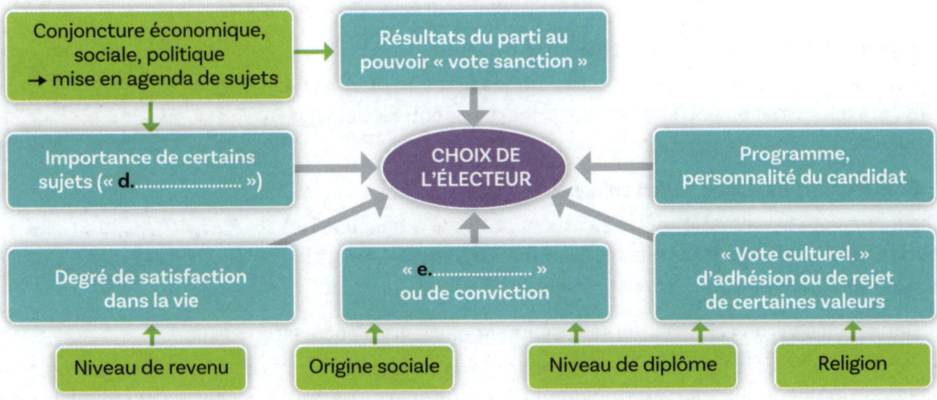

Réponses : 1. 1. e – 2. a – 3. d – 4. b – 5. c – 6. f • **2.** **a.** Faux – **b.** Vrai – **c.** Vrai – **d.** Faux – **e.** Vrai – **f.** Vrai – **g.** Faux – **h.** Faux – **i.** Vrai • **3.** **a.** 2 – **b.** 1 – **c.** 4 – **d.** 3 – **e.** 5.

COMMENT FAIRE POUR...

Analyser un tableau sur le site intermittent

La participation des inscrits de 25 ans et plus aux élections présidentielle et législatives de 2017 (en %)

	Vote systématique	Vote intermittent	Abstention systématique
Ensemble des inscrits	**35,5**	**50,8**	**13,8**
Diplôme			
Sans diplôme	28,7	46,3	25,0
Supérieur au bac	41,6	50,2	8,2
Catégorie sociale			
Cadres et prof. intellectuelles sup.	45,1	48,5	6,4
Ouvriers	26,1	57,9	16,0

Champ : inscrits sur les listes électorales en France en 2017.

Insee, « Élections présidentielle et législative de 2017 : neuf inscrits sur dix ont voté à au moins un tour de scrutin », *Insee Première*, octobre 2017.

1. Repérer les informations qui entourent le tableau

Ici, on s'intéresse aux électeurs inscrits sur les listes et on observe s'ils sont allés voter ou non lors des élections présidentielles et législatives de 2017 (quatre élections).

> Repère bien la source, le titre, la date et le lieu ; les unités ; la note.

2. Comprendre les données du tableau

Distingue **vote systématique** (les électeurs ont voté à chacune des quatre élections), **vote intermittent** (ils ont voté ponctuellement) et **abstention** systématique (ils n'ont jamais voté).

> Tu dois ici être attentif(ve) au vocabulaire.

3. Donner du sens aux chiffres, en sélectionnant plusieurs d'entre eux

- Par exemple, 28,7 % des inscrits de 25 ans ou plus sans diplôme ont participé à tous les tours des élections nationales (vote systématique), 46,3 % ont participé à au moins un tour (vote intermittent) et 25 % se sont abstenus à tous les tours (abstention systématique).
- **Ligne ensemble** : attention, si on fait la somme des trois colonnes, on obtient 100 %.

> Regarde l'ensemble des données du tableau et mets en évidence les chiffres extrêmes ou qui paraissent contradictoires. Utilise pour cela des calculs.

4. Analyser les informations du tableau

Les cadres sont plus de 1,7 fois plus nombreux (45,1/26,1) à voter systématiquement que les ouvriers.

Les diplômés du supérieur sont en proportion plus nombreux à pratiquer un vote intermittent que les non-diplômés ; cela s'explique par le fait que les moins diplômés sont, eux, proportionnellement plus nombreux à s'abstenir.

> Sélectionne de la même façon les données extrêmes chez les abstentionnistes.

Les plus diplômés votent plus et s'abstiennent moins que les moins diplômés. Cela s'explique par un sentiment plus prononcé de compétence politique et de politisation. Les moins diplômés et ouvriers sont des abstentionnistes « hors jeu », tandis que les plus diplômés sont abstentionnistes « dans le jeu ».

> Analyse les principaux constats chiffrés.

SUJET GUIDÉ DISSERTATION

SE PRÉPARER POUR L'EXAMEN

Articuler ses idées et mettre en forme une réponse à un sujet

SUJET **Comment expliquer l'abstention en matière de comportement électoral ?**

Document 1 > Les causes de l'abstention

Les raisons de s'abstenir sont multiples et se combinent souvent entre elles. Elles relèvent de logiques à la fois collectives et individuelles. Il faudrait ainsi pouvoir départager les facteurs institutionnels – mode de scrutin, type d'élection ou encore calendrier électoral – et les facteurs structurels renvoyant aux caractéristiques sociologiques des individus – niveau d'études, type d'intégration sociale, critères socio-démographiques – pour se faire une idée claire de ce qui a pu fixer le niveau de l'abstention à une élection donnée. Il faudrait aussi pouvoir mettre au jour les facteurs à proprement parler politiques, directement liés aux circonstances et au contexte de telle ou telle élection – compétition entre les candidats, rôle des campagnes, positionnement des partis, nature des enjeux de l'élection –, pour apprécier toute la portée qu'ils peuvent avoir sur la décision de rester en dehors du choix électoral.

Le plus souvent, ce sont les effets entrecroisés et cumulés de toutes ces circonstances qui participent à la dynamique de l'abstention, et il reste très difficile de les démêler.

Anne Muxel, « L'abstention : déficit démocratique ou vitalité politique ? », *Pouvoirs*, n° 120, 2007.

Document 2 > Les motifs de l'abstention

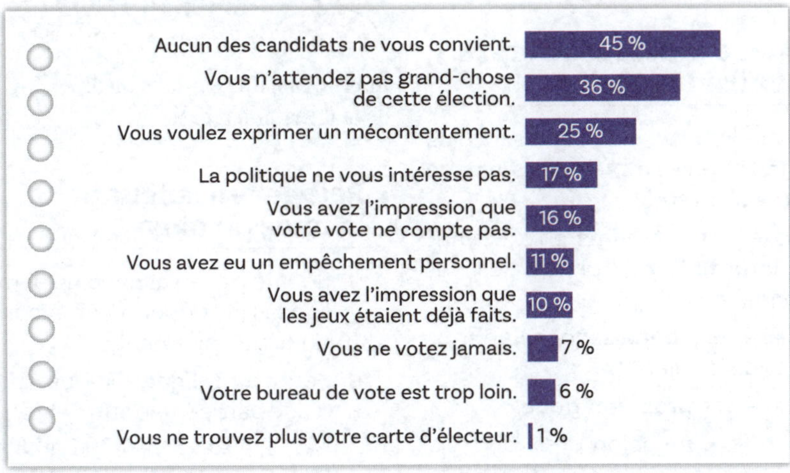

Échantillon de 2 882 personnes inscrites sur les listes électorales, issues d'un échantillon représentatif de 3 000 Français âgés de 18 ans et plus.

Enquête BVA-Salesforce pour la Presse régionale et Orange, réalisée par Internet le 23 avril 2017.

Document 3 > Taux d'abstention au second tour de l'élection présidentielle de 2017 en France, selon plusieurs caractéristiques (en %)

		Taux d'abstention
Sexe	Homme	27
	Femme	24
Âge	18-24 ans	34
	25-34 ans	32
	35-49 ans	27
	50-59 ans	24
	60-69 ans	19
	70 ans et plus	18
Profession	Cadre	24
	Prof. intermédiaire	25
	Employé	30
	Ouvrier	32
	Retraité	17

		Taux d'abstention
Dernier diplôme obtenu	Inférieur au bac	27
	Bac	28
	Bac + 2	23
	Au moins bac + 3	22
Niveau de revenu du foyer	Moins de 1 250 euros mensuels	34
	De 1 250 à 2 000 euros mensuels	25
	De 2 000 à 3 000 euros mensuels	24
	Plus de 3 000 euros mensuels	20
Ensemble des inscrits		**25,3**

D'après « Second tour : sociologie des électorats et profil des abstentionnistes », sondage réalisé par Ipsos, du 4 au 6 mai 2017.

Méthode et corrigé

Procéder à toutes les étapes du travail au brouillon

- Analyse le sujet en définissant ses **termes** et en comprenant la **nature du travail** attendu.
- Exploite les documents, en extrayant les **informations** principales et secondaires.
- Mobilise tes **connaissances** en rapport avec le sujet.
- Formule une **problématique**.
- Élabore le **plan** selon deux ou trois axes, composés chacun de deux à trois sous-parties intégrant des arguments distincts et illustrés.

COUP DE POUCE

Tu peux t'appuyer sur la méthode de la dissertation, p. 8.

Rédiger en soignant la mise en page

- Sépare par un **espace** de deux à trois lignes l'introduction et la conclusion du développement.
- Saute une **ligne** lorsque tu passes d'une partie à une autre et va à la ligne pour chaque nouveau paragraphe.
- Décale légèrement le début de la phrase de un ou deux carreaux (**alinéa**).

Articuler sa pensée grâce à des mots de liaison pertinents

- Au début de chaque grande partie, annonce brièvement les **sous-parties**.
- Des **conclusions partielles** doivent permettre de préciser ta réponse au sujet, en résumant les sous-parties.
- Utilise des **mots de liaison** : Ils permettent d'aider à repérer la logique de l'argumentation (*d'abord, ensuite, enfin, d'une part/d'autre part...*) ; ils aident à nuancer un argument afin d'affiner une analyse (*cependant, néanmoins, pourtant, malgré tout...*) ; ils aident enfin à prolonger une démonstration (*de plus, en outre, de surcroît...*).

CONSEIL

Ton **écriture** doit être lisible et soignée. Évite les ratures, barre proprement les termes inadéquats et utilise le « blanc » avec modération.

Proposition de plan détaillé

Problématique : L'abstentionnisme révèle-t-il seulement un désintérêt pour la politique ?

I. L'abstention révèle un désintérêt pour la politique et un sentiment d'incompétence des électeurs.

A. ***Les abstentionnistes présentent des caractéristiques sociologiques spécifiques.*** *Ils sont peu diplômés, appartenant aux couches populaires, mal intégrés socialement.* **> Doc 3**

B. ***Les abstentionnistes « hors du jeu politique » ont un rapport distant et méfiant à la politique.*** *Les électeurs ont un sentiment d'incompétence politique (Daniel Gaxie). On retrouve parmi eux des « abstentionnistes systématiques ». Ce sont des citoyens moins intégrés socialement* **> Doc 1**

II. L'abstentionnisme peut aussi révéler des comportements stratégiques des électeurs.

A. ***Des variables contextuelles expliquent une intermittence du vote chez certains électeurs.*** Importance du type d'élection, du calendrier électoral. Cette abstention est le fait d'électeurs politisés et informés, qui choisissent l'abstention par désintérêt pour une élection particulière. **> Doc 1 et 2**

B. ***Les abstentionnistes « dans le jeu politique » manifestent leur rejet de l'offre politique proposée et votent « sur enjeux ».*** Ils s'intéressent à la politique, s'identifient autant que les votants sur l'échelle gauche/droite. Leur abstention est intermittente du fait d'une insatisfaction vis-à-vis de l'offre politique sur un ou des sujets données. **> Doc 1 et 2**

Pour aller plus loin

Livres

- Céline Braconnier, Nonna Mayer (dir.), *Les Inaudibles. Sociologie politique des précaires*, Presses de Sciences Po, 2015.
- Nonna Mayer, *Sociologie des comportements politiques*, Armand Colin, 2010.
- Pascal Perrineau, *Le Vote disruptif. Les élections présidentielle et législatives de 2017*, Presses de Sciences Po, 2017.
- Vincent Tiberj, *Les Citoyens qui viennent. Comment le renouvellement générationnel transforme la politique en France*, PUF, 2017.

À voir

Film

- Sarah Gavron, *Les Suffragettes*, 2015

Scanne-moi !

À consulter

- Analyse des résultats du premier tour de l'élection présidentielle de 2017, Public Sénat : **www.publicsenat.fr/article/politique/sociologie-du-vote-une-france-coupee-en-deux-59286**
- « L'abstention est une forme de rejet du système », France 24 : **www.youtube.com/watch?v=rPSDWm17iFA**
- « Comment comprendre l'abstention ? », France Culture, 2022 : **www.franceculture.fr/emissions/la-revue-de-presse-des-idees/la-revue-de-presse-des-idees-du-samedi-22-janvier-2022**

Ton **KIT DE SURVIE** pour le **BAC** avec SCHOOLMOUV

Chapitre 10 Voter : une affaire individuelle ou collective ?

Tu viens de voir les notions à connaître sur le vote. Pour t'aider à retenir l'essentiel et t'entraîner pour le Bac, voici ton kit de révisions clé en mains conçu par SchoolMouv !

Vidéo

Pour mieux comprendre et t'en souvenir à coup sûr, regarde la vidéo. C'est parfois bien plus clair en images.

Vidéo **Voter : une affaire individuelle ou collective ?**
https://flashbelin.fr/focusbacschoolmouv/ses/1re/10

Contenu additionnel

Voici un bonus autour du même sujet. La curiosité n'est pas toujours un vilain défaut. Il suffit de créer ton compte pour avoir accès à plein de contenus supplémentaires.

Fiche **Voter : une affaire individuelle ou collective ?**
https://www.schoolmouv.fr/eleves/cours/voter-une-affaire-individuelle-ou-collective-/fiche-de-cours

Tchat avec un prof

Pour poser toutes tes questions à un prof particulier, découvre l'abonnement tchat. Tu peux le tester gratuitement pendant 7 jours : fini les questions sans réponses, tu vas devenir incollable.

https://focusbac.schoolmouv.fr/offre

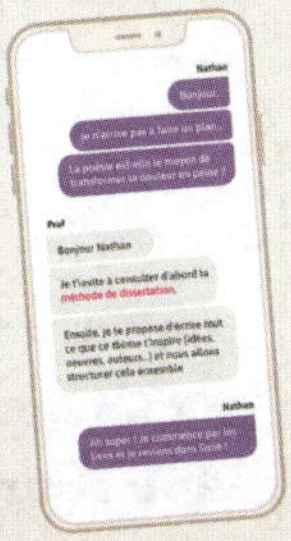

11 Comment les risques développées ?

La prévention des risques

Notions

- Cotisations sociales
- Groupes sociaux
- Institution
- Liens sociaux
- Pouvoirs publics
- Prestations sociales

réduire dans les sociétés

L'ESSENTIEL EN 5 POINTS

1. Les individus sont exposés à différents **risques économiques et sociaux** (maladie, accident, perte d'emploi, vieillesse).

2. L'exposition aux risques sociaux varie **selon les groupes sociaux** et leur **perception** ou leur **degré d'aversion** au risque.

3. La gestion collective des risques passe par la **prévention**, la **mutualisation** et la **diversification**. Elle a des effets positifs (bien-être, incitation à l'innovation) et négatifs (aléa moral).

4. Différentes **institutions** participent à la **prise en charge collective** des risques sociaux (famille, sociétés et mutuelles d'assurance, pouvoirs publics).

5. La protection sociale peut reposer sur des **logiques d'assurance et d'assistance** et contribue à une couverture des risques fondée sur le principe de **solidarité collective**.

→ Définitions des notions p. 228-235

LE COURS en 3 axes

1 Exposition et aversion inégales aux risques

a. Les principaux risques économiques et sociaux

→ Le **risque** est la **possibilité** de survenue d'un événement indésirable, la **probabilité** d'occurrence d'un danger. Dans *Risk, uncertainty and profit* (1921), **Franck Knight** introduit la distinction fondamentale entre le **risque** et l'**incertitude**. Si le risque est probabilisable, puisqu'on peut en estimer les chances de survenue, l'incertitude ne l'est pas.

→ Le mot apparaît au XIVe siècle avec les premiers **contrats d'assurance maritime**. Le risque est donc initialement entendu comme **économique**. Le risque économique renvoie généralement au risque d'entreprise, qui est celui de perdre le capital engagé en faisant faillite.

→ Les **risques sociaux** sont des événements qui sont susceptibles de toucher tout le monde et qui provoquent une diminution du niveau de vie de l'individu ou du ménage, parce que ses dépenses augmentent (maladie, accident, maternité) ou que ses ressources diminuent (retraite, chômage) (**Le petit +**, p. 229).

→ Le risque n'est pas par nature « social », et sa couverture est donc le résultat d'un **choix politique variable** selon le temps et les lieux. En France, le programme du **Conseil national de la Résistance** (1944), qui entend par « risque » l'impossibilité dans laquelle se trouve un citoyen d'assurer ses moyens d'existence par son seul travail, justifie ainsi la prise en charge collective de la maternité, puis le versement d'allocations familiales.

→ Toutes les **sociétés** ne font pas les mêmes choix. Par exemple, le **nombre d'enfants** peut être vu comme un simple **choix individuel** et non comme devant être assumé en partie par la nation : ainsi, avoir des enfants donne droit à des allocations familiales en France, mais pas aux États-Unis. De même, l'arrêt de l'activité liée au **vieillissement** (qui donne droit à une pension de retraite si on a travaillé suffisamment longtemps) est un processus dans une grande mesure prévisible : ses conséquences sur les revenus pourraient être anticipées par le seul individu *via* l'épargne, d'où le choix d'un système de **retraite par capitalisation** dans les pays anglo-saxons.

> **MOT CLÉ**
>
> **Retraite par capitalisation :** les actifs financent leur retraite individuelle (ils cotisent pour leur retraite individuelle dans des fonds de pension), à la différence d'un système de retraite par répartition, reposant sur la solidarité entre génération (les actifs cotisent pour les retraités dans le système de Sécurité sociale).

LE PETIT +

→ La naissance du risque social

• On date la naissance de la notion de « risque social » en France de la **loi du 8 avril 1898**, qui établit la notion de **risque professionnel pour les accidents du travail** et révolutionne la conception de la **responsabilité**. Désormais, il n'incombe plus au salarié de prouver la faute de l'employeur pour obtenir réparation : la responsabilité devient « sociale ».

• Cette loi est la première visant à **mutualiser les coûts liés à un risque.** Elle oblige les employeurs à prendre en charge le risque d'accidents du travail en s'assurant. Le salarié bénéficie d'une protection et les dommages sont payés directement par l'employeur ou par des caisses.

→ En France, on reconnaît **six risques sociaux** : (1) la **maladie** ; (2) les **accidents du travail et maladies professionnelles** ; (3) la **retraite** ; (4) la **famille** ; (5) l'**emploi** ; et (6) la **dépendance**. La création d'une branche de la protection sociale dédiée à la dépendance a été annoncée en 2020, mais celle-ci reste à organiser.

b. Une exposition et une attitude différenciées face au risque

→ L'**exposition au risque diffère selon les groupes sociaux.** Il dépend en premier lieu des **conditions de travail**, qui peuvent être potentiellement dangereuses. Les ouvriers sont par exemple davantage exposés au risque d'accident du travail ou à des substances nocives. Cela affecte leur espérance de vie, et notamment leur espérance de vie en bonne santé. Ainsi, l'espérance de vie des cadres sans problèmes sensoriels et physiques est de 69 ans, contre 59 ans chez les ouvriers, soit un écart de 10 ans (**Doc 1**).

→ Le rapport à la santé demeure très inégalement réparti. Il dépend aussi des représentations du **rapport au corps et à la douleur**, qui diffèrent fortement selon les groupes sociaux (**La socio en pratique**, p. 230).

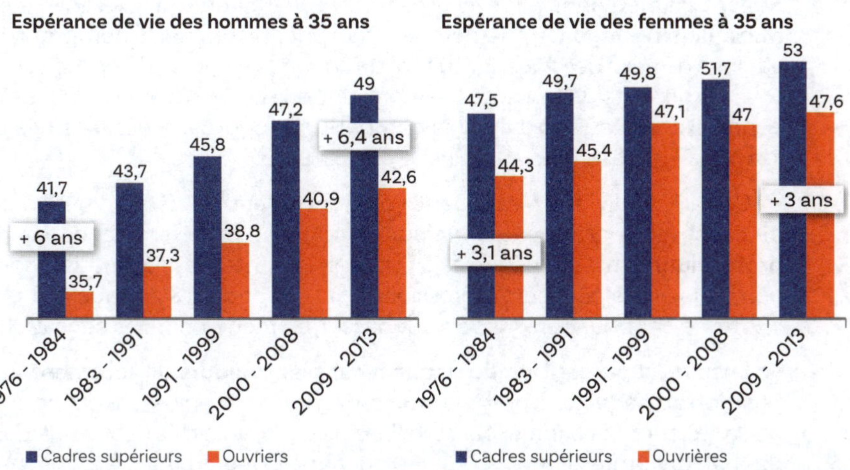

Insee, 2016.

Doc 1 L'espérance de vie

LA SOCIO EN PRATIQUE

Le rapport au corps selon les classes sociales

• Luc Boltanski, dans *Les Usages sociaux du corps* (1971) constate que les membres des classes populaires nouent une **approche** plutôt **instrumentale** à leur corps. La maladie est ressentie comme une entrave à l'activité physique, notamment professionnelle. Ils utilisent leur corps surtout comme un « **outil** », auquel ils demandent une bonne qualité de fonctionnement. La valorisation de la force les conduit à une meilleure tolérance à la douleur, « ils répugnent davantage à se sentir malades ». La **maladie** est vécue comme une **faiblesse**.

• Les **classes populaires** ont de fait une approche plus **curative** et consultent pour des motifs graves, avec un risque plus important d'hospitalisation. Au contraire, les membres des **classes supérieures** consultent plus tôt, et plus souvent à titre **préventif**. Ils ont une relation plus attentive à leur corps.

MOT CLÉ

Conduites à risque : comportements et pratiques répétitives susceptibles de mettre en danger la santé et/ou la vie de celui qui les adopte.

→ L'**adoption de conduites à risque** est reliée à des variables comme le **genre** et le **milieu social**. Les femmes consomment moins d'**alcool** que les hommes à tout âge. Elles **fument** également moins, même si les écarts se réduisent pour les générations nées à partir des années 1960 (augmentation du tabagisme chez les femmes dans les années 1980). Les ouvriers fument en outre plus que les cadres. Le tabac, conjointement avec l'alcool, est le principal facteur de risque pour les cancers de voies aero-digestives. Un ouvrier a ainsi deux fois et demie plus de chances de mourir d'un AVC (accident vasculaire cérébral) avant 65 ans qu'un cadre.

→ Les conduites à risque dépendent aussi de l'**âge**. Elles sont parfois **transgressives chez les adolescents**. En se mettant en position dangereuse, ils ont le sentiment d'affronter le monde et en retirent un sentiment de puissance et de maîtrise de leur vie. L'expérience vécue du risque renforce la valeur sociale des individus et favorise leur intégration dans le groupe. Certaines de ces conduites sont toutefois le résultat de leur **socialisation primaire** : **Christian Baudelot et Roger Establet**, dans *Allez les filles !* (2002), évoquent par exemple une **culture masculine de l'*agon*** (« guerrier » en grec) pour distinguer le comportement des garçons de celui des filles. La culture de l'*agon* désigne la culture de la **lutte** dans tous les aspects de la vie. Les garçons ont en effet souvent eu l'occasion de se confronter aux autres dans des compétitions sportives, ou dans des bagarres (on pense par exemple à *La Guerre des boutons*).

→ Certains individus **s'exposent volontairement au risque**, en connaissance de cause, pour affirmer leur **valeur** (le courage, par exemple) ou leur **identité professionnelle**, si le risque fait partie intégrante de leur métier (comme les pompiers ou les pêcheurs professionnels). Les conduites à risque des sportifs de l'extrême ont pour objectif de se dépasser, de rechercher des sensations fortes.

→ Ensuite, **la perception du risque n'est pas toujours directement liée à l'exposition au risque**. Les pratiques de prévention sont plus marquées en matière de santé chez les cadres, pourtant moins exposés à des risques d'accident ou de maladie professionnels que les ouvriers. Inversement, certains automobilistes imprudents **sous-estiment** de manière quasi-systématique les risques d'accident. Selon **David Le Breton**, dans *Sociologie du risque* (2012), une forte majorité des accidents se produisent ainsi à moins de 15 kilomètres du domicile des accidentés, sur des trajets quotidiens, justement parce que les individus ont une **vision biaisée du risque** parce que leur confiance leur fait surestimer leur connaissance et maîtrise du risque.

→ Enfin, au niveau collectif, les sociétés contemporaines semblent avoir développé une forte **aversion au risque**, même si les préférences collectives et individuelles peuvent fortement varier d'un pays et d'un individu à l'autre. Les individus recourent ainsi à des contrats d'assurance pour garantir le moindre aléa (l'assurance est d'ailleurs souvent obligatoire) et les pouvoirs publics appliquent un **principe de précaution** afin de garantir la sécurité de leurs concitoyens.

> MOT CLÉ
>
> **Principe de précaution :** il consiste de la part des autorités à tenir compte des risques non connus, mais possibles.

2 Les logiques et les effets de la gestion collective du risque

a. Les modalités de gestion collective des risques

→ Parce que la plupart des agents ont une **aversion au risque**, que **la prise de risque peut être bénéfique** à la collectivité et que, dans nos sociétés développées, on ne saurait pas tolérer que certains individus victimes d'un aléa sombrent dans la misère, des **dispositifs de gestion des risques** ont été mis en place.

→ La gestion collective des risques répond à trois grands principes : **prévention**, **mutualisation** et **diversification**.

→ La **prévention** consiste à identifier les facteurs de risque pour réduire le risque lui-même et/ou l'importance des dommages éventuels. Il passe par l'**information** de la population (sensibilisation à la nécessité de manger des fruits et des légumes…) et par la **réglementation** (limitation de la vitesse, interdiction de consommer des stupéfiants, interdiction de fumer dans des lieux publics, taxe sur les sodas. La sécurisation des espaces de vie et de travail avec des normes ou des contrôles permettent de réduire la probabilité d'apparition d'un événement préjudiciable à la santé. Même sur les marchés financiers, certains titres, comme les **produits dérivés** permettent de s'assurer contre le risque (Le petit +, p. 232).

→ La **mutualisation** consiste à couvrir les risques en transférant leur coût sur plusieurs agents économiques. Cette stratégie collective repose que l'idée que **tous les individus ne subissent pas un risque en même temps**. Ils ne sont pas au chômage ou malade au même moment. Mutualiser les risques conduit à accepter de **couvrir le risque des autres**, sachant que l'on pourra être protégé lorsque l'on est confronté à un préjudice. Les **primes** payées par tous les assurés financent les indemnités versées à ceux qui subissent des sinistres. Le principe de mutualisation se

> MOTS CLÉS
>
> **Prévention des risques :** elle conduit à sensibiliser des individus face aux risques individuels qu'ils peuvent prendre et qui peuvent présenter un coût pour la collectivité.
>
> **Mutualisation des risques :** elle conduit à ce que les contributions de chacun ajoutées à celles des autres assurés servent à régler les risques auxquels certains seulement seront exposés à un moment ou un âge donné.

LE PETIT +

→ **Les produits dérivés, des produits d'assurance**

Les **marchés dérivés**, ou **marchés à terme**, permettent à des individus de **se protéger des variations de prix** (variation de change, du prix des matières premières). Ainsi, un agriculteur qui veut être sûr de vendre sa tonne de blé à un prix donné peut se protéger contre la variation du taux de change ou la baisse des prix en achetant un produit dérivé qui lui garantit, par exemple, de vendre à telle date (dans six mois par exemple), une quantité donnée de blé pour un prix donné. Ainsi, l'agriculteur **transfère la totalité du risque de volatilité du prix du blé sur un spéculateur** qui endosse le risque si le prix du marché baisse, mais fera par contre une plus-value si le prix du blé a augmenté entre temps. Les marchés à terme permettent donc de **transférer le risque à autrui** par des transactions entre des agents averses au risque et des agents qui spéculent.

fonde sur la « **loi des grands nombres** » : plus le nombre de participants à la mutualisation sera élevé, plus la probabilité de survenue de l'événement sera proche de celle de l'ensemble de la population, et plus la mutualisation des risques sera efficace.

MOT CLÉ

Diversification des risques : elle correspond à la nécessité de ne pas regrouper les risques qui ont des chances de se réaliser en même temps et au même endroit.

→ La **diversification** du risque consiste à « **ne pas mettre tous ses œufs dans le même panier** », afin de limiter l'impact d'un préjudice. Par exemple, en matière de placement de l'épargne, il peut s'agir de **diversifier son portefeuille d'actifs** pour échapper à des pertes sur un actif précis (par exemple, une chute du prix des actions peut être compensée par le fait de détenir des obligations ou du patrimoine immobilier). Une entreprise d'assurance ne devrait ainsi pas assurer contre la grêle tous les exploitants agricoles d'une même région, car le moindre orage de grêle peut entraîner des conséquences économiques catastrophiques pour la compagnie d'assurance. Les assureurs ont donc intérêt à **diversifier les profils des assurés** et **les types de risques** couverts.

b. Les effets positifs et négatifs du partage du risque

→ La gestion collective des risques génère des **effets positifs** pour la population : l'existence d'une assurance sociale est un facteur d'**amélioration de la santé et du bien-être** des populations, et en cela de la **productivité**. Elle permet également d'améliorer le niveau de vie des individus et contribue ainsi à la **croissance économique**.

→ Plus largement, **protéger collectivement la prise de risque** apparaît fondamental pour **l'encourager** dans certains domaines. Par exemple, la prise de risque des entrepreneurs par des innovations peut être encadrée par le **statut des sociétés**, qui permet par exemple de limiter les pertes au seul patrimoine professionnel du chef d'entreprise. Les lois de 1807 et 1867, en créant les **sociétés anonymes** (SA), puis en facilitant leur constitution, ont contribué à l'essor des industries au cours de la première, puis de la deuxième industrialisation. La création du statut des sociétés limite la « responsabilité » de l'entrepreneur permet de transférer une partie du risque de faire faillite aux apporteurs de capitaux. La protection de l'innovation par des **brevets** est aussi de nature à encourager la prise de risque.

→ Dans le domaine social, **reconnaître avoir adopté un comportement déviant** ou délinquant (« manifeste des 343 » sur la légalisation de l'avortement) **pour faire évoluer la loi**, pour porter à la connaissance du public des faits qui remettent en cause certains droits de l'homme (révélations d'Edward Snowden sur des programmes de surveillance de la NSA), sont autant de comportements risqués pour l'individu, dont la société tire pourtant bénéfice. Le débat actuel sur le **statut des lanceurs d'alerte** illustre parfaitement la nécessité de protéger ceux et celles dont l'intervention, pourtant utile à l'ensemble de la collectivité, peut toutefois se traduire pour eux par une perte de revenus, de bien-être, ou de liberté.

→ La gestion collective des risques se heurte cependant à des **limites** propres à la logique d'assurance. Il y a un risque d'**aléa moral** lorsque l'assureur ne peut vérifier les efforts de prévention des risques de l'assuré, celui-ci pouvant prendre des risques supplémentaires car il se sait assuré, ce qui peut conduite à une forme de **déresponsabilisation**. Par exemple, dans le cas de l'assurance automobile, l'assuré peut adopter une conduite risquée, être moins attentif car il est sûr d'être indemnisé en cas d'accident. La mise en place d'une franchise lors d'un accident, qui laisse à la charge de l'assuré une partie du dommage, ou de système de bonus-malus, peuvent décourager ce type de comportement.

MOT CLÉ

Aléa moral : situation dans laquelle un individu assuré peut adopter un comportement risqué, sachant que le coût du risque supplémentaire qu'il prend sera pris en charge par la collectivité.

→ La **sélection adverse**, ou **antisélection**, s'explique par la difficulté pour une assurance à évaluer les risques spécifiques des différents clients. Elle disparaît lorsque l'assurance est publique et universelle.

3 La prise en charge des risques sociaux

a. Le rôle des principales institutions qui contribuent à la gestion des risques

→ Diverses **institutions publiques et privées** participent à la protection des risques sociaux : la **famille** par la solidarité entre génération, par les soins apportés aux proches ; l'**État social** à travers la Sécurité sociale ; les **sociétés ou mutuelles d'assurance**, qui sont à but non lucratif et qui offrent à leurs membres une couverture de certains risques sociaux. Ces acteurs se complètent et la **protection sociale** est historiquement venue suppléer aux insuffisances de la famille ou du marché. En France, la **Sécurité sociale obligatoire et universelle** a été créée par les ordonnances des 4 et 19 octobre 1945.

MOTS CLÉS

État social : au sens large, l'ensemble des interventions économiques et sociales de l'État et, dans un sens plus restreint, uniquement l'intervention de l'État dans le domaine social, particulièrement à travers le système de protection sociale.

Protection sociale : ensemble des institutions et des mécanismes de prise en charge collective des conséquences pour les individus des risques sociaux (chômage, maladie, vieillesse, famille).

→ La **famille** un rôle fondamental face aux risques que peuvent rencontrer les individus au cours de leur vie (maladie, chômage, invalidité…). La solidarité entre générations d'une même famille repose sur des **aides financières**, comme les dons et les prêts, des **aides domestiques** comme l'entretien du ménage ou la garde des enfants, et des **aides dans**

les démarches administratives. Les aides financières s'effectuent surtout des ascendants vers les descendants, mais les aides domestiques et administratives s'échangent entre les trois générations (enfants adultes, parents et grands-parents).

→ Les **sociétés et mutuelles d'assurance** proposent une prise en charge partielle ou totale de certains risques en échange du versement d'une cotisation (pour les mutuelles qui sont des entreprises à but non lucratif comme la MGEN ou la MAAF), ou prime d'assurance (pour les sociétés d'assurance). Les sociétés et mutuelles d'assurance sont l'exemple type des organisations qui permettent de **mutualiser le risque**.

→ La couverture de ces risques et de l'inégale exposition à ces risques légitime aussi l'**intervention de l'État**, et donc leur prise en charge par la collectivité. Les **administrations de Sécurité sociale (ASSO)** regroupent principalement les hôpitaux, l'ensemble des régimes de Sécurité sociale (régimes généraux et régimes spéciaux, régimes de retraite complémentaire) et l'assurance chômage (Unedic). Leur financement repose sur des **cotisations sociales et impôts** en contrepartie desquelles les ASSO versent des **prestations sociales**, à savoir des **revenus de transfert**. Elles participent à la protection des assurés contre les **risques sociaux** (maladie, vieillesse, chômage, accidents du travail...), c'est-à-dire tout événement ayant un impact négatif sur le niveau des revenus.

b. La prise en charge des risques par les pouvoirs publics : deux logiques distinctes

→ La **protection sociale** repose sur deux logiques principales une **logique d'assurance** et une **logique d'assistance**.

→ La logique d'**assurance sociale** s'inspire des assurances sociales mises en place à la fin du XIXe siècle par le chancelier conservateur **Otto von Bismarck** (on parle parfois de « modèle bismarkien »). L'objectif est de compenser un risque de perte de revenus (chômage, maladie, vieillesse, accident du travail). Les **prestations sociales** contributives sont financées par des **cotisations sociales** (comme dans une assurance privée) prélevées sur le salaire, et sont donc **réservées uniquement à ceux qui cotisent**, et leur montant est proportionnel aux versements effectués par l'assuré. L'objectif n'est pas de réduire les inégalités, mais d'**assurer un revenu de remplacement** dans une logique de **redistribution horizontale** (des jeunes vers les plus âgés, des bien-portants vers les malades, des célibataires vers les familles), qui couvre les risques sociaux sans chercher à réduire les inégalités ;

→ La logique logique d'**assistance** s'inspire du rapport de l'économiste keynésien **William Henry Beveridge**, publié en 1942. Le système de protection sociale doit avoir pour objectif principal de lutter contre la pauvreté, et pas seulement d'assurer les revenus du travailleur et de sa famille. Il permet une **redistribution verticale**, qui favorise la **réduction des inégalités**. Les **prestations sociales** sont **ouvertes à tous**, sous conditions de ressources, et financées par l'**impôt** (revenu de solidarité active – RSA, allocation adulte handicapé – AAH).

MOT CLÉ

Redistribution : transfert monétaire ou en nature (services collectifs par exemple) vers les ménages, effectué par l'État ou la Sécurité sociale, grâce à des prélèvements sur les revenus de certains individus ou ménages et au versement de prestations à ceux qui en ont besoin.

→ La protection sociale française s'est développée selon une **logique assurancielle**, mais devient de plus en plus **hybride** en répondant de plus en plus à une **logique d'assistance**. La montée du chômage, de la précarité et de l'exclusion a conduit les pouvoirs publics à distribuer des **minimas sociaux** aux citoyens en ayant besoin, selon une logique de solidarité et sans cotisations préalables. Le **revenu minimum d'insertion (RMI)** est créé en 1988 puis le **RSA** en 2009, la **couverture maladie universelle (CMU) en 1998**, sont des prestations relevant uniquement d'une logique de solidarité nationale (d'assistance). Depuis le 1er janvier 2021, la **réforme « 100 % santé »** supprime le reste à charge sur certains soins : des lunettes sans reste à charge sont proposées chez tous les opticiens, certaines prothèses dentaires sont totalement remboursées.

→ Cela induit un **problème de financement de la Sécurité sociale**, qui doit verser des **minimas sociaux** qui ne sont pas financés par les cotisations sociales. Depuis les années 1990, les décideurs ont cherché à **diversifier les sources de financement** de la Sécurité sociale, qui jusque-là portait quasi exclusivement sur les salaires, et donc engendrait une hausse du coût du travail. En 1991, est créée la **Contribution sociale généralisée (CSG)** qui porte sur l'ensemble des revenus, ceux du capital comme ceux du travail. Aujourd'hui, le financement des dépenses publiques de protection sociale est **mixte** : aux deux tiers constitué des cotisations et pour un tiers de l'impôt (dont la CSG). La part de l'impôt dans le budget de la protection sociale tend à augmenter au cours du temps. On parle de **fiscalisation de la Sécurité sociale**.

→ Les États sociaux gardent des spécificités nationales. **Gosta Esping Andersen**, les présente à travers trois modèles représentatifs (**Doc 2**).

Type d'État-providence	Libéral ou résiduel ou d'assistance	Corporatiste ou assurantiel	Social-démocrate ou universaliste
But	Lutter contre la pauvreté	Protéger les assurés des risques sociaux	Réduire les inégalités et maintenir la cohésion sociale
Qui est couvert ?	Seulement les plus démunis	Seulement les ménages qui ont cotisé	Tous les citoyens
Source des droits sociaux	La pauvreté, des revenus insuffisants	L'emploi, le statut de salarié	La citoyenneté
Principes	Assistance pour les plus pauvres, filet social minimal	Assurance sociale, redistribution horizontale	Redistribution verticale
Logique des prestations	Sélectives, faibles et sous condition de ressources	Proportionnelles au revenu et à la contribution	Universelles, élevées et services gratuits étendus
Financement	Par l'impôt	Par les cotisations sociales salariales et patronales	Par l'impôt
Dans quels pays ?	États-Unis, Royaume-Uni, Japon	Allemagne, France[1], Belgique	Pays scandinaves

1. Système devenu hybride.

D'après Gosta Esping-Andersen, *Les trois mondes de l'état-providence. Essai sur le capitalisme moderne*, 2008.

Doc 2 Les trois modèles de l'État-providence dans les pays occidentaux

MÉMO VISUEL

- La synthèse en BD -

COMMENT L'ASSURANCE ET LA PROTECTION SOCIALE CONTRIBUENT-ELLES À LA GESTION DES RISQUES DANS LES SOCIÉTÉS DÉVELOPPÉES ?

Risque social : Événement imprévu ou incertain provoquant une diminution du niveau de vie du fait :
- ↗ des dépenses, ex. : maladie
- ↘ des revenus, ex. : chômage

Il est susceptible de toucher un grand nombre d'individus.

Principe de la gestion collective des risques

Prévention
Sensibilisation des individus face aux risques

Mutualisation
Les cotisations de certains serviront à régler les risques de seulement une partie de la population

Diversification
Nécessité de ne pas regrouper les risques qui ont des chances de se réaliser en même temps ou au même endroit.

Pris en charge par la collectivité

- Maladie
- Maternité
- Invalidité
- Accidents du travail, etc.
- Vieillesse
- Décès
- Chômage

L'exposition au risque et l'attitude face au risque diffèrent selon les individus, les groupes sociaux et la société.

Exemple : Les risques de maladie professionnelle et d'accident du travail dépendent des conditions de travail.

Diverses institutions publiques ou privées

- Pouvoirs publics
- Mutuelles
- Compagnies d'assurance
- Famille

Actions complémentaires

La logique de la protection sociale

Assurance
Ne sont couverts que les individus qui ont préalablement cotisé.

Assistance
Couvre tous les individus selon leur niveau de ressources.

La couverture de risque est fondée sur le principe de la solidarité collective.

Effets positifs

Amélioration
- → Santé
- → Bien-être
- → Niveau de vie

⇨ Amélioration de la productivité et de la croissance

Effets négatifs

Aléa moral : fait que l'assuré augmente sa prise de risque car il se sait couvert pour ce risque.

Une citation clé

> Il faut libérer l'homme du besoin et du risque.
>
> **William Beveridge** (1879-1963), économiste britannique.

Ne pas confondre

- Risque économique/risque social
- Prévention/mutualisation/diversification
- Aléa moral/sélection adverse
- État social/protection sociale
- Mutuelle/société d'assurance
- Cotisations sociales/prestations sociales
- Logique d'assurance/d'assistance
- Redistribution verticale/horizontale

Débat

D'accord avec toi !

Faut-il privilégier une faible protection sociale à l'anglo-saxonne

Les arguments « pour »

- Elle réduit les inégalités et favorise une meilleure santé et productivité des travailleurs.
- Elle repose sur un principe de solidarité entre assurés et entre générations, ce qui crée du lien social.
- Elle protège tous les individus des aléas de la vie, même s'ils ne sont pas en bonne santé (cela évite la sélection par des assurances privées).

Les arguments « contre »

- Elle pèse sur le coût du travail et réduit la compétitivité des entreprises.
- Elle peut conduire à des comportements de déresponsabilisation (aléa moral).
- Elle permet aux individus de choisir à quel niveau ils souhaitent être protégés et s'ils désirent ne pas l'être.

SE TESTER

- Mobiliser ses connaissances -

1. Vrai ou faux ?

	Vrai	Faux
a La protection sociale française est née en 1945.	☐	☐
b La maternité n'est pas un risque social en France, car elle est volontaire.	☐	☐
c Les compagnies d'assurances sont à but non lucratif car elles reposent sur un principe de mutualisation des risques.	☐	☐
d La sélection adverse consiste pour les assureurs à trier leurs assurés sur la base de leurs comportements.	☐	☐
e Le principe de mutualisation consiste à faire supporter le risque par un très grand nombre d'assurés.	☐	☐
f La protection sociale française est universelle ou beveridgienne.	☐	☐
g Depuis la mise en place de la Sécurité sociale, la famille ne joue plus aucun rôle de solidarité en France.	☐	☐
h En France, historiquement, la protection sociale était fondée sur le principe assistanciel.	☐	☐

2. Complète le tableau avec les propositions suivantes.

a. *Par l'impôt* – **b.** *Pas d'obligation d'avoir cotisé, mais conditions de niveau de vie* – **c.** *Par les cotisations sociales* – **d.** *Les salariés et employeurs* – **e.** *Assurance chômage* – **f.** *Les assurés* – **g.** *La CMU* – **h.** *Les contribuables* – **j.** *Les citoyens aux revenus modestes* – **k.** *Nécessité d'avoir cotisé pour bénéficier des prestations.*

	Logique d'assurance	Logique d'assistance
Conditions pour obtenir des prestations		
Financement		
Qui contribue au financement ?		
Qui bénéficie des prestations ?		
Exemple		

3. Relie chacune des prestations sociales suivantes à la logique qui lui correspond.

1. La CMU	•
2. Une allocation chômage	•
3. Le RSA	•
4. Une pension de retraite	•
5. La prise en charge des dépassements d'honoraires d'un médecin non conventionné	•
6. Le congé parental	•
7. L'allocation adulte handicapé	•
8. Une allocation familiale	•

• Logique d'assurance

• Logique d'assistance

4. Associe les notions suivantes à leur définition.

1. *Risque social* – **2.** *Aléa moral* – **3.** *Mutualisation du risque* – **4.** *Prestation sociale* – **5.** *Prévention du risque.*

a Actions destinées à modifier les représentations et les comportements identifiés dans une société dans le but d'en limiter les conséquences humaines et financières.

b Répartition sur un très grand nombre d'individus des indemnités susceptibles de ne toucher qu'un petit nombre d'assurés

c Comportement non vertueux d'un individu qui prendrait plus de risques une fois couvert par une assurance.

d Versements monétaires ou services fournis gratuitement dans le cadre de la protection sociale

e Événements touchant un grand nombre d'individus au cours de leur existence et affectant leur niveau de vie.

Réponses : 1. a. Vrai – **b.** Faux – **c.** Faux – **d.** Faux – **e.** Vrai – **f.** Faux – **g.** Faux – **h.** Vrai • **2.** Assurance : k, c, d, f, e – Assistance : b, a, h, j, g • **3.** Assurance : 2, 4, 5, 6, 8 – Assistance : 1, 3, 7 • **4. 1.** e – **2.** c – **3.** b – **4.** d – **5.** a.

COMMENT FAIRE POUR...

Analyser un graphique en bâtons

Répartition des ressources de la protection sociale par type de prélèvement

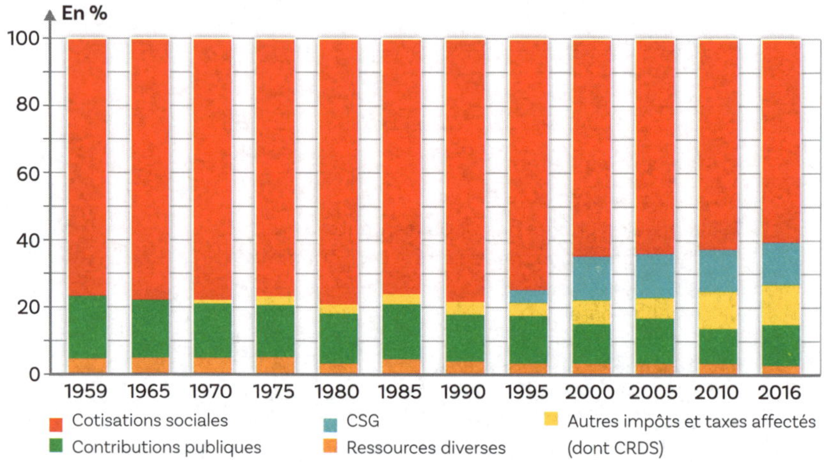

Note : Les ressources diverses incluent notamment les produits financiers, les ventes de biens et services, les indemnités d'assurance, les recours contre tiers et les ressources du compte de capital.

DREES, *La Protection sociale en France et en Europe en 2016*, édition 2018.

1. Comprendre les informations du graphique

• Le document présente les ressources de la Sécurité sociale en France entre 1959 et 2020.

Il importe de bien repérer ici les **différents types de prélèvements obligatoires** : les cotisations sociales, prélevés sur les salaires des actifs ; les impôts affectés à la Sécurité sociale comme la CSG (contribution sociale généralisées) ; et les autres impôts et taxes affectés, dont la CRDS (contribution au remboursement de la dette sociale).

Observe bien le vocabulaire utilisé dans le titre.

• Il faut ensuite **lire un chiffre** du graphique pris au hasard.

→ En 2020, 52 % des ressources de la sécurité proviennent des cotisations sociales, 15 % de la CSG et 13 % des impôts et taxes affectés.

Donne pour cela du sens aux axes des abscisses et des ordonnées.

2. Analyser le contenu du graphique

• Dégage la ou les **information(s) principale(s) du graphique**. Pour cela, il convient de regarder l'ensemble des données du graphique et de mettre en évidence les chiffres extrêmes ou qui paraissent contradictoires, ou des évolutions.

→ Ce graphique en bâtons permet de bien de voir les profondes **mutations du financement de la protection sociale**. On assiste en effet à une fiscalisation de la Sécurité sociale, qui atteste d'un système plus hybride qui combine à la fois une logique d'assurance reposant sur le financement par des cotisations sociales reposant sur les salaires et une logique d'assistance, financée par l'impôt et permettant de verser des minimas sociaux sous conditions de ressources à des personnes n'ayant pas ou peu cotisé. Cette mutation s'explique par la progression du chômage et de la précarité, qui réduit le nombre de cotisants et nécessite de nouvelles sources de financements.

• **Calcule des parts et/ou mesure des évolutions.**

→ Entre 1990 et 2020, le financement par l'impôt (CSG et autres taxes affectées) ont progressé de 12 points de pourcentage.

Tu peux calculer des écarts en points de pourcentages pour illustrer les constats ci-contre par des chiffres.

SUJET GUIDÉ DISSERTATION

SE PRÉPARER POUR L'EXAMEN

Construire une introduction

SUJET Par quels mécanismes la protection sociale permet-elle la prise en charge des risques sociaux ?

Document 1 > Évolution du nombre de titulaires de minima sociaux en France métropolitaine

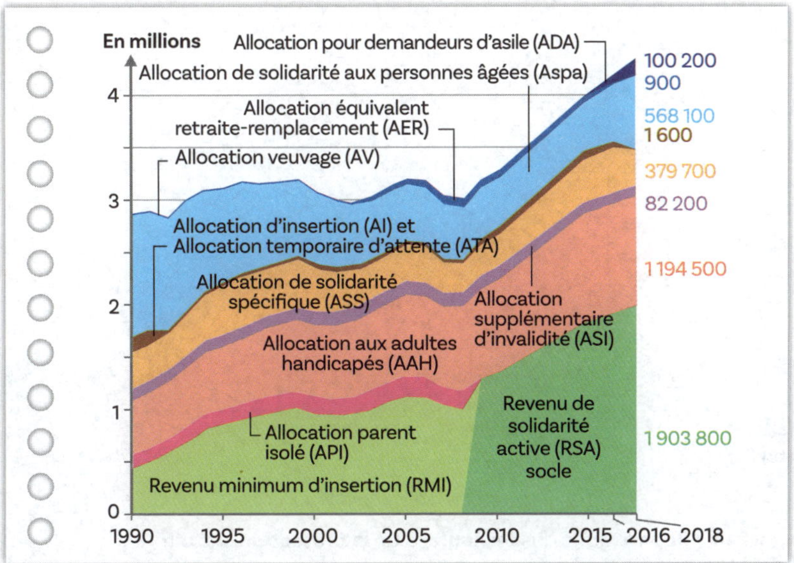

Note : le RSA remplace le RMI et l'API en 2009. L'allocation de solidarité aux personnes âgées (Aspa) remplace depuis 2006, les diverses prestations composant le minimum vieillesse.

Drees, *Minimas sociaux et prestations sociales*, édition 2015 ; Insee, *Protection et aides sociales*, 2020.

Document 2 > La gestion du risque maladie

Lorsqu'un individu recourt au système de soins alors qu'il ne bénéficie d'aucune couverture maladie, le niveau de sa consommation de soins (et parfois même la décision de consulter) résulte d'un arbitrage entre la nécessité de se soigner d'une part et les dépenses de soins que cela engendre d'autre part. Si les personnes sont assurées, elles choisissent leur niveau de consommation principalement en fonction de considérations sanitaires puisque les dépenses de soins qu'elles assument deviennent nulles ou très faibles. Ces personnes ont alors intérêt à profiter de la baisse du prix des soins engendrée par la couverture du risque maladie pour consommer davantage de soins. Or, cette modification de la consommation de soins des individus bénéficiant de contrats d'assurance maladie n'est pas neutre pour l'ensemble des assurés. En effet, que le risque maladie soit géré par un monopole public ou des assureurs évoluant sur un marché, l'agrégation de ces comportements individuels entraîne une augmentation des cotisations ou des primes. Ce résultat met en lumière les causes du risque moral *ex post*[1] : les assurés bénéficient directement de leur consommation supplémentaire mais ne supportent pas les coûts qu'ils engendrent, ceux-ci ne se répercutant qu'indirectement sur le montant des cotisations ou des primes.

1. **Risque *ex post*** : aléa moral pouvant résulter de la signature d'un contrat.

Bulletin d'information en économie de la santé, n° 53, juin 2002.

Document 3 > Emplois, ressources et solde de la protection sociale selon les secteurs en 2020 (en milliards d'euros)

	Secteur public			Secteur privé			
	Administrations de Sécurité sociale	Administration centrale (État et organismes associés)	Collectivités locales	Mutuelles et instituts de prévoyance	Sociétés non financières	Institutions sans but lucratif au service des ménages	Ensemble (hors transferts)
Emplois	**847**	**135**	**48**	**43**	**14**	**27**	**872**
Prestations sociales	579	131	35	27	14	27	813
Emplois divers	44	-	-	15	-	-	59
Transferts versés	225	4	13	-	0	-	
Ressources	**799**	**135**	**48**	**40**	**14**	**27**	**821**
Cotisations	342	50	1	30	14	-	437
Impôts et taxes affectés	234	6	5	-	-	-	245
Contributions publiques	16	79	35	-	-	-	129
Ressources diverses	- 2	-	1	11	-	1	11
Transferts reçus	209	0	6	-	-	26	
Solde (hors transferts)	- 49	0	0	- 2	0	0	- 51

Drees, *La Protection sociale en France et en Europe en 2020*, 2021.

Document 4 > Répartitions des ressources de la protection sociale par type de prélèvement (en %)

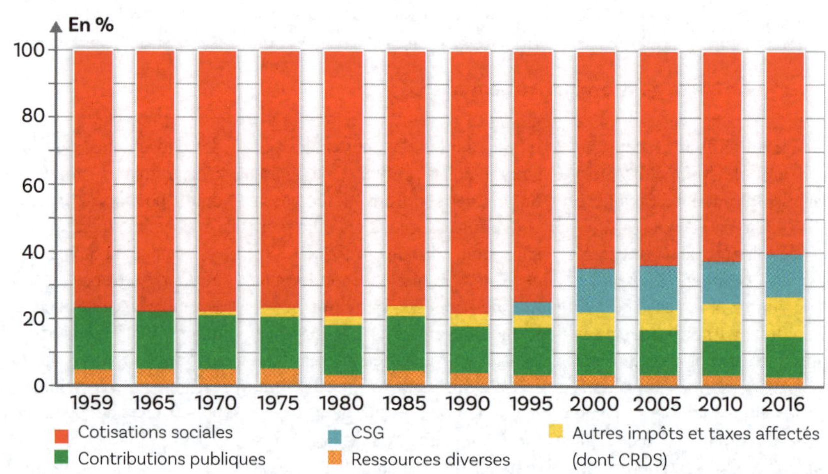

Drees, CPS, 2021.

Méthode et corrigé

Rédiger une accroche

- Tu peux proposer une accroche qui permet un **cadrage général** du thème à traiter :
  - en rapprochant le thème de l'**actualité ;**

Discussions sur le RSA pendant la campagne présidentielle.

  - en situant la place du thème dans son **histoire récente.**

Par exemple, les débats sur la réforme de l'assurance chômage ou de l'assurance retraite.

Définir les termes et présenter le sujet

- **Définis les mots-clés** du sujet.
  - Délimite bien ici les six risques sociaux couverts par la protection sociale : (1) la maladie, (2) les accidents du travail et maladies professionnelles, (3) la retraite, (4) la famille, (5) l'emploi et (6) la dépendance.
  La protection sociale va au-delà de la seule Sécurité sociale. Elle repose sur différentes institutions, dont les mutuelles d'assurance.
- Précise le **cadre spatio-temporel**.
  - Ici, la France depuis la mise en place du système de protection sociale en 1945.
- Présente le **cadre dans lequel se situe le sujet** en décrivant le contexte économique, social et politique, et les problèmes qu'il soulève.
  - Ici, se pose la question de l'évolution des mécanismes de prise en charge des risques sociaux dans un contexte de progression du chômage et de la précarité qui fait baisser le nombre de cotisants et contribue au passage d'une logique assurantielle à une logique plus assistancielle.

COUP DE POUCE

Tu peux t'appuyer sur la méthode de la dissertation, p. 8.

Formuler la problématique

- La problématique doit souligner une **contradiction**.
- Elle peut prendre une **forme interrogative directe ou indirecte** (*Nous pouvons nous demander*).

> **CONSEIL**
> N'expose qu'**une seule problématique**, même si plusieurs peuvent être possibles.

Par exemple « Quelles logiques sous-tendent la prise en charge des risques sociaux ? Quelles mutations révèlent-elles »

Annoncer le plan

- Le plan proposé doit permettre d'**explorer la problématique** soulevée.
- L'annonce du plan vise à préciser, en une ou deux phrases, les **titres des deux ou trois grandes parties** : *« Dans un premier temps..., puis... »* ou *« En premier lieu..., en second lieu... »* ou *« Si..., alors... ».*
  - Nous verrons dans un premier temps que la prise en charge collective des risques sociaux en France repose sur une logique assurantielle de mutualisation, puis nous montrerons qu'une logique d'assistance se développe pour couvrir l'ensemble des citoyens exposés à des risques.

Pour aller plus loin

Livres

- Gosta Esping Andersen, *Trois leçons sur l'État-Providence*, Seuil, 2008.
- François Ewald, *L'État-Providence*, Grasset, 1986.
- David Le Breton, *Sociologie du risque*, Que sais-je ?, 2012.
- François-Xavier Merrien, *L'État-providence*, PUF, 2007.

Articles

- « L'entraide familiale », *Idées économiques et sociales*, n° 162, 2010.
- Bertrand Hériard Dubreuil, « Risques et inégalités sociales », *Projet*, n° 293, 2006.
- Nathalie Blanpain, « L'espérance de vie par niveau de vie : chez les hommes, 13 ans d'écart entre les plus aisés et les plus modestes », *Insee Première*, n° 1687, 2018.

À voir

Films

- Gilles Perret, *La Sociale*, 2016.

Scanne-moi !

Vidéos de révision

- « La protection sociale à quoi ça sert ? », Mutualité française : **www.youtube.com/watch?v=0KbGqCpXMLY**
- « Comprendre le financement de la protection sociale », *La Tribune* : **www.latribune.fr/opinions/tribunes/comprendre-le-financement-de-la-protection-sociale-738633.html**
- Entretien sur les conduites à risque des jeunes avec David Le Breton, sociologue du risque : **www.yapaka.be/video/video-conduites-a-risque-a-ladolescence-question-de-genre**

Ton **KIT DE SURVIE** pour le **BAC** avec SCHOOLMOUV

Chapitre 11

Comment réduire les risques dans les sociétés développées ?

Tu viens de voir les notions à connaître sur les risques. Pour t'aider à retenir l'essentiel et t'entraîner pour le Bac, voici ton kit de révisions clé en mains conçu par SchoolMouv !

Vidéo

Pour mieux comprendre et t'en souvenir à coup sûr, regarde la vidéo. C'est parfois bien plus clair en images.

Vidéo **Comment l'assurance et la protection sociale contribuent-elles à la gestion des risques ?**

https://flashbelin.fr/focusbacschoolmouv/ses/1re/11

Contenu additionnel

Voici un bonus autour du même sujet. La curiosité n'est pas toujours un vilain défaut. Il suffit de créer ton compte pour avoir accès à plein de contenus supplémentaires.

Fiche **Comment l'assurance et la protection sociale contribuent-elles à la gestion des risques ?**

https://www.schoolmouv.fr/eleves/cours/comment-l-assurance-et-la-protection-sociale-contribuent-elles-a-la-gestion-des-risques-dans-les-societes-developpees-/fiche-de-cours

Tchat avec un prof

Pour poser toutes tes questions à un prof particulier, découvre l'abonnement tchat. Tu peux le tester gratuitement pendant 7 jours : fini les questions sans réponses, tu vas devenir incollable.

https://focusbac.schoolmouv.fr/offre

12 Comment sont-elles et gouvernées ?

La culture d'entreprise

Notions

- Autofinancement
- Chiffre d'affaires
- Dividendes
- Économie sociale et solidaire
- Entreprise publique/privée
- Entreprise à but lucratif/non lucratif
- Financement interne/externe
- Microentreprise, PME, ETI, grande entreprise
- Profit

les entreprises organisées

L'ESSENTIEL EN 5 POINTS

1. Les entreprises ont un **cycle de vie** spécifique. Elles naissent, croissent, changent parfois de statut juridique en fonction de leur taille, et peuvent disparaître.

2. Les **figures de l'entrepreneur** sont diverses. Elles peuvent être illustrées par la diversité des **statuts juridiques** (entrepreneur individuel, micro-entrepreneur, chef d'entreprise).

3. Les **dirigeants** (entrepreneur-innovateur, manager, actionnaire) exercent une variété de **positions** et de **fonctions économiques**.

4. Les **modes de gouvernance et d'autorité** sont variés au sein des entreprises. Selon le mode de gouvernance, les **décisions** peuvent être centralisées ou décentralisées.

5. Une entreprise est un lieu de **relations sociales** (coopération, hiérarchie, conflit) entre différentes **parties prenantes** (salariés, managers, propriétaires/actionnaires, partenaires d'une coopérative).

→ Définitions des notions p. 248-257

LE COURS en 3 axes

1 Le cycle de vie des entreprises

a. La phase de création de l'entreprise

→ L'**entreprise** est une organisation chargée de la **production de biens et services marchands**. Elle est une **personne morale**, qui possède une existence juridique propre.

→ Le flux constant de créations et de disparitions d'entreprises invite à poser la question du « **cycle de vie** » : création, croissance et, parfois, disparition.

→ L'économiste **Ronald Coase** observe que l'entreprise naît parce que la **« coordination par la hiérarchie** » apparaît moins coûteuse que la « **coordination par le marché** » (**Le petit +**). Dans une approche plus pragmatique, l'origine d'une entreprise vient d'une idée de production d'un bien ou d'un service, d'un mode d'organisation (**économie collaborative**, comme BlaBlaCar).

MOT CLÉ

Économie collaborative : elle repose sur le partage ou l'échange entre particuliers de biens (voiture, logement, outils, etc.), de services (covoiturage, bricolage, etc.), ou de connaissances (cours), avec échange monétaire ou non, par l'intermédiaire d'une plateforme numérique de mise en relation.

LE PETIT +

→ **L'origine de l'entreprise**

Ronald Coase s'interroge sur l'origine de l'entreprise, dans son article « *The Nature of the Firme* » (1937).

• Jusque-là, les **néoclassiques** analysent le rôle de producteurs atomisés sur un marché en concurrence pure et parfaite. L'entreprise y apparaît comme une « boîte noire » transformant des facteurs de production en produits. Sur le marché, les offreurs et les demandeurs échangent grâce à la **fixation d'un prix**. Ronald Coase parle de **« coordination par le marché »**.

• Mais le passage par le marché induit des **coûts de transaction** (coûts de recherche d'information, de négociation et de surveillance des contrats). La firme naît parce qu'il est moins coûteux d'organiser la production que de recourir au marché. La production se met en œuvre grâce à l'organisation hiérarchique : chacun se voit attribuer une **place dans le processus productif**. C'est la « **coordination par la hiérarchie** ».

➜ **Créer une entreprise** suppose une **étude de marché** pour analyser la demande potentielle et l'état de la concurrence, une **recherche de financement** pour le démarrage de l'activité (apports en fonds propres, emprunt).

➜ Ceci débouche sur une **étude économique prévisionnelle** (***business plan***) cherchant à estimer les dépenses et les recettes pour évaluer à partir de quel chiffre d'affaires minimal l'entreprise devient rentable. Il s'agit de recenser les ventes et les coûts en actifs immobiliers (achat d'un local, d'un terrain...), en capital physique (machines, véhicules...), en personnel (compétences variées).

➜ Cette étude, qui permet le lancement de l'entreprise, est établie au minimum sur **trois ans**. Il faut en effet parfois compter quelques années avant de réaliser un **profit**, même si l'entreprise réalise un **chiffre d'affaires**.

➜ En 2019, 730 000 entreprises ont été créées en France, dont près de 430 000 étaient des **micro-entreprises** (selon l'Insee). Elles composent l'essentiel du **tissu productif** français (**Doc 1**).

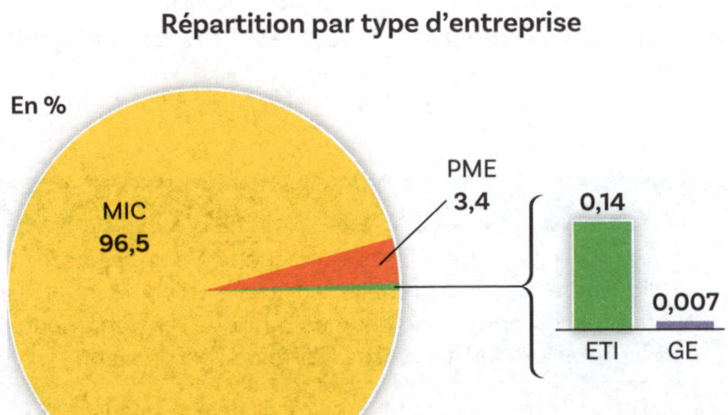

Note : **MIC = micro-entreprises** (0 à 9 salariés ou moins de 2 millions de chiffre d'affaires (CA)) ; **PME = petites et moyennes entreprises** (10 à 249 salariés ou moins de 50 millions de CA) ; **ETI = entreprises de taille intermédiaire** (250 à 4 999 salariés ou moins de 1,5 milliard de CA) ; **GE = grandes entreprises** (au moins 5 000 salariés ou au moins 1,5 milliard de CA).

Insee, 2018.

Doc 1 La répartition des entreprises selon leur taille

b. La croissance de l'entreprise et ses modalités

➜ La **croissance** de l'entreprise est un processus d'**augmentation de la taille** de l'entreprise qui repose sur l'accroissement du **nombre de salariés** et/ou la création de **sites de production** (extension de l'implantation géographique, voire création de filiales à l'étranger). Cela se traduit par la **progression de son volume de production** et donc de ses **résultats**, c'est-à-dire de sa capacité à dégager un **profit**.

➜ La possibilité de **produire et vendre plus** repose sur l'extension de la **taille du marché** par l'accroissement du nombre de clients, notamment à d'autres régions et à l'étranger, mais aussi par l'amélioration plus **qualitative** de la **notoriété** du produit.

➜ L'augmentation de la production permet surtout de **diminuer le coût unitaire total du produit** grâce à des **économies d'échelle**. En grandissant, l'entreprise atteint plus facilement la **taille critique** qui lui permet de **se maintenir**

MOT CLÉ

Économies d'échelles : diminution du coût moyen de production qui résulte de l'accroissement des quantités produites. En effet, les coûts fixes (machines, bâtiments) sont répartis sur un volume de production plus important, ce qui réduit le coût unitaire.

face à la concurrence, voire de gagner des parts de marché, puisque ses prix baissent, en conquérant de **nouveaux clients**. Par sa croissance, l'entreprise accède aussi plus facilement à un **financement bancaire**, ce qui lui permet d'investir et de continuer à se développer.

→ La croissance de l'entreprise peut être « **interne** » si l'entreprise s'agrandit par ses propres moyens, soit grâce à son **autofinancement**, soit par l'**emprunt bancaire** (**financement externe indirect**) soit par émission d'obligations (**financement externe direct**). L'entreprise peut aussi émettre des **actions** si elle est de grande taille ou intégrer de nouveaux associés dans une structure plus petite. Cela lui permet de se financer sur **fonds propres**, sans emprunter, mais cela peut complexifier la **prise de décision**, si le nombre d'actionnaires ou d'associés augmente.

→ La croissance est « **externe** » si l'entreprise augmente sa taille par l'acquisition partielle (**prise de participation**) ou totale (**absorption**) d'une autre structure, ou par **fusion** avec une autre entreprise pour créer une nouvelle entité. L'objectif est de croître pour faire des économies d'échelle, de mieux maîtriser la chaîne de production, et de diversifier les risques. Tout dépend en somme de la nature de l'opération. La **concentration** peut être **horizontale, verticale ou conglomérale** (voir chapitre 2, p. 36).

	Noms	Caractéristiques
Entreprises	**Micro-entreprise**	Entreprise en nom personnel, qui bénéficie d'un régime juridique (création d'entreprise facilitée) et d'un régime fiscal (réductions d'impôt et de charges tant que l'entrepreneur ne dépasse pas un certain chiffre d'affaires) particuliers.
Entreprises	**Entreprise individuelle**	Entreprise dont le dirigeant a le statut de travailleur indépendant et est responsable sur ses biens propres. En cas de faillite, ses créanciers peuvent le poursuivre sur ses biens personnels, qui ne sont pas distincts de ceux de l'entreprise.
Entreprises	**EIRL (entreprise individuelle à responsabilité limitée)**	Entreprise individuelle dans laquelle l'entrepreneur peut séparer activité professionnelle et patrimoine personnel.
Sociétés	**SARL (société à responsabilité limitée)**	Ce statut d'entreprise est ouvert pour des PME qui regroupent entre 2 et 100 associés. Aucun capital social minimum n'est prévu et tous les apports sont permis. La SARL peut n'avoir qu'un associé. On parle alors d'**EURL (entreprise unipersonnelle à responsabilité limitée)**.
Sociétés	**SAS (société par actions simplifiées)**	Statut utilisé notamment dans le cadre des projets qui prévoient l'entrée d'investisseurs et la distribution de dividende. Aucun capital social minimum n'est prévu. Il faut être deux pour créer une SAS, mais elle peut elle aussi revêtir une forme unipersonnelle : il s'agira alors d'une SASU.
Sociétés	**SA (société anonyme)**	Statut qui s'adresse à des entreprises de plus grande taille. Il est nécessaire de réunir au moins 7 actionnaires et 37 000 euros d'apports en capital pour pouvoir la créer. Elle autorise l'entrée de l'entreprise en bourse. Plusieurs organes doivent être mis en place (un président, un directeur général, un conseil d'administration...).

Doc 2 Les principaux statuts juridiques des entreprises

→ Au cours de sa vie l'entreprise peut changer de **statut juridique**, généralement pour favoriser sa croissance. Le statut juridique est le **cadre légal de l'entreprise** ; il détermine les règles de fonctionnement, les droits et les obligations des personnes qui la composent (**Doc 2**, p. 250). Le choix se fait entre deux grandes formes juridiques :
- l'**entreprise individuelle** : entreprise individuelle (EI), micro-entreprise, entreprise individuelle à responsabilité limitée (EIRL) ;
- le **statut de société** : entreprise unipersonnelle à responsabilité limitée (EURL), société anonyme à responsabilité limitée (SARL), société par actions simplifiées (SAS), société anonyme (SA) .

→ Le **choix du statut juridique** s'avère déterminant, car le développement de l'entreprise, sa capacité de financement, la répartition du pouvoir et la responsabilité des dirigeants en dépendent. En 2019, 45 % des créations d'entreprises se sont faites sous le statut de micro-entreprise, 26 % étaient des entreprises individuelles et 28 % des sociétés (SARL, SAS, SASU, EURL).

c. La disparition d'une entreprise

→ La **défaillance d'entreprise**, ou son **dépôt de bilan**, peut se définir comme l'état d'une entreprise qui n'est plus en mesure de faire face à ses remboursements (dettes vis-à-vis de ses créanciers, paiement des salaires et/ou des fournisseurs). Elle est alors en **cessation de paiements**.

→ À ce stade, l'entreprise est mise sous la **tutelle** d'un administrateur judiciaire, chargé d'analyser les comptes de l'entreprise et d'établir un **plan de redressement**. Si ce dernier n'apparaît pas réaliste, il peut prononcer la **liquidation judiciaire** de l'entreprise.

→ Les **défaillances** représentent environ un dixième des disparitions annuelles d'entreprises (près de 600 000 par an) et évoluent en fonction de la conjoncture. Une **récession économique**, ou encore une **baisse de la demande globale** peuvent en effet expliquer la **fragilisation** des entreprises.

→ Par ailleurs, les **décisions d'investissement** restent fondamentales. Une mauvaise estimation de la rentabilité de l'investissement ou son trop faible niveau, entraînant l'obsolescence de l'appareil productif, peuvent conduire à des pertes ou à dégrader la **compétitivité** de l'entreprise. Des entreprises peuvent trop peu innover dans un contexte où la concurrence internationale est vive, alimentant ce que Joseph Aloïs Schumpeter appelle le **processus de « destruction créatrice »**, qui est au cœur de la dynamique de la croissance économie (**Le petit +**, p. 252).

> **MOT CLÉ**
> **Compétitivité :** capacité d'une entreprise à faire face à la concurrence.

→ Enfin, l'Insee observe une **surmortalité infantile des entreprises**. Le taux de mortalité pour des entreprises nouvelles dans les cinq premières années de leur existence est de 52 %. L'Insee identifie les **variables améliorant les chances de survie** : l'importance du capital initialement mobilisé, le niveau de diplôme du créateur d'entreprise, la densité du réseau relationnel.

LE PETIT +

→ Le processus de destruction créatrice

• Les analyses de **Joseph Aloïs Schumpeter**, dans *La Théorie de l'évolution économique* (1912), montrent que les **innovations** s'accompagnent d'une **transformation du tissu industriel et des structures de l'économie** selon un processus dialectique de **destruction** et **construction**.

• Il peut s'agir d'innovations de procédé, d'innovations organisationnelles, d'innovations de produit, de la découverte de nouvelles sources de matières premières, de l'ouverture de nouveaux marchés.

• **Certaines activités deviennent obsolètes** : chaque vague d'innovations périme des branches entières, obligeant des entreprises à se reconvertir ou menant à leur disparition ; cela entraîne des destructions d'emplois. Mais les innovations donnent aussi naissance à de **nouvelles activités**. La dynamique du capitalisme résulte donc d'un **processus de destruction créatrice** : les innovations détruisent les structures anciennes et en créent de nouvelles.

2 La prise de décision au sein d'une entreprise

a. Les différentes conceptions de l'entrepreneur et modalités de direction

→ Il existe différentes conceptions du rôle de l'**entrepreneur**, selon les économistes. L'entrepreneur peut créer une entreprise à la suite d'une **innovation** ou pour exercer un travail **indépendant** plutôt que salarié. Plus largement, l'entrepreneur est celui qui assume la **direction d'une entreprise** (chef d'entreprise), qu'il en soit ou non le propriétaire, ou même le fondateur. Il peut être considéré comme celui qui dirige et pérennise une entreprise.

→ Dans une **entreprise individuelle**, l'entrepreneur ou le chef d'entreprise est **indépendant**, statut dans lequel l'Insee agrège l'ensemble des artisans, commerçants, exploitants agricoles, professions libérales. Dans une **société**, le chef d'entreprise sera un **travailleur salarié** de la société.

→ Au-delà du statut du chef d'entreprise, on trouve différentes « **figures de l'entrepreneur** » selon les fonctions qu'il réalise.

→ Pour **Joseph Schumpeter**, tous les chefs d'entreprise ne sont pas des entrepreneurs. La figure schumpétérienne de l'**entrepreneur-innovateur**, apparaît plutôt comme un type particulier de chef d'entreprise qui met en œuvre des innovations, impulse le changement, saisit des opportunités, bouscule la routine. Il présente des caractéristiques spécifiques, comme la capacité à prendre des risques, le leadership… On trouve dans l'histoire de nombreux exemples (**L'éco en pratique**, p. 253). En innovant, l'entrepreneur enclenche un **processus de développement permanent de nouveaux produits ou de nouveaux marchés**, qui est le principal **moteur de la croissance** économique. L'innovation permet à l'entrepreneur de réaliser du profit en atteignant une situation de monopole temporaire (**rente de monopole**).

L'ÉCO EN PRATIQUE

Des exemples d'entrepreneurs-innovateurs

- **Thomas Edison** (1847-1931) incarne l'idéal-type de l'« **entrepreneur-innovateur** ». Il est l'inventeur de l'ampoule électrique et du phonographe, mais il a aussi déposé quelques 1 000 autres brevets, comme celui de la pile alcaline nickel-fer. Ce créatif est aussi un efficace **homme d'affaires**, fondateur de l'entreprise General Electric.
- Parmi les entrepreneurs qui ont su combiner innovations techniques et nouvelles formes d'organisation, on trouve aussi **Gottlieb Daimler, Henri Ford, John Rockefeller, Alfred Krupp, Eugène et Adolphe Schneider, les frères Renault**...Plus récemment, le développement d'Internet a favorisé l'émergence de figures contemporaines de l'entrepreneur schumpeterien, telles que **Bill Gates** (Microsoft), **Steve Jobs** (Apple), **Mark Zuckerberg** (Facebook), **Jeff Bezos** (Amazon) ou, en France, **Xavier Niel** (Free).

→ L'entrepreneur peut être chargé de l'ensemble des **décisions** concernant la production et l'investissement de l'entreprise. Cela regroupe l'administration, la surveillance, la coordination et la planification de la production. On trouve ici la figure de l'**entrepreneur-manager (ou manager)**, caractérisé par son expertise et ses compétences de gestion. **Alfred Sloan**, dirigeant salarié de General Motors de 1923 à 1956, incarne parfaitement la figure du manager, planifiant et contrôlant rationnellement la production.

MOT CLÉ

Actionnaire : personne physique ou morale (société) qui, en investissant du capital dans une entreprise, en détient une part, acquiert un droit de vote (et parfois de décision) en assemblée générale, et peut recevoir des dividendes.

→ Enfin, la troisième fonction entrepreneuriale revient à assumer les risques et l'incertitude de l'activité productive, et plus particulièrement ceux liés à l'**apport financier de capital**. En ce sens, cette fonction est particulièrement représentative de la figure de l'**entrepreneur-actionnaire**. Les actionnaires ont émergé, avec les managers, lors du développement des **grandes firmes capitalistes** et la diffusion de la **société anonyme** comme structure juridique. Mais c'est surtout à partir des années 1980 que les actionnaires exercent une influence croissante sur l'entreprise, alors que la légitimité des managers s'étiole du fait des dérives bureaucratiques de la grande firme (lourdeurs hiérarchiques, manque de souplesse pour s'adapter aux mutations de l'économie).

→ La **modernisation de l'appareil productif** pose la question de l'**investissement** et du **recours aux marchés financiers**, qui se développent, contribuant à donner aux actionnaires un rôle clé dans la gestion des entreprises. Leur pouvoir s'exerce à travers l'**assemblée générale (AG)** des actionnaires, qui se réunit au moins une fois par an pour approuver les comptes de l'entreprise et voter ; et les actionnaires délèguent le pouvoir de surveillance à un **conseil d'administration (CA)**, qui assure le contrôle de la direction générale et désigne le **président directeur général (PDG)**. En France, le président du CA est souvent le directeur général de la société.

b. La diversité des modes de gouvernance et leur évolution dans le temps

MOTS CLÉS

Gouvernance : manière dont l'entreprise est dirigée, administrée et contrôlée.

Investisseurs institutionnels : intermédiaires financiers non bancaires qui collectent et gèrent l'épargne de tiers. Ce sont par exemple des OPCVM (organismes de placement collectif en valeurs mobilières), regroupant les sociétés d'investissement à capital variable (SICAV) et les fonds communs de placements (FCP), sociétés d'assurance, fonds de pension.

Stock-options : rémunération variable allouée par les actionnaires d'une entreprise à ses dirigeants ou ses salariés, sous forme d'option d'achat d'actions de l'entreprise.

→ La notion de **gouvernance** a été importée des études managériales anglo-saxonnes dans les années 1990. Ce dernier terme vient du latin *gubernare*, qui signifie littéralement « tenir un gouvernail ». Il s'agit ici de se demander comment une entreprise est gouvernée, c'est-à-dire comment sont prises les **décisions stratégiques**. Le **mode de gouvernance** varie d'une entreprise à l'autre et selon les époques.

→ L'émergence de la figure de **manager** est liée à l'augmentation de la taille des entreprises, qui marque progressivement un **affaiblissement du capitalisme familial**, et par là même un relatif déclin de l'entrepreneur-innovateur, à la fois fondateur de l'entreprise, détenteur du pouvoir de décision en son sein et propriétaire de son capital.

→ **John Kenneth Galbraith** montre, dans *Le Nouvel État industriel* (1967), que dans la grande entreprise qui se déploie dès les années 1910 et tout au long des **Trente Glorieuses**, le **mode de gouvernance managérial** domine. L'accroissement de la taille de l'entreprise augmente la complexité de son organisation, et l'**expertise technique** devient alors une qualité incontournable pour diriger et gouverner. Les actionnaires délèguent alors leur pouvoir aux managers.

→ **À partir des années 1980**, la financiarisation des entreprises assure une plus grande place aux intérêts des actionnaires, soit au **mode de gouvernance actionnarial**. Les **investisseurs institutionnels**, qui gèrent des portefeuilles d'actions pour leurs épargnants (ou les retraités dans le cas des fonds de pension anglo-saxons) cherchent à imposer de **nouvelles règles de gestion** dans les entreprises où ils ont investi. Leur objectif est de **dégager le plus de dividendes** pour rentabiliser l'épargne, mais aussi des plus-values boursières éventuelles. De nouveaux **outils incitatifs** de gouvernance se développent alors, pour s'assurer que les managers vont intégrer ce nouvel objectif, comme l'indexation de la rémunération des managers sur la progression des dividendes des actionnaires. Cela peut prendre la forme de distribution de **stock-options**. Les managers sont alors incités à augmenter la valeur actionnariale de l'entreprise pour augmenter leur rémunération.

MOTS CLÉS

Responsabilité sociale des entreprises (RSE) : intégration volontaire par les entreprises de préoccupations sociales, éthiques et environnementales à leurs activités commerciales et leurs relations avec leurs parties prenantes.

Parties prenantes : ensemble de ceux qui participent à la vie économique de l'entreprise (salariés, clients, fournisseurs, actionnaires), de ceux qui l'observent (syndicats, ONG), et de ceux qu'elle influence plus ou moins directement (société civile, collectivité locale).

→ Cependant, surtout à la suite de la **crise de 2008**, les débats portent sur la nécessité de mieux intégrer à la gouvernance la **responsabilité sociale des entreprises** et de prendre en compte les intérêts de toutes leurs **parties prenantes** (***stakeholders***). Les entreprises veillent aussi à servir l'ensemble de leurs **intérêts à long terme**, l'intérêt des diverses parties prenantes, mais aussi l'intérêt général (*stakeholders value*). Elles s'opposent en cela aux entreprises qui cherchent le rendement à court terme (*shareholder value*) pour satisfaire leurs actionnaires. La **loi Pacte** (Plan d'action pour la croissance et la transformation des entreprises) de 2019 intègre cette **approche plus inclusive** des finalités de l'entreprise.

c. Centralisation et décentralisation de la décision

→ Le mode de gouvernance varie, d'une entreprise à l'autre, selon le **degré de centralisation**. Ce dernier dépend à la fois de la **structure de l'organisation** et des choix en matière de **participation du personnel**.

→ Une **gouvernance** peut donc être qualifiée de **centralisée** lorsque les décisions ne sont pas partagées et restent aux mains des propriétaires et dirigeants. Sa figure idéal-typique serait celle de la **firme taylorienne** ou **fordiste**. L'organisation y est fondée sur une **double division du travail**, à la fois **verticale** (ligne hiérarchique descendante de ceux qui commandent vers ceux qui exécutent) et **horizontale** (spécialisation par fonction).

→ Dans un univers économique stable, la centralisation présente l'avantage de garantir, en principe, une certaine **cohérence des décisions**, et a le mérite de proposer une **organisation hiérarchique simple et claire** et une production fortement **standardisée**. Mais la **verticalité de l'autorité** se heurte souvent à une **incompréhension**, parfois à une remise en question de la légitimité de la décision, voire une **démotivation** des salariés.

→ À l'inverse, une **gouvernance** sera qualifiée de **décentralisée** quand les **décisions** sont **partagées** avec les équipes de travail jusqu'au plus bas échelon de l'entreprise, conférant plus de responsabilités aux salariés et leur accordant ainsi un pouvoir dans la prise de décision, ce qui favorise leur **motivation**. Cela suppose une certaine **confiance** entre les **parties prenantes**.

→ Face aux rigidités du modèle pyramidal précédent, se sont ainsi développés des **modèles plus souples**, qui accordent davantage d'autonomie à des sous-groupes de projet et limitent le pouvoir hiérarchique direct (organisations dites en ***lean production***, organisation apprenante, qui privilégie la polyvalence et l'autonomie des équipes). Les **pouvoirs de décision** se situent **au niveau le plus pertinent**, ce qui favorise aussi des prises de décisions **plus rapides**. Cela suppose néanmoins un fort investissement en **capital humain** et une **communication** efficace. Ce type d'organisation prédomine lorsque l'environnement de l'entreprise devient plus incertain et exige une capacité d'adaptation.

→ **Alfred Chandler** montre ainsi, dans *La Main visible des managers* (1977), que les firmes sont progressivement passées d'une **forme unitaire** (**U**) à une **forme multidivisionnaire (M)**, plus adaptée à un contexte d'avancée rapide des innovations technologiques et à la croissance de la demande des consommateurs. Elle est aussi plus efficace au fur et à mesure que les firmes diversifient leurs activités.

3 L'entreprise, lieu de conflits et de coopération

a. Les logiques de coopération au sein de l'entreprise

→ L'entreprise est un espace social, un lieu où se créent des **relations sociales**, c'est-à-dire des échanges entre des individus et entre des groupes qui la composent. La concentration d'un grand nombre de salariés au sein d'une entreprise implique de gérer des **relations de coordination et de commandement** qui permettent de réguler le contenu du travail (ce qu'il faut faire, la façon de faire…) et les relations entre les différents salariés.

→ L'entreprise est un **espace de relations hiérarchiques** qui fondent des relations d'**autorité**. Mais si une relation hiérarchique implique bien une relation d'autorité, toute relation d'autorité ne renvoie en revanche pas obligatoirement à une relation hiérarchique. Ainsi, la relation d'autorité peut s'établir sur d'autres bases, notamment celle du **consentement**.

→ De nouvelles formes d'organisation émergent, favorisant la **coopération.** Cela passe par des mesures d'incitation positives, comme des primes et des promotions. La **reconnaissance** du travail des salariés peut amplifier l'effort fourni par les individus et les équipes (logique de don et contre-don).

→ Une partie de la **productivité** des salariés dépend aussi de leur **capacité de régulation autonome** (capacité à s'adapter aux imprévus, savoir-faire, expérience, capacité à résoudre des problèmes et de proposer des innovations). La **confiance** des supérieurs et la **stabilité** des relations d'équipe renforcent les comportements coopératifs. C'est l'idée qui sous-tend « l'entreprise libérée » dont parlent **Isaac Getz et Brian Carney** dans *Liberté & Cie. Quand la liberté des salariés fait le succès des entreprises* (**L'éco en pratique**, p. 257). Le pouvoir de décision dépend des salariés. Cela peut donner lieu à des formes particulières d'entreprises, comme les **Scop**.

→ Le développement d'une **culture d'entreprise** s'inscrit aussi dans cette logique. L'objectif de la culture d'entreprise est de fédérer les intervenants autour de **valeurs collectives communes**.

→ Les **instances représentatives du personnel** permettent également d'assurer une plus grande coopération. Ces instances ont émergé au cours du XXe siècle, à l'exemple des **délégués du personnel** ou des **comités d'entreprise**. La réforme du Code du travail en 2017 a instauré un **comité social et économique** (CSE), doté de capacités de négociation, qui remplace toutes les instances représentatives existantes.

MOTS CLÉS

Scop (société coopérative et participative) : société coopérative dont les salariés sont les associés majoritaires et où le pouvoir est exercé démocratiquement. Les salariés y détiennent au moins 51 % du capital social et 65 % des droits de vote.

Comité social et économique : structure qui doit être mise en place dans l'entreprise, composée de l'employeur et d'une délégation du personnel élue pour un mandat de quatre ans. Ses compétences varient selon la taille de l'entreprise.

L'ÉCO EN PRATIQUE

Gore-Tex, l'entreprise où les salariés décident

Chez **Gore-Tex**, entreprise américaine de tissu technique créée en 1958, les 10 000 salariés répartis dans 45 pays travaillent dans une « **entreprise libérée** ». Elle est organisée autour d'**unités de production de petite taille**, relativement **autonomes** et dirigées par un **leader naturel désigné** au sein de l'équipe. Ces unités définissent les objectifs à partir desquels chaque associé à un rôle à remplir. Les salariés s'évaluent entre eux et participent à la fixation des rémunérations. Les leaders peuvent perdre leur rôle si leurs équipes les trouvent incompétents.

b. L'entreprise, un lieu de conflits

MOTS CLÉS

Syndicat de salariés : association de salariés qui a pour objectif de défendre et de promouvoir leurs intérêts professionnels spécifiques.

Conventions collectives : accords conclus entre les organisations syndicales représentatives des salariés et les employeurs. Elles définissent les conditions d'emploi, de formation professionnelle et les garanties sociales.

→ Le **conflit** peut être défini comme une interaction entre plusieurs individus ayant des divergences d'intérêt et d'objectifs. La **distribution inégale de l'autorité** dans l'entreprise peut favoriser l'émergence des conflits. Ceux-ci peuvent toutefois être **régulés** par des institutions comme les **syndicats de salariés**, les organisations patronales, le droit du travail, ou les **conventions collectives**.

→ Les **conflits du travail** opposent en général les **salariés** et les **employeurs** sur les **rémunérations** et les **conditions de travail**. Les **syndicats de salariés** constituent, avec les organisations patronales les « partenaires sociaux » et sont, à ce titre, chargés d'assurer le **dialogue social**, parfois sous le contrôle et l'arbitrage de l'État, si la négociation se fait au niveau national.

→ La **grève** est une **forme institutionnalisée et traditionnelle** de conflit du travail. Le nombre de journées individuelles non travaillées (JINT) est en baisse depuis 1975, du fait de l'**affaiblissement des syndicats** et de leur légitimité (seuls 8 % des salariés français sont syndiqués) et de la **progression du chômage et de la précarité**, qui freine les revendications. Néanmoins, les conflits du travail se sont **diversifiés** dans leurs modalités : manifestations, pétitions, occupations de site, boycotts... L'absentéisme ou la démobilisation des salariés sont aussi des manières de manifester l'insatisfaction au travail.

→ Dans les pays, comme l'Allemagne, qui pratiquent la **cogestion** (dans les entreprises de plus de 2 000 salariés, les sièges doivent être attribués pour moitié aux actionnaires et pour l'autre moitié aux représentants des salariés), les **représentants des salariés** ayant un **droit de vote et de véto**, les conflits du travail sont moins nombreux.

→ Les conflits naissent aussi, nous l'avons vu, des **divergences d'objectifs** entre les **managers** et les **actionnaires**, les actionnaires souhaitant que les managers orientent leurs décisions pour valoriser à plus court terme la valeur de leurs actions.

MOTS CLÉS

Grève : cessation concertée du travail par les salariés cherchant à faire valoir des revendications de nature professionnelle.

Cogestion : système de direction décentralisé, dans lequel les représentants du personnel exercent, conjointement avec les représentants du capital, la gestion de l'entreprise.

MÉMO VISUEL

- La synthèse en BD -

COMMENT LES ENTREPRISES SONT-ELLES ORGANISÉES ET GOUVERNÉES ?

QUOI ?

Entreprise : Agent économique dont le but est de produire des biens et des services marchands

C'est tout moi !

Je suis aussi une personne morale qui possède une existence juridique propre.

⇨ Les statuts juridiques ➡ Soit

ORGANISATION ÉCONOMIQUE

On choisit en partie en fonction de sa volonté de s'associer ou non.

Société (Ex. SA, SARL)
- ☑ Plusieurs associés en général
- ☑ Patrimoine propre
- ☑ Responsabilité des associés limitée à leur apport

Entreprise individuelle
- ☑ Un seul propriétaire
- ☑ Patrimoine confondu avec celui du propriétaire
- ☑ Responsabilité du propriétaire illimitée

Entreprise = Lieu où se crée du lien social notamment dans la relation de travail

ORGANISATION SOCIALE

RONALD COASE

La firme se caractérise par le fait qu'elle repose sur une coordination par la hiérarchie où chacun occupe une place dans le processus productif.

CYCLE DE VIE D'UNE ENTREPRISE ➡

En fonction de ma stratégie de croissance, je peux changer de statut juridique.

RIP

CRÉATION — CROISSANCE — DISPARITION

QUI ?

PARTIES PRENANTES DE L'ENTREPRISE = STAKEHOLDERS

Participant à la vie économique

Participant à la prise de décision
- ☑ Dirigeants / gestionnaires
  Prend des décisions relatives à la production
- ☑ Salarié
  Relation de subordination

Autres
- ☑ Clients
- ☑ Fournisseurs
- ☑ Actionnaire / Propriétaire
  → Finance l'entreprise
  → Assume le risque de production

Observant l'entreprise
- ☑ ONG
- ☑ Syndicats

Influençant plus ou moins directement l'entreprise
- ☑ Société civile
- ☑ Collectivité locale

⚠ Le propriétaire et le gestionnaire peuvent être une seule et même personne.

Moi, je dirige MON entreprise !

Les actionnaires ont un pouvoir sur le dirigeant grâce au conseil d'administration qui représente leurs intérêts.

→ Pouvoir important — Capitalisme actionnarial

→ Pouvoir faible — Capitalisme managérial

COMMENT ?

Gouvernance = manière dont l'entreprise est dirigée, administrée et contrôlée

Conflit d'intérêt entre :
- ☑ Salariés
- ☑ Dirigeants
- ☑ Actionnaires

La gouvernance doit décider au profit de qui doivent se résoudre les conflits.

Soit

Gouvernance shareholder

L'entreprise favorise les actionnaires
→ But : rechercher le rendement à court terme

Notre priorité est la distribution de dividendes.

Gouvernance stakeholder

L'entreprise favorise les intérêts de l'ensemble des parties prenantes
Ex. : SCOP, cogestion

Une citation clé

> Le rôle de l'entrepreneur consiste à réformer ou à révolutionner la routine de production en exploitant une invention ou, plus généralement, une possibilité technique inédite.
>
> **Joseph Aloïs Schumpeter** (1883-1950), *La Théorie de l'évolution économique*, 1912.

Ne pas confondre

- Micro-entreprise/PME
- SARL/SA
- Entreprise/société
- Croissance interne/externe
- Entrepreneur-innovateur/entrepreneur-manager
- Actionnaire/manager
- *Shareholder/Stakeholder*

Débat

D'accord avec toi !

Assiste-t-on à un déclin des syndicats ?

Les arguments « pour »

- Les syndicats sont en perte d'influence avec l'affaiblissement du Parti communiste et la disparition des grands bastions ouvriers.
- Les syndicats sont divisés et se radicalisent parfois, ce qui réduit leur influence.
- La montée du chômage et de la précarité a participé à réduire le nombre d'adhérents.
- La montée de l'individualisme affaiblit l'action collective.

Les arguments « contre »

- Les syndicats jouent encore un rôle important pour négocier aux niveaux national et des branches : ils se sont institutionnalisés.
- Les travailleurs français sont particulièrement bien couverts par des conventions collectives, ce qui atteste de l'importance des syndicats dans la définition des règles encadrant les salaires et les conditions de travail.
- Les syndicats sont toujours sollicités par les pouvoirs publics lors de réformes importantes (retraites, assurance chômage).

SE TESTER

- Mobiliser ses connaissances -

1. Associe les termes suivants à leur définition.

1. *Entrepreneur* - **2.** *Stock-options* - **3.** *Société à responsabilité limitée (SARL)* - **4.** *Manager* - **5.** *Cogestion* - **6.** *Conseil d'administration.*

a Il peut être le créateur de l'entreprise et en est à la fois le propriétaire et le gestionnaire.

b Il est salarié de l'entreprise et est responsable des décisions concernant la mise en œuvre de et la rationalisation de la production.

c Forme de société dans laquelle chacun des associés n'est en principe responsable des dettes de la société qu'à hauteur de ses apports personnels.

d Les employés ou ceux qui les représentent sont étroitement associés aux décisions de l'entreprise.

e Option d'achat futur offerte à un salarié (notamment le dirigeant du groupe) sur un certain nombre d'actions de son entreprise, en fonction de critères de performance.

f Il est chargé de définir la stratégie globale d'une entreprise et de veiller à sa bonne application pour le compte des actionnaires.

2. Classe les informations suivantes dans le tableau.

1. *Microentrepreneur* - **2.** *Microentreprise (0-9 salariés)* - **3.** *Croissance interne* - **4.** *Entreprise individuelle* - **5.** *Société anonyme (SA)* - **6.** *Croissance externe par fusion ou acquisition* - **7.** *SARL (société à responsabilité limitée)* - **8.** *Petite et moyenne entreprise (PME) (10 à 249 salariés)* - **9.** *Grande entreprise (au moins 5 000 salariés)* - **10.** *Entreprise de taille intermédiaire (ETI) (250 à 4 999 salariés)* - **11.** *Internationalisation.*

Statut juridique	Taille	Stratégie de croissance

3. Complète les mots croisés suivants à partir des définitions proposées.

Horizontal

1. Organisation qui représente et défend les droits des salariés ou des employeurs et négocie les conventions collectives.

2. Société dans laquelle chacun des associés n'est en principe responsable des dettes de la société qu'à hauteur de ses apports personnels.

3. Entrepreneur dont l'entreprise bénéficie d'un régime juridique particulier et fiscal tant qu'elle ne dépasse pas un certain chiffre d'affaires.

4. Il possède une partie du capital de l'entreprise et, à ce titre, porte le risque.

Vertical

A. Société coopérative dont les salariés sont les associés et détiennent plus de 51 % du capital social.

B. L'entreprise, comme d'autres instances comme la famille, l'école, le groupe des pairs, assure cette fonction de transmission des normes et des valeurs.

C. Conventions conclues entre les organisations syndicales représentatives des salariés et les employeurs, qui définissent les conditions d'emploi, de formation professionnelle et les garanties sociales couvrant l'ensemble des salariés d'une branche ou d'une entreprise.

D. Entreprise comprenant entre 10 et 249 salariés.

E. Forme de capitalisme qui accompagne l'accroissement de la taille des entreprises dans lequel les actionnaires délèguent leur pouvoir de décision à un dirigeant salarié.

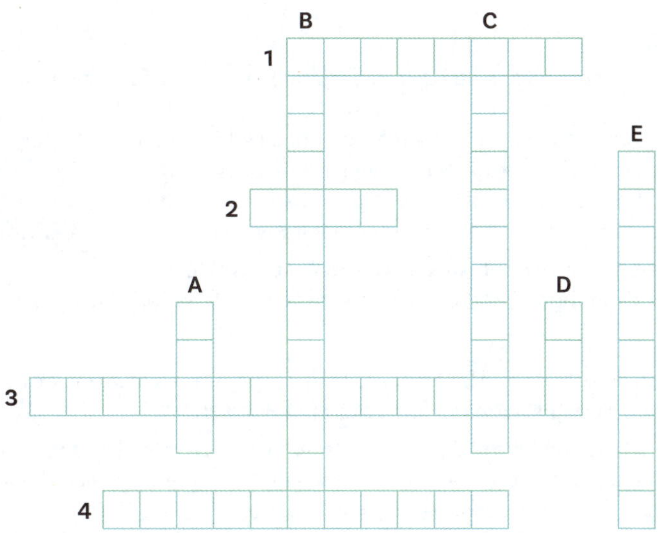

Réponses : 1. 1. a – **2.** a – **3.** c – **4.** b – **5.** d – **6.** f • **2. Statut juridique :** 1, 4, 5, 7 – **Taille :** 2, 8, 9, 10 – **Stratégie :** 3, 6, 11 • **3. 1.** Syndicat – **2.** SARL – **3.** Microentrepreneur – **4.** Actionnaire – **A.** Scop – **B.** Socialisation – **C.** Collectives – **D.** PME – **E.** Managérial.

COMMENT FAIRE POUR...

Exploiter un texte

Actionnaires et dirigeants

Les actionnaires sont propriétaires des actions et, en contrepartie des fonds qu'ils ont mis à la disposition de l'entreprise, ils ont droit à une rémunération via la distribution des dividendes et – si possible – l'augmentation de la valeur de leurs actions, mais en aucun cas ils ne sont propriétaires de l'entreprise (une société est une personne morale et à ce titre elle n'appartient à personne). […]

L'évolution des marchés financiers au cours des dernières décennies a renforcé la prééminence de l'actionnaire à travers la puissance acquise par les grands organismes de gestion collective qui concentrent une part essentielle de l'épargne. Selon Willis Towers Watson, les actifs des seuls fonds de pension mondiaux représentaient 36 000 milliards de dollars en 2016, soit 62 % du PIB cumulé des 22 pays concernés. […] La réputation de ces fonds est directement proportionnelle au niveau de leurs performances financières […]. Dans cette configuration d'un capitalisme financier dit actionnarial, les dirigeants sont censés prendre des décisions favorables aux intérêts des actionnaires, autrement dit, garantir une rentabilité rapide et élevée de l'argent investi, quitte à prendre des décisions radicales en matière de politique salariale et/ou d'emploi […].

Cet « alignement des intérêts » entre actionnaires et dirigeants passe par une rémunération des seconds fortement indexée sur l'évolution des profits […] et du cours de Bourse, en particulier par la distribution d'un nombre important […] « d'actions de performance » (*stock-options*), des actions gratuites qui sont en général définitivement attribuées au bout de plusieurs années et sous condition de remplir certains critères de performance. […] Celles-ci représentaient 29 % des rémunérations des PDG du CAC 40 en 2016.

Patrick Artus, Marie-Paule Virard,
Et si les salariés se révoltaient ? Pour un nouvel âge du capitalisme, Fayard, 2018. ■

1. Situer le texte

• **Le nom de l'auteur** et l'**origine du texte** peuvent apporter des informations sur **l'orientation du texte**.

➔ Ici, il s'agit de deux économistes. Le ton est critique à l'égard du capitalisme actionnarial. Le titre de leur ouvrage atteste de leur engagement puisqu'ils préconisent un passage à un nouvel âge du capitalisme grâce à une réaction des salariés contre ce mode de gouvernance.

> Trouve les éléments qui peuvent t'apporter des informations sur le contenu du texte.

• **La date** permet de **replacer le texte dans un contexte particulier.**

➔ L'analyse est contemporaine, dans un contexte où domine la gouvernance actionnariale.

2. Lire le texte

Pour bien comprendre un texte, il faut d'abord faire une première lecture rapide du document, puis procéder à une ou plusieurs autres lectures plus approfondies.

• **Repère d'abord le vocabulaire difficile.** Mets les termes qui te sont étrangers dans le contexte de la phrase pour les comprendre (en l'absence de lexique). Distingue, s'il y a lieu, des « concepts », soit des idées abstraites mises en avant par l'auteur du texte.

➔ Il est impératif ici de savoir ce que sont des actions, des dividendes, le capitalisme actionnarial, des stock-options, un PDG.

3. Dégager la structure du texte

• **Repère ensuite la structure du texte, qui exprime l'argumentation de l'auteur.**

→ Le texte reprend d'abord l'objectif des actionnaires en rappelant qu'ils détiennent des titres de propriété de l'entreprise (actions), qui leur donnent droit à des dividendes, mais sans être propriétaires de la personne morale qu'est l'entreprise, qui n'appartient à personne.

→ Il montre ensuite (second paragraphe) que le développement des marchés financiers et des investisseurs institutionnels comme les fonds de pension « les grands organismes de gestion collective » qui font peser une exigence de rentabilité sur les entreprises pour rémunérer leurs épargnants.

Il faut être attentif à la façon dont le texte est composé (paragraphe, alinéas...), à divers indicateurs tels que les sous-titres, les connecteurs logiques, les mots mis en évidence (gras, italique...).

→ Cela favorise (troisième paragraphe) une gestion à court terme de l'entreprise et la distribution de stock-options pour inciter les managers (PDG et cadres de haut niveau) à prendre des décisions favorables à la valorisation des dividendes ou du cours des actions.

4. Repérer les idées principales et secondaires

• **Repère enfin l'idée générale** qui pourrait servir de titre au texte, puis les **idées secondaires** ensuite.

→ L'**idée centrale** est de montrer que le capitalisme actionnarial n'est pas favorable à des objectifs de rentabilité à long terme des entreprises et donc à des investissements plus ambitieux. C'est un effet pervers de cette gouvernance, même si elle est favorable (toujours penser à nuancer) à l'accès au financement sur les marchés financiers et ne concerne que les entreprises cotées en Bourse.

→ Parmi les **idées secondaires**, on trouve le rôle des investisseurs institutionnels qui ont favorisé le développement de la logique actionnariale et l'importance des stock-options pour convaincre les managers d'agir en faveur des intérêts des actionnaires.

Veille à ne pas confondre les idées de l'auteur et celles qu'il souhaite réfuter, et à distinguer les opinions des faits.

SE PRÉPARER POUR L'EXAMEN

Rédiger une conclusion

SUJET

PARTIE 3 **Raisonnement s'appuyant sur un dossier documentaire** *(10 points)*

À l'aide de vos connaissances et des documents, montrez que l'entreprise peut être à la fois un lieu de conflit et de coopération.

Document 1 > Entreprises ayant déclaré au moins une grève et nombre de jours de grèves

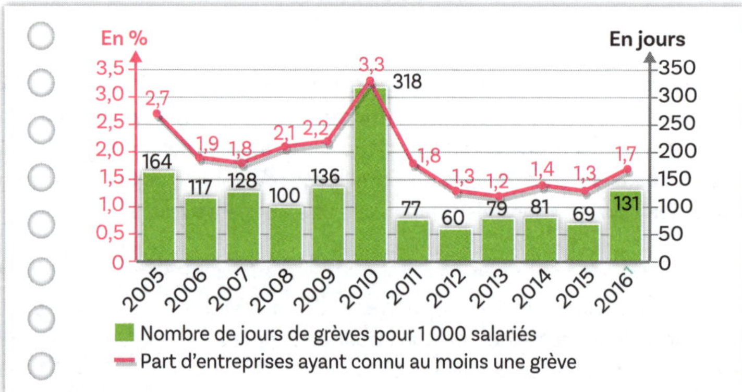

1. À partir des données 2008, la pondération de l'enquête a été revue, d'où une rupture de série.
Champ : entreprises de 10 salariés ou plus du secteur marchand en France métropolitaine.

« Les grèves en 2016 », *DARES résultats*, n° 59, décembre 2018.

Document 2 > BlaBlaCar et « l'esprit start-up »

On nous avait prévenus : le vendredi matin, chez BlaBlaCar, c'est LE jour du petit déjeuner entre collègues. Et effectivement, quand on arrive à 9 heures dans le hall d'accueil – pardon, dans le BlaBlaVillage, avec son arbre à palabres et son bar looké comme un cabanon de plage ! –, des dizaines de salariés sont déjà attablés autour de bols de café [...]. « On a développé, indique F. Mazella, une culture d'entreprise très explicite, à l'américaine, qui peut être partagée par tous. Elle est matérialisée par nos dix valeurs, affichées partout dans nos locaux. » Parmi elles, [...] *Fail, learn, succeed* (« Échouer, apprendre, réussir ») [...]. Divers dispositifs, comme les BlaBlaTalk du mercredi matin, permettent à chacun de savoir sur quels sujets les autres travaillent et ce que chacun fait dans son job. [...] Mais, pour préserver la réactivité des débuts [...] l'entreprise n'a pas hésité à repenser complètement son organisation. À l'automne dernier, elle s'est constituée en *tribes* (tribus). [...] Les nouveaux locaux illustrent bien cette souplesse de fonctionnement. « On a multiplié les espaces de réunion, détaille Laure Wagner, responsable de la culture d'entreprise et toute première salariée à avoir été embauchée, en 2009. Des salles, dont certaines équipées de systèmes de visioconférence, peuvent être réservées sur l'intranet, mais il y a aussi des espaces avec des sofas, des fauteuils, de poufs, etc., pour des rencontres plus informelles. » Des réunions s'improvisent même dans les cuisines [...] Si l'ambiance est détendue, ne vous y trompez pas : on est ici pour bosser. La confusion vie privée-vie pro n'est pas de mise chez BlaBlaCar : les horaires y sont ceux d'une entreprise classique, 9 heures-19 heures.

Audrey Meriochaud, « Comment BlaBlaCar conserve son esprit start-up », *Capital*, 14 avril 2017. ■

Méthode et corrigé

Récapituler ses idées principales en quelques phrases

→ Restitue la manière dont ton **raisonnement** a progressé **étape par étape**.

Par exemple, pour le plan proposé ci-dessous, tu peux dire « Nous avons vu que l'entreprise est un lieu où s'expriment des oppositions fortes, car l'intérêt des travailleurs n'est pas toujours celui des employeurs ce qui peut se traduire par des conflits sociaux (grèves, débrayages) ou du turnover. Ces conflits peuvent aussi s'observer entre actionnaires et managers. Mais l'entreprise est également un espace de négociation et de coopération qui peut créer du lien social et une stabilité des rapports sociaux grâce, notamment à l'institutionnalisation du dialogue social ».

CONSEIL

N'introduis **pas de nouveaux éléments** dans la conclusion !

COUP DE POUCE

Tu peux t'appuyer sur la méthode de l'épreuve composée, p. 13.

Proposer une ouverture

→ Plutôt que de fournir une réponse « définitive » à la question possible, termine le sujet en l'**ouvrant**.

→ L'ouverture cherche à **élargir la réflexion** sur le sujet en proposant un **autre angle de réflexion**, un **regard plus général** (international, concernant d'autres acteurs, dans une perspective historique...).

Par exemple « La cogestion allemande montre l'efficacité de la coopération des parties prenantes en matière de productivité. La loi Pacte, adoptée en 2019, cherche à créer les conditions d'une meilleure concertation au sein de l'entreprise ».

Proposition de plan détaillé

I. L'entreprise est un espace de conflit, car les intérêts de ses différents acteurs peuvent être divergents.

A. *Les conflits du travail opposent en général les salariés et les employeurs sur les rémunérations et les conditions de travail et peuvent déboucher sur des grèves.* > **Doc 1**

B. *Les conflits naissent aussi des divergences d'objectifs entre les managers et les actionnaires dans la gouvernance de l'entreprise.*

II. Le fonctionnement de l'entreprise repose aussi sur des relations de coopération.

A. *Des institutions participent à la négociation collective et au dialogue social.*

B. *Les logiques d'intéressement ou les stock-options favorisent la coopération entre parties prenantes de l'entreprise.*

C. *Le développement d'une culture d'entreprise et de méthodes de management valorisant les travailleurs permettent d'améliorer l'efficacité du travail et le bien-être.* > **Doc 2**

Pour aller plus loin

Livres

- Jean-Pierre Biasutti, Laurent Braquet, *Comprendre l'entreprise*, Ellipses, 2013.
- Michel Capron et Françoise Quairel-Lanoizelée, *L'Entreprise dans la société*, La Découverte, 2015.
- Michel Capron et Françoise Quairel-Lanoizelée, *La Responsabilité sociale d'entreprise*, La Découverte, 2016.
- Roland Pérez, *La Gouvernance de l'entreprise*, La Découverte, 2018.
- Christian Thuderoz, *Sociologie des entreprises*, La Découverte, 2010.

À voir

Films

- Laurent Cantet, *Ressources humaines*, 1999.
- Laurent Cantet, *L'emploi du temps*, 2021.
- Stéphane Brizé, *Un autre monde*, 2022.

Scanne-moi !

Vidéos

- « Quel statut juridique pour les entreprises ? », Dessine-moi l'éco : **www.youtube.com/watch?v=1Uts-yOEaVg**
- « La loi PACTE », Dessine moi l'éco : **www. dessinemoileco.com/connaissez-vous-la-loi-pacte/**
- « Les grands patrons sont-ils trop payés ? », Décod'éco : **www. education.francetv.fr/matiere/economie/premiere/video/les-grands-patrons-sont-ils-trop-payes?sectionPlaylist=&series=decod-eco**
- « Destruction créatrice et stratégies d'innovation », Xerfi Canal : **www.youtube.com/watch?v=j_IhR_8exow**
- « Comprendre la destruction créatrice », Xerfi Canal : **www.youtube.com/watch?v=RgtsEdozYfI**

À consulter

- Insee, « Les entreprises en France » : **www.insee.fr/fr/statistiques/4987235**
- Site de la Finance pour tous : **www.lafinancepourtous.com/decryptages/entreprise/**
- Site Melchior : **www.melchior.fr/programme?annee=2021**

Ton **KIT DE SURVIE** pour le **BAC** avec SCHOOLMOUV

Chapitre 12

Comment les entreprises sont-elles organisées et gouvernées ?

Tu viens de voir les notions à connaître sur la gouvernance des entreprises. Pour t'aider à retenir l'essentiel et t'entraîner pour le Bac, voici ton kit de révisions clé en mains conçu par SchoolMouv !

Vidéo

Pour mieux comprendre et t'en souvenir à coup sûr, regarde la vidéo. C'est parfois bien plus clair en images.

Vidéo **Comment les entreprises sont-elles organisées et gouvernées ?**

https://flashbelin.fr/focusbacschoolmouv/ses/1re/12

Contenu additionnel

Voici un bonus autour du même sujet. La curiosité n'est pas toujours un vilain défaut. Il suffit de créer ton compte pour avoir accès à plein de contenus supplémentaires.

Fiche **Comment les entreprises sont-elles organisées et gouvernées ?**

https://www.schoolmouv.fr/cours/comment-les-entreprises-sont-elles-organisees-et-gouvernees-/fiche-de-cours

Tchat avec un prof

Pour poser toutes tes questions à un prof particulier, découvre l'abonnement tchat. Tu peux le tester gratuitement pendant 7 jours : fini les questions sans réponses, tu vas devenir incollable.

https://focusbac.schoolmouv.fr/offre

Sommaire

COACHING BAC

GRAND ORAL

FICHE 1

CRÉER UN ENVIRONNEMENT DE TRAVAIL

propice à la concentration et à la réussite

À LA RENTRÉE

OBJECTIFS

- → Installer son espace de travail.
- → Prévoir son matériel.
- → Acheter ou emprunter les documents utiles.
- → Prendre les bonnes habitudes.

1 Installe ton espace de travail

> **Prévois le matériel nécessaire.**
Rassemble tes manuels, tes cahiers et classeurs et une trousse (des stylos de plusieurs couleurs, un crayon à papier, une gomme et des surligneurs) ainsi qu'un ordinateur si possible.

> **Regroupe tes affaires par discipline.**
Crée **un espace pour chaque matière** : tu peux ainsi y rassembler tes manuels, tes fiches de révisions et tes cahiers d'exercices. De même, organise des dossiers par matière sur ta tablette ou ton ordinateur et **enregistre** tous tes documents pour ne rien perdre !

> **Organise un espace d'affichage.**
Dispose sur un tableau magnétique ou des feuilles blanches ton **planning** de révisions, tes **pense-bêtes**, les **dates clés** de ton année !

> **Soigne ton espace.**
Dans l'idéal, ton lieu de travail doit être rangé, au calme, bien éclairé et confortable (privilégie une assise avec un dossier). **Évite de travailler ailleurs que sur ton bureau** (sur ton lit par exemple), c'est contre-productif !

> **Informe ton entourage.**
Préviens ta famille quand tu es en train de travailler et communique tes **dates d'examens**. C'est plus facile si tous tes proches sont au courant, ils seront d'autant plus attentifs à toi.

« Si la vue d'un bureau encombré évoque un esprit encombré alors que penser de celle d'un bureau vide ? »

Albert Einstein

2 Choisis les bons outils qui vont t'accompagner toute l'année

> **Choisis les bons outils numériques.**
Sur Internet, veille au choix des plateformes numériques que tu utilises ! Pour éviter les pièges, privilégie les liens Internet indiqués dans tes **manuels scolaires**, les **sites de référence** proposés par le ministère de l'Éducation nationale et ceux qui te sont **recommandés** par tes enseignants. Certaines plateformes, comme SchoolMouv, proposent des **contenus rédigés par des enseignants de l'Éducation nationale**.

LE SAVAIS-TU ?

Si tu n'as pas d'ordinateur ou que tu cherches un endroit calme pour travailler, tu peux aller au **CDI** de ton lycée ou à la **médiathèque** de ton quartier !

L'INFO À RETENIR

N'hésite pas à solliciter le professeur-documentaliste de ton lycée, il t'aidera à créer ta session sur ordinateur, à faire le tri parmi les ressources disponibles et te proposera d'emprunter des documents.

> **N'oublie pas certains incontournables documents papier.**
Les **dictionnaires** et **mémentos** sont fiables et ils ont l'avantage de limiter le temps que tu passes devant les écrans.

> **Achète le bon matériel.**
Privilégie les cahiers à spirales qui restent ouverts et les fiches de révisions cartonnées (elles résisteront mieux toute l'année).

3 Assure-toi d'avoir une bonne hygiène de vie

> **Veille à ton équilibre alimentaire.**
Varie tes menus et évite les sucreries, les sodas et les excès de thé ou de café. Néanmoins, accorde-toi quelques **petits plaisirs** pour tenir le coup ! Certains aliments sont recommandés lors des périodes intenses de révisions : poissons gras, avocat, huile d'olive, fruits rouges contenant de nombreux antioxydants.

> **Prévois de bonnes nuits de sommeil.**
Quand on dort, le cerveau s'active ! Il faut **proscrire les nuits blanches**, totalement contre-productives. Si tu as du mal à t'endormir, vérifie que ta chambre soit bien aérée, que la température ambiante te convienne (19 °C dans l'idéal) et mets-toi dans l'obscurité. Une heure avant l'endormissement, bannis les écrans et privilégie par exemple l'écoute de musique douce.

> **Planifie des temps de pause.**
Inutile de réviser jour et nuit. Prévois de t'aérer l'esprit plusieurs heures chaque week-end !

> **N'oublie pas l'activité physique.**
Il n'est pas sain de rester assis toute la journée et, qui plus est, devant un ordinateur. Si tu aimes le sport, **continue de pratiquer** ton activité favorite, sinon garde à l'idée de **bouger un peu tous les jours**, en sortant marcher avec des amis par exemple !

L'ASTUCE À CONNAÎTRE

Si tu ne parviens pas à te passer de musique pour travailler, privilégie des **playlists instrumentales** pour ne pas laisser les paroles te déconcentrer.

COMPRENDRE

ce qu'on attend de moi pour progresser

EN DÉBUT D'ANNÉE

OBJECTIFS

- → Connaître son niveau de départ.
- → Optimiser le temps de classe.
- → Mettre en place une bonne organisation pour les révisions.

1 Définis ton niveau dans chaque discipline

> **Fais une évaluation diagnostique dans chaque matière.**

Pour cela, tu peux t'aider de plusieurs éléments : les résultats des tests de positionnement en classe de Seconde, tes précédents bulletins, tes premières évaluations de l'année… Regarde tes **notes** mais aussi les **commentaires** des professeurs, ces annotations sont très utiles pour repérer tes points forts et les pistes pour t'améliorer ! Fais également confiance à ton **ressenti** : quelle est ta matière préférée ? Dans quelle discipline te sens-tu le plus à l'aise ?

> **Précise ton niveau.**

Pour chaque matière, entoure les cases qui correspondent à ton expérience dans le tableau suivant. Une fois tes niveaux définis, tu peux établir des **paliers de niveaux** à atteindre en y associant des **dates** (par exemple : niveau 2 à atteindre en décembre, niveau 3 à atteindre en février, et ainsi de suite).

niveau 1 Insuffisant	niveau 2 Fragile	niveau 3 Satisfaisant	niveau 4 Très bonne maîtrise
J'ai des lacunes importantes.	Je fais des erreurs majeures.	Je fais des erreurs mineures.	Je respecte tous les attendus. Je peux même parfois aller plus loin.
J'ai besoin d'aides répétées.	J'ai besoin d'aides ponctuelles.	J'ai rarement besoin d'aide.	Je n'ai pas besoin d'aide.
Réussite rare.	Quelques réussites.	Réussite fréquente.	Réussite systématique.
Je ne sais pas mobiliser mes acquis de manière adéquate à la situation.	Je mobilise mes acquis, mais rarement de manière adéquate.	Je mobilise mes acquis de manière adéquate, même s'il y a des imperfections dans la réalisation de la tâche.	Je mobilise mes acquis de manière adéquate et la réalisation de la tâche est parfaite.

2 Sois efficace en cours

> **Relis ton cours précédent** avant chaque séance. L'idéal est de relire tes notes **la veille au soir**, sinon tu peux profiter d'une heure d'intercours. Tu gagneras en efficacité dès le début du temps de classe.

> **Reste concentré(e).** Évite tout ce qui peut nuire à ton attention (parasites visuels ou auditifs) et positionne-toi correctement. Es-tu bien installé(e) ? As-tu le dos droit, les jambes tendues, le buste en avant ? Sois **à l'écoute de ton corps** !

> **Prends des notes efficaces.** L'objectif n'est pas d'écrire tout ce que dit le professeur, mais de **dégager l'articulation du cours**. Note bien les noms des parties principales et secondaires, les connecteurs logiques et mets en valeur les informations stratégiques du cours. Structure tes notes toujours de la même façon, de sorte que tu puisses te repérer d'**un seul coup d'œil** : utilise les mêmes couleurs pour les titres, les sous-titres, les exemples, etc. Choisis quelques **abréviations**, cela te permettra d'écrire plus rapidement.

> **Reste en action. Participe** dès que tu le peux ! Lis les textes à voix haute, va au tableau lorsque c'est proposé, pose des questions si tu n'as pas bien compris ou si tu souhaites approfondir certains points. D'une part, le cours te paraîtra **plus vivant**, moins ennuyeux, et d'autre part, le professeur notera ta bonne volonté.

QUELQUES RÈGLES POUR ASSIMILER TON COURS PROGRESSIVEMENT

Jour J : Relis tes notes, complète-les et mets-les en forme.

J+1 : Apprends ton cours une première fois et profites-en pour approfondir ou pour vérifier ce qui te pose des difficultés.

J+3 : Relis ton cours et fais des exercices associés.

J+15 : Révise pour t'assurer de n'avoir rien oublié.

3 Hiérarchise et priorise le travail à fournir

> **Chaque week-end, liste les tâches** que tu dois réaliser pour la semaine suivante et répartis-les selon le principe de la matrice d'Eisenhower (voir ci-contre).
Ajoute ensuite les devoirs à rendre ultérieurement (fiches de lecture, devoirs maison, rapports de stage, etc.).
N'oublie pas les objectifs de niveaux que tu te seras fixés (voir tableau plus haut).

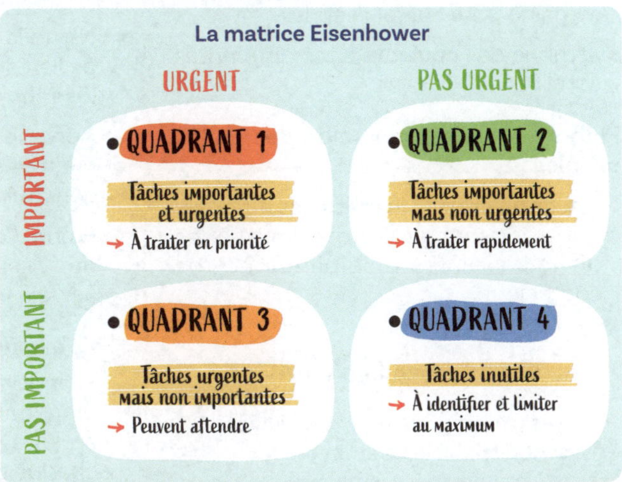

> Cette matrice met en évidence que notre cerveau obéit plus naturellement à **l'urgence** qu'à **l'importance** ! Tu éviteras ainsi de passer tes journées à courir après les urgences au détriment de ce qui est vraiment important.

FICHE 3

RÉVISER efficacement

TOUT AU LONG DE L'ANNÉE

OBJECTIFS

→ Construire son planning de révisions.
→ Varier les activités pour tenir le rythme.
→ Faire un point régulier pour vérifier sa progression.

1 Établis un planning de révisions

Crée un tableau par semaine ou par mois, sur Excel ou sur une feuille :

> Commence par **barrer les créneaux où tu n'es pas disponible** (temps de classe, activité extrascolaire, week-end en famille).

> Prévois des **créneaux de 1h30** pour chaque temps de travail.

> Privilégie des **horaires fixes** (heure de début et de fin, heures de repas, pauses) car la régularité est un gage de réussite.

> Fixe **un à deux temps de loisir** chaque semaine pour t'aérer l'esprit.

> Attribue des **couleurs** à tes différentes activités.

Élabore ton planning selon des règles simples :

> Inscris **en priorité le matin** les matières qui te posent problème, les tâches difficiles et les disciplines à gros coefficient.

L'ASTUCE À CONNAÎTRE

Des plannings de révisions vierges sont disponibles gratuitement sur Internet (par exemple sur **www.canva.com**) : semaine, mois ou année !

LE SAVAIS-TU ?

Le sketchnoting est une technique de prise de notes **visuelle**, **créative** et **graphique** qui permet de noter ses pensées en les organisant à l'aide d'illustrations, de symboles et de textes. Tu peux justement t'y entrainer en faisant ton emploi du temps.

Scanne-moi !

> N'oublie pas les travaux que tu as listés à partir de la **matrice Eisenhower** (voir p. 273).

> **Après le déjeuner**, privilégie les tâches créatives qui te plaisent : schémas à construire, diaporamas à illustrer, lecture.

> **En fin d'après-midi**, prévois des temps de révisions pour reprendre ce que tu as déjà vu précédemment.

Fais évoluer ton planning :

Si parfois tu ne respectes pas ton planning, pas de panique ! **Reste flexible** en laissant deux blocs de 1h30 libres chaque semaine, tu pourras ainsi parer à tout imprévu. L'essentiel est de reprogrammer au plus vite le temps de travail manqué.

2 Alterne les modalités de travail

> **Le secret pour tenir le rythme, c'est de varier.**
Alterne les types de révisions, les exercices et les matières à travailler. Le cerveau aime la régularité mais pas la routine. Ne pas se lasser est important pour **garder le moral** et une **bonne dynamique de travail**.

> **Tu as du mal à te concentrer ?**
Essaie la **méthode Pomodoro**. L'objectif est de rester **concentré(e) à 100 %** sur une seule et unique tâche pendant plusieurs sessions de 25 min. Une courte pause sépare chaque session, puis un temps de pause plus long intervient après plusieurs sessions

La méthode Pomodoro

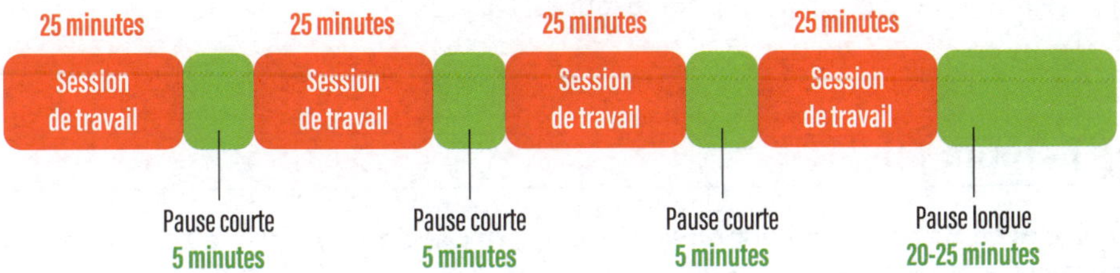

3 Fais une auto-évaluation régulièrement

Fais un **point régulier** pour vérifier la bonne avancée de tes révisions et l'efficacité de tes méthodes de travail.

> **Si tu as atteint tes objectifs.**
Tu peux considérer que **les compétences sont acquises**, il te suffira de réviser régulièrement.

> **Si tu n'as pas atteint tes objectifs.**
Prévois dans ton planning des temps de travail supplémentaires pour **reprendre le cours** et **faire des exercices associés**.

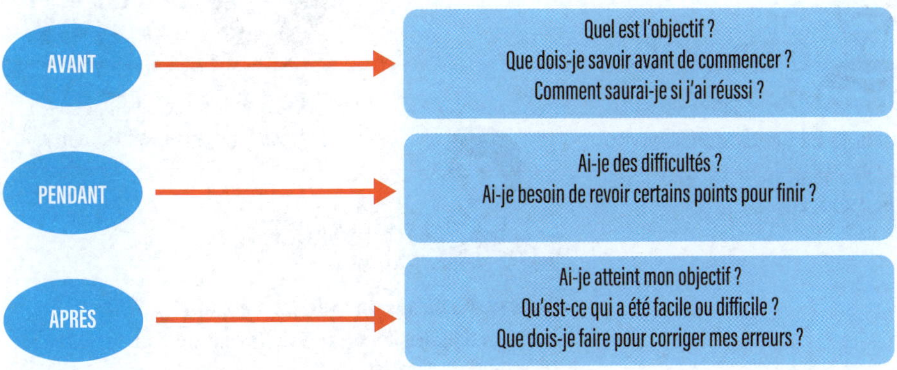

FICHE
4

GÉRER
mon stress

DE J-15 À J-1

OBJECTIFS
- → Réviser entre amis.
- → Être en forme et maîtriser son niveau de stress.
- → Préparer ses affaires pour le jour J.

1 Entoure-toi

> **Révise avec des amis qui ont envie de réussir.** Travailler en groupe peut être très stimulant, à condition que tout le monde ait le **même objectif**.

> **Choisis le bon endroit.** Évite le café du quartier ou la chambre d'un ami chez qui l'ambiance est très bruyante.

> **Échange avec tes amis sur tes cours.** Discute avec eux de ce sur quoi vous travaillez, ça te permet de **vérifier que tu as bien compris** et d'**approfondir** les choses.

> **Partage tes productions avec le groupe.** Fais un maximum d'exercices, donne-les à tes amis pour qu'ils les corrigent et **mets-toi à la place du jury** en retour ! C'est une méthode très efficace pour progresser.

> **Challenge-toi.** Toujours dans un esprit bienveillant, organise des sessions de tests pour **t'entraîner** aux épreuves.

Il est aussi possible d'**attribuer un rôle** à chaque membre du groupe, en changeant chaque jour :

LE CONVIVIAL

Apporte les petites douceurs du jour pour tenir le coup (boissons, en-cas).

LA GARDIENNE DU TEMPS

Est responsable des horaires (temps de travail et de pauses).

LE MESSAGER

Informe les autres du matériel à apporter, est responsable des documents de travail du jour.

Soutien émotionnel, ambiance dé-stressante, motivation et rigueur, il y a de nombreux avantages à travailler entre amis. Mais **tu peux aussi demander de l'aide à tes parents, tes frères et sœurs** qui sont déjà passés par là, et **tes enseignants** !

QUELQUES RÈGLES POUR BIEN TRAVAILLER EN GROUPE

- Le groupe peut être constitué de **3 ou 4 personnes** maximum.
- Tout le monde doit être au clair sur les **objectifs du jour**.
- **Chacun respecte** les séquences de travail et les pauses.
- Un temps de débriefing et de convivialité est essentiel pour **décompresser** !

2 Sois prêt physiquement et mentalement

Face au stress, plusieurs solutions existent : yoga, sophrologie, relaxation, méditation...

Si tu ne sais pas comment t'y prendre, **tu peux essayer de simples exercices de respiration**. Commence par **t'isoler** et **assieds-toi**. Inspire profondément pendant 3 secondes et expire doucement pendant 5 secondes, tout cela sur 1 à 2 minutes. Une fois le rythme installé, **associe une image à ta respiration**, par exemple la mer qui monte quand tu inspires et qui se retire quand tu expires.

Quelques jours avant ta première épreuve, repère et calcule ton trajet jusqu'au centre d'examens, avec **plusieurs modes de transport** possibles.

> **Détends-toi, aère-toi.** Marche un peu, lis un magazine, mais évite les réseaux sociaux !

> **Couche-toi tôt.** Sans réviser jusqu'au bout de la nuit ! Pour y arriver plus facilement, force-toi à **te lever tôt la semaine** précédant la période des examens, comme ça tu seras déjà dans le rythme.

L'ASTUCE À CONNAÎTRE

Programme **plusieurs sonneries** sur ton réveil et demande à un proche de s'assurer que tu seras debout à l'heure !

3 Prépare-toi et prépare tes affaires

Ton sac et ta tenue doivent être **prêts la veille de chaque épreuve**. Il est indispensable de prévoir une tenue adaptée selon la nature de l'épreuve :

> **Pour les épreuves écrites, privilégie des vêtements confortables** dans lesquels tu seras **à l'aise** pour travailler. Emmène aussi un pull ou un gilet, facile à retirer si tu as trop chaud ou à mettre si tu grelottes de froid !

> **Pour les épreuves orales, prévois une tenue simple mais correcte**, même s'il fait chaud. L'apparence joue un **rôle important** lorsqu'on s'exprime devant un jury.

Prépare ton sac :

- ☐ Pièce d'identité et convocation (avec l'adresse du centre d'examen)
- ☐ 2 stylos
- ☐ 2 surligneurs
- ☐ 1 correcteur
- ☐ 1 crayon à papier et 1 gomme
- ☐ Crayons de couleurs et règle pour les schémas
- ☐ Calculatrice (vérifier les piles avant)
- ☐ Mouchoirs
- ☐ Gourde d'eau et en-cas
- ☐ Montre

LES FAUX-PAS À ÉVITER

- Couleurs trop flashy
- Accumulation d'accessoires
- Vêtements troués, usés ou froissés

Durant la période d'examens, mets en place ce rituel le matin et le soir pour te mettre en confiance et t'assurer une certaine **sérénité** !

FICHE
1

COMPRENDRE
l'épreuve du Grand Oral

OBJECTIFS

→ Comprendre les finalités de l'épreuve.
→ Connaître les attentes du jury.

Une épreuve pour te préparer à l'entrée dans l'enseignement supérieur	Une épreuve pour t'amener à « savoir parler en public »
> L'épreuve du Grand Oral te permet de **travailler sur ton projet d'orientation**, en t'amenant à formaliser tes choix pour ta poursuite d'études. > Elle t'invite également à **te préparer pour réussir dans l'enseignement supérieur** : s'exprimer en public, collaborer, mener à bien une présentation et exercer son esprit critique sont en effet des compétences attendues d'un étudiant dans l'enseignement supérieur. > La **forme de l'exposé oral** est une **modalité d'évaluation** qui jalonnera l'ensemble de ton parcours d'études supérieures. Le Grand Oral est une **véritable opportunité de te préparer à devenir étudiant** en adoptant dès maintenant les bons réflexes et en te projetant vers l'avenir.	Une prise de parole efficace implique **d'être convaincant(e) et de savoir capter son auditoire**, ce qui nécessite les compétences suivantes : > mobiliser ses connaissances ; > structurer son propos ; > développer son esprit critique ; > élaborer une présentation structurée et argumentée ; > être en mesure d'expliciter ses choix et les positions défendues ; > maîtriser son trac ; > poser sa voix et adopter le bon rythme de parole ; > gérer sa communication non verbale.

Les points à maîtriser pour réussir son Grand Oral

1. Je choisis des sujets en lien avec mon programme de spécialité et mon projet d'orientation.
2. Je développe mes compétences oratoires et je maîtrise mon trac pour être capable de m'exprimer clairement.
3. Je suis en mesure de développer une argumentation.
4. Je respecte le délai imparti à chaque étape de l'épreuve.
5. J'exécute ma présentation sans notes et debout.
6. Je présente mon projet d'orientation et le cheminement mené pour le construire en vue d'expliquer mes choix de poursuite d'études.

Connaître les attentes du jury

Le jury se compose de deux enseignant(e)s de disciplines différentes, dont l'un(e) au moins enseigne l'une des spécialités choisies par le (la) candidat(e). Il valorise **« la solidité des connaissances du candidat, sa capacité à argumenter et à relier les savoirs, son esprit critique, la précision de son expression, la clarté de son propos, son engagement dans sa parole, sa force de conviction »** selon les critères suivants :

	Qualité orale de l'épreuve	Qualité de la prise de parole en continu
	La voix soutient efficacement le discours. Qualités prosodiques marquées (débit, fluidité, variations et nuances pertinentes, etc.). Le candidat est pleinement engagé dans sa parole. Il utilise un vocabulaire riche et précis.	Discours fluide, efficace, tirant pleinement profit du temps et développant ses propositions.
	Quelques variations dans l'utilisation de la voix ; prise de parole affirmée. Il utilise un lexique adapté. Le candidat parvient à susciter l'intérêt.	Discours articulé et pertinent, énoncés bien construits.
	La voix devient plus audible et intelligible au fil de l'épreuve mais demeure monocorde. Vocabulaire limité ou approximatif.	Discours assez clair mais vocabulaire limité et énoncés schématiques.
	Difficilement audible sur l'ensemble de la prestation. Le candidat ne parvient pas à capter l'attention.	Énoncés courts, ponctués de pauses et de faux démarrages ou énoncés longs à la syntaxe mal maîtrisée.

	Qualité des connaissances	Qualité de l'interaction	Qualité et construction de l'argumentation
	Connaissances maîtrisées, les réponses aux questions du jury témoignent d'une capacité à mobiliser ces connaissances à bon escient et à les exposer clairement.	S'engage dans sa parole, réagit de façon pertinente. Prend l'initiative dans l'échange. Exploite judicieusement les éléments fournis par la situation d'interaction.	Maîtrise des enjeux du sujet, capacité à conduire et exprimer une argumentation personnelle, bien construite et raisonnée.
	Connaissances précises, capacité à les mobiliser en réponse aux questions du jury avec éventuellement quelques relances.	Répond, contribue, réagit. Se reprend, reformule en s'aidant des propositions du jury.	Démonstration construite et appuyée sur des arguments précis et pertinents.
	Connaissances réelles, mais difficulté à les mobiliser en situation à l'occasion des questions du jury.	L'entretien permet une amorce d'échange. L'interaction reste limitée.	Début de démonstration mais raisonnement lacunaire. Discours insuffisamment structuré.
	Connaissances imprécises, incapacité à répondre aux questions, même avec une aide et des relances.	Réponses courtes ou rares. La communication repose principalement sur l'évaluateur.	Pas de compréhension du sujet, discours non argumenté et décousu.

Grille d'évaluation officielle de l'épreuve orale terminale **(https://www.education.gouv.fr/bo/20/Special2/MENE2002780N.htm?cid_bo=149115)**.

FICHE 2

EXPLORER
les thèmes sélectionnés

OBJECTIFS

→ Explorer tous les aspects d'un sujet pour arrêter son choix.
→ Réaliser des cartes mentales pour s'approprier les thématiques.

Comment explorer un sujet ?

Pour amorcer la réflexion, il est nécessaire de se poser un certain nombre de questions. Tu peux pour cela appliquer la méthode QQOQCCP.

- **Qui ?** Qui est concerné par le sujet (acteurs économiques, individus, groupes sociaux...) ?
- **Quoi ?** Quels sont les faits ou éléments caractérisant le sujet (phénomènes, événements, processus...) ?
- **Où ?** Quels sont les lieux concernés par le sujet ?
- **Quand ?** Quelle est la période concernée par le sujet ?
- **Comment ?** De quelle manière le sujet s'exprime-t-il ou se manifeste-t-il ?
- **Combien ?** Combien de personnes ou quelle quantité d'éléments sont concerné(e)s par le sujet ?
- **Pourquoi ?** Quels sont les causes et les enjeux du sujet (naturel[le]s, intellectuel[le]s, économiques, politiques...) ?

La carte mentale : un outil idéal pour matérialiser ton exploration

Une carte mentale est une représentation de concepts, d'idées et d'informations sous forme d'arborescence.

Avec ses **différents embranchements**, ta carte mentale te permettra de **visualiser clairement** tous les aspects du sujet envisagé.

1. **Positionne la notion ou la thématique abordée au centre de ta carte mentale.**
2. **Intègre tes idées :** en partant du centre, dessine une branche par idée avec un mot-clé pour exprimer chaque notion ou concept identifié(e).
3. **Enrichis ta carte mentale :** utilise des icônes et des couleurs différentes pour chaque branche afin de caractériser tes axes.

Tu peux opter pour une **version manuscrite** en utilisant comme support :

- une feuille de papier en **format paysage** ;
- un ***paper board*** ;
- des **post-it** de différentes couleurs en fonction des branches de ta carte mentale.

Tu peux aussi opter pour une **version numérique** en t'aidant :

- de **logiciels spécialisés** tels que : xmind.net, lucidchart.com, gitmind.com, qui permettent aussi de mettre en place des cartes mentales collaboratives.
- de **logiciels de traitement de texte**, en utilisant la fonctionnalité Smart Art.

FICHE 3

STRUCTURER
son sujet

OBJECTIFS

→ Apprendre à organiser ses idées pour construire son argumentaire.
→ Construire une présentation structurée de sa question.

Comment structurer tes idées ?

1. **Regroupe toutes les informations recueillies** dans un même document (papier ou numérique) et **construis une bibliographie** pour avoir une vision globale de tes sources d'information.
2. **Classe ces informations par thème** puis analyse les liens entre les différentes idées pour dégager les éventuelles associations et contradictions.
3. **Hiérarchise tes idées** en distinguant au sein de chaque thématique les points clés des éléments plus secondaires.
4. **Produis une synthèse** de l'ensemble de tes idées pour en mémoriser les points clés et amorcer la construction de ton plan.

Comment structurer la présentation de ta question ?

1. **Le premier temps de ta présentation** consiste à :
   - énoncer ton sujet ;
   - expliciter les raisons de ton choix ;
   - présenter ta problématique et annoncer ton plan.
2. **La partie centrale de ta présentation est le développement de ta question**, qui te permet d'exposer tes arguments selon le plan annoncé lors de ton introduction en veillant à soigner les transitions entre tes parties et tes idées.
3. **Ta présentation s'achève par une conclusion courte et efficace** qui résume ton propos tout en apportant une ouverture.

Des exemples de plans possibles

- **Le plan dialectique** invite à la discussion en défendant un point de vue sur une question (la thèse), puis en apportant des arguments qui, selon une autre perspective, nuancent ce point de vue (l'antithèse) pour obtenir une vision approfondie de la question (la synthèse, qui peut être exprimée en conclusion).
- **Le plan thématique** présente dans chaque partie différentes facettes d'un sujet pour en offrir une vue la plus complète possible.
- **Le plan chronologique** met en avant les phases successives d'un sujet en analysant en détail chaque étape.
- **Le plan analytique** présente un fait ou un problème avant d'en aborder les causes puis les perspectives de résolution.
- **Le plan comparatif** met en évidence des ressemblances et des différences permettant d'alimenter la comparaison de différents éléments (idées, événements, œuvres, stratégies...).

FICHE 4

TRAVAILLER sa voix et sa diction

OBJECTIFS

→ Apprendre à utiliser toutes les ressources de sa voix (volume, intonation, diction) pour capter son auditoire.

→ Veiller à bien utiliser l'ensemble de ces outils lors de ses prises de parole.

Pourquoi adapter le volume de ta voix ?	Pourquoi moduler les inflexions de ta voix ?	Pourquoi faut-il bien articuler ?
> **Pour dynamiser ton discours :** cela permet de rendre ton propos vivant et de lui donner ainsi plus de force. > **Pour maintenir l'attention de ton auditoire :** tes interlocuteurs n'auront pas de difficultés à t'entendre et pourront ainsi se concentrer sur ton propos. > **Pour donner une impression de confiance en toi et d'assurance.**	> **Pour éviter de lasser ton auditoire :** une voix monocorde est susceptible de te faire perdre l'attention de l'auditoire. > **Pour rendre ton discours plus vivant.** > **Pour transmettre des émotions :** capter l'attention de l'auditoire implique nécessairement d'agir sur un plan émotionnel, et les intonations de voix constituent un très bon vecteur en la matière.	> **Pour être mieux et plus vite compris par tes interlocuteurs :** l'auditoire n'aura pas de difficultés à t'entendre, et donc à comprendre ton discours. > **Pour rendre son propos plus fluide :** l'auditoire aura le temps d'apprécier la résonance des mots. > **Pour donner plus d'impact et de force à ton discours :** une bonne articulation repose en partie sur un usage approprié des silences.

Adapte le volume de ta voix	Module l'intonation de ta voix	Travaille ton articulation
> **Observe l'environnement dans lequel aura lieu ta prise de parole :** le niveau sonore ambiant, la taille de la salle… > **Adapte ton volume sonore à la situation de prise de parole :** cela permettra à ton auditoire d'avoir une écoute agréable et confortable. Il ne doit pas avoir à faire d'efforts pour t'entendre et te comprendre.	> **Utilise toute la tessiture de ta voix :** il ne faut pas avoir peur d'utiliser les graves, les aiguës et toutes les autres nuances de ta voix. > **Adapte ton intonation de voix aux messages que tu veux transmettre et aux émotions que tu souhaites véhiculer.** Cela implique d'avoir une intonation en adéquation avec ton sujet (interpeller, rassurer, émouvoir ou encore convaincre).	> **Pratique régulièrement** des exercices de diction et de prise de parole. > **Apprends à peser tous tes mots :** pour prendre le temps d'investir ton discours. > **Ralentis ton rythme** et ton débit de parole.

FICHE
5

DÉVELOPPER
sa répartie

OBJECTIFS

- → Comprendre les points à maîtriser pour répondre au jury de manière satisfaisante.
- → S'entraîner à interagir avec le jury.

Quels sont les points clés pour bien gérer ta manière de répondre au jury ?

Ce temps d'échange a pour finalité d'évaluer la solidité de tes connaissances et ta capacité à raisonner. Voici les points clés à travailler pour aborder sereinement cette partie de l'épreuve.

1. **Apprends à gérer tes émotions**, et plus particulièrement ton trac, pour adopter une posture d'écoute active et être en mesure de réagir de manière appropriée aux questions posées.
2. **Prends le temps de réfléchir avant de répondre.** La formulation d'une réponse pertinente est indissociable de ta capacité à comprendre les attentes du jury. Prends le temps d'écouter la question jusqu'au bout et laisse-toi quelques secondes pour y réfléchir avant de répondre.
3. **Assure-toi d'avoir bien compris le sens de la question posée.** Tu peux reformuler le point soulevé avec tes propres mots ou demander des précisions au jury.
4. **Apprends à gérer ta voix et ta diction.** Parle d'une voix posée, avec conviction et engagement. Prends le temps d'énoncer tes réponses et n'hésite pas à faire des pauses pour rythmer ton discours. Veille également à ta communication non verbale.
5. **Soigne ton vocabulaire et ton niveau de langue.**

Comment développer ton sens de la répartie ?

Entraîne-toi à développer ton sens de la répartie, c'est-à-dire ta capacité à répondre avec pertinence à toute remarque que l'on pourrait te faire.

- > **Applique la règle des « quatre C »** pour formuler des réponses **claires**, **courtes**, **concises** et **concrètes**. Sois vigilant(e) à bien structurer tes réponses pour que ton propos soit le plus compréhensible possible.
- > **Mets en évidence ta capacité à raisonner** en faisant des **connexions** entre les notions abordées et tes connaissances sans oublier de mettre ces éléments **en perspective** avec des faits d'actualité.
- > L'art de la répartie n'est pas inné, entraîne-toi régulièrement, notamment en pratiquant des **matchs d'improvisation** pour développer ta **confiance en toi**, ta capacité à **lâcher prise**, ton sens de l'**écoute** et ta **réactivité**.

Les auteurs remercient Camille Abeille-Becker, Jean-Yves Barrelly, Frédérique Giraud, Benoît Ladouceur, Lionel Lorrain, Igor Martinache, Charles Mercier, Matthieu Paldacci et Emmanuelle Peller.

Crédits iconographiques

p. 36 : Vadot – **p. 56 :** *The Informant!*, 2009 de Steven Soderbergh/Matt Damon/Collection Christophel © Warner Bros ; **p. 58 :** Iconovox/Lasserpe ; **p. 76 :** *Demain*, 2015 France de Cyril Dion et Mélanie Laurent/ Move Movie/Mars Films/Mely Productions/BBQ_DFY/Aurimages ; **p. 98 :** *The Big Short*, 2015 de Adam McKay/Christian Bale/Steve Carell/Brad Pit/Ryan Gosling/d'après le livre de Michael Lewis/Collection Christophel © Paramount/Plan B Entertainment/Regency Enterprises ; **p. 100 :** Hector ; **p. 120 :** *Silk Road*, 2021 de Tiller Russell/Jason Clarke/Alexandra Shipp/Nick Robinson/Daniel David Stewart/d'apres l'article de David Kushner/Collection Christophel © High Frequency Entertainment/Mutressa Movies/Perfect Season Productions/Piccadilly Pictures visuel d'affiche ; **p. 122 :** G. Mathieu ; **p. 132 :** Christian Arnould ; **p. 142 :** *The hate U give*, 2019 de George Tillman Jr/Amandla Stenberg/Regina Hall/Russell Hornsby/Anthony Mackie/Issa Rae/Common/Collection Christophel © Fox 2000 Pictures/State Street Pictures/Temple Hill Entertainment ; **p. 144 :** Olivero ; **p. 164 :** *Les Invisibles*, 2019 de Louis Julien Petit/Audrey Lamy/Corinne Masiero/Noemie Lvovsky/Deborah Lukumuena/Natalie Beder/Fatsah Bouyahmed/Collection Christophel © Elemiah ; **p. 184 :** *Sheherazade*, 2018 de Jean-Bernard Marlin/Dylan Robert/Kenza Fortas/Collection Christophel © Geko films/Ad vital distribution ; **p. 186 :** Iconovox/Deligne ; **p. 204 :** *L'Assemblée*, 2017 de Mariana Otero/Collection Christophel © Buddy movies ; **p. 206 :** Côté ; **p. 224 :** *Suffragette*, 2015 de Sarah Gavron/Carey Mulligan/Meryl Streep/Helena Bonham Carter/Collection Christophel © Ruby films ; **p. 226 :** Iconovox/Aurel ; **p. 244 :** *La Sociale*, 2016 de Gilles Perret/Collection Christophel © Rouge productions ; **p. 246 :** Ucciani ; **p. 266 :** *Un autre monde*, 2022 de Stéphane Brize/Vincent Lindon/Sandrine Kiberlain/ Anthony Bajon/Collection Christophel © Nord-Ouest Films/France 3 Cinéma.

Responsable éditoriale : Audrey Gérard.
Suivi éditorial : Mirna Bousser.
Chargée d'édition multimédia : France Courbier.
Conception couverture et direction artistique : Studio Humensis, Audrey Hette.
Maquette intérieure : Studio Humensis, Audrey Hette
avec la participation de Charlotte Thomas, Marse et STDI.
Mise en pages et photogravure : STDI.
Iconographie : Dagmara Bojenko.
Synthèses illustrées : Claire Fumat, autrice de *Toute la socio/Toute l'éco en BD* © La Boîte à Bulles / Belin Éducation.
Infographies et schémas : Laurent Blondel/Corédoc, STDI, Thomas Haessig..
Prépresse : Arthur Caillard.
Fabrication : Zoé Farré-Vilalta.

La pâte à papier utilisée pour la fabrication du papier de cet ouvrage
provient de forêts certifiées et gérées durablement.

Imprimé par Graficas Cems
N° d'édition : 03582302-01 – Dépôt légal : juillet 2022.

PEFC
PEFC/14-38-00143
Certifié PEFC
Ce produit est issu de forêts gérées durablement et de sources contrôlées.
www.pefc.es